내 아이가 분명해

3

내 아이가 분명해 3

ⓒ한민트 2023

1판 1쇄 인쇄	2023년 9월 1일
1판 1쇄 발행	2023년 9월 15일

지은이	한민트

펴낸이	박대일
교정	김미영
편집	이문영 · 박지해 · 임유리 · 이지영 · 김하랑 · 임지원 · 송새연
마케팅	임유미 · 백소연
디자인	디자인그룹 헌드레드

펴낸곳	파란미디어
출판등록	2004년 9월 14일 제313-2004-00214호

주소	03992 서울시 마포구 동교로23길 14 국제빌딩 6층
전화	02.3141.5589 영업부 070.4616.2012 편집부
팩스	02.6499.5589
전자우편	paranbook@gmail.com
카페	http://cafe.naver.com/paranmedia
인스타그램	@paranmedia

ISBN	979-11-92591-77-3(04810)
	979-11-92591-72-8(전6권)

내 아이가
분명해

한민트 장편소설

3

파란

contents

광맥

『친애하는 루덴도르프 후작님께.

저희 가문의 의뢰로 다이아몬드를 찾던 탐광자가 귀가의 영지 가까운 곳에서 역청탄 광맥을 발견했습니다. 이에 관해 의논할 용의가 있다면 답신 주십시오. 합당한 권리를 가진 사람과 협상하고 싶습니다.

랄프 크로지크.』

루덴도르프 후작은 그 편지를 받고 몹시 흥분했다. 랄프 크로지크가 누군가. 지금은 일선에서 물러난, 크로지크 백작가의 노백작이었다. 그의 편지는 믿을 만했다.

클라우제너가 철광과 탄광으로 돈을 쓸어 담기 시작한 뒤로 북방 로멜에는 일종의 골드러시가 일어났고, 지금까지 계속되고 있었다. 기술의 발전은 광산의 채굴량을 늘리고 채굴 난도를 낮추었다. 과학의 발전은 예전에는 잡금속이었던 것을 값비싼 것으로 바꾸기도 했다.

석탄과 철은 오래전부터 쓰이던 자원이라 생산성 높은 광산이 대개 알려져 있었지만, 북방에는 사람이 살지 않는 땅이 많이 있다. 탐광자들은 어딘가에 새로운 특급 광산이 있을 거라는 믿음을 가지고 산을 헤맸다. 귀족이라고 다르지 않았다. 직접 탐색하지는 않지만, 어디든 먼저 발견하여 개발을 시작하면 금력을 얻을 수 있는 것이다.

하지만 루덴도르프에는 없었다. 그것이 후작에게는 늘 억울하고 분한 일이었다.

영지의 비옥한 평야가 짜증 났다. 한때는 루덴도르프를 부유한 땅으로 만들어 주었으나, 이제는 아렌에서 들어오는, 질 좋고 값싼 농산물에 밀려 아무짝에도 쓸모없는 농노 놈들 뱃구레나 채워 주는 땅이다.

하지만 탄광이 있었다니. 그것을 심지어 남이 알아내다니.

"이게 어찌 된 일이냐? 호르스트? 네가 데려온 그 탐광자는 가망이 없다고 하지 않았느냐!"

"진짜로 그렇다고 들었습니다. 석탄 광맥이 주로 산지를 통해 이어져 있는데, 저희 가문의 영지는 바다에 면한 평야가 아닙니까? 설령 광맥이 영지에 조금 들어와 있더라도, 채굴할 만한 수준은 안 될 거라고 했습니다."

차남 호르스트는 식은땀을 삘삘 흘리며 대답했다.

"쯧!"

루덴도르프 후작이 들으라는 듯이 혀를 찼다. 호르스트의 말을 믿지 않는 것이 분명했다.

"그럼 크로지크 노백작이 노망이 나서 이런 편지를 보냈단 말이냐?"

"그런 말씀을 드린 게 아니라⋯⋯."

"네가 데려온 탐광자란 놈이 서툰 놈이었거나 사기꾼이었겠지. 크로지크에서는 분명히 한둘이 아니라 탐광자 여럿을 보내서 검증했을 거야."

크로지크가 클라우제너와 연합하여 다이아몬드로 막대한 돈을 벌어들이게 되었다는 것은 이미 유명한 소식이었다. 사람들은 노이 다이아몬드를 매점한 노백작의 선견지명을 우러러보았다. 그게 아니었다면 클라우제너의 선택을 받을 수 없었을 테니까.

그러나 이미 사들인 다이아몬드가 다 떨어질 때까지 가만히 있어서는 안 된다. 노백작은 그것을 알 만한 사람이었기에, 수입이 들어오는 족족 대규모로 탐광자를 사서 풀었다.

그자들이 호르스트가 불러온 탐광자보다는 믿을 만할 것이다. 크로지크는 가문의 사활을 걸고 이 일에 투자하고 있으니까.

'크로지크에서 여러 차례 검증했을 거라는 말씀은 보통이라면 맞겠지만, 그렇다고 호르스트가 고용했던 탐광자가 사기꾼이었다는 건 아닌데.'

한쪽 편에 조용히 선 채 장남 헤르만은 그렇게 생각하고 있었다.

크로지크를 이렇게 쉽게 믿는 것은 잘못된 것이다.

물론 크로지크는 로멜의 오래된 백작가로서 품위 있는 가문이었으나, 요즘 같은 세상에, 가문의 이름만 가지고 상대를 신뢰할 수는 없는 일이다. 게다가 협상을 하려면 이쪽도 패를 가지고 있어야 하지 않겠는가.

요한 크로지크가 물밑에서 클라우제너 공작 부인과 연통하고 있다는 사실을 모른다 쳐도, 신중해져야 한다. 하물며 후계자인 호르스트를 고작 그런 문제 때문에 이렇게 대놓고 꾸짖고 비난하다니. 그저 책임지고 다시 검증해 오라고 하면 됐을 텐데 말이다.

그런데도 루덴도르프 후작이 이처럼 격분하는 것은 열등감 때문이었다.

'공작 부인의 말이 옳아.'

헤르만은 생각했다.

그날 기차에서 만났을 때 클레어는 이렇게 말했다.

'돈을 돈으로만 보지 못하는 사람이 세상에 많이 있더군요. 클라우제너 공작 대부인께서는 제가 베를 짜서 돈을 버는 일은 괜찮다고 생각했지만, 다이아몬드 광산에 손을 대는 건 참지 못하셨답니다. 그건 남자의 일이라는 거지요.'

자신은 미처 생각지 못한 일이었다고 클레어가 덧붙였다.

헤르만도 그 말에 동의했다.

그녀가 하는 일은 베를 짜는 게 아니다. 대량 생산을 위해 공장을 세우고, 그것을 위한 환경을 조성한다. 헤르만은 아렌의 방직 공단에 가 본 적이 없지만, 화력이든 수력이든 동력원을 쓰고 있는 게 분명했다. 이것도 클라우제너 공작 대부인과 같은 기준으로 말하자면 '남자의 일'이었다. 작은 의상실이나 방적업을 하는 게 아니다.

클레어는 빙그레 웃으며 말했다.

'역으로 생각해 보면, 주변의 모든 남자들이 광업으로 돈을 벌고 있는데, 본인은 어업을 해야 한다면, 자존심이 상하지 않았을까요?'

'루덴도르프에 어업 항구가 생기는 것은 그게 유리하기 때문입니다. 어업 항구를 만들기에 루덴도르프가 좋은 지리적 위치를 갖고 있기도 하고. 반면, 루덴도르프에 딱히 육성할 만한 다른 산업도 없으니까요. 게다가 산업을 일으키는 것은 영주의 임무입니다.'

'그게 뭐가 중요하겠어요? 어업이 오래된 가업도 아니고, 후작은 그걸로 큰돈을 벌어 본 경험도 없는데요.'

클레어는 헤르만에게 물었다.

'물론 규모 있게 경영하는 사람이라면, 자신의 열등감을 미뤄

두고 조심스럽게 접근하겠지요. 헤르만 경이 생각하기에, 부친께서는 그런 분이신가요?'

절대로 그렇지 않았다. 그리고 클레어는 그 사실을 이미 아는 듯한 얼굴이었다. 하긴, 요한 크로지크가 이미 인물평을 했기 때문에 자신에게 연락을 보냈으리라.

그녀가 말했던 것처럼 루덴도르프 후작은 일종의 열등감을 가지고 있었다.

'기다리세요. 조만간 크로지크로부터 연락이 갈 거예요.'

클레어는 그렇게 말했다. 그리고 진짜로 왔다. 이렇게 빨리.

헤르만은 표정을 단속한 채 마음속으로만 음험하게 웃었다. 이제부터는 자신의 역할이 중요했다.

"호르스트를 너무 꾸짖지 마십시오, 아버지. 그 편지에서도 크로지크 노백작이 꼭 우리 영지에서 광맥을 발견했다고 한 것은 아니지 않습니까?"

"응? 으응, 그……렇지?"

루덴도르프 후작은 새삼스럽게 편지를 다시 읽어 보았다. 확실히 '귀가의 영지 가까운 곳'이라고 적혀 있었다.

"아!"

그걸 인식하고 보자, 그 밑에 있는 '합당한 권리를 가진 사람'이라는 말도 예사롭게 읽히지 않았다.

"가게른 남작령인가!"

"아버지!"

호르스트가 당황하여 소리쳤다. 가게른 남작가는 그의 외가였다. 루덴도르프 평야의 일부를 영지 안에 품었으나 산지와 맞닿아 있어 사람이 거주하기 어려운 땅도 꽤 있었다.

지금의 가게른 남작은 호르스트의 외삼촌이다. 병약한 사람이었으나, 합당한 영주다. 루덴도르프 후작가가 가게른 남작령에 대해 권리를 주장할 수는 없었다.

하지만 루덴도르프 후작은 번들거리는 눈으로 말했다.

"가게른 남작은 이런 큰 사업을 하기에 건강이 좋지 않은 사람이니, 호르스트, 네가 책임을 맡아 오는 것도 좋을 것 같구나."

"……알겠습니다."

호르스트는 다소 불편한 얼굴로 대답했다.

어머니가 좋아하지 않을 것이다. 안 그래도 남동생이 병약하다는 이유로 남편이 지나치게 참견하려 들어서 민망해했으니까.

그러나 호르스트 입장에서는 어머니보다 아버지가 중요한 것이 당연했다. 그에게 후작의 작위를 물려줄 사람은 어머니가 아니라 아버지였으니까.

루덴도르프 후작은 벌써부터 배가 부른 듯한 얼굴로 만족스럽게 헤르만을 바라보았다.

"크로지크 노백작님께 답신을 쓸 테니, 네가 가지고 가서 전해 드려라."

"제가 직접, 말입니까?"

"이런 중한 일에 단순한 심부름꾼을 보낼 수 있겠느냐?"

"알겠습니다. 아버지의 뜻이 그러시다면."

헤르만은 고개를 끄덕였다. 문득 고개를 돌리자 호르스트와 시선이 마주쳤다. 헤르만은 그에게 빙긋 웃어 보였다. 그러자 호르스트가 루덴도르프 후작에게 보이지 않을 정도로 꾹 주먹을 쥐었다.

후작은 아마 깨닫지 못했을 것이다. 그의 입장에서는 가게른 남작령에 남작의 조카인 호르스트를 보내고, 남은 아들 하나를 크로지크 백작가로 심부름 보내는 것뿐이다.

그러나 호르스트가 후계자 자리를 물려받고 나서 헤르만에게 대외 활동을 맡기는 것은 이것이 처음이었다.

'공작 부인은 이것까지 감안하고 가게른 남작령을 표적으로 삼은 건가?'

우연일 수도 있지만, 꼭 그럴 것 같았다.

눈은 그쳤고, 날씨도 포근해졌다. 하지만 바덴 성에서 바깥을 내다보고 있노라면, 저 멀리 온천에서 솟는 안개 때문인지 바깥은 춥고 안이 더 아늑할 것 같은 느낌을 주었다. 클레어는 창가에 의자를 갖다 놓고 그 광경을 구경하고 있었다.

문밖에서 소리가 들렸다.

"엄마한테!"

엘리엇이 기운차게 외치는 소리가 들렸다. 복도에 누가 있는 모양이었다. 클레어는 미소를 지었다.

그녀와 에리히는 일단 바덴으로 돌아왔다. 엘리엇을 데리러 오기 위해서다. 엘리엇은 아주 크게 토라져 있었다.

'이모 미워! 아저씨도 미워!'

겨우 엄마 아빠가 되었던 것이 다시 이모랑 아저씨로 돌아가 있었다.

'흐아아앙! 나만 버리고 갔어!'

하지만 토라져 달아나는 대신 그 자리에 서서 서럽게 울다가, 클레어가 달려가 안아 주자 죽도록 매달렸다.

'이모가 미안해. 혼자 놔둬서 미안해.'

하지만 아무리 사과해도 좀처럼 울음을 멈추지 않았다. 생각해 보면, 이렇게까지 오래 떼어 놨던 것은 처음이었다.

울다 지쳐 잠들 때까지 안고 업고 달랬다. 그때는 허리가 부서질 것 같았지만, 옆에서 에리히가 얼음처럼 싸늘한 얼굴로 고장 난 채 곁을 지켰던 것을 생각하면 지금은 좀 웃음이 나왔다.

그녀가 힘들어하자 에리히가 조심스럽게 제안했다.

'엘리엇, 내가 안아 주는 건 안 될까……?'

'이리 와'도 아니고 '안아 주마'도 아니고 '안아 줄게'도 아니었다. 에리히가 남에게 그렇게 빙 돌려 묻는 것은 아마 생전 처음일 것이다. 엘리엇은 울먹거리다가 팩 고개를 돌려 버렸지만 말이다.

마사는 웃으면서 말했다.

'주인님을 공작님께 빼앗겼다고 생각하신 것 같아요.'

클레어는 반성했다. 약혼한 뒤부터 엘리엇과 보내는 시간이 줄어들었다. 새 사업이다 결혼이다 하는 것도 그렇지만, 생각지도 못하게 황후 문제가 터지면서 쉴 틈이 없었다.

에리히가 끼어들면서 엘리엇의 삶이 다채로워지고, 또 여러 가지로 장점도 있었다. 그러나 이런 문제도 있었다.

너무 착한 아이는 그래도 엇나가지는 않았다. 껌딱지가 되어 들러붙긴 했지만.

'우선은 본성에 갈 것까지만 생각하고…….'

루덴도르프에도 가긴 가야 할 텐데, 조금 걱정스러웠다. 엘리엇을 데려가기는 불안하고, 두고 가기는 마음 쓰인다.

문이 쾅 열렸다.

"엄마!"

엘리엇이 힘찬 목소리로 소리치며 달려들어 와 클레어의 무릎에 온몸을 던졌다.

"윽!"

안 그래도 아프던 허리가 푹 꺾였다. 온천이 아니었으면 죽는다는 소리가 나왔을 것이다.

끙차끙차, 엘리엇이 클레어의 무릎 위로 기어 올라왔다.

"엄마!"

천사였다. 바늘 끝에서 춤추기는커녕 무릎을 아작 낼 무게였지만.

클레어는 엘리엇의 엉덩이를 받쳐 허벅지까지 끌어 올렸다. 그리고 말랑말랑한 몸을 끌어안고 지친 몸과 마음을 회복시켰다.

"어디 갔다 왔어?"

"구스타프 아저씨한테. 손님 엄청 많아!"

엘리엇이 두 팔을 벌려 보였다. 신나 보이는 게 꼭 강아지 같았다.

"사탕 받았어!"

"어디 봐."

엘리엇이 움찔했다.

"아, 안 먹었어. 유모가 봤어."

"무슨 사탕 받았는지 궁금해서 그래."

엘리엇은 움찔거리더니 주머니에서 조심스럽게 종이에 싸인

사탕 한 알을 꺼냈다. 클레어는 그것을 받아 손안에 쥐고 엘리엇의 머리를 쓰다듬었다.

"엄마 초콜릿이랑 바꿀까?"

"진짜?!"

사탕보다 초콜릿을 좋아하는 엘리엇이 눈을 반짝했다. 클레어는 사탕을 자기 주머니에 넣고, 엘리엇을 안고 일어섰다.

이렇게 하는 게 교육상 좋을 것 같지는 않았다. 하지만 자신이나 마사가 안 보이는 곳에서 몰래 뭘 입에 넣는 것보다는 나았다. 남이 주는 음식은 신뢰할 수가 없다.

클레어는 테이블 쪽으로 가서 한 손으로 초콜릿 상자를 열었다. 그리고 엘리엇이 상자를 잘 볼 수 있도록 몸을 좀 구부렸다.

"골라 봐."

"우웅…… 그치만."

엘리엇이 몹시 망설였다.

"이거 아빠가 엄마한테 준 건데."

"괜찮아. 엘리엇한테 이걸 준다고 아빠가 화내진 않을걸?"

엘리엇은 그래도 망설이다가, 아빠와 사탕을 나눠 먹겠다고 클레어가 약속하자 그제야 히히 웃으며 하나를 집어 들었다.

"웅."

얼마나 맛있는지 엘리엇이 초콜릿을 천천히 녹여 먹으려고 애쓰면서 목구멍에서 소리를 내는 게 또 귀여웠다. 클레어는 엘리엇을 안고 안락의자 쪽으로 옮겨 갔다.

"아빠는 또 바빠?"

입술에 초콜릿을 묻힌 채 엘리엇이 물었다.

"그러게. 여행은 우리 둘이 갈까?"

엘리엇이 진심으로 갈등하는 얼굴을 했다. 클레어를 자꾸 데리고 사라질 때는 미웠지만, 같이 있어 주지 않으면 서러웠다.

에리히는 지금도 서재에 있었다. 이번 사건의 뒤처리를 해야 했기 때문이다.

클레어는 일단 공단의 고용 형태를 다시 확인한 뒤 특이한 사항을 보고하라고 로저에게 편지를 쓰는 것으로 일을 마쳤다. 하지만 에리히는 그렇지가 않았다.

노예단이 북부에 훨씬 더 많이 들어와 있을 것은 명백했다. 클라우제너가 직접 소유 중인 광산, 공장, 다른 여러 사업은 물론이고, 영지 내의 다른 상단 소유의 공장이나 그 밖에 노동력을 많이 필요로 하는 곳에서도 노예단을 색출해 내야 했다.

게다가 자콥처럼 저 혼자 꾀를 내어 저지른 게 아니라 황후를 뒷배로 업은 자가 마약에 부가하여 별도 사업을 하고 있을 가능성도 컸다.

'규제할 권리는 없지 않나요?'

공식적으로 행정은 관리의 몫이다. 그러나 클레어의 말에 에리히는 미간을 찡그리며 말했다.

'클라우제너 안에서 그런 짓을 하게끔 용납할 수는 없어. 게다가 이건 단순히 아렌인의 문제가 아니야.'

해로운 것은 결국 다른 사람에게도 퍼져 지역 전체를 물들이게 마련이다. 그러기 전에 막아야 했다.

'황후가 도저히 이해되지 않는군. 이걸 통제할 수 있을 거라고 생각했나?'
'상관없다고 생각했을 수도 있죠. 어차피 평민 따위인데. 아렌을 자양분으로 삼아 로멜의 우위를 확고하게 굳히고자 한다는 게, 로멜의 평민까지 풍요롭게 만들겠다는 의미는 아니니까요.'

에리히는 떨떠름한 얼굴로 그녀를 바라보았으나, 반박할 수 없었다. 어릴 때라면 모를까, 그도 현실을 모르는 것은 아니다. 다만, 아직도 마음에 불신이 남아 있었다.

그에게는 클레어처럼 사람을 인간적으로 대해야 한다거나 하는 그런 의식이 있는 것은 아니다. 그러나 토지를 소유하고 다스리는 것이 바로 귀족의 권리이자 의무이며, 미덕이었다. 거기에는 사람 또한 포함되어 있다.

진정으로 품위 있는 귀족은 흔하지 않지만, 에리히는 적어도 황후를 그 범주 안에 넣고 있었다. 권력에 탐닉하는 것 정도는 자신의 의무만 잘 지키고 있다면 큰 문제가 아니라고 생각했었다.

클레어는 물론 그 말을 비웃었다.

'권력에 탐닉하는 사람이 의무를 다하긴요.'

에리히는 한숨을 내쉬었다.

노예단을 색출해 처벌하고, 그 빈자리에 새로운 고용인을 채우는 것은 큰 문제가 아니었다. 그러나 중독자를 어떻게 처리할지는 정말로 답이 안 나오는 문제였다. 윗선이 황후와 연결되어 있을 가능성을 생각하면, 섣불리 움직일 수 없다. 차근차근 움직이는 것도 내키지 않았다. 도주하는 자가 있을 수도 있기 때문이다.

그러나 그 넓은 영지와 사업들을 뒤져 한꺼번에 뿌리 뽑자니 사전 준비에 공이 많이 들었다.

클레어는 이게 무슨 신혼여행이냐고 불평하지 않았다. 전부 뒤로 미루고 아랫사람한테 맡기라는 에리히의 권유를 먼저 거절했던 건 자신이었다.

"우리 엘리엇과 시간을 더 많이 보내면 되지."

"그래두……. 아빠가 나 좋아하는데."

"알면서 그렇게 화냈어?"

"헤헤."

엘리엇이 멋쩍게 웃으며 클레어의 목을 끌어안았다. 구스타프가 문을 두드린 것은 그때였다.

"공작 부인, 손님이 오셨습니다."

"내 손님이요? 올 사람이 없는데. 누구죠?"

"빅토리아 대공 전하십니다."

구스타프가 긴장한 목소리로 말했다. 클레어도 깜짝 놀라 일어섰다. 편지를 보내기는 했지만, 이렇게 직접 찾아올 줄은 몰랐기 때문이다.

클레어는 입고 있던 편한 옷 위에 망토 하나만 걸치고 서둘러 로비로 내려갔다. 예의에 맞는 차림새를 한다고 빅토리아 대공을 오래 기다리게 하는 것보다는 이게 나을 것 같았다.

빅토리아 대공은 털가죽 모자를 벗지도 않은 채 로비의 의자에 앉아 있었다. 집사가 막 차를 내왔다가 클레어를 보고 놀라서 고개를 숙였다.

"마님."

"빨리 내려왔군."

"어서 오세요, 빅토리아 대공 전하. 답장을 주실 줄 알았는데, 직접 오실 줄 몰랐습니다. 아, 우선 들어가세요. 로비가 추운데."

"꽤 복잡한 이야기가 될 것 같아서 말일세. 신혼부부를 방해하는 것이 다소 꺼려지긴 했지만."

빅토리아 대공이 그렇게 말하면서 클레어의 치맛자락을 잡고 서 있는 엘리엇을 보고 미소를 지었다.

"이 귀여운 아가보다는 덜 방해하지 않을까 해서 왔지. 그간 잘 있었니?"

"안녕하세요, 이모할머니."

엘리엇이 방실방실 웃으며 배꼽 인사를 했다. 빅토리아 대공이 '오!' 하고 희미하게 반가운 얼굴을 했다.

"지난번에는 얼굴만 빨개져서 도망가더니."

"에리히를 아빠라고 부르지 못해서 그랬던 것 같아요."

"이리 온. 한번 안아 보자꾸나."

엘리엇은 흘끔 클레어를 쳐다보았다. 아무한테나 가서 안기면 안 된다고 배웠기 때문이다. 하지만 이번에는 클레어가 미소를 짓고 있었다. 엘리엇은 신나게 달려가 빅토리아 대공에게 답삭 안긴 뒤 그 뺨에 뽀뽀했다.

"헉!"

빅토리아 대공이 헛숨을 들이켰다. 나이가 들면서 퍽 물러지고, 특히나 어린아이들에게 유해지긴 했다. 그러나 그녀도 근본은 로멜 귀족이었다. 다정하게 아이를 안고 등을 두드리는 것 정도는 생각했지만, 뺨에 닿는 달콤한 감촉에 몹시 당황하고 말았다.

"히히."

엘리엇이 활짝 웃으며 팔을 뻗었다. 으레 안아 주리라고 생각한 것이었다. 빅토리아 대공은 뻣뻣하게 굳은 채 어설프게 아이를 안았다. 뺨에 쪽 하고 입술이 닿은 자리부터 아른아른한 온기가 퍼져, 늘 냉정한 형태로 고정되어 있던 그녀의 볼도 허물어지듯이 풀어졌다.

정말이지 저항할 수 없었다. 하지만 아이를 안아 올리진 못하고 조심조심 쪼그린 채 보듬었다. 그러자 엘리엇이 힘껏 그녀의 목을 끌어안았다가 놓았다. 마치 제 보드라운 냄새와 체온을 나눠 주려는 듯한 몸짓이라고 그녀는 생각했다.

그리고 아주 오래전에도, 꼭 이런 느낌을 받았던 때가 있었던 것 같다.

"고맙구나."

빅토리아 대공이 그렇게 말하자 엘리엇이 고개를 갸웃거렸다. 왜 고맙다고 말하는지 이해하지 못했기 때문이다. 사실 빅토리아 대공 자신도 확실히 무엇 때문이라고 말할 수가 없었다.

보송보송해 보이는 금빛 머리칼이 사랑스럽게 흔들렸다. 그녀는 마음에서 우러나오는 미소를 참지 못하고, 있는 그대로 머금었다. 클레어가 약간 어색하게 웃었다.

"할머니라고 하면 무조건 자기한테 친절하다고 생각하는 것 같아요."

"아니야."

엘리엇이 빅토리아 대공의 손을 잡은 채 클레어를 돌아보았다.

"이모잖아."

"응?"

"이모할머니는 아빠의 이모라고 했으니까, 아빠한테 어엄청 중요한 사람이야. 그리구 가족이야!"

"아……."

클레어는 순간적으로 표정 관리를 못 하고 무너질 뻔했다. 가슴이 아렸다. 세상에 이렇게 과분한 사랑이 또 있을까 싶었다. 사랑한다, 아끼며 키운다, 늘 애써도, 역시 엄마가 키우는 것만은 못한 게 아닐까 불안해지곤 했다.

남에게 맡기는 시간이 길어질 때마다, 마음속에 다른 일이 스며들 때면 더 그랬다. 가끔은 아무 이유 없이도. 감정도, 시간도 다른 일에 나누면 안 되는 게 아닐까 하고.

이렇게 사랑받을 때마다 더욱더.

그러다가 문득 클레어는 빅토리아 대공이 미소를 지은 채 자신을 쳐다보고 있는 것을 깨달았다.

"아, 죄송합니다."

"괜찮네. 저간의 사정은 대강 들어 알고 있으니. 마음 어지러운 상황에서 가문을 훌륭하게 이끌고 아기까지 키워 냈으니, 대단하다고 생각한다네."

"음."

빅토리아 대공의 태도가 마치 다 알고 있다는 듯해서, 클레어는 외람되지만 어느 설을 지지하고 계시느냐고 물어볼 뻔했다.

다행히 거기까지 저지르진 않았다. 대신 그녀는 웃음을 띤 채 빅토리아 대공을 안내했다.

"이쪽으로 들어오세요, 대공 전하. 손님을 대접할 준비는 전혀 되어 있지 않지만, 저희 저녁 식사가 분명히 입에 맞으실 거예요."

"소시지!"

엘리엇이 두 팔을 번쩍 들어 올리며 자기주장을 펼쳤다. 클레어는 엘리엇의 엉덩이를 두드리며 말했다.

"구스타프 경에게 가서 할머님의 침실이 준비되었는지 확인하고 오렴."

"응!"

심부름을 맡은 엘리엇이 도도도, 로비를 가로질러 달려갔다. 집사가 빅토리아 대공의 짐보다 엘리엇을 우선시하여 그 뒤를 따랐다.

"뛰지 말고! 넘어지면 큰일 나!"

"응!"

엘리엇은 쾌활하게 대답했다. 저러다 계단에서 넘어지면 큰일이다 싶어, 클레어는 한숨을 내쉬었다. 소식을 들은 에리히가 인사를 하러 나온 것은 그때였다.

"어쩐 일로 여기까지 오셨습니까, 이모님?"

"내 영지가 여기에서 별로 멀지도 않은데, 못 올 곳에 왔니?"

"모처럼 수도까지 내려가셨으니 좀 더 계실 줄 알았습니다."

"박정하게 날 쫓아낼 모양이지?"

"그런 뜻이 아닙니다."

에리히가 앞머리를 한 번 쓸어 넘겼다. 얼굴에 피로가 묻어 있었다.

"무슨 일이 있었구나."

"영지의 일입니다."

클레어가 에리히를 흘긋 올려다보았다. 에리히는 그녀와 시선을 마주쳤지만, 표정을 바꾸거나 빅토리아 대공에게 부연 설명을 하지는 않았다.

'이유가 있겠지.'

클레어는 빅토리아 대공이 어떤 사람인지 잘 모른다. 그녀 역시 로멜에 영지를 갖고 있다는 것을 생각하면, 황후 편이 아니라는 보장은 없다. 설령 황후 편은 아니라도, 이 일을 심각하게 받아들이지 않을 가능성이 컸다. 그러면 얻는 것은 없이 이쪽의 카드만 까는 셈이 된다.

빅토리아 대공이 고개를 절레절레 저었다.

"신혼이잖니."

"클레어는 이해할 겁니다."

"내버려 두세요. 콜베르크 광산에서 일어난 사고 때문에 에리히는 바쁘답니다."

클레어는 방긋 웃으며 빅토리아 대공에게 다가가 다정하게 팔짱을 끼고 그녀를 응접실 쪽으로 안내했다.

"덕분에 방치된 저는 대공 전하께서 전해 주실 수도 소식에 아주 목말랐고요."

빅토리아 대공은 엘리엇에게 뽀뽀를 받았을 때와 달리 이번에는 표정을 풀지 않았다. 그래서 클레어는 약간 더 진심으로 웃고 말았다. 얼굴만 보면 에리히와 별로 닮지 않았는데, 그녀의 표정에서 에리히가 보였기 때문이다.

"자네는 날 전혀 어려워하지 않는군."

"그럴 리가요. 어려운 분이니 이렇게 공경하고 있는걸요."

"예법을 지키지 않고 있다는 뜻이 아니라."

그녀가 말하다 말고 에리히를 보았다.

"네게도 이런 식이니?"

"저는 오히려 매일 쥐어뜯기고 삽니다."

"그게 무슨 소리예요?"

클레어는 어처구니없어하며 반박했지만, 에리히는 정색하고 대꾸했다.

"부정하려고? 네가 내 몸에 낸 상처가 한둘도 아닌데……."

"무슨 소리를 하려는 거예요!"

클레어가 소리를 지르며 그의 팔을 찰싹 소리 나게 때렸다. 에리히가 이것 보라는 듯이 빅토리아 대공을 쳐다보았다. 그녀가 헛웃음을 머금었다.

"사이가 정말 좋구나. 에리히가 연애를 했다고 해서 믿지 않았는데."

"무슨 소문을 어떻게 들으셨는지는 모르겠지만, 에리히가 절 찍어 놓고 괴롭혔던 거예요!"

"그러면 넌 괴롭힘 당하면서 기뻐했단 소리군."

"……내가 미쳐, 진짜."

클레어가 말을 말자면서 확 돌아섰다. 빅토리아 대공이 웃었다.

"소심해서 기가 죽을 것 같진 않구나."

"기를 죽일 수 있다면, 제가 몇 년 전에 찌그러뜨려서 주머니에 넣었을 겁니다."

에리히가 대꾸했다. 그래서 대공이 또 웃었다.

"주머니?"

"중요한 건 숨겨 두고 혼자 보는 게 제일 나으니까요. 안전으로 보나 뭐로 보나."

물론 그렇게 하면 클레어는 가만히 있을 사람이 아니다. 주머니 밖으로 송곳처럼 튀어나오는 정도가 아니라 주머니를 통째로 폭발시킬 것이다.

그러니까 반했다. 왜 자꾸 숨으려 하냐고 들여다보다가 홀렸다. 자신의 것이 아닐 때부터 꺼내서 세상에 내놓고 싶었다.

그런데 정작 그녀가 선명하게 세상에 드러나자 한 번씩 숨기고 싶은 충동이 드는 게 이상했다.

이왕이면 침실에.

그랬다가는 달콤하게 머리털을 쥐어뜯기는 정도가 아니라 머리 가죽이 벗겨질 것 같긴 했다.

그때 품었던 생각이 사라진 것은 아니다. 그러나 요즘에는 조금 달랐다. 그녀를 어떻게 하고 싶다는 생각에 시달리기보다는 그냥 보고만 있어도 만족감이 차올랐다. 결혼해서 여유가 생겼기 때문인지도 모른다.

예전에는 늘 폭발할 것 같은 무언가가 목구멍 밑부터 가슴 아래까지 들어차서 사람을 들쑤시곤 했었는데 말이다.

'아, 터진 것은 내 쪽이었군.'

에리히는 새삼스럽게 그것을 깨달았다. 그가 무심결에 입술에 웃음을 머금자 클레어가 어이없다는 듯이 그를 쳐다보았다.

"왜 또 웃어요? 또 뭔데요?"

"아무것도 아니야."

내가 처음부터 네 주머니에 들어 있던 거라는 이야기를 해 줄까 보냐. 클레어가 그걸 알려면 적어도 자신보다 오래 살면서, 좋은 청력도 유지하고 있어야 할 것이다.

"어흠."

빅토리아 대공이 헛기침을 했다. 클레어는 깜짝 놀라 그녀를 돌아보았다. 별것도 아닌데, 부끄럼으로 볼과 귀에 열이 확 올랐다.

"신혼을 오래 방해할 마음은 없으니, 용건부터 마치고 일찍 떠야겠어."

"그게 무슨 말씀이세요, 이모님! 이왕 오셨으니 천천히 온천욕을 즐기고 가셔야죠."

"……그렇게 하십시오."

에리히의 대답은 적지 않게 떨떠름해 보였으나, 빅토리아 대공은 점잖은 사람답게 그것을 굳이 지적하지는 않았다.

차를 한 잔 마시고 나서 에리히는 자리를 떴다. 빅토리아 대공은 그제야 본론을 꺼냈다.

"클레어, 자네가 보내 준 제안서를 읽어 보았는데."

"네."

클레어는 긴장한 채 빅토리아 대공을 바라보았다.

"제안 자체는 흥미로워. 선주 연합에서 보험을 만들어서 사고에 대응하고 있다는 건 알고 있지만, 그 보험을 다시 영주에게 재보험을 들게 하겠다니."

"요즘 터지는 해상 사고는 옛날과 규모가 다르니까요."

클레어는 단정하게 말했다.

증기선이 생기면서, 해운의 발달이 눈부셨다. 배를 타고 여행하는 승객의 수도 늘었다.

법률가의 수가 늘어난 것은 선주들에게는 부담스러운 일이었다. 승객에게 변호사를 쓸 수 있는 신분과 돈이 있으면, 사고 배상 책임이 엄청나게 늘어났다.

"선주 연합이 상호 보험을 만들고 있다고 해도, 피해 사건이 너무 커서 감당할 수가 없게 되었죠. 1차적으로는 사고를 당한 선원이나 승객이 제대로 된 보상을 받지 못하는 것이 문제이지만, 선주 연합이 휘청거리면서 아예 해운 자체가 쪼그라들 수도 있어서 그게 걱정입니다."

"옳은 말이라고 생각하네. 자네 제안이 그것을 보완할 수 있다는 것도 알고. 하지만."

클레어의 대답에 빅토리아 대공이 느릿한 어조로 말했다.

"왜 군이 자네가 그런 일에 끼어들지? 델포드는 바다를 끼고 있지 않고, 클라우제너에도 큰 항구는 없어."

클레어가 빙긋 웃었다. 그녀는 언제나 이런 질문에 대답을 갖고 있었다.

"돈 때문에요."

그게 사실이든, 사실이 아니든.

빅토리아 대공은 눈살을 찌푸렸다. 그녀가 생각하기에 이것은 작지 않은 사업이었고, 선원이나 선주만이 아니라 항구에서 생활하는 사람 전반, 나아가 배를 타는 사람 모두에게 영향을 미칠 수 있는 중요한 일이다. 그것을 가볍게 말하는 것이 마음에 들지 않았다.

"내가 나이 들고 고리타분한 사람이라 그런지, 이런 일은 책임감을 가지고 해야 한다고 보는데."

주름진 눈매 사이에서 반짝이는 푸른 눈동자가 클레어를 분해하려는 듯이 샅샅이 살폈다.

그녀는 결혼식에서조차도 이러지 않았다. 클라우제너 공작부인은 에리히가 선택하는 것이고, 그가 원해서 행복한 결정을 한 것이라면 아무래도 상관없었으니까.

하지만 자신의 영지를 크게 흔들 수 있는 사업을 제안하고, 그보다 더 나아가 제국 전체에 영향력을 미치려 하는 자라면 문제가 달랐다.

"대공 전하께서는 귀족다운 분이로군요."

클레어는 미소를 지었다. 모처럼 긍정적으로 그 표현을 썼다. 자신이라면 사명감이라고 했을 것을, 책임감이라고 말하는 사람은 이것이 두 번째였다. 첫 번째는 에리히다.

권리와 의무가 동전의 양면이라는 것을 생각했을 때, 에리히가 의무를 다하는 것은 스스로 권리를 갖고 있다고 생각하기 때문이다. 하지만 적지 않은 사람들이 권리를, 의무를 팽개쳐도 되는 힘으로 여기기 때문에, 그런 마음가짐이 대단하다고 생각하곤 했다.

그 사실을 인정한 것은 최근의 일이다. 물론, 여전히 일개인이 타고난 핏줄만으로 토지와 거주민에 대한 책임을 지려 드는 것은 터무니없는 오만이라고 생각하지만 말이다.

'기껏해야 경영 책임이지.'

문득 생각이 헛곳으로 빠지려는데, 빅토리아 대공과 눈이 마주쳐 클레어는 제정신을 차렸다.

"이상적으로는 책임을 갖고 하는 게 가장 좋겠지만, 이익이 없으면 사업은 오래 유지될 수 없으니까요. 무엇보다도 대공 전하의 재력만으로는 성사시킬 수 없는 일입니다."

"규모를 생각하면 그렇지."

그러니까 클라우제너가 끼어들겠다는 이야기가 아니었던가 싶어 빅토리아 대공은 클레어를 바라보았다.

"제 계획은 이렇습니다. 각 항구의 선주 연합이 상호 보험을 유지한 채로, 빅토리아 대공 전하 밑에 일종의 대연합을 만드는 거예요."

"한쪽의 사고가 너무 커져서 해당 항구의 상호 보험으로 감당할 수 없게 되면, 다른 연합에서 모아 놓은 보험비로 지원해 줄 수 있겠군. 대신, 시간을 들여서라도 돈을 갚도록 더 위에서 감시하고."

"네. 항구의 주인이 지켜보고 있다면, 섣불리 선주들이 파산을 선언하거나 선주 연합이 흐지부지 사라지지는 못할 거예요.”

빅토리아 대공이 곰곰이 생각에 잠겼다. 이제 그녀에게서 부정적인 태도는 찾아볼 수 없었다.

그녀는 황족으로서 사명감을 갖고 있으며, 유력한 항구를 소유한 영주이기도 했다. 제국의 바닷길을 위해서 필요한 일이었으나, 법으로 규제하거나 내각이 나설 만한 일은 아니라는 점이 마음에 꼭 맞았다.

“자네가 말하는 역할을 내가 제대로 해낼 수 있을지 모르겠군. 그리고 여전히, 이게 자네의 돈으로 어떻게 연결되는지를 모르겠어.”

“모인 자금을 클라우제너가 대신 운용하겠습니다.”

클레어가 말했다. 빅토리아 대공이 피로한 듯이 눈가를 한번 누르고 말했다.

“클라우제너가 지급 보증을 한다면 염려할 게 없겠지. 그 돈으로 뭘 하려고 하는 건가?”

“큰돈은, 그것을 가지고 있는 것만으로도 그에 상응하는 이익이 생기는 법이니까요. 규모가 커질수록 클라우제너에서 얻을 수 있는 것도 많습니다.”

빅토리아 대공은 그러고도 잠시 망설였다. 하지만 결국 긍정의 대답을 했다.

“알았네. 시험 삼아 해 보는 것도 나쁘지 않겠지.”

“후회하지 않으실 거예요.”

클레어는 환하게 웃으면서 고개를 끄덕였다.

『친애하는 클라우제너 공작 부인께.

처음으로 경험하는 북부의 겨울은 어떠셨습니까? 바덴은 지열 때문에 비교적 따뜻한 곳이지만, 또 눈이 많이 내리는 곳이라 염려가 됩니다. 그곳의 하얀 악마 가루 때문에 부인에게 북부를 미워하는 마음이 생기지 않았으면 하는 바람뿐입니다.

아니, 차가운 공기 속에서 몸을 따뜻하게 하는 것이야말로 사람이 누릴 수 있는 지극한 기쁨 중 하나이니, 제가 괜한 염려를 하고 있는 것인지도 모르겠군요.

최근에 부친의 심부름으로 크로지그 백작가에 다녀왔습니다. 노백작은 정정하고, 아주 의욕에 넘치고 계셨습니다. 다이아몬드에 대해 아주 박식한 분이더군요. 클라우제너에서 다이아몬드 사업의 파트너로 크로지그 백작가를 선택한 이유를 마음 깊이 이해했습니다.

아마 이미 백작가 측에서 들으셨을 거라고 생각하지만, 크로지그 백작가에서 새로운 광산을 찾아냈다고 합니다. 저희 가문에서 그리 멀지 않은 곳이라, 다소나마 저도 그 일을 돕게 될 것 같습니다.』

헤르만 루덴도르프는 편지를 거기까지 쓰고서 다시 한번 쭉 읽어 보았다. 몇 번을 다시 읽어 보아도 흠 잡힐 건 없었다. 굳이 흠을 잡자면, 가깝지도 않은 숙녀에게 편지를 썼다는 것 자체가 문제였다.

그러나 또 다른 방향으로 생각해 보면, 상대가 귀부인이기 때문에 쓸 수 있는 편지다.

귀부인을 위로하고 숭배하는 것은 미덕이었다. 더군다나 상대는 클라우제너 공작 부인이다. 조금이라도 면식이 있으면 그것을 핑계 삼아 인연을 이어 가려고 발버둥 치는 이가 어디 한둘이겠는가?

그런 자들에 비하면 자신은 월등히 앞서 나가 있는 셈이었다.

'딱히 공작과 경쟁하겠다거나 빈틈을 파고들 마음은 없지만.'

신혼부부 상대로 그런 무도한 마음을 품고 있지는 않았다. 하지만 아름답고 명석한 숙녀와 교분을 맺는 기쁨을 포기할 필요는 없지 않은가. 심지어 상대가 막대한 재력을 지니고 있고, 자신의 뒷배가 되어 줄 귀부인이기까지 한데.

그는 키들거리고 웃으면서 편지지의 나머지 장을 채웠다.

『돌이켜 생각하면 기찻길에서 부인과 만나 짧은 인연을 맺게 된 것이 신의 인도처럼 느껴집니다. 다시 뵐 날까지 오래 걸리지 않길 소망합니다. 청록색 눈동자의 사신에게 죽지 않는 것도요.

헤르만 루덴도르프.』

그가 편지를 압지로 누르고 있을 때 노크 소리가 들렸다.

"형, 나야."

호르스트였다. 헤르만은 편지지를 접어 봉투에 넣으며 들어

오라고 대답했다.

쿵쿵!

호르스트가 발소리를 거칠게 내며 들어왔다. 헤르만은 경멸하는 마음을 숨기고 점잖게 물었다.

"화가 난 것 같군."

"형, 진짜야? 그 광맥이라는 게, 진짜이긴 한 거냐고."

"크로지크 백작가에서 그렇다 말하고 있고, 아버지가 다시 부른 탐광자도 그렇다고 했으니 진짜이긴 하지."

"'진짜'이긴 하다'는 게 무슨 의미야? 별로야?"

"채굴 난도가 꽤 높은 모양이야. 클라우제너 같은 곳이라면 굳이 손대지 않을 거라고 하더라."

"채산성은 있고?"

"그건 이제부터 계산해 봐야 알 일이지. 너야말로 다녀온 일은 어떻게 되었어? 가게른 남작님께서는 투자할 의사가 있으신 건가?"

호르스트의 안색이 굳어졌다.

가게른 남작가는 부유한 가문이 아니다. 대대로 내려오는 장원에서 나오는 지대로 검소하게 먹고살 정도의 수입밖에 없었다. 자신의 영지 안에 노천 탄광이 있다 해도 투자금 문제로 망설일 텐데, 채굴 난도가 높은 광산에 뛰어들 수 있을 리가 없었다.

곤궁함 때문에 장녀를 이미 후계자가 있는 루덴도르프 후작의 재취 자리로 보낼 수밖에 없었다. 전화위복이 되어 헤르만이 후계자 자리에서 밀려나고 호르스트가 후계자가 되긴 했지만 말이다.

호르스트는 시선을 내리깔았다. 가난한 외가를 이야기할 때마다 그는 늘 불편함을 느꼈다.

"외삼촌은 몸이 불편하셔서 이런 일에 참여할 수 없어."

그게 가게른 남작이 자존심을 지키는 방법이었다. 이제 와서는 남작이 진짜 병약한 게 맞긴 한 건지 의문이라고 생각하며, 헤르만은 호르스트에게 보이지 않을 정도로 희미하게 웃음 지었다.

"그렇군. 하지만 아버지는 쉽게 포기하지 않으실 텐데. 가게른 남작님이 직접 투자에 참여하실 수 없다면, 채굴권을 합리적인 가격에 파는 것도 나쁘지 않으실 거야."

"안 그래도 이야기하고 왔어."

호르스트의 얼굴이 거무죽죽하게 물들었다. 헤르만은 합리적인 가격에 팔면 된다고 말했지만, 루덴도르프 후작이 절대 제값을 쳐줄 리 없었다. 안 그래도 가게른 남작 영애와 결혼하여 아들을 낳은 것도, 그 아들을 후계자로 삼은 것도 남작가에 은혜를 베푼 거라 생각하고 있었으니까.

헤르만이 직접 듣지는 않았지만, 아마도 가게른에서 바쳐야 마땅하지만, 처남의 사정이 어려우니 특별히 값을 쳐준다고 생각하고 있을 것이다.

"남작님께서는 받아들이셨나?"

"……그래. 크로지크 쪽과는 더 이야기해 보고 싶다고 하셨지만."

호르스트가 쥐어짜 내듯이 말했다.

'사이에 끼어서 힘들겠군. 가게른 남작은 아버지의 처사가 과하다고 생각할 테고, 아버지는 가게른 남작이 건방지다고 생각할 테니.'

조만간에 부친이 가게른 남작가를 통째로 삼키려 들 것이 불 보듯 뻔했다. 그러면 또 호르스트의 입장이 곤란해진다. 루덴도르프 후작가의 후계자로서 역할을 다해야 하지만, 호르스트의 마음은 폭군 같은 아버지보다 어머니에게 기울어 있으니 말이다. 그러다 보면 균열이 생길 가능성도 컸다.

이 같은 호르스트의 어려운 사정을 짐작하고서도 헤르만은 그를 위로하거나 사정을 묻는 대신에 로멜 귀족답게 품위 있는 미소를 지은 채 말했다.

"조만간에 노백작과 아버지께서 가게른 남작령에서 만나기로 약속했으니, 그때 남작님께서도 같이 잘 말씀 나누시면 좋겠지."

가게른 남작을 배제하고 남작령에서 만날 약속을 잡았다는 것에 호르스트가 표정을 미처 수습하지 못하고 어두워졌다.

헤르만은 압지를 구겨 벽난로에 던졌다.

'아버지에게 복수하게 될 줄로만 알았지, 이런 상황은 예상하지 못했는걸. 클라우제너 공작 부인께서는 이것까지 모두 알고 가게른 남작령의 광맥을 내민 걸까?'

아니면, 마침 거기에 써먹기 좋은 광맥이 있었던 건가? 혹

은, 광맥이 있다는 것 자체가 거짓인가? 크로지크 백작가에서
연락이 갈 거라는 이야기만 들은 헤르만으로서는 그것까지는
알 수가 없다.

아버지도, 영지도, 호르스트보다 자신을 의지하는 범위가
크게 늘어나리라는 것만 알 수 있었을 뿐이다.

루덴도르프

잘츠기터에서 루덴도르프까지는 철도가 직행으로 놓여 있다.

루덴도르프 후작령은 교통의 요지도 아니고, 하다못해 델포드 남작령처럼 땅끝으로 가는 길의 중간에 놓인 것도 아니다. 그런데도 역이 생긴 것은 아우구스타 때문이었다. 아니, 엄밀하게 따지자면 어업항 사업 때문이었다.

항구 개축을 시작하기에 앞서 먼저 도로를 정비하고 철도를 깐 것이다. 클레어는 루덴도르프 항구를 크게 증축하는 이유 중 하나가 이 기차역을 합리화하기 위해서일 거라고 의심하고 있었다.

에리히는 그녀의 의심을 부정했지만 말이다.

"루덴도르프의 항구는 꽤 괜찮은 편이야. 후작의 운영이 좋다고 말할 수는 없지만."

"그 적합성 기준이 황후 주변 사람에게만 낮다는 것은 사실이잖아요."

"그건 부정할 수 없군. 옳다는 건 아니야. 하지만 순전히 레이디 아우구스타의 봉사에 보답하기 위해 결정된 일도 아니라는 뜻이지."

"사업을 중간에 멈추게 할 수도 없고요."

이미 철도까지 뚫린 마당이니까.

원래 여행 일정대로라면 다음 행선지는 클라우제너 본성이었다. 하지만 클레어는 계획을 바꿔 루덴도르프행을 결정했다.

루덴도르프에서의 일이 급한 것은 아니다. 원래대로라면 일정을 모두 마치고 에리히와 함께 잠깐 바다 구경을 할 겸 들르는 정도였을 것이다. 그러나 빅토리아 대공이 재보험 사업을 처리하고 싶어 했기 때문에, 루덴도르프로 먼저 가기로 했다.

어차피 한번 가야 한다면, 그녀가 있을 때가 낫다. 클레어는 며칠 동안 지켜본 결과, 빅토리아 대공이 겉으로는 차가울지언정 냉혹한 사람은 아니라고 느꼈다.

그녀에게는 보수적이고 로멜 우월주의적인 성향이 있다. 그러나 지위가 곧 상대를 억압할 권능이라고 믿는 타입은 아니었다.

"이모님은 기품이 있는 분이지. 아편에 대해서라면 아마 피운 자의 잘못이라고 하시겠지만, 아이를 해치는 것을 두고 볼 분은 아니야."

에리히와 클레어는 그 점에서 의견 일치를 보았다. 상대가 고귀한 핏줄을 가진 혈육이라면 더욱 소중히 여길 사람이었다.

"내게도 애를 많이 쓰셨지만, 제러드를 많이 사랑하셨지."

에리히는 그렇게 덧붙였다. 추억담을 말한다기보다는 사실 관계를 전달하는 건조한 어투에 클레어는 약간 웃고 말았다.

"그거 아무리 생각해도 편애보다 당신 성격 문제겠어요."

"편애라고 한 적 없어."

"편애당했어도 상관없다고 생각할 것 같긴 하지만."

하긴, 클레어가 어린 에리히와 빅토리아 대공을 나란히 놓고 생각해 봐도 그다지 다정한 그림이 그려지지는 않았다.

어쨌거나, 에리히는 노예단 색출 문제를 위해 잘츠기터에 남아야 했다. 그렇다고 클레어 혼자 갈 수는 없었다. 한번 크게 울리고 나니 도무지 엘리엇을 떼어 놓고 갈 자신이 없었다.

그러니 빅토리아 대공과 함께 가는 게 제일 나았다. 엘리엇을 보호할 수 있는 울타리가 하나 더 생기는 셈이었으니까.

그리고 출발하는 날이 되었다.

"이모할머니! 이모할머니! 저번에 있잖아요. 아빠가 나 기차 앞에 세워 줬어요!"

지치지도 않고 엘리엇은 그 이야기를 했다.

"와아아앙 하고 입 벌리면 바람이 알사탕처럼 입에 들어와요!"

빅토리아 대공은 굳은 듯한 입가를 끌어 올리고 엘리엇의 손을 쥔 채로 벌써 스무 번은 들었을 이야기에 또 한 번 고개를 끄덕여 주고 있었다. 클레어는 흐뭇하게 웃었다.

'우리 천사가 나한테만 천사가 아니라니까.'

엄격한 빅토리아 대공도 며칠 만에 흐물흐물 녹여 버리지 않았는가. 하지만 그 마음, 몹시도 이해가 되었다. 자신이 고슴 도치라서가 아니라 엘리엇은 진짜 함함한 아이였다.

역까지 배웅 나온 구스타프가 설명했다.

"루덴도르프 역에 도착하시면, 마중 나와 있을 겁니다. 막 시밀리안 경이 한발 먼저 출발하여 그쪽에서 머무르기로 했습니다."

"막시밀리안 경이 여기까지 왔어요?"

클레어의 질문에 구스타프 대신 에리히가 대답했다.

"너와 엘리엇의 안전이 제일 중요하니까."

"빅토리아 대공 전하도 같이 가시는데, 뭐 별일이 있으려고요."

"그래도 조심해야지. 막시밀리안을 옆에서 떼어 놓지 말고."

"노력할게요. 별일 없을 거예요. 전면에 나설 것도 아니고."

어차피 그녀는 실무를 하기 위해서 가는 게 아니라 콜베르 크 광산의 사정을 자연스럽게 루덴도르프 후작에게 증명해 보이기 위해서 가는 것이었다. 또한, 헤르만 경과 '그놈'에게 압박을 주기 위해서이기도 하다.

그건 그냥 가기만 해도 성사되는 일이다. 그러니 만찬에나 참석하고 엘리엇과 실컷 놀 작정이었다. 클레어가 빙긋 웃었다.

"하필 루덴도르프부터 시작하는 건, 바다가 있기 때문이죠. 겨울 바다가 보고 싶었거든요."

"……바다에 간 적이 있었나?"

에리히가 잠깐 머릿속으로 과거를 되새겨 보며 물었다. 델포드는 내륙 지방이고, 수도도 그랬다. 바다까지 나가려면 꽤 멀리 나갔어야 할 것이다. 남부에도 주요 항구 쪽에는 모두 철로가 깔려 있기는 하지만.

클레어가 가볍게 그의 뺨에 손을 올렸다. 에리히는 눈에 힘을 주었다. 생글거리는 웃음이 시야에 한가득 들어왔다.

"있으면 뭐 어때서요?"

"뭐라고 하지 않았어."

"겨울 바다가 없던 감정도 생길 만큼 낭만적이긴 하죠."

클레어의 미소에 여유가 넘쳤다. 에리히는 자신이 신경 쓰는 부분에 대해 그녀가 아는지 모르는지 확신할 수가 없었다.

"……."

그래서 저도 모르게 인상을 찌푸렸다. 클레어가 생글거리고 웃고 있는 게 화가 나서 손목을 움켜쥐었다. 클레어가 조금 놀란 듯이 손을 떼려고 했다. 그는 오히려 반대쪽 손까지 움켜쥐고 클레어를 끌어당겨 눈을 맞췄다.

"콧대 부러질 놈은 만들지 마."

"글쎄요? 루덴도르프까지 가서 바다도 보지 않고 집에 처박혀 있을 생각은 없는데?"

그러면서 클레어는 달아나려는 듯이 물러나는 대신 오히려

한 발 앞으로 나섰다. 그녀의 구두 앞코가 에리히의 발 사이로 들어갔다.

그녀는 손을 뿌리치려고 애쓰는 대신 가볍게 발끝을 세우고 에리히의 입술에 쪽 입을 맞췄다. 이 남자가 귀여워 보이는 날이 올 거라고 8년 전의 자신에게 말하면, 제정신 차리라고 혼날 것이다.

"내가 납작하게 하고 싶은 콧대도 하나밖에 없고."

다음 순간 벌어졌던 입술과 혀가 단숨에 삼켜졌다.

에리히가 그녀의 뒤통수를 잡아 끌어당겼다. 클레어는 숨을 할딱거렸다. 도발한 것은 맞지만 이렇게까지 할 작정은 아니었는데.

깍지 끼어 잡힌 손이 제멋대로 움찔거렸다. 손바닥 안에 열과 땀이 고였다. 해방된 쪽 손으로 그를 밀어내려고 했지만, 결국 옷깃을 잡고 매달리고 말았다.

그녀의 몸에서 힘이 풀리기 전에 에리히가 허리를 감아 지탱했다. 그의 입술이 마지막으로 그녀를 물었다가 놓았다.

"그만해요. 기차역에서."

"누가 먼저 시작한 일인데."

"뽀뽀랑 키스랑 같나."

"아내를 먼저 보내면서 키스조차 하지 말란 건가?"

수도나 아렌에서라면 작별하는 커플들이 한 시간쯤 키스하고 있는 일도 흔한데, 이 정도는 괜찮지 않겠는가. 물론 이곳은 로멜이었다.

다들 점잖게 눈을 돌려 주었다.

"금방 따라갈 거니까 기다리고 있어."

에리히는 거칠게 말하고, 클레어의 머리칼 사이에 손가락을 집어넣어 스르륵 빗듯이 가슴 위까지 쓸어내렸다. 클레어의 눈이 그 손을 따라 내려가다가 조금 얼굴이 붉어졌다. 숨이 조금 가빴다. 클레어는 그것을 애써 내리눌렀다. 이제 곧 기차에 올라야 했다.

뿌우우 하고 기관차 굴뚝에서 연기가 솟구치기 시작했다. 엘리엇이 폴짝폴짝 뛰어왔다.

"아빠! 진짜 같이 가면 안 돼요?"

"중요한 일만 마치고 바로 따라갈 거니까 기다리고 있어."

클레어에게 한 것과 같은 말이었으나, 기다리라는 말에 담긴 의미는 전혀 달랐다.

"아빠 없는 동안에 네가 엄마를 지켜야 한다."

"응!"

엘리엇이 결의에 가득한 얼굴로 주먹을 움켜쥐었다. 에리히가 엘리엇의 머리를 쓰다듬었다.

"애한테 무슨 약속을 시키는 거예요?"

"덤비는 놈은 전부 뭉개 버려."

"방금은 엄한 놈 코뼈 걱정을 하더니. 너무 걱정 말아요. 우아하고 얌전한 귀부인 노릇을 하고 있을 테니까."

클레어는 웃고는, 엘리엇을 안아 올렸다. 엘리엇이 에리히에게 팔을 내밀었다. 클레어가 작별 키스를 할 수 있도록 몸을 내밀어 주자 엘리엇이 몸을 들썩이며 에리히의 뺨에 입 맞추었다.

이럴 때 에리히는 여전히 약간 어색한 얼굴을 했다. 하지만 엘리엇의 뺨에 키스를 되돌리고, 클레어의 뺨에도 키스했다.

"이제 그만 가자."

이러다가 끝이 없을 것 같아 빅토리아 대공이 끼어들었다.

"클레어와 엘리엇을 잘 부탁드립니다."

"어련히 알아서 할까."

빅토리아 대공이 어이없다는 듯이 에리히를 쳐다보고는 먼저 기차에 올랐다. 클레어가 뒤따랐다. 엘리엇이 그녀에게 안긴 채 뒤를 돌아보고 손을 흔들었다.

에리히는 희미하게 미소를 지으며 마주 손을 흔들어 주었다.

루덴도르프 후작가의 응접실에 불편한 침묵이 감돌았다. 처음 만났을 때의 화기애애한 분위기는 찾아볼 수 없었다. 후작자신이 나서서 사과할 사람이 아닌 것을 알기에, 헤르만이 대신 말했다.

"죄송합니다, 크로지크 노백작님. 모처럼 여기까지 와 주셨는데, 저희 쪽에 진전이 없어서."

"아닐세. 뭐, 어차피 처음부터 그리 쉽게 될 일이라고는 생각하지 않았으니까."

크로지크 노백작이 느릿하게 대답했다. 그리고 루덴도르프 후작을 향해 말했다.

"우리는 가게른 남작에게 직접 연락을 넣었어도 됐습니다."

루덴도르프 후작의 안색이 나빠졌다. 크로지크 노백작은 그 얼굴을 보면서도 태연하게 말했다.

"사실 내가 찾던 것은 보석이지, 역청탄은 아니니까요. 잘 모르는 사업에 손대는 건 위험한 일이기도 하고."

"……."

"그럼 남작이 정보료로 얼마간 챙겨 주었을 테고, 순리에 따르면 그게 맞지요. 내가 늘그막에 괜한 욕심을 부려 보았습니다."

크로지크 노백작이 그렇게 말하고 지팡이를 짚으며 몸을 일으켰다. 이대로 가게른 남작령으로 갈 작정인 듯 보였다.

자존심이 상해서 입을 다물고 있던 루덴도르프 후작이 그제야 노백작을 잡았다.

"남작과 권리관계는 곧 정리할 겁니다. 제일 좋은 객실을 치워 두었으니, 일주일 정도만 천천히 머물며 생각해 보시지요. 헤르만, 백작님을 객실로 모시거라."

"하지만……."

"염려 마십시오. 다 제게 생각이 있으니."

크로지크 노백작은 내키지 않는 얼굴이었으나 후작의 권유를 거절하지 못하고 헤르만을 따라나섰다.

두 사람이 나가고 나자 루덴도르프 후작이 테이블에 놓여 있던 물병을 집어 들어 호르스트 앞에 내던졌다.

와장창!

물병이 깨지며 유리 조각과 물이 호르스트의 바지 자락에까지 튀었다.

"어차피 네가 물려받게 될 광산 아니냐. 근데 그것 하나 설득 못 해 와!"

호르스트가 고개를 숙였다.

자신이 물려받게 될 광산이라는 말은 틀렸다. 지난번에 방문했을 때, 가게른 남작은 창백한 얼굴로 끊임없이 기침을 하면서, 안광이 서슬 푸르게 살아 있는 눈으로 호르스트를 노려보았다.

'내게 자식이 없다는 이유로 네가 벌써부터 남작가의 주인이라도 된 것처럼 생각하는 모양인데, 어림없다!'

'그런 게 아닙니다, 외삼촌.'

'그런 게 아니라면서 이걸 제안이라고 하는 거냐? 내 땅에 있는 광산을 개발하겠다고 하면서, 돈 조금 받고 인근 땅에서 아예 손을 떼라?'

'적은 돈이 아닙니다, 외삼촌. 수익의 일부를 분배하는 것이 아닙니까? 잘된다면, 남작가의 수입도 뛰어오를 겁니다.'

'그래서 실패하면? 채산성이 생각보다 떨어져서 일찍 사업을 접으면? 그 산에 광산을 개발하려면, 성공하든 실패하든 산 아랫마을의 농사를 포기해야 해. 그건 우리 가문의 수입원 절반이나 다름없다. 그런 위험성을 감수하면서, 수익이 나면 고작 10%

를 나눠?'

가게른 남작이 코웃음을 쳤다.

'멍청한 짓 하지 마라, 호르스트. 나는 이 가문을 네게 물려줄 의무가 없어. 하지만, 그래. 네가 정성을 보인다면 마음을 바꿀 수도 있지.'

'무슨 조건을 원하십니까?'

'절반.'

'불가능합니다, 외삼촌.'

'절반 이하로는 안 해.'

'크로지크 백작가가 끼어 있는 사업입니다.'

'내가 크로지크 백작가와 직접 추진할 수도 있을 거라는 생각 은 안 하느냐?'

호르스트는 그 말을 떠올리고 어금니를 물었다.

"아버지, 가게른 남작가에 30%를 주십시오."

"뭐?"

"영지민의 이주금도 보태고, 어느 정도는 선금도 주어야 합니다."

루덴도르프 후작은 손이라도 휘두를 기세로 호르스트에게 다가섰다. 호르스트는 용기를 쥐어 짜내어 말했다.

"아니면 외삼촌은 크로지크 백작가와 단독으로 이 일을 추진할 겁니다. 땅은 외삼촌의 것이고, 발견자는 크로지크 백작가입니다. 두 가문이 손을 잡으면 루덴도르프는 끼어들 권한이 없습니다."

"아니, 이 녀석이!"

"그걸 인정하셔야 합니다, 아버지."

그의 말에 루덴도르프 후작은 씩씩거렸다.

"가게른 따위가 감히. 은혜도 모르고!"

"아버지."

호르스트가 답답한 기분으로 그를 불렀을 때였다. 집사가 문을 쿵쿵 두드렸다.

"말씀 나누시는 중에 죄송합니다, 주인님. 역에서 급한 소식이 왔습니다."

"뭐? 역에서? 무슨 사고라도 났나?"

"아닙니다. 클라우제너의 막시밀리안 자작이 방문했습니다."

"뭐?"

루덴도르프 후작은 호르스트에게 화내던 것까지 잊고 달려가 문을 열었다.

"그게 진짠가?"

"예."

"막시밀리안 자작이 여기에 대체 무슨 일이지?"

그는 클라우제너 공작의 측근 중에서 가장 중요한 인물 중 하나다. 집사가 송구한 듯이 말했다.

"여행 준비 중이라고 말씀하셨다고 합니다."

"여행 준비!"

최근 광산 이야기에 몰두해 있었기 때문에, 클라우제너라는 이름을 떠올리는 순간 루덴도르프 후작의 머릿속에서 긍정적인 신호가 마구 떠올랐다. 상대가 영지 관리나 재산 관리 쪽 사람이어도 그랬을 텐데, 더군다나 상대는 보안부장인 막시밀리안이다.

그는 단독으로 움직이지 않는다. 하물며 여행 준비라니. 그가 누구를 위해서 여행 준비를 하겠는가?

필연적으로 공작일 수밖에 없다. 잘하면, 공작과 직접 사업 이야기를 할 가능성이 생길지도 모른다.

"하, 이런 행운이 다 생기는군."

"아버지."

"클라우제너를 설득할 수만 있다면, 채굴 난도 따위는 아무 문제도 못 되지. 호르스트, 지금 당장 가게른으로 가서 남작에게 30% 준다고 해."

"예? 아, 아버지, 하지만!"

호르스트는 당황했다.

자신이 30%를 부르기는 했지만, 너무 생각 없는 것 아닌가? 설득할 수 있다는 보장도 없지만, 만일에 진짜로 클라우제너가 이 사업에 끼어든다면, 그쪽에 막대한 이윤을 보장해 줘야 할 것이다. 이렇게 흥분해서 가게른 남작에게 던져 줄 일이 아니다.

그러나 이미 흥분한 루덴도르프 후작은 호르스트의 말을 듣고 있지 않았다.

이것이, 클레어가 루덴도르프에 도착하기 닷새 전의 일이다.

"바다 냄새가 나네요."

항구가 역에서 꽤 거리가 있을 텐데도, 기차에서 내리기 전부터 차갑고 습기 어린 감각이 물씬 코에 밀려들었다. 클레어가 알고 있는 냄새와는 달랐지만, 몸이 먼저 바다가 가까이에 있다고 외치는 것 같았다.

"우와. 우……와!"

창문에 달라붙은 엘리엇이 새로운 풍경에 쉬지 않고 감탄했다. 클레어와 빅토리아 대공은 그 모습을 보면서 저도 모르게 미소 지었다.

"엘리엇에게 좋은 경험이 될 것 같군."

"이렇게 어릴 때 여행이 기억에 남을까, 싶기도 하고요."

이왕이면 여름 바다였다면 좋았을 텐데. 그런 생각을 클레어는 잠깐 했다. 그러면 곯아떨어질 때까지 아주 원 없이 놀 수 있을 텐데 말이다. 겨울 바다는 아무래도 걱정이 된다.

언제 여름을 챙겨 바다에 갈 수 있을까? 그런 생각을 하고 있는데 기차가 서서히 멈추었다.

"엘리엇, 이제 어떻게 인사해야 한다고 했지?"

"어? 어, 어?"

엘리엇이 손가락을 꼬물대며 고민했다.

"클라우, 지에너, 클라우제너의 엘리엇입니다."

발음이 이상하게 샜다. 아무래도 길어서 발음하기 어려운 모양이었다. 혹은 아예 잘못 알고 있거나.

"한 번 더. 클라우제너."

"클라우, 제너."

"잘했어. 이제 누가 물어보면 그렇게 대답해야 해."

"응."

엘리엇이 자신 없는 목소리로 대답했다.

"좀 틀려도 괜찮단다."

괜히 트집이라도 잡힐까 봐 걱정인 클레어와 달리 빅토리아 대공은 평화롭게 말했다.

"당당하게 있거라. 네가 네 이름을 뭐라고 말하든, 에리히가 사랑하는 아들이라면 클라우제너의 자랑스러운 후예니까."

"네."

엘리엇이 밝아진 얼굴로 고개를 끄덕였다. 그 얼굴이 그저 해맑기만 한 것이 아니라 네 살 반짜리 아이 나름대로의 어떤 결의나 자긍심 같은 것이 느껴져서 클레어는 복잡한 기분이 되었다.

"엄마?"

"아냐, 아무것도."

에리히도 어릴 때 늘 당연하게 이런 말을 들으면서 자랐으리라고 생각하면 기분이 이상해졌다.

클레어는 벗어 놓았던 차양 모자를 쓰고, 엘리엇의 손을 잡은 채 기차에서 내렸다. 역사에 막시밀리안이 마중 나와 있었다.

"막스 아저씨!"

엘리엇이 신나서 달려가 팔을 높이 들어 올려 그의 허리를 끌어안았다. 막시밀리안은 엘리엇을 마주 끌어안지는 못했지만, 아주 부드러운 얼굴로 가볍게 어깨를 도닥였다.

"여행은 즐거우셨습니까, 도련님?"

"응! 눈싸움!"

"그러셨군요. 바덴에는 눈이 자주 내리죠."

막시밀리안이 그렇게 말하고, 클레어를 향해서 정중히 허리를 굽혔다.

"어서 오십시오. 도착하시기를 기다리고 있었습니다."

"멀리까지 오느라 고생했어요."

"당연히 제가 해야 할 역할입니다. 바다가 보이는 자리에 저택을 사 두었습니다."

"네?"

클레어는 잠깐 잘못 들었나 귀를 의심했다. 막시밀리안은 표정 하나 바꾸지 않고 손을 들어 저 멀리 어딘가를 가리켰다.

"저기에 보이는 저 저택입니다. 소박하지만 정갈해서 며칠 머무르시기에는 괜찮을 겁니다. 전경이 무척 좋더군요."

"원래 갖고 있던 별장이 아니라 새로 샀다고요?"

전혀 핵심을 짚지 못한 대답에 클레어는 다시 물었다. 막시밀리안이 그녀의 반문에 오히려 미동 하나 없는 얼굴로 대답했다.

"예. 각하께서 지시하셨습니다."

"얼마 줬어요?"

"얼마든, 각하의 용돈에서 쓰신 것이니 관여하지 말라고 하셨습니다."

"와, 용돈. 그거 얼마인지 정말, 정말, 정말 궁금하네요."

"자질구레하게 쓰는 돈은 다 용돈이라는 말씀도 하셨습니다. 클레어 님께서 궁금해하시면 그렇게 대답하라고도 지시하셨습니다."

비로소 막시밀리안이 어색하게 웃었다.

"그리고 저도 낭비라고 생각하지 않습니다, 클레어 님. 호텔이나 남의 집보다는 아무래도 직접 소유한 단독 건물이 보안을 유지하기 좋습니다."

"아, 그건 그렇군요."

클레어는 한숨을 내쉬었다. 혼자도 아니라 엘리엇까지 있으니 보안은 중요한 일이었다.

"그냥 며칠 묵을 곳인데 사 버린다는 게 적응이 되지 않았을 뿐이에요. 하지만 뭐, 그 정도 돈은 그 사람에게는 용돈이 맞겠죠."

전 같으면 반발심이 먼저 들었을 텐데, 이번에 제일 먼저 한 생각은 그 용돈 지갑 좀 까 봐야겠다는 것이었다.

'어차피 인장 반지도 받았으니까, 용돈의 생살여탈권도 나한테 있는 거 아니야?'

쓰지 말라는 건 아니지만, 자신더러 관여하지 말라니, 그건 아니지.

어차피 쌈짓돈을 주머니로 옮겼다가 다시 쌈지로 넘기는 일이었지만, 에리히에게 용돈을 주겠다고 말할 생각을 하니 왠지 비죽 웃음이 나왔다. 생각만 해도 뿌듯했다.

'이왕이면 나도 뭔가 하나 사 줘야겠다.'

그것도 에리히에게는 눈깔사탕 교환식처럼 여겨질 테지만 말이다.

"그런데."

클레어는 그 대화를 마친 후에야 시선을 돌렸다. 막시밀리안 뒤로 도열한 호위들 때문에 접근하지 못하고 멀찍이 서성이고 있는 일단의 무리가 있었다.

클레어는 이제 가자며 칭얼대는 엘리엇을 떼어 막시밀리안에게 맡겨 놓고 그쪽으로 향했다.

"루덴도르프 후작가에서 오신 분들이신가요?"

"아, 네. 황공합니다. 블룸 남작가의 요안나라고 합니다."

맨 앞줄에 서 있던 여자가 황급히 무릎을 구부리며 인사를 올렸다. 클레어는 미소를 지었다.

"환영하러 와 주셨군요. 고마워요."

"아, 아닙니다."

요안나가 얼굴을 발갛게 붉히며 고개를 숙였다. 자신이 여기에 서 있는 것은 사실 예의에 어긋나는 일이었다.

막시밀리안이 이미 한 번 후작의 초청을 거절했다. 신혼여행이니 다른 가문과 교제하기보다는 밀월을 보내고 싶다는 공작 부부의 뜻은 예의에 어긋나지 않았다. 영지의 경계를 넘어설 때 무기를 풀어 영주관에 맡기고, 영주에게 인사를 올리는 게 당연한 시대도 아니지 않은가.

심지어 먼저 온 막시밀리안이 대신 인사하고, 적절한 선물까지 주며 양해를 구했다. 기차역까지 쫓아가 붙드는 것은 점잖은 사람이 할 일이 아니다. 그러나 루덴도르프 후작 부인은 요안나에게 간곡히 말했다.

'이번 광산 일 때문에 호르스트가 미움 받고 있는 걸 너도 알잖니.'

'호르스트 경이 미움을 받다니요. 그런 말씀 마세요.'

'아니야. 그이 마음은 내가 더 잘 알아. 요즘에 그이는 호르스트를 무능하다고 생각하고 있고, 일이 빨리 풀리지 않으면 더더욱 그 애 탓을 할 거야. 게다가 헤르만은 공작 부부와 이미 얼굴을 아는 사이라고 하지 않니!'

요안나가 생각하기에 그건 어떻게 할 수 없는 일이었다. 영지에서 쫓겨나다시피 해서 수도에 있던 헤르만이, 돌아오는 길에 기차에서 공작 부부와 인연이 생긴 것을 어떻게 하겠는가.

루덴도르프 후작이 일이 안 풀리면 남 탓을 하는 것도 평소와 다르지 않았다. 하지만 그것도 누가 뭘 어쩔 수 있겠는가?

헤르만을 다시 후계자 자리에 올릴 게 아니라면, 어차피 호르스트가 후계자다. 좀 미움받더라도 조용히 웅크리고 있으면 될 일이었다.

하지만 후작 부인은 몇 번이나 말했다.

'그러니까 클라우제너 쪽 인연을 우리가 가져와야 해. 내가 공작 부부를 초청하는 데 성공하면, 그이도 다시 생각하지 않겠니?'

'글쎄요.'

'그리고 그 인연으로 광산 일이 잘 풀리면 호르스트의 공적이 될 거고!'

그래서 찾아오긴 했으나, 아무리 생각해도 될 법하지 않았다.

로멜 귀족인 요안나는 소개장 한 장 없이 공작 부부에게 말을 걸 생각만 해도 정신이 아득했다. 그것도 어디 파티장에서가 아니라 다 노출된 공공장소에서. 클라우제너의 호위들에게 가로막히고 나서는 수치심으로 온몸이 홧홧했다. 이렇게 공작 부인이 상냥한 얼굴로 먼저 말을 걸어 주리라고는 생각지도 못했다.

"무례를 저질렀는데, 이처럼 관대하게 용서해 주시니 정말 감사합니다."

"좋은 뜻으로 마중 나와 주신 건데요. 무례라니요."

클레어가 미소를 지으며 손을 내밀었다. 요안나가 아직도 무릎을 구부리고 있었기에 일어나라는 뜻으로 그런 것이었는데, 요안나는 오히려 그 손을 잡은 채 고개를 더 수그리고 아예 한쪽 무릎을 꿇다시피 하며 절을 했다.

"괜찮아요. 기차역에서 이렇게까지."

클레어는 힘을 주어 그녀를 끌어 올렸다. 요안나가 당혹한 듯 수줍은 듯 발개진 얼굴로 몸을 일으켰다.

그녀는 아렌인에 대해 편견을 갖고 있었다. 아렌인들은 품위 없고, 감정적이고, 부끄럼을 모르는 천박한 마음을 가지고 있다. 아무렇지도 않게 남의 몸을 만지거나 거리를 좁혀 얼굴을 들여다본다.

이런 편견은 남자에게도 적용되지만, 대체로 여자에게 더 비난의 시선을 던지게 했다. 심지어 요안나는 막내 남동생으로부터 더 나쁜 소리도 들은 적 있었다.

'델포드? 하, 걔가 그럴 줄 알았지.'

'그게 무슨 소리니?'

'아카데미에서부터 그렇게 공작에게 꼬리를 치더니, 대성공했어, 아주. 예쁘지도 않은 게 나한테는 징하게도 비싸게 굴더니. 썩을 년.'

사실 막내 남동생은 남 욕할 자격 없는 난봉꾼에 불한당이라, 요안나는 그 말을 귀담아듣지 않았다.

직접 보니 더 그랬다. 이렇게 아름다운 데다가 우아하고 상냥한 분이 아닌가. 난처해하는 사람한테 이렇게 먼저 말을 걸어 주는 게 왜 천박한 일이겠는가.

예쁘지도 않다는 남동생의 말 역시 완전히 틀렸다. 늘씬하게 뻗은 몸이 시원스러워 보였다. 햇빛을 반사하는 흰색 데이드레스는 얼핏 단출하고 소박해 보였지만, 도톰하면서도 가벼워 보이는 고급 원단이었다.

사람이 이처럼 환하게 보이는데, 전통적인 미인상인지 아닌지는 전혀 중요하지 않았다. 생동감 어린 낯빛은 화사하고, 적갈색 머리칼은 창백한 북방의 겨울 하늘에 불꽃처럼 선명하게 비쳤다. 요안나만이 아니라 모든 사람의 시선이 빨려 들듯이 그녀에게 집중되어 있었다.

그것을 아는지 모르는지, 클레어는 태연하게 말했다.

"후작 부인께서 마음 써 주신 덕분에 이곳에 있는 동안 평안할 것 같아요. 감사의 말씀을 전해 주세요."

"아……. 꼭 두 분을 초청하고 싶으시다는 말씀이 있었습니다."

심장이 콩닥콩닥 뛰었다. 요안나는 빨개진 채로 애써 말했다.

"자작나무 숲이 딸린 별채를 치워 두었습니다. 클라우제너의 상아궁에는 미치지 못하겠지만, 루덴도르프 영주관도 잘 지어진 건물이고, 별채도 꽤 낭만적인 곳이라 두 분 신혼에도 방해되지 않을 겁니다."

"음. 후작 부인의 마음 씀씀이에 감사한다고 전해 주세요. 아무래도 아이도 있고, 바다를 보러 온 것이라 지금은 사양하겠어요."

"네, 알겠습니다. 그렇게 말씀 전하겠습니다."

요안나는 반쯤 안도하면서 대답했다.

그때 요안나의 일행들이 움찔거렸다.

훤칠한 검은 머리 남자가 사람들 사이를 가르고 성큼성큼 앞서 나왔다. 헤르만이었다.

"오랜만에 뵙습니다, 클라우제너 공작 부인. 제가 소식이 늦어 자칫하면 부인께서 오신 줄도 모를 뻔했습니다."

그가 흘깃 요안나를 바라보았고, 요안나는 시선을 돌렸다. 클레어는 그 신경전을 알아챘다. 후작 부인이 자신의 도착 정보를 헤르만에게 숨기려다 실패한 모양이었다.

그녀에게는 크게 상관없는 문제였다. 이미 계획은 벌여 놓았고, 자신이 직접 관여할 일은 이제 없다. 헤르만은 그 안에서 자기 몫을 직접 챙겨야 한다. 그래야 한다는 것을 스스로도 알고 있을 터였다.

"아직 한 달도 되지 않았는데, 오랜만이라는 표현을 쓰기에는 좀 어색하지 않나요?"

"다시 만나 뵙고자 하는 마음이 간절하면 하루가 천 일처럼 느껴지는 법이 아니겠습니까?"

헤르만이 자연스러운 동작으로 클레어의 손을 가볍게 잡아 올려 손등에 키스했다. 그 입술은 보통의 인사보다 조금 길게 머물렀다.

"마치 '나'를 다시 만나는 게 목적인 것처럼 말씀하시네요."

"왜 아니라고 생각하십니까?"

헤르만이 눈꼬리를 날아갈 정도로 접어 올리며 달콤하게 웃었다.

노림수이긴 할 것이다. 헤르만의 목적이 진짜로 자신을 유혹하는 게 아니라, 후작가의 다른 식솔들 앞에서 클라우제너와의 친분을 과시하려는 건 알고 있었다. 더군다나 후작 부인이면 헤르만과 적대 관계였다.

미운 놈들 앞에서 높으신 분과 친한 척하는 게 얼마나 꿀맛일지, 해 본 적은 없지만 사실 상상만으로도 설레긴 했다.

'그러다 코뼈 아작 날 텐데.'

클레어는 새삼스럽게 그의 오뚝한 코를 바라보며 생각했다. 남의 코지만, 그래도 모처럼 잘생긴 코이니 망가지는 건 좀 아까울 것도 같았다. 안 그래도 헤르만은 이미 미움을 산 상태다.

지난번 편지를 낭독하면서 에리히는 점점 얼굴을 일그러뜨리더니, 마지막 문장에서 이렇게 중얼거렸었다.

'이자는 죽고 싶은 모양이군.'

청록색 눈동자의 사신 운운한 것이, 에리히의 눈에 질투의 초록색이 서릴 거라는 의미라는 건 굳이 문학적 감수성이 없어도 알 수 있었다.

그런데, 그러다 죽을까 봐 겁난다는 건지, 그렇게 죽고 싶다는 건지 모르겠더니, 아무래도 후자였던 것 같다. 그것 말고는 별말도 없었는데 말이다. 은근 질투쟁이였다.

그 생각을 하자 갑자기 웃음이 입가에 새어 나왔다.

솔직히 낭독하게 해 준다고 약속하긴 했지만 에리히가 진짜로 편지를 읽을 줄은 몰랐다. 예의 바르다기보다는 에티켓에 까다로운 사람이니, 남의 편지는 읽을 수 없다고 끝까지 사양할 줄 알았다.

에리히를 꽤 잘 안다고 생각해 왔는데, 결혼하고 나서 알게 되는 점이 생각보다 훨씬 많았다. 반응이 재미있으니까 자꾸 도발하게 된다. 그랬다가 자기 쪽이 죽어 나가기 일쑤인데도 말이다.

아니, 진짜 조심하긴 해야 했다. 도발은 본인에게 하는 걸로 충분했다.

"왜 그리 웃으십니까?"

헤르만이 무심코 그녀를 따라 웃으며 물었다. 클레어는 가볍게 고개를 저었다.

"아무것도 아니에요. 아무튼 지금은 이동해야 할 것 같아요."

지루함이 한계에 도달한 엘리엇이 칭얼거리며 막시밀리안에게 매달려 있는 것을 보고 클레어가 말했다. 헤르만이 고개를 숙였다.

"막시밀리안 경이 철저하게 준비한 것 같아 영주관에 머무르시라는 청은 못 드리겠지만, 그래도 한 번은 저희 가문을 방문해 주십시오."

"남편이 도착하면, 그때 만찬에 초대해 주세요."

그 말에 헤르만이 이채를 띠고 클레어를 보았다.

"함께 오지 않으셨습니까?"

"콜베르크 광산에서 사고가 있었거든요. 후속 처리가 남아 있는 모양이에요."

"아. 풍문으로 들었습니다. 폭약 사고였다지요? 걱정이 크셨 겠습니다."

"광부들을 새로 고용해야 한다거나, 그런 이야기를 들었 어요."

클레어는 짐짓 아무것도 모르는 사람처럼 말했다. 그러나 후작가 사람들이 모두 들을 수 있는 크기의 목소리였다. 헤르 만이 매끄러운 미소를 지었다.

"그렇군요. 그러면 오신 후에 정식 초청장을 가지고 방문하 겠습니다. 그 전에라도, 티타임에 초대해 주시겠습니까?"

클레어는 으음 하고 그의 얼굴을 올려다보았다. 남의 코뼈 도 코뼈지만, 내 남편이 남의 얼굴에 주먹질을 하면 좀 곤란 했다.

"권위 있는 귀부인의 호감을 사서 부족한 점을 보충하고 싶 은 거라면, 나한테 그러는 것보다 훨씬 효과 좋을 분을 소개해 드리고 싶군요."

"예?"

헤르만이 되물었다. 때마침 빅토리아 대공이 객차에서 하녀의 부축을 받으며 내렸다. 그녀는 기차 여행에 지친 탓에, 짐이 모두 옮겨질 때까지 기다렸던 것이다.

"헉!"

요안나가 눈에 띄게 놀라며 무릎을 구부렸다. 그녀의 뒤를 따라 후작가 일행이 일제히 몸을 숙였다.

막시밀리안과 클라우제너의 호위들은 그러지 않았다. 지켜야 할 여주인이 있는데, 함부로 몸을 숙여 움직임을 부자유스럽게 둘 수 없었기 때문이다. 대신 가슴에 손을 올리며 짧게 황족에게 예를 표했다. 당황한 기관사와 짐을 나르던 일꾼들이 두리번거렸다.

클레어가 헤르만을 향해 빙긋 웃었다.

"여자는 어리든 나이 들었든 미남을 좋아하지요. 꼭 연애적인 의미와 상관없이요."

"하하."

헤르만이 약간 허탈하기까지 한 웃음소리를 냈다.

"정말이지, 부인께는 당해 낼 수가 없군요."

"네?"

"빅토리아 대공 전하라면, 온 힘을 다해 눈에 들도록 애써 봐야 마땅하지요. 기회를 주셔서 감사합니다."

그는 클레어의 손에 다시 쪽 소리 나게 키스하고, 빅토리아 대공 쪽으로 서둘러 걸음을 옮겼다. 클레어는 그가 빅토리아 대공에게 허리를 굽히는 것까지 보고 돌아섰다.

이 정도 기회를 주었으면, 자신은 도리를 다했다. 이제 빅토리아 대공을 포섭하여 자신의 힘으로 만드는 것은 헤르만 스스로 할 일이다.

'고귀한 레이디를 모시면서 어쩌고 하는 것도 다 사귀기 전이야기지.'

하지만 상대가 빅토리아 대공이라면 개 껌처럼 물어뜯길 염려는 없다. 노부인을 잘 모시는 젊고 잘생긴 남자는 그저 어디가서도 빛이었다.

클레어는 막시밀리안에게 칭얼대고 있는 엘리엇에게 손을 뻗었다.

"자, 그럼 우리는 갈까?"

"우웅."

엘리엇이 눈을 비볐다. 졸린 모양이었다.

저택은 훌륭했다.

밖에서 집을 봤을 때 클레어가 기대한 멋진 풍경이었고, 그것도 대단했다. 그리 높지는 않지만, 바닷가에 면한 절벽 위에 있어 가로막는 것 하나 없이 수평선이 보였고, 반대쪽으로는 너른 평야와 그 사이를 가로지르는 기찻길이 보였다.

그러나 그게 끝이 아니었다. 정원이 작다 했더니, 그 끝에서 오솔길이 해변까지 이어져 있었다.

"와!"

클레어는 감탄했다. 길이 가파른 편이지만, 3분이면 모래사장을 밟을 수 있다는 것은 엄청난 장점이었다.

"엘리엇이 내려와 놀기 좋겠군요. 여름에는 사람이 많겠지요?"

"사유지입니다."

사람이 너무 많지 않다면 여름 휴가에도 한번 오면 좋겠다고 생각했다가 클레어는 멈칫했다.

"사유지라니. 샀어요? 어디까지?"

막시밀리안이 해변의 한쪽 끝을 가리켰다.

"여기서부터 시작합니다."

"끝은요?"

그가 끝을 알려 주는 대신 이렇게 말했다.

"각하께서 주신 예산을 꽉 채웠습니다."

"예산이 아니라 용돈이었죠."

막시밀리안이 그 말에 웃음을 머금었다. 그는 에리히와 다른 의미에서 좀처럼 감정을 드러내지 않는 사람이라, 클레어는 새삼스럽게 그 얼굴을 올려다보았다.

"루덴도르프 후작가는 돈이 급하고, 해변은 돈이 되는 땅은 아니니까요."

"막시밀리안 경이 흥정에도 유능한 줄은 몰랐네요."

"딱히 흥정 같은 건 하지 않았습니다. 명을 받은 대로 바다에 면한 저택과 해안 일부를 사들였을 뿐입니다."

"이렇게 해서 망하는 가문은 망하고, 흥하는 가문은 더 흥하는 거구나 싶네요."

클레어는 사박사박 모래를 밟으며 말했다.

해안의 모래는 흰빛이었고, 바다는 맑았다. 북해이니 아마 여름 기간은 짧겠지만, 관광지로서 충분히 기능할 수 있을 것이다.

'남쪽보다 선호되지는 않겠지만, 그쪽은 너무 머니까. 자주 오지도 못할 텐데, 여기다 리조트를 세울까?'

그런 생각을 하고 있는데, 막시밀리안이 말했다.

"아무나 함부로 드나들 수 없도록 울타리를 치려고 합니다."

"일부만 하죠."

클레어는 그렇게 말했다.

"저기서부터, 저기 정도까지? 그 정도면 충분한 것 같아요. 아마 기껏해야 영지 사람들이 여름에 놀러 오는 걸 텐데요."

"알겠습니다. 보안 문제가 있으니까, 저택 인근만 확실히 막도록 하겠습니다."

"그래요."

클레어는 그밖에도 저택 보안 문제에 대해 막시밀리안과 몇 가지 의견을 더 나누면서 주위를 한 바퀴 돌았다.

사람의 그림자가 눈에 띈 것은 1층 테라스로 나왔을 때였다.

이미 해가 뉘엿뉘엿 지기 시작한 시간이었다. 등 뒤 하늘은 검푸른색으로 물들고, 정면의 바다는 불타는 듯한 붉은색이었다. 바다의 일몰을 본 것은 기억도 나지 않을 전생의 일이라, 클레어는 잠시 난간을 짚은 채 그 광경을 마음에 담고 있었다.

그러다가, 무언가가 파도 사이에서 격렬하게 움직이는 것을 발견했다. 처음에는 헝겊 뭉치나 뭐 그런 것인 줄 알았다. 쓰레기가 떠밀려 왔을 거라고 생각했다.

하지만.

"막시밀리안 경, 저거, 사람 아니에요?"

"예?"

한 보 뒤에 서 있던 막시밀리안이 놀라서 클레어의 곁으로 나왔다. 그는 클레어보다 좀 더 확실하게 알아볼 수 있었다.

"사람입니다!"

"구해야죠!"

이 날씨에 북해의 바다에서 헤엄치는 사람이 있을 리 없었다.

막시밀리안이 해안을 순찰하고 있던 경비원에게 먼저 소리쳐서 알렸다. 클레어는 그의 명령이 끝나기 전에 먼저 밖으로 달려 나갔다.

"객실 벽난로에 불을 지피고 뜨거운 물을 준비해요! 그리고 의사를 불러요!"

"마님?"

하녀들은 깜짝 놀랐지만, 클레어가 시킨 일을 하기 위해 분주히 움직였다. 클레어는 숨이 턱에 닿도록 밖으로 뛰어나갔다. 계단 앞에서 막시밀리안이 손을 잡아 주었다.

그녀가 해변에 당도했을 때는 대여섯 명의 경비원들이 우르르 물에 빠진 사람과 그의 머리를 잡은 경비원을 함께 끌어내어 물 밖으로 나오는 중이었다.

"하아, 살아, 살아 있어요?"

"심장이 뜁니다."

그렇게 말하면서 경비원 하나가 구조해 낸 사람을 바닥에 눕히고 몇 번 가슴을 눌러 압박했다. 마침내 구조된 사람이 쿨룩쿨룩 입에서 물을 뱉어 내고 숨을 쉬기 시작했다. 클레어는 할딱거리고 숨을 몰아쉬었다.

"하아, 하아, 다행이에요."

그녀는 황급히 해변을 둘러보았지만, 달리 보이는 건 아무것도 없었다. 이미 일몰이 끝나 어두워서, 사실 뭐가 있어도 분간하기 어려웠을 것이다.

"막시밀리안 경, 일행이 주변에 있을지도 모르니까 수색팀을 편성해 주세요. 안전하게요."

"예."

"그리고 여러분은 모두 안으로 들어가요. 뜨거운 물을 준비시켜 놨어요."

경비원들이 명령에 따라 흩어져 움직였다. 클레어는 숨을 조금 고른 뒤 한발 늦게 막시밀리안과 함께 저택으로 돌아왔다.

객실에는 이미 뜨거운 물과 난로가 준비되어 있었다. 경비원들은 각자 몸을 데우러 가고, 물에 빠졌던 사람은 객실로 옮겨져 의사가 보고 있었다.

클레어는 제발 무사하기를 빌면서 그쪽으로 향했다. 만일에 사람이 죽는 순간을 목격한 거라면, 정말 기분이 찝찝할 것 같았다.

"어떤가요?"

"체온이 너무 떨어져서 일단 따뜻한 욕조에 담가 두었습니다. 살아날 겁니다.”

하녀 한 사람이 얼굴에 묻은 오물을 닦아 주고 있었다. 아까는 다급하여 확인하지 못했는데, 상대는 젊은 남자였다.

본래 맑은 은발이었을 머리칼이 더러워진 채 헝클어져 있었다. 얼굴이 어딘지 낯이 익었다. 클레어는 이상한 기시감을 느끼고 얼굴을 찌푸렸다. 그때 막시밀리안이 그녀의 팔을 가볍게 잡았다.

“클레어 님.”

그가 몸을 구부려 클레어의 귀에 대고 다급하고 낮은 목소리로 속삭였다.

“이 사람, 리누스 황자입니다.”

클레어는 숨을 들이켰다. 이게 말이 되는 이야기인가? 리누스 황자가 왜 여기에 있단 말인가? 그것도 물에 빠져서?

“확실해요?”

“마지막으로 본 것은 5년 전입니다만, 확실합니다. 어릴 때부터 보아 왔으니까요.”

“하긴. 그렇죠? 막시밀리안 경은 쭉 에리히의 측근이었으니까.”

그녀는 의사에게 환자를 잘 돌보라고 지시하고 밖으로 나왔다. 그리고 거실 소파에 털썩 주저앉아 그녀는 머리를 싸매고 물었다.

“달리 알고 있는 게 있으면 다 말해 줘요.”

“특별한 정보는 없습니다. 리누스 황자는 여태까지 주로 에른스트 공작령에 있었습니다. 황후 폐하의 뜻이었습니다."

"에른스트 공작령에 있었다는 건 나도 알아요."

처음에 리누스 황자가 공작령으로 옮겨진 것은 안전을 위해서였다. 제러드 황태자가 암살당했는데, 리누스 황자라고 안전하다는 보장은 없었으니까. 당시에는 황태자파의 보복을 염려했을 것이다.

클레어는 약간 고개를 숙이고 인상을 쓴 채 생각에 잠겼다.

'아직까지 거기 있다는 게 좀 이상하긴 했지만, 그래도 아주 납득 못 할 바는 아니었지. 워낙 말이 많았으니까.'

황제에게 다른 자녀가 없으니, 결국 리누스 황자가 황제가되긴 할 것이다. 하지만 말이 많은 것도 사실이었다.

일단 로멜-아렌 계승법에 어긋난다. 그렇기에 리누스 황자는 황위 계승 서열상 빅토리아 대공보다 뒤로 밀린다. 그나마 맨프레드 대공과 에리히의 모친이 모두 로멜 귀족과 결혼했기에 리누스 황자는 2순위를 지킬 수 있었다.

형제자매가 없음에도 불구하고, 그 때문에 리누스 황자는 아직까지 황태자가 되지 못했다. 아직 거기까지 따져 본 일은 없지만, 자칫하면 자신과 에리히 사이의 아이보다도 밀릴 가능성이 있었다.

만일에 아무 일도 벌어지지 않은 채 그가 유일한 황자였다면 굳이 계승법 같은 것을 들먹이는 사람은 없었으리라. 하지만 제러드 황태자는 암살당했다. 그 일을 누가 저질렀는지는 명백했다. 증거가 없을 뿐이다.

죽은 헨리에타 황후에 대해서도 마찬가지였다. 그녀는 출산 후 쇠약해진 채 병들어 죽었지만, 제러드 황태자가 죽은 뒤로 그녀도 사실은 암살당했을지도 모른다는 소문이 소곤소곤 입에서 입으로 전해졌다.

그렇다고 황제가 리누스 황자를 총애하는 것도 아니었다. 그는 이제 아예 밖에 모습을 내보이지 않았지만, 그러기 전에도 둘째 아들을 전혀 사랑하지 않았다. 가끔은 존재를 완전히 잊은 듯이 보일 때도 있었다.

'복잡한 말이 나오게 만드느니 그냥 수도에서 떼어 놓는 게 나았겠지.'

황자에 대한 에른스트 공작가의 영향력을 확고하게 하는 수단으로도 의미가 있었으리라.

하지만 이제 스무 살이 되었으니, 슬슬 황궁으로 돌아갈 때가 되었다. 정확히 언제라고 말하지는 않았지만, 조만간일 거라고 모두가 예상하고 있었다.

'누가 뭐라고 해도, 리누스 황자는 가장 강력한 황위 계승권자야.'

그 누구도 그의 계승권에 굳이 순위를 붙이지 않았다. 황후가 무조건 그를 황제의 자리에까지 밀어 올릴 테니까.

클레어는 무심코 아랫입술을 깨물며 생각에 잠겼다가, 눈앞에 드리워진 손그림자에 깜짝 놀라 고개를 들었다.

막시밀리안이 주먹을 쥐고 손을 내렸다. 그리고 낮은 목소리로 말했다.

"그러다가는 입술에 상처가 날 겁니다."

"아, 신경 써 줘서 고마워요."

클레어는 아랫입술을 만지작거렸다. 피는 나지 않은 것 같았다. 그녀는 한숨을 내쉬었다.

"리누스 황자가 왜 루덴도르프에 있을까요? 여행 중이었던 걸까요?"

그래도 이상하긴 매한가지였다. 황자가 바다에 빠졌는데, 주변에 사람이 하나도 없다니.

잠시 후에 수색팀장이 보고를 올렸다.

"인근 해변에는 아무도 없었습니다."

"수고했어요. 시내 쪽에서 사람을 찾는 무리가 있는지도 알아봐 주세요."

"예."

"은밀하게 움직였다고 하더라도, 호위와 시종은 있었겠지요."

클레어는 한숨을 내쉬며 막시밀리안에게 말했다. 막시밀리안이 부드럽게 대답했다.

"오늘은 이만 쉬십시오. 황자의 상태가 바뀌거나 새로운 소식이 있으면 알려 드리겠습니다."

"하지만……."

"오늘 먼 거리를 움직이신 데다가 일이 많아 피곤하실 겁니다."

그렇게 말하면서 막시밀리안이 팔을 내밀었다. 맞는 말이었기에, 클레어는 또 한 번 한숨을 내쉬며 그의 팔을 잡고 일어섰다.

"그런데, 경은 안 자려고요?"

"저는 괜찮습니다. 체력이 있으니까요. 오늘 밤에는 비상시를 대비해서 명령권자가 깨어 있는 쪽이 좋을 것 같습니다."

"그것도 그러네요. 미안해요."

"그런 말씀은 하지 않으셔도 됩니다."

막시밀리안은 그녀를 침실까지 바래다주고 물러갔다.

클레어는 겉옷을 벗고 침대에 앉았다. 그리고 고롱고롱 숨소리를 내며 굴러다니고 있는 엘리엇의 머리를 괜스레 어루만졌다.

악랄한 생각이 머릿속을 잠시 스쳤다. 대신 황제의 관을 거머쥘 사람이 없어도, 황후가 계속 미친 짓을 할까?

"안 돼. 그런 짓을 하면, 나도 똑같은 인간이 되는 거야."

클레어는 그렇게 중얼거리고 엘리엇을 끌어안고 누웠다.

그날 밤에는 진흙탕 같은 꿈을 꾸었다. 클레어는 자신의 머리와 같은 높이에서 연꽃들이 흔들거리는 것을 보았다. 하지만 연꽃과 달리 그녀의 발은 진흙탕 바닥에 닿지 않아서, 조금씩 몸이 잠겨 갔다.

에리히가 이렇게 필요하다고 생각한 것은 처음이었다.

다음 날 아침, 마사는 침실 창문의 커튼을 걷고 돌아보다가 깜짝 놀랐다.

"어머, 주인님. 얼굴이 왜 그러세요?"

"으응, 내 얼굴이 왜?"

클레어는 좀처럼 졸음에서 깨어나지 못한 채 웅얼거렸다. 눈에 풀을 바른 것 같았다.

"눈이 엄청 부었어요."

"피곤해서 그런가 봐."

"그럴 만도 하시죠. 그럼 더 주무세요."

"으음……."

그러고 싶은 마음은 굴뚝같았으나 확인해야 할 것들이 생각나 클레어는 결국 일어나고 말았다.

"마사, 어젯밤에 있었던 일 이야기는 들었어?"

"아, 바다에 빠진 사람이 있었다면서요? 좋은 일 하셨어요. 주인님도 많이 놀라셨죠."

"응."

마사가 말하는 것으로 보아, 그 물에 빠진 사람이 리누스 황자라는 비밀은 지켜지고 있는 모양이었다. 하긴, 막시밀리안이 그런 것을 놓칠 사람은 아니다. 어차피 리누스 황자의 얼굴을 아는 사람도 별로 없을 것이다.

줄곧 수도에 있었던 에리히와 달리 리누스 황자는 어릴 때는 황궁 깊은 곳에 감춰졌고, 열다섯 살 때부터는 에른스트 공작령에 있었으니까.

클레어는 대강 얼굴을 씻고, 일어날 줄 모르고 색색 잠든 엘리엇을 마사에게 맡긴 뒤 밖으로 나왔다. 빅토리아 대공에게서 편지가 와 있었다.

"음. 대공 전하께서는 루덴도르프 영주관에서 머물 예정이신 모양이야. 헤르만 경이 마음에 드셨나?"

"알겠습니다. 그러면 식사는 당분간 마님과 도련님 것만 준비하겠습니다."

"그래요."

영주관에 한번 방문해야 할 필요성이 느껴졌다. 아무튼 오늘은 쉴 테지만 말이다.

"환자는 깨어났나요?"

"아직입니다. 상세는 안정되었다고 합니다."

막시밀리안이 대답했다.

"일단 깨어날 때까지, 막시밀리안 경도 쉬어요. 이제 내가 깨어 있으니까."

"클레어 님."

"아, 괜찮다는 말은 하지 말아요. 오늘 나는 저택 안에서 널브러져 있을 거니까 진짜로 괜찮아요. 환자가 깨어나면, 경도 깨울게요. 그러면 되지요?"

"알겠습니다."

막시밀리안이 고개를 가볍게 숙였다. 그리고 긴 다리로 성큼성큼 걸어 자신에게 배정된 방으로 향했다.

클레어는 스스로 말한 대로 두어 시간 동안 바다에 면한 테라스에 널브러진 채 파도 소리만 듣고 있었다.

손님이 방문한 것은 그때였다. 외알 안경을 끼고 지팡이를 짚은, 백발이 성성한 노신사라고 했다.

"신분을 밝히지 않으셔서요. 그게……."

하녀는 조심스럽게 말했다. 오늘 클레어는 웬만하면 손님을 맞이하지 않을 생각이었지만, 상황이 상황인지라 응접실로 나가지 않을 수 없었다. 그리고 한눈에 손님의 정체를 눈치챘다.

"크로지크 노백작님이시지요? 이렇게 뵙게 될 줄 몰랐어요. 반갑습니다."

"미리 약속도 잡지 않고 갑작스럽게 방문하여, 이름도 밝히지 않았는데, 만나 주셔서 감사합니다."

크로지크 노백작이 모자를 벗어 가슴에 대며 허리를 굽혔다. 지극히 공손한 자세였다.

"델포드 남작님."

마치 가신이 주군을 대하는 듯한 태도였다. 클레어는 씁쓸한 미소만 지었다.

노백작이 다이아몬드를 매점한 사람이라는 것을 고려해 보면, 아마 계약서를 보았을 때부터 크로지크 백작가의 재정이 자신에게 종속되리라는 걸 깨달았을 것이다. 그것을 알면서도 이쪽의 사람이 되기로 결정했으리라.

"루덴도르프까지 오신다는 말씀을 듣고, 인사를 꼭 한번 드려야겠다고 생각했습니다."

"별말씀을요. 서로 이해관계가 맞아 성사된 일인걸요. 수도에 있는 아드님과도 인사를 나누었으니, 노백작님께서 제게 따로 인사까지 하실 일은 아니에요."

"부디 말씀 놓으십시오."

"말을 놓다니요. 가신도 아닌 분에게 그럴 수는 없어요. 부디 고개를 드세요, 백작님."

"그냥 랄프라고 부르시면 됩니다."

그 정도는 할 수 있었다. 클레어는 쓴웃음을 지으며 불렀다.

"랄프 경."

비로소 노백작이 고개를 들었다.

몇 달 전이었다면, 클레어는 노백작의 이 같은 태도를 보다 적극적으로 사양했을 것이다. 책임질 수 없는 사람은 거둘 수 없다. 아니, 애초에 사람을 거둔다는 말 자체를 받아들이기 힘들었다.

권력의 우열 관계를 부정하는 것은 아니다. 하지만 실질적으로 상하가 있는 것과 주종 관계는 다르지 않은가. 그러나 지금은 힘이 조금이라도 더 필요했다.

그녀는 경우의 수를 셈하는 기계가 아니고, 삶도 체스가 아니었다. 지금 할 수 있는 일이라고는 자신의 편을 조금이라도 늘리고, 적대 세력을 줄이는 것밖에 없었다. 크로지크 백작가가 다이아몬드 사업에서만이 아니라 가문 전체의 운명을 자신에게 걸어 준다면, 그보다 고마운 일은 없었다.

가신들조차도 오래된 주종 관계에서 벗어나려 하는 이 시대에, 새로 귀족 가문 하나를 온전히 따르게 하는 것은 쉽지 않은 일이다. 크로지크 백작가 같은 오래된 귀족 가문 상대라면, 그 사실만 가지고서도 델포드 남작가의 위상은 몇 단계나 올라간다.

그것을 알기에, 크로지크 노백작도 그녀를 공작 부인이 아니라 남작님이라고 부른 것이다. 클라우제너 공작 부인에게 백작이 공경하는 것은 당연한 일이고, 그 상하 관계로는 자신의 뜻을 다 밝힐 수 없으니까.

'요한 경을 포섭하려고 했을 때는 이렇게까지 큰일이 될 줄 몰랐는데.'

하지만 그런 마음을 모두 일단 치워 내고 클레어는 평화롭게 말했다.

"요한 경이 누구를 닮아 미남인가 했더니, 백작님을 빼닮았군요."

"과분한 말씀 감사합니다. 형편없는 손자 놈이 귀한 분께 폐나 끼치지 않았을까 늘 걱정이었습니다."

"폐라뇨. 클라우제너와 크로지크는 이제 둘도 없는 인연이고, 요한 경도 백작님을 도와 열심히 일하고 있다고 들었어요."

"그놈은 잘 꾸며서 보석상에나 앉혀 놓으면 딱 좋을 놈입니다."

노백작의 가차 없는 평가에 클레어는 웃어 버렸다. 사실 그녀도 조금 그렇게 생각하긴 했었다.

"사람의 마음을 끄는 것보다 대단한 재능은 흔치 않은 법이잖아요."

"그놈이 사람 구실하게 된 것은 남작님 덕분입니다. 이번에 보니, 그간 깨달은 바가 좀 있는 것 같더군요."

"요한 경에게 너무 가혹하시군요. 수단이 깨끗하지는 못했지만, 자리를 가리지 않고 출세하려고 했던 것은 아마 가문을 위해서였을 텐데요."

클레어는 부드럽게 말했다. 노백작이 이채를 띠었다.

"그렇게 생각하십니까?"

"그렇지 않았다면, 요한 경이 제 제안을 받아들일 이유가 없었지요. 황후 폐하 아래 있는 쪽이 훨씬 출세에 가깝고, 위험에서는 머니까요. 제가 크로지크에 제시한 것은 요한 경 개인의 이익보다 가문의 이익 쪽이 아니었던가요?"

그 말에 노백작이 잠깐 입을 다물었다. 클레어는 그가 생각을 정리하고 다시 입을 열 때까지 기다렸다.

"아니, 알고는 있었습니다. 그 녀석이 어리석다고는 생각했습니다만……. 그 결과, 남작님과 이렇게 인연이 생겼으니, 결과적으로 훌륭하게 해낸 셈이기도 하고."

"껄끄러워하셨던 마음도 이해합니다. 하지만 조금 다정하게 대해 주세요."

클레어의 말에 노백작이 껄껄 웃었다.

"아마 이제는 할아비가 다정하게 대해 주는 것보다 남작님이 수고했다고 말씀해 주시는 걸 더 기뻐할 겁니다."

"서운하지 않게 하려면, 제가 노력을 많이 해야겠군요."

클레어는 미소를 지었다. 그런 이야기를 하고 있는 사이에 다과가 나왔다.

"이 일에 크로지크 가문의 이름을 빌려 달라는 제 무리한 청을 들어주시는 걸로도 모자라, 자세한 내막을 모르면서도 이렇게 직접 와 주셨으니, 저야말로 감사를 드려야 합니다."

"실은 어떻게든 남작님께 은혜를 입혀서 저울추를 맞춰 볼 작정이었습니다."

노백작이 버릇인 듯 외알 안경 언저리를 만지작거렸다.

"저같이 은퇴한 사람까지 움직이면, 부탁받은 일을 아주 중요하게 여기고 있다는 티를 낼 수 있지 않습니까? 게다가 남작님께서는 연장자에게 마음을 쓰시니까요."

"요한 경이 그런 말을 하던가요?"

클레어는 멋쩍게 웃었다. 일부러 그런 것은 아니었지만, 아무래도 신분 높은 사람보다 나이 든 사람에게 수그러지는 마음이 있었다. 아예 확실하게 자기 가문 사람이라면 좀 나았다. 마음과 별개로 지난 20년 동안 확립해 온 상하 관계가 있었으니까.

그러나 아무래도 새로운 사람과 관계를 시작하게 되면 마음이 불편했다. 차라리 노백작이나 빅토리아 대공처럼 확실하게 나이도, 신분도 존대할 만한 상대가 편했다.

클레어는 자신이 지나치게 전생에 얽매여 있나 생각할 때도 있었다. 노백작이 미소를 지었다.

"귀부인이 자애로운 것은 흠이 아닙니다. 저처럼 이용하려 드는 자만 잘 다스리면 될 일이지요."

"다스리다니요."

"제가 늙은 몸을 움직였다는 핑계를 대려다가 결국 남작님께 또다시 은혜를 입었으니까요. 가게른 남작령의 역청탄광은 진짜더군요."

"네. 클라우제너의 보고서에 있었던 내용이에요. 어떠셨나요? 백작님까지 오셨는데도 가게른 남작이 고집을 부린다고 들었는데."

"결국 남작은 개발 사업에 동의할 겁니다. 루덴도르프 후작도 후작이지만, 가게른 남작가의 가계를 생각해서도 그렇지요."

"흔치 않은 기회이긴 하죠."

클라우제너가 이미 확인하고, 한때 해당 지역의 땅을 사들일지도 검토했었다는 것을 안다면, 남작에게도 망설임이 없었을 것이다. 자기가 스스로 빚을 내서라도 개발을 시작했으리라.

"그 광산의 지분을 확보할 기회를 주셨으니, 이제 크로지크는 남작님께 이중으로 은혜를 입은 셈입니다. 다만, 일을 진행시키기 전에 먼저 여쭙고 싶은 게 있습니다."

노백작이 조심스럽게 말했다.

"비 온 뒤에 땅이 굳어지는 법입니다. 가게른 남작과 루덴도르프 후작 사이에 분쟁이 생기겠지만, 역청탄광이 실제로 채굴을 시작하고 금고가 차오르면 금세 잊어버릴 겁니다."

"그럴 가능성이 높겠죠."

"그렇게 되면 차남 호르스트 경이 오히려 확고하게 후계자 자리를 굳히게 될 가능성이 높습니다."

이번에 요한이 클레어를 위해서 제일 먼저 한 일은 헤르만과의 사이를 은밀히 주선하는 것이었다. 그러니까 그녀의 목적은 당연히 헤르만을 통해 후작가를 쥐는 것이 목적일 것이다. 그것을 방해하게 될지도 몰랐다.

"이대로 사업을 진행해도 좋겠습니까?"

"그런 일까지 마음 써 주시지 않아도 괜찮았을 텐데."

클레어는 미소를 지었다. 이름을 빌려 놓고 손해를 보게 할 수는 없었으므로, 그녀는 정직하게 말했다.

"처음에는 크로지크 가문의 이름만 빌리고자 했던 것이라 굳이 말씀드리지 않았지만, 전 루덴도르프 후작이 지금처럼 밀어붙여 진행할 수 있을 거라고 생각하지 않아요."

"남작님께서는 후작이 뭔가 저지를 것이라고 생각하십니까?"

"루덴도르프 후작령은 지금 항구 증축에 가문의 총력을 기울여도 모자랄 상황이니까요. 그런 상황에서 남의 광산을 탐내서 무리한 일을 시작하면, 문제가 생기지 않을 리 없어요."

루덴도르프 후작이 어떻게든 문제를 틀어막아도 소용없다. 이미 폭탄을 심어 놓았으니, 언제가 되든 터질 것이다. 클레어는 그것까지 노백작에게 말하지는 않았다.

노백작은 짐작했는지 아닌지 모호한 얼굴로 대답했다.

"남작님의 예측을 불신하는 어리석은 짓을 저지르지는 않겠습니다. 달리 조언 주실 것은 없으십니까?"

"탄광 자체는 충분히 사업성이 있으니, 여유가 된다면 지분을 확보하시라고 권유하고 싶습니다."

클레어는 일부러 조금 더 가볍게 웃으며 말했다.

"그리고 백작님께서 협상해 낼 수는 있지만, 자금 문제로 확보할 수 없는 지분이 있다면 제가 사고 싶고요."

"호오."

"후일에, 후작이 팔아 치우는 지분도 제 몫인 것으로 하겠습니다."

노백작이 허허, 미소를 지었다.

"그건 조금 아쉽군요. 지금은 크로지크도 자금이 꽤 넉넉하다는 사실을 남작님께서 더 잘 알고 계실 겁니다."

"최초 정보 제공자가 가장 큰 몫을 가지는 게 당연한 일 아니겠어요?"

"서운한 말씀입니다. 제 노력 여하에 따라 남작님의 지분도 결정되리라는 것을 잊지 말아 주십시오."

클레어는 빙긋 웃었다. 이런 협상이라면 얼마든지 환영이었다.

"그렇게 따지기 시작하면, 루덴도르프가 지분을 내놓게 되었을 때 거기에 누가 영향력을 미쳤는지도 따져 보셔야 할 겁니다."

그런 식으로 몇 마디 더 응수를 주고받았을 때였다.

똑똑.

클레어가 대답하지 않는데, 막시밀리안 직속의 보안 요원이 들어와 가볍게 고개를 숙여 예를 취했다. 클레어는 무슨 일인지 군이 묻지 않았다.

"오늘 이야기는 여기까지만 하죠. 나한테 일정이 있어서요."

"알겠습니다. 갑작스러운 방문에 이렇게 맞이해 주셨는데, 오히려 제가 시간을 너무 오래 빼앗은 셈이지요."

"당분간은 이렇게 직접 뵙긴 어렵겠고, 나머지 이야기는 실무자를 통해 하시지요. 앞으로도 뵐 기회가 꽤 있을 겁니다."

"예."

크로지크 노백작이 모자를 쓰고 나서 말했다.

"그러고 보니 남작님을 만난 기쁨에 전하는 것이 늦었습니다. 이것을."

클레어는 그가 건네주는 봉투를 받았다. 밀랍으로 봉인되어 있었다.

"요한 놈이 보낸 편지 안에 따로 들어 있었습니다. 실은 이것을 전해 드리러 온 것이지요."

"고마워요."

클레어는 노백작이 응접실을 떠나자 곧바로 봉투부터 뜯었다. 노백작이 직접 전하러 왔을 정도라면, 시급하지는 않아도 기밀일 것이다.

『에른스트 공작령에서 2황자가 사라졌습니다. 황후궁에서 크게 당황하고 있습니다. 클라우제너의 움직임은 아직 인지하지 못한 것 같습니다.』

88

클레어는 나머지 자잘한 소식들을 대충 훑어 읽고 편지를 벽난로에 던졌다. 그리고 빠른 걸음으로 응접실을 나서며 보안 요원에게 확인했다.

"환자가 깨어났나요?"

"네, 공작 부인. 지금 의사가 보고 있습니다만……. 상태가 썩 좋지 않은 것 같습니다."

"알았어요."

그녀는 곧바로 3층으로 향했다.

멜랑콜리

낯선 천장이다.

리누스 로멜은, 혹은 리누스 에른스트는, 혹은 그것조차 아닌 리누스는 눈을 반개한 채 생각했다.

호흡이 가빴다. 한 번 새액 숨을 크게 들이쉴 때마다 쇠 냄새 같은 것이 났다. 내쉴 때에는 통증이 있었다. 사실 들이쉴 때에도 통증은 있었을 것이다. 냄새가 코를 찔러 별달리 느끼지 못했을 뿐이다.

"폐렴입니다. 겨울 바다에 빠지셨으니까요."

누군가가 말하는 목소리가 들렸다. 의사일 것이다. 대수롭지 않은 일이었다. 그가 죽음을 향해 한 발을 떼면 의사도, 호위도, 시녀도, 시종도 떼를 지어 움직였다. 마치 살점에 달려드는 피라냐 떼처럼.

그렇게 해서 입에 문 살점은 그들이 원하는 만큼 향기로울까? 그렇지 않을 것이다.

아니, 어차피 냄새는 모두 착각이다. 자신의 코에 쉬지 않고 나는 피와 쇠 냄새가 가짜이듯이.

그래서 그는 도로 눈을 감았다. 이러면 어떻고, 저러면 어떤가.

"목숨에 지장은 없는 건가?"

"젊은 분이니 별일 없을 겁니다."

"알았네."

다시 눈을 뜬 것은 대화하는 목소리 중에 예상치 못한 사람이 섞여 있어서였다. 그는 흐린 눈을 몇 번 깜박거리며 방 이쪽 저쪽에 시선을 주었다. 찾는 사람은 남들보다 훨씬 키가 크고 체격이 있었기에, 몇 년 만이지만 곧바로 알아볼 수 있었다.

성대를 긁듯 잔뜩 쉰 목소리가 간신히 나왔다.

"막시밀리안, 경……."

"황자 전하."

막시밀리안이 황급히 고개를 돌리더니 침대 곁으로 다가왔다. 그 옆에, 붉은빛 도는 머리칼을 가진 여자가 있었다. 낯선 얼굴이었다.

리누스는 몽롱한 채 물었다.

"내가 왜……? 에리히 형님이……?"

"각하께서는 이곳에 안 계십니다. 황자 전하께서는……."

여자가 막시밀리안의 말을 막았는지, 막시밀리안이 그냥 말을 멈춘 건지 그는 확실하게 분간할 수 없었다. 여자의 손이 그의 이마를 가볍게 짚었다. 한숨이 허공에서 안개처럼 흩어졌다.

"아직 아픈 사람인데요. 자게 내버려 두세요."

힘이 들어간 것도 아닌데, 그 손바닥에 짓눌린 것처럼 리누스는 침대에 파묻혀 도로 눈을 감았다.

고열에 시달리는 중인 황자는 곧바로 도로 잠에 빠져들었다.

"클레어 님."

막시밀리안이 염려스러운 얼굴로 불렀다. 클레어는 한 번 더 한숨을 내쉬었다.

"깨어나서 나가겠다고 하는 것보다는 자는 게 나아요. 억지로 가둬 두면 나중에 문제가 될 수도 있고……."

"알겠습니다."

클레어는 황자를 내려다보았다.

첫인상은 어리다는 것이었다. 이제 스무 살이고 키도 훤칠한 청년이지만 그래도 '이렇게 어려?'라는 생각이 제일 먼저 들었다. 머릿속에서 적으로 상정하고 있었기 때문에, 실제 사람을 대면하자 오히려 인상이 바뀐 것인지도 모르겠다.

'넌 죽음인가?'

열에 들뜬 눈으로 황자가 했던 첫마디는 그것이었다.

"그보다, 다른 소식은 없나요? 수색팀이 있을 텐데. 설마 에른스트에서 여기까지 떠밀려 온 건 아닐 거잖아요."

"호위 넷과 시종 하나가 루덴도르프까지 동행했었습니다. 저쪽에서도 비밀리에 수색 중이라서 사람을 넉넉히 풀지 못하는 것 같습니다."

"그렇군요. 수색에 협조해 달라는 요청이 올 때까지는 모르는 척하도록 하죠."

"알겠습니다."

"에리히가 올 때까지는 버텨야 해요."

클레어는 아랫입술을 깨물었다. 오배송이라고 다시 바다에 던져 버릴 게 아니라면, 결국 걸어 나가게 해야 한다. 혼자서는 결정할 수 없는 일이었다.

에리히는 집무실로 들어오다가 은쟁반 위에 수북하게 쌓인 편지 더미를 보았다. 쌓이다 못해 쟁반이 세 개였다.

"한 번 더 걸러."

에리히는 제일 많은 봉투가 쌓인 쟁반을 보고 짧게 말했다. 비서 하나가 재빨리 그것을 들고 나갔다.

두 번째 쟁반에는 대여섯 장이 놓여 있었다. 중요한 사람에게서 온 편지다.

그는 봉투가 딱 하나 놓인 세 번째 쟁반의 것을 집어 들었다. 클레어에게서 온 것이었다. 겉봉에 수신인이 'E.R.K.'라고만 적혀 있었다. 발신인 자리에는 클레어의 인장이 찍혀 있었다.

에리히는 무심코 웃음을 머금었다. 그 수신인 이름만으로도 제법 달콤한 기분이 되었기 때문이다.

그녀 외의 사람에게는 한 번도 이렇게 이니셜로 서명해서 보낸 적이 없었다. 에리히는 굳이 신분을 숨기는 성격이 아니었다. 숨겨야 할 만한 일도 하지 않았다.

그럼에도 불구하고 클레어에게 뭔가를 보낼 때 이니셜로 서명한 것은, 그녀가 화를 냈기 때문이다.

'본인의 이름이 붙은 봉투가 어떤 영향력을 갖고 있는지 좀 인지해 주실래요?'

'밀러 교수의 부탁을 전한 것뿐인데, 무슨 문제라도 생겼나?'

'기숙사 사감장이 직접 갖다주러 찾아왔다고요! 전령이랑 같이!'

클레어는 거의 분통 터져 하며 소리쳤다. 그는 전령이 왜 문제되는지 이해하지 못했으나, 사감장이 지나친 행동을 했다는 사실에는 동의했다. 그 행동을 유발한 것이 자신의 서명이라는 것도. 그래서 그다음부터는 이니셜로만 서명한 뒤 학내 우편으로 보냈다. 자주 있는 일은 아니었지만.

사실 클레어가 유일한 상대였다. 보통은 그가 클라우제너의 이름으로 서명한 봉투를 받는 것을 영광으로 여겼으니까. 그녀는 몰랐지만 말이다. 그리고 그는 클레어가 모르는 줄 몰랐다.

"흠."

이제 와서야 그는 이게 꽤 재미있다고 생각했다.

그는 별장이 마음에 든다는 이야기가 있거나, 반대로 그것을 트집 잡아 시비를 걸었을 걸 기대하면서 손수 편지 칼로 봉투를 갈랐다. 그러나 안에 들어 있는 내용은 단순한 안부가 아니었다.

『빨리 와 줘요. 당신이 필요해요.』

마지막 줄에는 그렇게 적혀 있었다. 그는 편지를 접어 주머니에 넣고 고개를 들었다.

"흠."

그의 얼굴이 차갑게 물드는 것을 보며 클라우제너의 행정 장관 제호퍼는 숨을 들이켰다. 그만이 아니라 집무실에 있던 비서와 서기관들도 모두 마찬가지였다.

편지 봉투를 집어 들며 웃을 때만 해도 이상하게 옆 사람까지 간질거렸다. 에리히가 본래 잘 웃는 사람이 아니었기 때문이다.

공식석상에서 의무적으로 짓는 부드러운 표정 정도는 있지만, 사적인 얼굴을 본 사람은 거의 없을 것이다. 하물며 미소는 더더욱. 그나마 최근 수도의 상아궁에서는 그의 새로운 모습을 본 사람이 많지만. 잘츠기터의 영주관에서는 전무했다.

'진짜로 신혼이 맞나 보네.'

제호퍼 장관은 멍하게 그런 생각까지 하고 있었던 것이다. 방해받고 싶지 않으니 알은척하지 말라는 지시가 공문으로 내려왔을 때는 거짓말인 줄 알았는데.

하지만 그 표정이 순식간에 사라졌다. 얼굴은 찌푸려져 있었고, 미소가 머물렀던 입가는 평소처럼 냉정하게 굳어졌다. 집무실의 긴장감이 팽팽해졌다.

"제호퍼 장관."

"예, 각하."

장관은 바짝 긴장한 채 대답했다. 가슴을 베어 낼 수도 있을 것처럼 예리한 공작의 눈동자에 그늘이 져서 더 새파랗게 보였다.

"오래 기다리게 했지만, 내게 시급한 일이 생겨서 빨리 접견을 끝내야 할 것 같군. 양해하게."

"아."

장관은 침을 삼켰다. 언제든 불러 달라거나, 자신이 기다려야 마땅하다거나 하는 인사를 덧붙일 여유도 없었다. 어차피 공작에게는 너무 당연한 일이라, 그것이 아부조차 되지 않을 것이다. 머릿속이 복잡하게 뒤엉켰다.

"무슨 일인가?"

제호퍼 장관이 좀처럼 말을 시작하지 못하자 에리히가 물었다.

"각하께서 시행하신 대규모 감찰 때문에 소란이 좀 있습니다."

지난주에 신혼여행 중이라던 공작이 이틀 전 갑자기 잘츠기터의 영주관으로 들어왔다. 그 직후에 클라우제너의 보안 요원과 감찰관들이 각지의 주요 광산과 공장에 일제히 들이쳐 불시에 대규모 감사를 실시했다.

물론 지금 공작이 하고 있는 일은 공작가의 감찰뿐이다. 다만 그 범위가 단순히 저택 몇 개, 사업장 몇 개가 아니라는 것이 문제였다. 대체 무슨 일이 벌어지고 있는 거냐고, 사흘 만에 그의 집무 책상 위에 편지가 쏟아지기 시작했다.

클라우제너는 제국 제일의 공업 지역이자 원재료 산지다. 클라우제너가 멈추면, 공업 전체가 타격을 입는다고 해도 과언이 아니었다. 클라우제너 영지 안에는 공작가의 사업만 있는 게 아니지만, 공작가와 무관하게 살 수 있는 사람은 아무도 없었다.

"경질된 경영 대리인도 몇 사람이나 있다고 들었습니다. 콜베르크 광산도 휴업 중이고요."

"내 경영 방침에 맞지 않는 일이 벌어졌더군. 감찰은 그 때문이야."

"무슨 일인지 여쭤도 되겠습니까?"

에리히는 약간 이맛살을 찌푸렸다. 그는 늘 내각 구성원을 존중해 왔고 앞으로도 그럴 테지만, 주머니 속의 편지를 생각하면 이야기가 길어지는 것이 반갑지 않았다.

에리히가 번거로워하는 기색을 보이자 제호퍼 장관이 긴장하며 덧붙였다.

"각하께 해명을 요구하는 것은 아닙니다. 그러나 제가 상황을 알고 있는 쪽이 옳다고 생각합니다."

"경을 책망하는 게 아닐세."

에리히는 짧게 한숨을 내쉬었다. 장관의 말이 옳다. 이만한 규모의 일을 하면서 행정 장관을 완전히 배제할 수는 없는 노릇이다. 어차피 노예단의 색출 작업은 대부분 끝났고, 감찰이 시작된 시점부터 비밀을 지킬 수는 없게 되었다.

"직공과 광부에게 아편을 공급하는 대가로 급료를 떼먹는 자들이 있더군."

감찰 결과, 다행히 클라우제너 안에 들어와 있는 숫자가 많지는 않았다. 적극적으로 노예단을 이용하고 있는 다른 영지와 달리 클라우제너에서는 영지민을 우선 고용하도록 하고 있었기 때문이다.

그렇다 해도, 그 많은 사업 속에 하나도 숨어들지 않을 수는 없었다. 그리고 그것보다 조금 더 큰 문제는, 노예단을 고용한 경영 대리인과 알면서도 방치한 중간 관리자들이었다.

감사 과정에서 다른 병폐도 적지 않게 발각되었고, 지금도 실시간으로 숫자가 늘어나고 있었다. 그러나 일단 에리히가 처리할 것은 이 문제뿐이었다.

"관련자 전부를 해고하실 작정입니까?"

늘어날 실업자의 숫자를 생각하자 아득해져서 제호퍼 장관이 물었다.

"이 계는 불법이 아닙니다, 각하. 계라고 부르는 것에서 음흉함이 느껴지기는 합니다만, 본디 채권자가 급료를 압류하는 것은 당연한 권리입니다."

"나는 경에게 동의를 구하고 있지 않네."

에리히가 손가락을 까닥거리면서 말했다. 제호퍼 장관이 더 듬거렸다.

"그야, 그러실 필요는, 없습니다만……."

"내가 고용인에게 높은 급료를 주는 것은 자비심 때문이 아니야. 생산성을 유지하고 영지 전체의 활력을 돋우기 위해서지. 검은 빵과 썩은 물로 연명하는 직공이라도 괜찮다면, 구빈원에서 사람을 꺼내다 썼을 거야. 아편으로 만든 노예의 주인 따위에게 급료를 지불하는 게 아니라."

제호퍼 장관은 옳은 말이라고 고개를 숙일 수밖에 없었다.

"달리 더 할 말이 있나?"

"혹, 이 감찰을 공작가 밖으로도 확대할 예정이십니까?"

에리히의 싸늘한 시선이 장관의 얼굴을 훑었다. 장관의 어깨가 움츠러들었다.

"다른 지역까지 간섭할 권리는 없지. 염려할 것 없네."

제호퍼 장관이 아편 조직에 관여하고 있다고 판단되지는 않았으나 에리히는 일단 그렇게 말했다. 지금 당장 이 일을 수면 위로 꺼내어 싸울 작정은 없다. 어디까지나 영지 관리 측면에서 접근했다고 알려지는 쪽이 낫다. 애초의 경영 지침이 있었으므로 황후도 의심하지 않을 것이다.

"그러나 내 영지에서, 제정신을 놓은 아편 중독자가 돌아다니는 것을 원치 않네."

"절제력을 가지고 적정량을 사용하면 약이 됩니다."

"……."

"고통을 줄여 주는 약 없이 가난한 평민들이 어떻게 버티겠습니까?"

에리히는 잠시 침묵했다. 이건 일반적인 인식이다. 제호퍼 장관은 심지어 애민 정신을 가지고 하는 말이기도 했다.

그러나 에리히는 가볍게 고개를 저었다.

"내 아내가, 고통을 줄여 주는 약이 필요할 정도로 가난한 자에게 절제력을 가지라고 요구하는 게 온당하냐고 묻더군."

제호퍼 장관이 대답하지 못했다. 에리히가 희미하게 웃었다.

"나는 그 말에 동의하지 않을 수 없었네. 따라서, 영지민을 보호해야 할 의무에 따라 치료소를 개소할 예정이야. 이번 감찰에서 걸려 해고되는 중독자 모두가 대상이 될 걸세."

빌헬름이 듣는다면 기함할 소리였다. 어마어마한 예산이 들어갈 것이다. 제호퍼 장관도 입을 벌렸다. 그러나 곧 깨닫는 바가 있어 조심스럽게 물었다.

"그것도 공작 부인의 뜻이십니까?"

"당연히 해야 할 일이지."

에리히의 얼굴에서 잠깐 맴돌던 미소가 싹 사라졌다. 그 바람에 장관은 공작 부인의 자비를 칭송할 타이밍을 놓쳤다.

"장기적으로는 클라우제너 전체의 중독자를 대상으로 하게 될 거야. 그리고 클라우제너 내부에서 아편을 대량으로 유통하는 것을 금지하겠네."

그것은 공작이 결정할 일이 아니었다. 입법권은 의회의, 행정권은 내각의, 사법권은 재판소의 것이기 때문이다.

하지만 클라우제너 공작이 자신의 영지 안에서 금지하겠다는 것을 누가 감히 거역하겠는가. 어차피 법에 의해 허용해야 할 문제도 아니다. 반발할 귀족도 없다. 제호퍼 장관은 순순히 고개를 끄덕였다.

"알겠습니다. 그럼 그렇게 알고 있겠습니다."

에리히의 시선이 냉엄하게 움직였다. 이만 물러가라는 뜻임을 알아채고 제호퍼 장관은 일어섰다.

"각하의 시간을 많이 빼앗았습니다. 이만 물러가겠습니다."

"수고하게."

에리히가 짤막하게 대답했다. 장관은 고개 숙여 정중히 인사하고 집무실에서 물러갔다.

"……."

에리히는 잠깐 생각을 정리한 다음 제일 먼저 이것부터 명령했다.

"기차를 준비해."

"예?"

"루덴도르프로 가는 기차. 한 시간 안에 출발하는 것이 있다면 객차를 잡고, 없다면 출발시켜."

비서가 눈을 크게 떴다. 그러나 다시 묻지는 않았다. 공작은 지금까지 기차를 단독으로 전세 내어 움직이거나 하지 않았지만, 그럴 수가 없다는 뜻은 아니다.

그 즉시 보좌관들이 다급히 움직였다. 한 명은 기차를 준비시키러 가고, 다른 한 명은 짐을 싸라는 소식을 집사에게 전하러 갔다. 에리히는 남은 업무를 빠르게 분류해서 실무를 맡기고, 정보팀을 불러들였다.

"에른스트 공작령에 관한 첩보 상황은 어떻지?"

"공작령 자체에는 노예단이 많이 퍼지지 않았습니다. 지금 에른스트 공작가에서 영지 밖의 지역에 가지고 있는 사업체 중심으로 확인 중입니다."

"2황자는?"

"수도로 이동할 준비 중인 것으로 알고 있습니다."

"평판은?"

"여전히 공작저 안에 숨어서 나오지 않고 있습니다. 거처의 하인이 워낙 자주 갈려서, 에른스트 공작 부인이 최근 반년 동안 황후 폐하께 보낸 편지가 70통이 넘습니다."

"리누스가 쉬운 성격은 아니지."

에리히가 짤막하게 중얼거렸다.

"자네는 나를 따라오게."

그건 정보망의 흐름 전체를 조정하라는 뜻이나 다름없었으나 정보팀장은 공손히 긍정의 대답만 했다.

에리히는 최근 수도에 관한 보고서를 훑으며 기차에 올랐다. 거기까지 걸린 시간은 정확히 한 시간이었다.

뿌우우……!

루덴도르프행 기차가 기적 소리를 울리며 출발했다.

✦

루덴도르프 영주관이 잘 지어진 건물이라던 요안나 블룸의 말에는 틀린 점이 없었다. 쭉쭉 뻗은 하얀 자작나무 숲을 배경으로 서 있는 영주관은 따스한 겨울 햇볕을 듬뿍 받아 더욱 아늑해 보였다. 부지가 넓고, 너무 높지도 않았다. 정원수가 모두 오래되어 아름다운 가지를 드리우고 있었다.

"우와."

엘리엇의 몸이 벌써부터 들썩거렸다.

"엄마, 나 저거."

"남의 집에 가서 나무를 타면 안 돼."

"힝……."

"이모할머니를 보러 가는 거니까, 가서 얌전히 있어야 해."

클레어의 단속에 엘리엇이 '웅' 하고 대답했다. 어차피 어린 아이 인내력을 믿을 수는 없다. 빅토리아 대공이 잘 보살펴 주기를 바랄 수밖에 없었다.

원래는 루덴도르프 후작 부인의 초대를 받아들일 생각이 없었다. 남의 영지에 왔으니 예의상 한번 방문하긴 해야겠지만, 에리히가 도착한 후에 부부 동반으로 올 작정이었다. 루덴도르프에는 엘리엇 또래의 아이가 없으니, 굳이 데리고 방문할 필요 없었다. 그러면 엘리엇도 불편한 사람들에게 장시간 노출되지 않는다.

대신 후작 부인이나 호르스트 부부를 별장으로 초대할 생각이었다. 가볍게 엘리엇의 얼굴을 보여 주고 나가 놀게 하는 것으로 사교적인 인사를 끝마치고, 나머지는 날씨와 바다 이야기로 채울 수 있었으리라. 빅토리아 대공도 아이 사정이 있으니 별장 쪽으로 와 주십사 하고 청하면 거절하지 않았을 것이다.

하지만 리누스 황자 때문에 그럴 수가 없었다.

'운이 없게 다른 사람과 마주치기라도 하면 난처해. 아예 집 안에 사람을 안 들이는 게 제일이지.'

그렇다고 빅토리아 대공이나 후작 부인을 아예 무시하고 처박혀 있을 수는 없었다. 그래서 결국 방문하기로 결정하고 만 것이다.

'빅토리아 대공 전하도 계시고, 랄프 경도 있고, 뭐 딱히 저쪽에서도 나한테 기대하고 있는 건 없겠지.'

탄광은 클라우제너의 사업이고, 루덴도르프 후작은 여러모로 아주 남자다운 사람이니, 에리히가 아니라 자신을 상대로 뭔가 하려고 하지는 않을 것이다.

마차가 막 정원을 돌았을 때였다.

"잠깐만요."

클레어는 창문을 가볍게 두드리며 말했다. 마부석 쪽을 열어 두었기에 마부가 곧바로 마차를 세웠다. 건너편에 앉은 막시밀리안이 물었다.

"왜 그러십니까?"

"사람들이 나가고 있어서요."

본채 정문에 마차가 여러 대 서 있었다. 모두 소박한 갈색이나 검은색이었지만, 대여 마차 같은 것보다는 잘 관리된 좋은 물건이었다. 귀족가를 방문하는 중산 계급이 쓸 만한 마차다. 클레어는 눈에 힘을 주고 나오는 자들을 살폈다.

"선주 연합이군."

"예. 뱃사람이 많습니다."

둘은 잘 차려입은 손님들 대신 각자 주인을 맞이하는 하인들 쪽을 살폈다. 의족이나 의수를 단 자가 제법 있었다.

공사장이나 공장에서 팔다리를 잃은 일꾼을 거두는 주인은 드물었다. 하지만 다친 선원을 거두는 선주는 제법 많았다. 여기가 루덴도르프라는 것을 생각하면, 거의 틀림없었다.

뱃사람이라는 말에 엘리엇이 깜짝 놀라 소리쳤다.

"후크 선장?"

엘리엇의 눈이 반짝반짝 빛났다. 바다를 본 뒤로 해적 놀이에 대한 열정이 최고조에 달해 있었다.

'진짜 배는 사 주면 안 된다고 미리 말해 둬야겠어.'

클레어는 피식 웃었다.

"엄마, 나, 나."

"오늘은 손님으로 초대받아서 왔으니 꼬마 신사답게 있어야지."

"꼬마 아냐. 신사야."

엘리엇이 주장했다. 클레어는 아이의 귀여움에 몸살을 앓으며 그 뺨을 부비부비 두 손으로 비볐다.

"싱사하테 이로면 앙대!"

"이걸 누가 낳았어, 대체?"

누가 낳았든 이렇게 귀여운 아이를 세상에 내놓았다는 게 놀랍다는 점에서 똑같았다.

마차는 후원으로 돌아 들어갔다. 부지가 넓어 보여서 마차로 후원까지 간다는 것에 별생각 없었는데, 지금 와서 보니 저 손님들과 마주치지 않게 하려는 배려였던 것 같다.

후원에는 티파티 준비가 되어 있었다. 마차가 멈춰 서자 막시밀리안이 문을 열었다가 막 마차에 노크하려던 헤르만과 마주쳤다. 헤르만이 자연스럽게 미소를 지으며 물러섰다.

"공작 부인을 마중하러 왔습니다. 어서 오십시오, 막시밀리안 경."

막시밀리안이 묵묵히 그에게 고개만 숙여 인사하고, 마차 안에 손을 내밀었다.

엘리엇이 훌쩍 그의 팔에 안겼다. 막시밀리안이 엘리엇을 바닥에 내려 주는 동안 헤르만은 기회를 놓치지 않고 클레어에게 손등을 내밀었다. 클레어는 그의 에스코트를 받아 마차에서 내렸다.

"둘째 공자와 그 부인도 티타임을 함께하기로 했나 보지요?"

"루덴도르프에 있는 사람 중 자격과 시간이 있는 사람은 모두 모였다고 보면 됩니다."

"이런."

"빅토리아 대공 전하께서도 와 계시니까요."

"어땠나요? 대공 전하의 마음을 사로잡은 것 같던데."

클레어가 장난스럽게 웃으면서 물었다. 헤르만도 반농담으로 받았다.

"부인보다는 제 매력을 알아주시는 것 같습니다."

"독신은 독신끼리 대화가 잘 통하는 법이죠."

클레어도 농담으로 받았다. 헤르만이 웃어 버렸다.

"감사하게 생각하고 있습니다. 아버지께서 더 이상 저를 배제하고 일을 진행시키지 못하게 되셨죠."

클레어는 잠깐 걸음을 멈췄다. 바람이 불어 모자챙이 흔들리자 헤르만이 손을 뻗었지만, 날려 가기 전에 클레어는 모자를 자기 손으로 눌렀다.

"선주 연합이 온 것 같더군요."

"예. 아버지가 부르셨습니다."

클레어는 거기에서 여러 가지 것을 이해할 수 있었다.

루덴도르프 후작은 빅토리아 대공의 제안을 받아들였다. 선주 연합 쪽의 생각은 알 수 없지만, 자발적인 것이든 후작의 강요를 못 견딘 것이든 똑같다. 이것으로 후작가에 심은 폭탄에는 뇌관이 꽂혔다.

루덴도르프의 작은 사교계에는 좀처럼 흥미로운 일이 생기지 않았다. 사실 이렇게 모이는 일 자체가 극히 드물다고 해도 과언이 아니었다.

루덴도르프 후작가는 이미 명성을 잃은 가문이었다. 최근에 아우구스타의 힘으로 위세를 일부 되찾기는 했으나, 후작 부부는 여전히 썩 존경할 만한 점이 없는 사람들이었다.

후작이 장남을 제치고 차남을 후계자로 세웠다는 것도 구설수의 대상이었다. 온당한 결혼에서 태어난 장남을 밀어낼 만큼 후작 부인의 신분이 압도적으로 높다거나 사교계의 분위기를 뒤집을 만한 사건이 있었던 것도 아니다.

그러니 후작 부인이 파티를 열어도 초대에 응하는 사람은 많지 않았다. 그런 와중에 클라우제너 공작 부인이 방문한 것이다.

물론 빅토리아 대공의 방문도 대단하고 놀라운 일이었다. 그러나 아무래도 클라우제너 공작 부인이 더 흥미로웠다. 최근 가장 뜨거운 화제를 몰고 다니는 사람이었으니까.

초대장 한 장에 네 명이 들어오기도 했다.

"후작 부인이 무척 들떠 보이네요. 하긴, 후작 부인의 티파티에 언제 이렇게 많은 손님이 들어 봤어야 말이죠."

"빅토리아 대공 전하께서 자작나무 별관에서 묵으신다고 했잖아요? 후작 부인의 어깨가 아주 으쓱하겠어요."

"그럴 리가. 헤르만 경이 초청한 건데요."

나지막한 목소리들이 소곤소곤 여러 이야기를 실어 날랐다.

"호르스트 경이 아니라요?"

"헤르만 경이에요. 클라우제너 공작 부인을 초청한 것도 헤르만 경이라더군요."

"어머. 루덴도르프 공자라는 말만 듣고 저는 당연히 호르스트 경인 줄 알았어요."

"큰 공자가 수도에 오래 있으면서 사람을 많이 사귀었다고 들었습니다."

"클라우제너 공작 부인이나 빅토리아 대공 전하와 면식이 있을 정도라면, 아마 공작 각하와도 친분이 있겠지요."

"영지 관리도 중하지만, 귀족이라면 아무래도 교유가 중요한 법인데."

조금 더 낮은 목소리로 그런 말들도 오갔다.

"클라우제너 공작 부인은 아렌 출신이라죠?"

"꽤 남쪽이라고 들었어요. 밀밭이랑 목화밭밖에 없는 시골이라던데."

"남자가 여자에게 반하는 순간에 그 배경이 보이는 건 아니죠. 클라우제너 공작 각하라면, 사실 상대가 아렌의 남작이든 로멜의 백작이든, 아무런 차이도 느끼지 못하시겠지요."

"이건 제가 블룸 공자에게 들은 이야기입니다만."

누군가가 더욱 낮은 목소리로 속삭였다.

"아카데미 시절에 공작 각하를 유혹하기 위해서 ……까지 했다고 합니다."

"설마요. 그래도 귀족인데, 남작 영애가 그런 짓을."

"저도 들었어요. 그야말로 출세 상대가 될 만한 상대라면 가리지 않고 꾀었다고."

"세상에, 진짜요?"

"헤르만 경과도 그런 식으로 만난 인연일 수도 있다고 봅니다."

부디 그랬으면 좋겠다는 희망에 가까운 험담이 퍼졌다.

곧 헤르만이 클레어를 에스코트해서 동백꽃밭으로 들어섰다. 소곤거림이 일시에 멎고 시선이 그쪽에 집중되었다.

클레어는 심녹색과 갈색 벨벳으로 만들어진 드레스를 입고 있었다. 가슴부터 허리까지, 또 허리부터 허벅지까지 부드럽게 몸의 선을 드러내며 흘러 떨어지다가 무릎에서부터 화려한 파도를 그리며 퍼지는 디자인이었다. 챙 넓은 모자를 장식한 것은 꽃과 레이스가 아니라 다이아몬드였다. 그러나 그것이 사람의 시선을 모조리 앗아 가지는 않았다.

겨울의 환한 햇살을 받은 머리칼이 선연한 붉은빛이라, 동백꽃밭 속에서 불쑥 커다란 꽃이 솟아오른 듯 시선을 잡아끌었다. 그러나 꽃 정령이나 요정처럼 아리따웠다는 이야기가 아니다. 공작 부인은 정열적인 인간 외의 그 무엇으로도 보이지 않았다.

"아아."

사람들이 온통 입을 다물어 조용해진 속에서, 누군가가 짤막하게 감탄사를 흘렸다. 헤르만은 그들의 심정을 백번 이해했다.

고작해야 남작가 출신이다? 금발도, 푸른 눈도 아닌 아렌인이다? 그녀를 직접 보고도 감히 그런 식으로 말할 수 있는 자가 있을 리 없었다. 애초부터 미인이냐 아니냐 하는 문제가 아니었다. 그녀에게는 자신감과 그것을 뒷받침하는 실질적인 힘에서 나오는 존재감이 있었다.

"부인께 어머니를 소개해 드릴 수 있도록 허락해 주십시오."

"당연히 제일 먼저 안주인께 인사를 드려야죠."

클레어는 부드러운 얼굴로 대답하며 주위를 한 번 둘러보았다.

그래 봤자 시시한 아렌 남부의 촌 귀족, 큰 방직 공장을 갖고 있는지 어떤지는 몰라도 기를 꺾어 주겠다고 생각했던 사람들이 호박색 눈동자와 마주치자 얼른 눈을 내리깔았다.

루덴도르프 후작 부인과 빅토리아 대공은 한자리에 있었다. 헤르만이 그쪽으로 클레어를 인도했다.

'이럴 수가······!'

루덴도르프 후작 부인은 마음속으로 고함을 내질렀다. 이래서는 클라우제너 공작 부인을 초청하여 티파티를 열었다는 것이 자기 명성이 아니라 헤르만의 명성이 될 게 아닌가. 빅토리아 대공과 교분을 쌓았다는 평판도 빼앗긴 마당에 그것까지 밀릴 순 없었다.

'무슨 핑계를 대서든 쫓아내 버렸어야 했는데!'

후작 부인은 마치 하려고 했으면 그럴 수 있었기라도 한 양 생각했다. 하지만 소용없는 생각이다. 지금 시점에서 클레어와 가장 친분 있는 것이 헤르만이었기에 그가 마중 나간 것이니까.

그녀가 복잡한 심경을 전부 숨기지 못하고 망설이는데, 엘리엇의 손을 잡은 막시밀리안이 한발 늦게 뒤따라왔다. 엘리엇이 도중에 다른 것에 정신 팔린 탓이었다.

"어머나!"

"세상에, 귀여워라!"

클레어가 나타났을 때와는 달리, 발그레하게 통통한 뺨을 한 아기 신사를 향해서 솔직담백한 찬사가 쏟아졌다.

"어쩜! 천사 같아요."

깜짝 놀란 엘리엇이 막시밀리안의 다리 뒤로 숨었다가 빼꼼 고개를 내밀었다. 그리고 빅토리아 대공과 눈이 마주쳤다.

"앗, 이모할머니!"

엘리엇이 깜짝 놀라 소리쳤다. 그리고 반가운 듯 환한 얼굴로 도도도, 그쪽으로 달려갔다. 신사가 되겠다는 이야기는 바로 잊어버린 것 같은 모습이었다.

"엘리엇."

빅토리아 대공이 미소를 지으며 몸을 구부렸다. 고작해야 2, 3일 보지 않았을 뿐인데 어찌나 이 다정하고 달콤한 아이가 그립던지.

그녀는 여기가 단순한 티타임이 아니라 나름 격식을 갖춘 티파티 자리가 되었다는 것도 잊고, 클레어와 후작 부인을 서로 소개해 주는 것도 잠깐 잊었다. 빅토리아 대공이 고개를 숙이자 엘리엇이 거침없이 그녀의 품에 안겨서 뺨에 뽀뽀했다. 짧은 시간 동안 익숙해진 대로 그녀 역시 엘리엇의 뺨에 입맞춤을 되돌려 주었다.

사람들이 숨을 삼키는 소리가 클레어에게까지 들려왔다. 클레어는 차라리 잘되었다고 생각했다. 위협적인 수도 사교계에 나서기 전에 여기에서 한번 엘리엇을 소개시키는 예행연습을 하는 것도 나쁘지 않았다.

그때 작게 주절대는 소리가 들려왔다.

"하, 결혼하기도 전에 몸을 더럽혀서 낳은 자식새끼가 뭐 그리 자랑스럽다고."

술에 취한 듯한 남자 목소리였다. 클레어는 귀를 의심했다. 클레어만이 아니라 다른 사람들도 그랬을 것이다.

파티장이 한순간 쥐 죽은 듯 고요해졌다. 빅토리아 대공이 엘리엇의 귀를 두 손으로 막았다. 영문을 모르고 엘리엇이 버둥거렸다.

'별 미친놈이?'

클레어는 순간적으로 혈압이 치솟는 것을 느꼈다. 그러나 그녀가 시선을 돌리기도 전에 루덴도르프 후작 부인이 황급히 나서서 호들갑을 떨었다.

"세상에, 이렇게 귀여운 아드님과 아름다운 부인을 얻으셨으니, 공작님께서 요즘 매일매일 행복하시겠어요."

헤르만과 기 싸움 같은 걸 할 때가 아니었다. 이 파티장의 관리 책임은 후작 부인에게 있다. 상황이 난처해지면 그녀가 책임을 져야 될 것이다. 그리고 남편이 얼마나 클라우제너 공작가의 지원을 받고 싶어 하는지, 그녀가 가장 잘 알고 있었다.

클레어는 입꼬리를 끌어 올렸다. 그리고 마음속으로 참을 인을 아주 천천히 그리면서 되뇌었다.

'나는, 할 수 있다. 우아하고 얌전한 귀부인······!'

욱하면 안 된다. 여기서 화난다고 몽땅 뒤집어엎으면, 뒷일이 더 골치 아파진다. 후작가에 꾸며 놓은 것이 괜히 엉뚱한 일 때문에 어그러지면 곤란했다.

"별말씀을요. 그이가 어울리지 않게 아이를 예뻐하긴 해요."

클레어는 들은 것을 무시하고 있는 힘껏 미소 지으며 후작 부인의 말에 응답했다.

"이렇게 어여쁜 아드님을 누구인들 사랑하지 않겠어요?"

"제가 공작 각하를 먼발치에서 한 번 뵌 적이 있는데, 정말 이런 미남이 세상에 둘이 더 있을까 싶었거든요. 그런데 여기 한 분이 더 나타났네요."

"어쩜 이렇게 닮으셨을까요?"

금세 귀부인들이 엘리엇을 둘러싸고 훈훈한 분위기를 만들었다.

"자, 인사해야지."

엘리엇이 수줍음을 타면서 빅토리아 대공의 치맛자락에 숨었다가, 대공의 말을 듣고 발개진 얼굴로 머뭇머뭇 나섰다.

"안녕하세요. 클라우지에······ 제너의, 엘리엇입니다."

엘리엇이 두 손을 모으고 배꼽 인사를 했다. 그러고는 부끄러운 듯 얼른 클레어에게 매달렸다. 그러면서도 호기심은 사라지지 않는 듯했다. 동글동글 파란 눈동자가 어른들을 올려다보았다. 고운 분홍색 입술이 오물거리다가 또다시 부끄러운 듯 클레어의 손바닥에 얼굴을 파묻었다.

"하아."

"귀여우셔라."

보들보들한 입술이 제 손바닥에 닿기라도 한 양 사람들이 안달했다. 역시 자기가 낳진 않았지만, 클레어는 뿌듯해졌다. 이 유전자는 길이길이 남겨야 한다. 물론, 자신과 에리히 사이에서 태어나는 아이는 성격을 좀 면밀히 살펴야 할 테지만.

하지만 그녀는 마음에 없는 겸양을 떨었다.

"이렇게 많은 사람이 모이는 파티인 줄 알았다면 두고 왔을 텐데. 엘리엇이 시끄럽게 굴어서 방해가 되지는 않을지 걱정이에요."

"그게 무슨 말씀이세요? 클라우제너의 후계자를 이렇게 뵙게 되다니, 영광일 따름인걸요."

루덴도르프 후작 부인은 조금 전까지 느꼈던 실망감과 패배감을 깨끗이 날려 버리고 설레는 목소리로 말했다. 생각해 보니, 클라우제너의 장남이 사교계에 정식으로 소개된 것은 오늘이 처음이었다.

사람들이 찬탄하는 사이, 제일 먼저 실속을 차린 것은 헤르만이었다.

"클라우제너의 후계자를 다시 뵙게 되어 기쁩니다, 엘리엇 경. 우리는 기차역에서 이미 한 번 만난 사이지요?"

그는 엘리엇의 앞에 한쪽 무릎을 꿇고 말했다. 엘리엇이 깜짝 놀라 소리쳤다.

"경?!"

"그렇습니다. 클라우제너 공작 각하의 장남이시니 마땅히 경의 존칭을 받으셔야죠."

엘리엇의 눈이 반짝반짝 빛났다.

"엄마, 들었어? 나보고 경이래!"

어깨를 펴고 배를 내밀며 으쓱거리는 엘리엇을 보고 클레어는 어이없음 반, 귀여움 반이 섞인 웃음을 흘렸다.

"경은 무슨. 존칭을 듣기엔 아직 이르죠."

"백작은 아직 이르더라도, 남작위 하나 정도는 주었을 법도 한데 말이다."

"자기 이름에 책임을 지려면, 아무리 어려도 아카데미에 들어갈 나이 정도는 되어야 한다고 생각해요."

빅토리아 대공이 웃었다.

"세상이 달라졌으니까 그것도 나쁘지 않겠지. 나도 어린아이에게 너무 많은 것을 퍼붓는 건 좋지 않다고 생각한다. 에리히만 생각해 봐도 그렇지."

아마 그 말을 진짜로 이해한 것은 클레어뿐이었으리라.

"어렸을 때부터 너무 거만하게 키우면 곤란하기도 하고요."

"그 말도 옳고."

그런 이야기를 하고 있을 때였다. 이번에는 진짜 들으라는 듯이 큰 소리로 말하는 것이 정원을 가로질러 똑바로 전달되었다.

"하긴, 얼마나 자랑스러우시겠어? 기어이 몸으로 공작을 꼬드겨서 결혼까지 골인했으니. 내가 저 여자, 아카데미 시절부터 걸레인 건 알았지만."

후작 부인의 낯빛에서 실시간으로 핏기가 빠져나갔다. 클레어는 그쪽으로 시선을 돌렸다.

솔직히 뒷소문이 있으리라는 것은 예상하고 있었다. 이제 와서 헛소문 한두 마디 듣는다고 상처 날 만큼 예민한 성정도 아니었다.

대부분은 가십처럼 그냥 떠드는 소리다. 그것도 아니면 질투였다. 전자는 신문 기사의 논조가 바뀌면 같이 바뀌게 마련이었고, 후자는 잘 살아서 염장을 질러 주면 될 일이었다.

하지만 대놓고 앞에서 말하는 놈은 논외다. 실수로 흘러나온 말 정도라면 나중에 헤르만을 통해 조용히 경고할 작정이었지만, 이딴 소리를 공개적으로 듣고 그냥 넘어가면 사람이 우스워질 뿐이다.

클레어는 엘리엇을 빅토리아 대공의 품으로 넘겼다.

"부인. 제가 대신."

헤르만이 그녀를 말리려는 듯이 불렀다. 클레어는 그의 손을 가볍게 떨어내고, 주절댄 작자 쪽으로 걸음을 옮겼다.

요안나는 파랗게 질려서 남동생 브루노의 입을 막으려 했다.

"너 아까부터 미쳤니? 제정신이야!?"

목소리를 한계까지 낮춘 채 닦아세웠지만, 이미 브루노가 말한 것을 모두가 들었다. 주변에서 슬금슬금 사람들이 피했다. 조금 전까지 브루노에게 맞장구를 치던 율리아 영애도 마찬가지였다.

그러나 제정신이 아닌 브루노는 큰 소리로 '내가 뭐, 틀린 말했나?' 하고 언성을 높였다. 요안나는 속이 터져서 미칠 것 같았다.

'내가 이래서 브루노는 못 데려간다고 했는데······!'

그래도 네 동생이 앞으로 블룸 남작가의 주인이 될 사람인데, 이런 중요한 자리에 빠지면 되겠느냐고 부모님이 기어이 우겼다. 그럼 직접 데리고 참석하시라고 아무리 말해도 소용없었다.

'우리같이 나이 든 사람들이 같이 가 봐야 형식적인 인사밖에 못 하지 않겠니?'

'브루노는 공작 부인과 옛날에 친분이 있었다고 했으니까, 마침 잘됐지 뭐냐. 신혼여행 중에 혼자 있는 부인을 만나는 것은 구설수에 오를 수도 있는 일이니, 네가 같이 가 주는 게 좋겠다.'

어머니와 아버지는 왜 브루노를 그렇게 철석같이 믿는지 도무지 알 수가 없었다. 친분은 개뿔. 클라우제너 공작 부인에 대한 소문이 들려올 때마다 브루노가 그녀를 모욕한 것이 한두 번이 아니었다.

오늘이라도 제정신을 차렸으면 했는데, 어제의 술이 덜 깼는지, 아침에 해장술이라도 한잔했는지, 주정뱅이 꼴이 역력했다. 이런 놈과 동행이라는 게 수치스러웠으나 동생을 버리고 도망치지도 못하고 요안나는 시뻘게진 채 몸을 움츠렸다.

또각또각.

클레어가 다가와 두 사람의 앞에 섰다.

"안녕하세요, 블룸 남작 영애. 곁에 있는 주정뱅이는 동행자인가요?"

"아, 공작 부인. 그게……."

"하, 찔리긴 하는 모양이지, 델포드?"

클레어가 브루노를 잠시 쳐다보았다. 델포드라고 불렸던 적이 없었던 건 아니지만, 꽤 드물었다. 그러니 그렇게 부르는 사람이라면 알 법도 한데, 전혀 기억에 없는 얼굴이었다.

"우리가 아는 사이인가?"

통통한 몸에 술살이 붙은 이목구비는 아주 평범했고, 인상에 남을 만한 거라고는 코뿐이었다. 부러졌다가 잘못 붙었는지, 모양이 뒤틀려 있었다.

물론 클레어는 코 모양이 완벽하지 못하다고 해서 사람의 얼굴을 흉하다고 말할 작정은 없었다. 그러나 대낮에 술 냄새를 풍기면서 티파티에 참석한 남자의 딸기코는 확실히 흉물스러웠다. 그녀는 눈을 치웠다.

클레어의 시선이 비켜 간 것을 깨닫고 브루노가 욱해서 언성을 높였다.

"날 모른다고? 나 브루노 블룸이야! 브루노 블룸!"

"기억에 전혀 없는데. 예의도, 품위도 없으면서 여자가 기억해 주길 바라면 얼굴이든 능력이든 최소한 둘 중 하나는 갖추는 게 어떨까?"

"야, 너!"

"야, 너?"

클레어가 브루노의 억양을 토씨 하나 안 틀리고 따라 했다. 그리고 나서 시선을 브루노에게 둔 채 싸늘한 목소리로 불렀다.

"루덴도르프 후작 부인, 나는 내가 이 티타임에 중요한 손님으로 초대받은 줄 알았는데요."

"아, 송구합니다. 아."

후작 부인은 어찌할 바를 몰랐다. 몇 분 전에 후작의 비서가 다급히 가져다준 쪽지 때문에 그녀는 혼란한 상태였다. 이 일까지 처리할 능력이 없었다.

"블룸 공자를 모셔라!"

클레어의 앞을 감히 가로막을 수 없어서 물러나 있던 헤르만이 황급히 끼어들었다. 공작 부인이 후작 부인을 부른 시점에서 확실히 자신들이 치워야 할 일이 되었기 때문이다.

하인들이 서둘러 다가왔다. 브루노가 발광했다.

"야, 이 개 같은 년아! 또 남자야? 그렇게 질질 흘리고 다니는 년인 줄 알았으면, 내가!"

막시밀리안이 클레어의 앞을 가로막았다. 그러나 그가 손을 쓸 필요도 없었다.

"끅!"

강인한 악력이 뒤에서 브루노의 덜미를 틀어쥐었다.

"각하!"

에리히와 함께 온 루덴도르프 후작이 경악하여 외쳤다.

"끅, 아악!"

브루노는 목이 뽑히는 듯한 고통에 비명을 질렀다. 그 비명이 번지듯이 당황한 사람들이 내는 신음 소리와 탄식이 파티장을 잠식했다. 막시밀리안만 혼자 침착한 태도로 고개를 숙였다.

"오셨습니까?"

"에리히!"

막시밀리안의 등에 가려지듯이 밀려났던 클레어가 그를 팔로 밀어제치며 앞으로 나섰다.

브루노의 목덜미를 잡고 있는 에리히의 얼굴은 싸늘했다.

"잠깐 기다려."

"언제 왔어요? 지금 어쩌려고."

"악!"

에리히가 팔을 들어 올리자 브루노가 다시 비명을 질렀다. 그의 발뒤꿈치가 땅에서 떨어졌다. 사람들은 충격에 휩싸여 아무 말도 하지 못했다.

사람을 시켜 끌어내게 했으면 당연한 처사라고 생각했을 것이다. 남을 시켜 매질을 했다면, 썩 좋은 소리를 들을 수는 없겠지만 어쨌든 있을 수 있는 일이다. 하지만 이렇게 공작이 직접 손을 쓰다니. 아무도 상상한 적이 없었다.

그리고 그가 이 정도까지 완력이 세다는 것도 아는 사람이 드물 것이다. 남자 하나를 거의 들어 올리고서도 그는 눈썹 하나 까닥하지 않은 무표정이었다. 사방이 쥐 죽은 듯 고요해졌다. 우아하게 다듬어진 껍질 한 겹 아래 감춰져 있는 야만성이 폭발할 듯이 꿈틀거렸다.

클레어는 아득함을 느꼈다. 물론 그녀도 화가 났다. 죽여 버리고 싶다거나, 한 대 패고 싶다거나 하는 생각은 그녀도 자주 한다. 이딴 놈은 누구한테 처맞았다는 소식을 듣더라도 꼴좋다는 소리밖에 안 했을 것이다.

그러나 에리히의 태도는 그녀의 그런 분노와는 결이 달랐다. 마치 벌레라도 잡아 누르는 듯한 냉엄한 멸시였다.

그것이야말로 진짜로 귀족적인 것이다. 손톱 발톱 끝까지 다듬어진 모양새로, 감정을 숨긴 채 예법을 갖추고 고상한 움직임을 보이는 게 귀족적인 것이 아니라.

그는 이 자리에서 브루노를 죽일 것이다. 모욕당한 귀족이라면 그게 당연하다.

그건 안 된다.

클레어는 몸이 약간 떨리는 것을 억누르고 그의 팔에 손을 댔다.

"에리히, 이제 그만해요."

얼어붙을 정도로 새파란 에리히의 눈이 클레어를 훑었다. 그는 인상을 찌푸리더니 곧 브루노를 바닥에 팽개쳤다. 격렬한 움직임은 아니었다. 그러나 그가 떨어뜨리듯 툭, 손힘을 푸는 것만으로도 브루노는 땅바닥에 나뒹굴었다.

그다음에야 그는 브루노의 얼굴을 보았다. 어딘가 기시감을 느끼고 에리히는 한 걸음 앞으로 내디뎠다.

짓밟을 작정으로 그런 것은 아니었다. 얼굴을 확인하려던 것뿐인데, 겁에 질린 브루노의 사타구니 사이가 짙은 색으로 젖어 들었다.

"히익, 히이이⋯⋯."

"낯이 익군."

에리히가 억양 없는 목소리로 내뱉었다. 클레어는 의아한 듯 그를 쳐다보았다.

"에리히?"

"내가 있다는 걸 뻔히 알면서 이렇게 주둥이를 추잡하게 놀리는 놈이 이 세상에 둘이나 있을 것 같지도 않고."

에리히는 그렇게 말했으나, 그 이상 직접 손을 쓰거나 발로 브루노를 걷어차지는 않았다.

대신 그는 오른손을 내밀었다. 비서가 황급히 가까운 테이블에서 물병을 가져다가 손수건을 적셨다. 에리히는 손수건을 받아 손을 닦고는 그것을 브루노 위에 버렸다. 무슨 지저분한 것이라도 만진 듯한 태도였다.

"치워."

손수건을 치우라는 말처럼 그가 대수롭지 않게 말했다. 루덴도르프 후작가의 하인들이 마치 제 주인에게 명령을 들은 사람처럼 우르르 몰려가 브루노를 잡았다.

"흐악, 악! 흐악! 잘못했어요! 잘못했습니다!"

브루노가 발작적으로 소리 지르면서 울부짖었다. 클레어는 그 겁에 질린 짐승 같은 소리를 들으면서 얼떨떨한 얼굴로 에리히를 쳐다보았다.

에리히는 막시밀리안을 일별했으나 굳이 꾸짖지는 않았다. 대신 클레어의 허리를 한 팔로 감아 안고 손끝으로 귓바퀴를 쓰다듬었다. 낮은 속삭임이 클레어의 귓속으로 스며들었다.

"더러운 소리를 듣게 했군."

"아는 사이예요?"

"……."

에리히의 시선이 클레어의 눈과 마주쳤지만 곧바로 스윽, 밑으로 내려갔다.

"에리히."

"나중에."

그가 느릿하게 대꾸했다. 그게 감정을 드러내고 싶지 않아서라는 것을 클레어는 알 수 있었다.

그는 다음으로는 루덴도르프 후작 부부에게 시선을 주었다.

"후작, 후작 부인."

"예, 각하."

"두 사람의 뜻을 충분히 이해했네. 굳이 내 아내를 초대한 의미까지."

"오해십니다, 각하. 저놈은 제 가문에서도 골칫덩이인 놈입니다. 어째서 남작이 저런 놈을 보냈는지 저야말로!"

"후작령 안에서 내 아내에 대한 모욕이 일상적으로 오가지 않았으면, 저런 소리를 지껄이는 놈이 이 파티장에 들어올 수 있었겠나?"

"아, 아닙니다. 절대 그런 일은 없습니다."

"그러면 후작령에는 귀머거리만 살고 있는 모양이군."

루덴도르프 후작이 식은땀을 흘리며 고개를 숙였다. 후작 부인은 울기 직전이었다.

"에리히."

빅토리아 대공이 엘리엇의 손을 잡고 다가왔다. 엘리엇은 무슨 일이 있었는지 보지는 못했지만 분위기에 위축된 채 눈만 도로록 굴리다가, 에리히를 보고 반가운 얼굴을 했다.

"아빠."

에리히는 클레어의 허리를 감고 있던 손을 풀고 엘리엇에게 두 팔을 내밀었다. 엘리엇이 에리히의 팔에 몸을 맡기고 마치 날아서 안기기라도 할 듯 폴짝 뛰었다. 에리히가 엘리엇의 겨드랑이 아래 두 손을 넣더니 공중으로 가볍게 던졌다가 받아 안았다.

"히히."

그제야 엘리엇의 얼굴에 웃음꽃이 피었다. 빅토리아 대공이 말했다.

"빨리 왔구나. 일이 좀 복잡하다더니."

"그렇게 되었습니다."

에리히는 굳이 설명하지 않았다.

"파티장까지 쫓아오고서?"

"쫓아온 게 아닙니다. 역에서 내렸는데, 클레어가 티파티에 참석했다는 이야기를 듣고 온 겁니다."

다른 사람들이 듣기에는 그 말이 그 말로 들렸다. 빅토리아 대공이 쓴웃음을 지었다.

"핑계는."

"……."

에리히 입장에서는, 별장에 들어가 리누스와 대면하기 전에 클레어와 대화할 필요가 있었다고 말해야 핑계였다. 그러나 굳이 설명할 필요를 느끼지 못했으므로 그는 그냥 그 말에 대답하지 않았다.

"저희는 이만 돌아가겠습니다. 이모님은 계속 여기 머무르실 겁니까?"

"날 초대한 것은 루덴도르프 후작이 아니니 말이다."

"알겠습니다."

에리히는 그렇게만 말했다. 빅토리아 대공은 굳이 보살펴 줄 필요가 없는 사람이었다.

"돌아가지."

클레어가 한숨을 내쉬었다. 하지만 이렇게 겁에 질리고 싸늘해진 파티장에 계속 남아 있을 이유가 없었다.

에리히가 한 팔로 엘리엇을 안은 채 다른 한 손을 클레어에게 내밀었다. 클레어는 그 손을 잡았다.

마차는 이제 두 대였다. 에리히는 엘리엇을 막시밀리안과 함께 클레어가 타고 온 마차에 태웠다. 그리고 자신은 클레어와 함께 타고 온 마차에 올랐다.

"아직도 화가 나 있군."

에리히가 마차 문을 닫자마자 말했다. 클레어는 한숨을 내쉬고 까닥까닥, 그에게 자기 얼굴 쪽을 손짓했다.

에리히는 그것을 전혀 거부하지 않았다. 그가 고개를 기울여 클레어의 입술을 가볍게 물었다. 그녀의 아랫입술에 힘이 들어가 있었다. 긴장을 풀라고 혀로 그 위를 톡톡 두드리면서 그는 역시 브루노 블룸을 죽였어야 했나 생각했다. 티 테이블에 있는 작은 디저트 포크로도 충분했을 것이다.

마치 머릿속에 떠오른 흉포한 생각을 알아채기라도 한 것처럼 클레어가 그의 손을 붙잡았다. 달콤하게 깍지 끼어 애무해 오는 것이 아니라, 붙드는 듯한 손동작이었다.

"클레어."

"난 당신이 화내는 게 좋아요. 얼굴 일그러지는 거 보면 솔직히 좀 뿌듯할 때도 많고."

"……."

"하지만 공포로 다스리려고 하지는 말아 줘요."

클레어는 그 이상 굳이 부연하지 않았다. 에리히는 그것만으로도 충분히 이해할 것이다. 에리히가 입술을 거의 댄 채 속삭이듯이 말했다.

"나는 잘못했다고 생각 안 해."

"내가 당신을 이해한다는 게 좀 싫을 때가 있네요. 알고 있어요. 반성하라는 게 아니라, 그냥 그렇다는 이야기예요."

"……."

"엘리엇 앞에서는 좀 더 조심했으면 좋겠고."

클레어는 약간 미소를 지으면서 다시 키스하려는 그의 입술을 검지로 밀어냈다. 그녀의 손가락 끝에 붉은색이 묻어났다.

"원래 아는 놈이었어요?"

"아까 그놈?"

"낯이 익다고 했잖아요. 게다가……."

브루노 블룸의 반응은 동물적이고 즉각적이었다.

권력을 두려워할 줄 안다면 자신은 물론 빅토리아 대공 때문에라도 조심했었을 것이다. 물리적 폭력이 두렵다면 막시밀리안의 눈치를 보았으리라.

하지만 그런 것을 판단할 능력이 없는 것처럼 날뛰다가, 에리히를 보자마자 겁을 집어먹었다. 몸에 각인된 두려움이 있기라도 한 듯이.

'아.'

클레어는 옛일 하나를 떠올렸다. 브루노 블룸이 아니라 에리히를 기준으로 생각하면, 굳이 기억을 휘저을 필요까지도 없는 일이었다.

"그게 대체 무슨 소리지?"

에리히는 태연하게 반문했다. 그러나 클레어는 속지 않았다.

"블룸 말이에요. 코뼈가 옛날에 한 번 부러졌던 것처럼 보이던데요. 당신이 그런 거죠?"

"근거 없는 소리는 하지 마."

"그게 아니면 왜 블룸이 그렇게 당신을 보고 겁을 먹는 건데요?"

게다가 그는 아카데미 시절을 언급하며, 에리히와 자신을 엮어서 욕했다. 그 정도면 충분히 추측 가능하다. 아마도 같은 시기에 아카데미를 다녔던 자일 거다.

"생각해 보니까, 아는 사람 중에 중퇴자가 있었어요."

"알아봤자 별 볼 일 없는 놈이야. 어차피 기억도 못 하는 상대라면, 더더욱 알 필요 없어."

클레어가 눈을 깜박거리면서 생각에 잠기려는데, 에리히가 그녀의 뺨을 끌어당겨 가볍게 입 맞췄다. 생각을 흐트러뜨리려는 시도에 굴하지 않고 클레어는 말했다.

"로만 교수의 제자였어요. 뭐, 병 때문에 갑자기 그만둔다고 했던 것 같은데."

안다고 말하기도 뭐한 상대긴 했다.

그녀의 지도 교수였던 밀러 교수의 연구실에 심부름을 오곤 했던 법학과 학생이었다. 귀족이 교양학부가 아니라 시험을 쳐서 법학과에 들어가는 일은 흔치 않아서 기억하고 있었다.

얼굴은 다시 생각해 봐도 잘 기억나지 않았다. 인상이 흐릿하고, 평범한 사람이었던 것 같다. 자신이 차를 내준 적이 몇 번 있었을 것이다. 밀러 교수의 다기 세트가 좋아서 자주 그 연구실에 눌러앉아 있었던 거니까 말이다.

그리고 그 정도면 알 만했다. 시기가 꼭 맞는다. 자신을 알면서 에리히와 마주칠 기회가 있었을 만한 사람, 그리고 아카데미를 그만둔 사람까지 합치면 그 수가 많지 않았다.

에리히에 의해 코뼈가 부러진 다음 아카데미를 다닐 수 없게 되어 그만두고, 클라우제너에서 그에 관한 소문을 없앴다고 하면 말이 되었다.

"당신이……. 음."

이번에는 좀 더 깊은 도전이 이어졌다. 에리히가 그녀의 턱을 쥐고 아랫입술을 벌려 열었다. 클레어는 그의 손목을 잡았다.

키스가 막히자 에리히가 낮은 소리로 경고했다.

"딴 놈 생각하지 마."

"내 생각은 내 거예요."

클레어가 반사적으로 대꾸했다.

"그리고 당신이야말로, 지금 다른 생각 하고 있는 주제에."

"……."

"내 말이 틀렸어요?"

에리히가 키스하려고 기울였던 고개를 빼고 반듯하게 앉았다. 단맛이 흔적도 없이 가시고, 이성으로 고삐를 채워 놓은 분노가 가슴뼈를 박살 내고 달려 나갈 것 같았다.

"기억할 가치가 없는 놈이야. 너 때문에 그랬던 것도 아니고."

그는 건조하게 말했다. 그녀를 위해 거짓말을 해 주고 있는 게 아니다. 그는 진심으로 그렇게 생각했다.

그때 자신은 스스로 무슨 감정을 느끼는지, 왜 화가 났는지도 전부 이해하지 못한 채 놈을 복싱장으로 끌어냈었다. 아마 쓰레기 같은 놈이 더러운 입으로 자신까지 엮어서 떠들었기 때문이었을 것이다. 혹은 클레어가 멍청하게도 하필 그런 놈과 얽혔기 때문일지도 모른다.

어쨌든 클레어를 위해서는 아니었다. 숙녀의 명예를 위해서 움직인 거라면, 분노를 쏟아 내는 게 아니라 보다 온당하고 우아한 방법으로 놈에게 경고를 주었으리라.

하지만 그가 한 일은 감정에 몸을 맡긴 채 놈을 피떡으로 만드는 것이었다. 부친은 그 일을 보고받고 나서, 그를 불러 이렇게 말했다.

'네가 혈기 왕성하다고 생각해 본 적이 한 번도 없는데. 생각해 보면, 그럴 만한 나이지.'

'죄송합니다.'

'후회하느냐?'

'아니요. 모욕에 대응했을 뿐입니다. 하지만 방법이 거칠었다는 생각은 듭니다.'

'알고 있다면 됐다. 머리가 식은 뒤에도 후회하지 않는 일이라면, 하는 게 옳지. 걸린 게 숙녀의 명예라면 더더욱.'

'그것 때문은 아닙니다.'

'그렇구나. 뭐, 한 번쯤은 그런 경험을 하는 것도 나쁘지 않겠지.'

그때는 부친이 왜 그렇게 미묘한 웃음을 머금고 있는지 몰랐다.

이제 그는 아버지의 말을 다 이해할 수 있었다. 자신이 얼마나 미숙한 채 감정에 휘둘렸는지도, 일 처리가 지나치게 서툴렀다는 것도.

그는 거의 수치심을 느꼈다. 블룸 따위는 아무래도 좋다. 놈을 말살하는 일은 간단했다. 이제 놈 자체는 그에게 아무런 감정도 불러일으키지 못했다.

하지만 놈이 불러일으키는 옛 기억에 짜증이 났다. 놈과 크게 다르지 않은 스스로에게도. 진창에 처박아서라도 그녀를 제 품에 넣고 싶어 망상하는 그 더러운 속셈이 너무 잘 이해되어서.

그리고 또다시, 관계의 모든 부분이 그녀에게만 부담되는 방식으로 움직인다는 것을 깨닫고 만다. 아무것도 아니었던 때는 물론, 아내가 된 지금조차도.

그럼에도 불구하고 그는 여전히 클레어에게 미안하다고 말할 수 없었다. 그래서 그는 차라리 입을 다무는 쪽을 택했다.

그런 기분을 짐작도 못 하는 클레어가 잡혀 있는 손가락을 꼼질거렸다.

"에리히."

클레어는 생각에 잠긴 그의 푸른 눈동자가 늪에 잠긴 듯 어두운 빛깔로 가라앉는 것을 보았다. 황금빛 속눈썹이 그 위를 덮었다. 그것이 진짜 무감한 얼굴이 아니라 복잡한 감정을 숨기기 위해서라는 것을 그녀는 잘 알고 있었다.

그리고 그를 그렇게 만드는 상대는 오로지 자신뿐이라는 것도.

무심결에 웃음을 흘리자 에리히가 트집 잡듯 말했다.

"또 왜 웃어?"

"내가 당신을 이해한다는 게 가끔 억울해질 때가 있어요."

클레어는 붙잡힌 손을 끌어당겼다. 에리히는 그대로 질질 딸려 오듯이 그녀 쪽으로 몸을 기울였다.

그녀는 키스하지 않았다. 코와 코가 스치고, 그다음에는 뺨이 맞닿았다. 부드럽게 내리깔린 눈 아래로 시선이 닿고, 입술 끝이 살짝 상대의 숨을 머금었다.

그 순간 인내의 한계에 도달한 에리히가 잡아먹을 듯이 그녀의 입술을 삼켰다. 화를 내는 건지 흥분한 건지 분간할 수 없는 태도였다. 클레어의 호흡이 가쁘게 그의 얼굴 위로 흩어졌다. 에리히가 깍지 낀 손을 아프도록 움켜쥐고 제 품으로 잡아당겼다.

"하."

그러자 그를 밀어냈다. 아랫입술을 깨물리고, 깍지를 풀어냈다가 팔을 다시 당기며 몇 번이나 공방전이 이어졌다. 클레어의 머리가 마차 문에 부딪쳤다. 에리히가 그녀의 뒷머리를 감싸느라 손을 풀었다.

클레어는 겨우 손이 놓여난 틈을 타서, 고삐라도 잡듯 그의 뺨을 감싸 고정시켰다. 확고한 중지 의사에 에리히가 멈췄다. 그의 가지런한 이에 붉은색이 묻어 있었다.

"에리히."

클레어가 숨을 할딱거렸다. 에리히가 어두워진 눈으로 그녀를 노려보았다. 감정을 쏟아 내라고 유도당한 기분이 들었기 때문이다.

"블룸 따위는 상관없어요. 옛날에 무슨 소리를 했는진 몰라도, 이미 지나간 일인걸."

"……."

"내가 신경 쓰는 건 당신이에요."

클레어가 그의 눈을 들여다보며 말했다.

"사람을 벌레처럼 쳐다보지 마세요. 죽어 마땅하다고 분노하는 건 괜찮지만, 죽어야겠다고 판단하지는 말아요. 난 그런 사람에게 마음을 기울일 수 없어요."

묻은 연지를 닦아 주려는 듯이 그녀가 그의 입술 쪽으로 손을 뻗었다. 에리히는 그 손가락을 가볍게 깨물었다. 대답은 쉽게 나오지 않았다.

"……애써 보지."

그가 할 수 있는 대답은 그 정도였다. 클레어가 웃었다.

"난 당신이 진짜로 남의 코뼈를 부러뜨린 전과가 있을 상상도 못 했는데. 그렇게 감정적인 사람이었다니."

에리히는 언짢다는 듯 그녀를 쳐다보았다.

그가 복싱장 외의 장소에서 주먹을 날린 건 살면서 지금까지 단 한 번이었고, 블룸을 포함해도 두 번이다. 둘 다 클레어 때문이었으나, 그는 굳이 그걸 변명으로 삼고 싶지 않았다.

말하면, 자제력을 상실하는 유일한 원인이 그녀라는 것을 인정하는 셈이 된다. 요동치던 감정과 충동이 모두 그녀를 중심으로 움직였다는 것과 자신의 소년 시절이 온통 그녀 차지라는 것도.

그게 사실이라는 것과 그것을 인정하는 건 또 다른 문제다. 안 그래도 목줄이 잡혀 있는 마당에, 숨통까지 빼앗길 수는 없었다.

에리히는 인내심 없이 그녀의 턱을 끌어당겨 다시 입 맞추었다. 안 그래도 흉험한 기분이 몸 안에서 들끓는 것을, 그녀가 말리는 바람에 한 번 참았다. 더는 인내에 소비할 여력이 없었다.

그녀의 소녀 시절을 차지할 방법은 이미 없었고, 미래 역시 독점할 길이 요원했다.

그러니 단둘이 있을 때라도 온전히 가져야겠다.

그런 생각을 하는 찰나에 클레어의 손이 부드럽게 그의 머리칼 사이로 들어와 헤집었다.

그것만으로도 뒤엉킨 감정과 억지로 잡아 놓은 살의가 물속에 떨어진 잉크처럼 풀려나갔다. 그는 줄곧 몸을 긴장시키고 있었던 것이 클레어가 아니라 자신 쪽이라는 것을 깨달았다.

"와 줘서 고마워요. 당신이 필요했어요."

그녀가 다정하게 말했다.

그는 한숨을 내쉬고 클레어를 끌어당겼다. 진흙 인형이 된 기분이었지만, 그것이 기쁘다는 게 가장 큰 문제였다.

발작하며 끌려 나간 브루노 블룸은 집에 도착해서도 정신을 차리지 못했다. 하인들이 그의 팔다리를 잡고 억지로 끌어 내렸다. 브루노는 누가 자신을 잡아끈다는 사실만으로도 겁에 질려 발악했다.

"흐악! 흐윽!"

"아니, 애가 대체 왜 이러니!"

블룸 남작 부인이 황급히 아들을 감싸 안으며 소리쳤다.

"발작인가? 요안나! 너 브루노 제대로 돌보지 않고 뭐 했니!"

"아니, 루덴도르프에서는 이런 상태인 아이를 그냥 마차에 태워 보냈단 말이냐!"

블룸 남작까지 나서서 요안나를 닦아세웠다.

요안나는 더 이상 말할 기력도 없어서 두 사람을 바라보기만 했다. 브루노가 이런 상태인 것은 하루 이틀 일이 아니었다.

한때, 소년 시절에는 아카데미에서 법학 교수의 총애를 받았던 때도 있었으나, 중퇴하고 집으로 돌아온 뒤로는 결코 총기를 되찾지 못했다. 하루 종일 술을 찾고, 하녀를 건드리고, 신문을 보며 욕설을 뇌까리는 것이 일과의 전부였다.

그래도 부모는 결코 아들을 포기하지 않았다.

'저 애가 지금은 방황하고 있을 뿐이지, 언젠가 큰일을 할 거야.'

그게 10년이었다.

글쎄, 차라리 자신감을 잃고 영지 안에 숨어 있었으면 모를까, 위스키가 담긴 힙 플라스크를 가지고 다니는 시점에서 요안나는 그를 포기해야 한다고 생각했다.

하지만 그녀의 포기에 무슨 의미가 있겠는가. 가문의 상속에 가장 중요한 것은 계승법이고, 그다음은 가주의 의사다.

"요안나!"

"두 분이 잘못하신 거예요. 브루노는 티파티에서 술에 취한 채 클라우제너 공작 부인에게 욕설을 했어요."

"뭐?"

"그걸 공작 각하께서 들었고요. 무슨 말을 했을지는, 아시잖아요?"

"그게 무슨 소리냐?"

블룸 남작이 사납게 요안나를 추궁했다. 반면, 남작 부인은 파랗게 질린 얼굴이 되었다.

그녀는 알고 있었던 것이다. 브루노가 클라우제너 공작 부인을 어떻게 생각하는지. 요안나는 어머니를 쏘아보며 말했다.

"공작 부인 앞에서는 말을 가릴 거라고 생각하셨던 거예요? 브루노가 공작 부인에 대해서 뭐라고 하는지, 이미 아시잖아요."

"아니, 하지만, 그⋯⋯."

"술까지 가지고 들어갔어요. 이러니까 안 된다고 말씀드렸잖아요!"

블룸 남작 부인이 당황하고 있는 사이, 블룸 남작이 소리쳤다.

"그게 대체 무슨 말이냐고 묻잖소!"

"나, 난 몰라요! 클라우제너 공작 부인이 미혼 시절에 우리 브루노와 인연이 있었는데, 결국 공작을 택하는 바람에……."

남작 부인이 설명하다 말고 발끈했다.

"하지만 그게 브루노 탓인가요? 어릴 적 일이잖아요. 한창 혈기 왕성한 나이인데, 여자가 앞에서 살랑살랑 다니면 혹할 수도 있죠! 그런 점에서는 공작도 절대 당당하지 못할 텐데요!"

그 일로 상처받은 브루노가 아직까지 결혼조차 하지 않고 폐인처럼 살고 있지 않은가.

얼마나 아깝고 잘난 아들인데. 부모에게 물려받을 것이 없어 죽을 둥 살 둥 공부해야만 하는 보통 귀족가의 차남이나 삼남들과 달리, 그녀의 아들은 작위를 상속할 외아들인데도 영특하고 성실하여 스스로 공부를 택했다.

그 아들의 미래를 망쳤다고 생각하면, 공작 부인이 한없이 미웠다.

그러나 또 달리 생각하면, 이건 이것대로 좋은 기회였다. 클라우제너 공작 부인 같은 고위 귀족과 인연을 맺을 기회는 흔치 않았다.

그녀의 아들은 본디 똑똑하고 영특한 데다가 잘생긴 청년이었다. 공작 부인이 재회를 기뻐하지 않을 리 없었다. 훌륭한 청년이 고귀한 귀부인을 돕는 것은 당연한 일이다. 이거야말로 브루노를 위한 기회가 됐을 터였다.

두 번째 마차가 도착한 것은 남작 부인이 간신히 브루노를 진정시켜 안으로 들여보냈을 때였다. 마차 자체는 흔한 검은색이었으나, 옆에 클라우제너 공작가의 문장이 새겨진 휘장이 드리워져 있었다. 블룸 남작은 깜짝 놀라 밖으로 뛰어나갔다.

마차에서 내린 것은 검소한 회색 정장을 갖춰 입은 반백의 남자였다.

"안녕하십니까, 블룸 남작님? 이렇게 인사를 드리게 되어 유감입니다."

남자가 태연하게 손을 내밀며 블룸 남작에게 악수를 청했다.

"영광되게도 클라우제너 공작 각하의 법률 고문직을 맡고 있는 괴르델러 백작이라 합니다."

블룸 남작은 그 손을 잡는 것도 잊고 멍청하게 괴르델러 백작을 바라보았다.

남의 일을 보살피는 사람이라고 만만하게 볼 일이 아니었다. 그는 블룸 남작보다 몇 배나 높은 사회적 지위를 가진 남자였다.

작위를 가진 귀족이 법률가나 학자가 되는 일은 드물다. 가문의 주인이라면, 보통 남의 일을 보살피는 것보다는 자기 가문을 잘 경영해야 했다.

하지만 상대가 클라우제너 정도라면 그렇지도 않았다. 그 같은 고귀한 가문의 일을 책임지고 맡아서 하는 자리다. 그렇기에 괴르델러 백작가는 장남까지 모두 법학과로 보냈던 것이다.

그리고 사실, 브루노가 노렸던 최고의 출세 형태가 바로 괴르델러 백작인 셈이었다.

블룸 남작이 망설이자 괴르델러 백작은 차분하게 손을 아래로 내렸다. 블룸 남작은 그때야 경악해서 서둘러 손을 내밀었으나, 이미 괴르델러 백작은 악수할 생각이 없어진 것 같았다.

"무례……를 저질렀습니다."

블룸 남작이 애써 침착을 유지한 채 사과하자 괴르델러 백작이 온화한 미소를 지었다.

"괜찮습니다."

블룸 남작은 그를 응접실로 안내했다. 괴르델러 백작은 자리에 앉자마자 차 한 잔도 마시지 않고 용건으로 들어가, 클라우제너의 문장이 찍힌 봉투 두 장을 테이블에 꺼내 놓고 말했다.

"제가 방문한 이유는 아마 짐작하시리라 생각합니다."

"저희 아들……이 공작 부인께 무례한 일을…… 저질렀다고 들었습니다."

블룸 남작에게는 공작이 내 아들에게 저지른 짓은 어쩔 거냐고 따질 만한 용기가 없었다. 괴르델러 백작이 사람 좋아 보이는 얼굴로 미소를 지었다.

"그 일로 각하께서 노하셨습니다. 본디 자비로운 분은 아니라, 같은 말씀을 두 번 하는 것을 싫어하시지요."

"예……."

블룸 남작은 이번에 들은 말이 경고라고 생각했다. 두 번 다시 무례를 저지르지 말라는 뜻으로 말이다. 하지만 클라우제너 입장에서는 그렇지 않았다.

에리히는 이미 학창 시절에 브루노에게 한 번 '경고'를 주었다. 영지로 돌아가 두 번 다시 나오지 말라고 말이다. 그것을 어기고 사교계에 얼굴을 내민 것으로도 모자라서 공작 부인을 또다시 모욕했으니, 이제는 제재해야 할 때였다.

"남작님께서 택하실 수 있는 선택지는 둘 중 하나입니다."

괴르델러 백작이 봉투 두 개를 모두 블룸 남작에게 내밀었다.

"아드님을 폐적하고 요양 병원으로 보내어 평생 나오지 못하게 하십시오. 가문은 방계 친족에게 상속하시거나 따님의 지참금으로 삼으시면 될 것 같습니다."

"뭐요?"

블룸 남작이 자리에서 벌떡 일어섰다. 그건 가문을 닫으라는 말과 다르지 않았다.

"그렇게 하시지 않는다면, 모욕죄로 소송을 할 예정입니다."

괴르델러 백작은 온화한 표정으로 계속 말을 이었다.

"물론 재료가 그것만 있는 것은 아닙니다. 좀 더 지저분하게 하자면, 블룸 남작가의 지난 50년간 납세 내역을 살펴본다거나, 영지민의 삶을 들여다볼 수도 있겠지요. 어쨌든 귀족원은 만장일치로 블룸 남작가의 작위를 박탈하는 것에 동의할 겁니다."

"백작님!"

"그리고 남작님도 이 정도면, 각하께서 철저하게 절차를 지키시는 거라는 사실을 충분히 이해하셨으리라 믿습니다."

블룸 남작이 선불 맞은 멧돼지처럼 거칠게 숨을 몰아쉬었다.

이건 부당하다. 부당했다.

고작해야 아렌의 여남작 하나를 좀 비난했기로서니 이럴 수는 없었다. 그러나 그녀는 공작 부인이기도 했다.

공작은 충분히 말 한마디로 가문을 멸문시킬 수 있었다.

"기다, 기다려 주십시오. 생각할 시간이 필요합니다."

"그러십시오."

괴르델러 백작이 콧수염을 점잖게 만지며 대답했다.

"생각에 보탬이 되실지도 모르니 제안은 두고 가겠습니다."

그가 일어섰다. 의례적인 그의 미소가 블룸 남작에게는 잔혹한 사신의 그것처럼 보였다.

＊

이 일은 블룸 남작가의 문제일 뿐만 아니라, 루덴도르프의 문제이기도 했다. 루덴도르프 후작은 미친 듯이 화를 냈다.

쿵! 캉!

집어 던져진 문진이 바닥을 푹 찧고 몇 번이나 튀어 올라 굴렀다. 유리잔과 가스등이 깨지고, 엎어진 잉크병이 카펫을 물들였다. 후작 부인은 죄인처럼 두 손을 모은 채 그 난장판 속에 고개를 숙이고 서 있었다.

"내가 뭐라고 했어! 중요한 일이라고 했지! 어떻게든 이 기회에 공작 부부와 좋은 관계를 만들어야 한다고 했잖아!"

"여, 여보……."

"사람 관리를 어떻게 하기에 그런 놈 하나 못 골라내?! 당신이 그러고도 루덴도르프의 안주인 맞아?!"

루덴도르프 후작이 고함을 질렀다.

"그러니까 루덴도르프 사교계가 망했다느니, 없어졌다느니 하는 말이 생기지!"

"전부 내 탓으로 돌리면 속 시원해요?"

마침내 견디지 못한 후작 부인이 마주 언성을 높였다.

"내가 뭘 어떻게 할 수 있었다는 거예요? 운이 좋아서 후작 부인 자리를 꿰찬 남작 딸이라면서 아무도 내 말을 듣지 않는데?"

루덴도르프 후작 부인이 눈가를 새빨갛게 물들이고 소리쳤다.

"우리 가문이 아우구스타 님이 지원해 주는 것 말고 뭐 내세울 게 있긴 해요? 그게 아니면, 당신이 철저하게 내 편이 되어 준 일이 있어요?"

"허, 이 사람이?"

"아니면, 당신이 클라우제너 공작이 부인에게 한 것처럼 철저하게 날 지켜 주기를 했어요? 당신이라면 나 때문에 블룸 남작의 멱살을 잡았을까요?"

그러지 않았을 것이다. 루덴도르프 후작은 자신이 직접 당한 모욕이라면 모를까, 모르는 척했을 것이다. 관대한 척하며 넘기거나. 그걸 그녀도 알고, 후작 자신도 알았다.

"말이 되는 소리를 해! 공작은 클라우제너야!"

"당신이 못 하듯이 나도 황후나 공작 부인처럼 사교계를 통솔할 수는 없어요!"

"지금 그래서 잘했다는 거야?"

후작이 다시 고함을 질렀다. 후작 부인은 휙 몸을 돌렸다. 돌아서서 나가는 그녀의 뺨에서 눈물이 굴러떨어졌다.

"아, 어머니."

서재 앞 복도에서 머뭇거리고 있던 호르스트가 당황하며 불렀지만, 후작 부인은 그냥 가 버렸다.

"허, 기가 차서, 정말."

후작이 뇌까리는 소리가 들려왔다.

호르스트는 조심스럽게 서재 안으로 얼굴을 내밀었다. 후작은 책상 앞에 앉아 고개를 젖힌 채 두 손바닥으로 얼굴을 덮고 있었다.

"아버지, 저 다녀왔습니다."

"호르스트냐."

후작이 불쾌감 가득한 목소리로 말했다. 호르스트는 슬그머니 눈치를 보며 말했다.

"가게른 남작님의 동의를 구하는 데 성공했습니다."

그는 일부러 외삼촌이라고 하지 않았다. 아버지가 어머니에게 화낸 직후였기 때문이다.

"그나마 좋은 소식이군."

후작이 손을 내리고 핏발 선 눈으로 호르스트를 바라보았다.

"대부분 말씀하신 조건에 합의했고, 투자금과 지분에 관한 협상도 마무리했습니다. 크로지크 백작가에서, 처음 이야기했던 것보다 투자금을 증액하겠다고 합니다."

"그것도 다행이고."

루덴도르프 후작은 머리가 지끈거리는 것을 느꼈다.

"아버지."

호르스트는 조심스럽게 그를 불렀다. 그도 티파티에서 있었던 일은 벌써 전해 들었다.

상황이 무척 난처하게 되었다. 가게른 남작에게 후한 대접을 약속한 것은 클라우제너 공작가를 이 일에 끌어들인다는 전제로 결정된 것이었다.

하지만 가게른 남작에게 주어야 할 보상금을 모두 치르고 나면 정작 광산 개발에 투자할 자금이 없었다. 그렇다고 크로지크에 더 많은 투자금을 내놓으라고 한다면, 그쪽의 지분이 늘어난다. 이쪽은 빛 좋은 개살구가 될 수도 있었다.

"후……."

루덴도르프 후작이 긴 한숨을 내쉬었다.

"제가 사죄를 하러 가면 어떻겠습니까?"

"클라우제너 공작가에?"

"손님 관리를 제대로 하지 못한 것은 우리 가문 책임입니다. 어머니와 제가 사과하러 가겠습니다."

호르스트는 그렇게 말했다.

"클라우제너 공작 각하는 합리적인 분이라고 들었습니다. 돌이킬 수 없는 실수를 저지른 건 우리 가문이 아니지 않습니까?"

"하긴. 그건 그래. 사교계 관리는 네 어머니 역할이고, 남자들 일과는 관련 없긴 하지."

"예. 어쨌든 사과는 해야 합니다."

루덴도르프 후작은 잠시 생각한 끝에 대답했다.

"네 말이 맞다. 헤르만을 보내는 게 좋겠구나."

"예?"

"그 녀석이 공작 부인과 친분이 있지 않으냐."

게다가 이번에도 헤르만이 중간에서 브루노를 막으려고 하기도 했다.

실은 자신이 직접 공작 부처에게 사과하러 가야 마땅했지만, 그는 자존심 때문에 그러고 싶지 않았다. 그냥 공작과 교분을 나누러 가는 거라면 기꺼이 나서겠지만, 잘못한 것도 없는데 젊은 부부에게 사과하러 간다는 게 아무래도 떨떠름했다.

호르스트가 눈에 띄게 당황했다.

"하지만 아버지."

"네가 가서 사과한다고 뭐가 달라지겠느냐? 네 어머니도 마찬가지야. 그 자리의 여주인이었는데도, 공작이 인사조차 하지 않고 가 버렸지 않으냐."

후작이 혀를 찼다. 마치 못난 부하가 저지른 일 때문에 난처해진 사람 같은 태도였다. 호르스트는 머뭇거렸다.

어머니의 잘못은 종종 그의 잘못과 연결되곤 했다. 그러니 그가 책임져야 깔끔하게 끝난다. 이 일을 헤르만에게 맡기면,

자신이 가문을 장악할 능력이 없다는 사실을 보여 주는 것이나 다름없었다.

아버지는 물론이고, 가신과 그날 파티장에 초대되었던 다른 귀족들에게도 마찬가지였다. 가문의 명예를 헤르만이 책임지는 것처럼 보이지 않겠는가.

"제가 후계자로서, 가서 사과하는 게 좋을 것 같습니다. 형님이 가면 아무래도 무게감이 떨어지지 않겠습니까?"

"아니야."

후작은 호르스트를 못마땅한 눈으로 쳐다보다가 고개를 절레절레 저었다.

"헤르만 녀석이 그래도 수도에 이런저런 인맥도 있고, 얼굴도 반반한 편이니, 그게 보기 좋아."

호르스트는 주먹을 꽉 쥐었다. 반면에 루덴도르프 후작은 해결책이 생겼다 싶은지 목소리가 조금 나아졌다.

"넌 광산 일에 좀 더 신경을 쓰는 게 좋겠구나. 크로지크에 돈을 더 내놓으라고 할 수는 없고……. 가게른 남작과 다시 협상하는 건 어떠냐?"

"그건 어렵습니다. 계약서에 이미 크로지크 노백작님의 서명까지 들어갔으니까요."

호르스트가 슬그머니 루덴도르프 후작의 표정을 살폈다. 무능하다고 화를 내거나 가게른 남작의 욕심이 지나치다고 트집을 잡을까 봐 염려했던 것이다.

하지만 루덴도르프 후작은 자신감을 잃기라도 했는지 조용했다. 그래서 호르스트는 조금 안심하고 말했다.

"요즘 광산 일에 관심을 두고 있다고 하니까 지인이 광부 조직을 하나 소개해 주었습니다. 덕분에 광부들을 매우 저렴하게 고용할 수 있을 것 같습니다."

"오, 자세히 이야기해 봐라."

"원래 콜베르크 광산에 고용되어 있던 아렌인 광부 계라고 하더군요. 거기가 휴업하지 않았습니까? 그렇다고 고향까지 가기도 애매해서 일자리를 찾고 있는 모양입니다."

"콜베르크 광산에서 일했으면, 임금이 제법 비쌀 텐데?"

"숙식을 제공해 주면 저렴하게 맞춰 주겠다고 중개인이 그러더군요. 계주가 돈이 급한 모양입니다."

호르스트는 열의를 가지고 설명했다.

"대부분 몇 년이나 광부로 일했던 자들인 데다가 콜베르크의 폭약팀까지 섞여 있다고 하고요. 다만, 콜베르크 광산이 다시 열리면 그쪽으로 돌아갈 거라는 조건이랍니다."

"한동안만이라 해도, 콜베르크 광부를 쓸 수 있다면 상당히 이득이지. 개발 기간도 단축할 수 있을 테고."

"예."

"네가 가서 협상을 해 가지고 오너라. 우리 자금 사정은 네가 더 잘 알 테니."

"예, 알겠습니다."

호르스트는 주먹을 쥔 채 대답했다.

결국 가문에 가장 중요한 문제인 공작가와의 교유나 명예에 대한 일은 장남인 헤르만에게 넘어가고, 자신은 실무자가 된 셈이다.

그래도 광산이 개발되기만 하면 만회할 수 있다. 공작 부부가 사과를 어디까지 받아 줄지, 받아 준다 한들 그게 실질적으로 가문에 이득이 될지 어떨지는 모를 일이다.

리누스

에리히는 별장의 위치에 만족했다.

크기는 작았지만, 위치가 높았다. 그렇다고 산꼭대기에 있는 것도 아닌데 바다와 도시의 전경이 한눈에 내려다보였다. 3층에 있는 부부 침실 밖으로는 테라스가 넓게 펼쳐져 있었다. 남의 눈이 닿지 않을 테니, 여름이 되면 거기서 일광욕을 해도 좋으리라.

바닷가에 쉬기 좋은 집을 하나 사 두라고 했을 뿐인데, 마음에 꼭 맞는 집이라 만족했을 것이다.

아무 일 없이 그냥 왔다면 말이다.

마차에서 내리면서, 벌써부터 표정이 굳어 있는 에리히의 팔짱을 끼면서 클레어가 말했다.

"엘리엇은 아직 몰라요. 리누스 황자의 폐렴 증상이 낫지 않았고, 정신을 차린 지도 얼마 되지 않아서 침실에서 나오지 못하게 했거든요."

"그렇군."

"아빠!"

억지로 얼굴을 폈던 에리히는 뛰어오는 엘리엇을 보고 눈가
가 부드러워졌다. 그가 아이를 안아 올렸다. 엘리엇이 그의 볼
에 키스하고, 이마와 두 볼에 뽀뽀를 받은 다음에야 불평했다.

"아빠는 나빠."

"응?"

행여나 블룸을 제압했던 것에 충격이라도 받았나 싶어 에리
히는 일순 가슴이 서늘해졌다. 하지만 아이의 얼굴에는 두려움
이 묻어 있지 않았다.

"맨날 나만 빼놓고 엄마랑 타."

"아."

"잘 때두 그렇고. 자꾸 나만 따돌려."

"……."

에리히는 대답할 말이 궁해서 입을 다물었다. 클레어는 얼
굴이 빨개져서 그를 외면하고, 혼자 저택 쪽으로 향했다.

쏴아아 하는 파도 소리에 오히려 적막했던 테라스에 갑작스
럽게 아이 웃음소리가 쏟아져 들어왔다.

그때까지 반쯤 잠든 리누스의 의식은 바다를 향하고 있었
다. 열은 다 내리지 않았고, 숨도 가빴다. 기침이 쉬지 않고 나
와서, 하녀가 혹시 폐병 아니냐고 두려워하며 좀처럼 가까이

오려 하지 않았다.

그러나 격렬하게 움직이는 육체의 반응과 달리 그의 마음은 새파란 심해를 계속 떠올리고 있었다.

그는 며칠 동안 내내 깊은 물속에 잠긴 꿈을 꾸었다. 평안하고 고요한 꿈이었다. 파도 소리나 물결 소리조차 들리지 않는, 진짜 정적.

이런 기회가 두 번 오지는 않을 테니, 더 밑으로 내려가야겠다고 생각하며 백일몽에 사로잡혀 있는데.

"해적선! 바다! 콧수염!"

아이가 짜랑짜랑 내지르는 소리가 멀리서 들렸다. 리누스는 이 집에 오기 전까지는 그런 소리를 한 번도 들어 본 적이 없었기 때문에 이상한 기분으로 귀를 기울였다.

그는 과거에 단 한 번도 그런 식으로 편안하게 웃으면서 떠들었던 기억이 없었다.

황제는 그를 사랑하지 않았고, 어머니는 로멜 귀족 중의 로멜 귀족이었다. 자신이 누구인지 몰랐을 때조차도 그의 주위에는 그를 어머니의 왕관으로 받드는 사람들로 가득했다.

황궁은 고요하고 치열한 곳이었다. 이렇게 파도 소리로 모든 게 묻혀 버리는 해변과 달리 음모와 죽음이 내는 사삭거리는 소리가 만드는 정적이다.

그는 저렇게 웃거나 소리 지른 기억이 없었다. 네댓 살 때도 마찬가지다. 어른들이 아무도 웃지 않는 곳에서 아이가 혼자 웃으며 기뻐하지는 못하는 법이다.

클라우제너 공작가도 그가 살아온 곳과 별로 다르지 않을 것이다. 물론 가시 함정 위에 깔린 살얼음판을 밟는 듯한 위험성은 없었겠지만, 에리히도 그와 똑같은 엄숙한 고요 속에서 자라났을 터이다.

그러니 이 집에서 저 웃음소리가 울리도록 만드는 것은, 분명 그 꽃무릇 같은 여자이리라.

'내 집에서는 안 돼요.'

그건 고열에 시달리면서 처음으로 눈을 떴을 때였다.

아마 자신이 먼저 무슨 말인가를 했을 것이다. 기억은 나지 않았다. 붉은 꽃이 피어 있기에 거기가 무덤이라고 생각했다. 이미 죽어 묻혀 있거나, 그 무덤 안에서 기어 나온 것이 분명하다고.

무심코 꽃을 잡으려고 손을 뻗은 찰나, 누군가가 그의 팔목을 힘껏 움켜쥐었다.

'클라우제너 공작 부인이십니다, 황자 전하.'

그는 막시밀리안의 얼굴을 알고 있었다. 몽롱한 채로도 그를 알아보고 다시 온전히 눈을 떠 보니, 방에 있는 것은 그에게 키스해 주러 온 죽음이 아니라 붉은 머리의 여자였다.

그것도 지금 보면 착각이었다. 그 여자의 머리칼은 엄밀히 따지면 붉은색이 아니라 갈색이다.

하지만 석양 빛을 마주하고 선 여자의 머리는 온통 붉었다.

'공작 부인.'

'예.'

대답한 것은 막시밀리안이었다. 리누스가 클레어를 부른 것이 아니라, 그냥 확인하듯 되풀이한 것뿐이라는 사실을 알았기 때문이다.

'에리히, 공이?'

여기 있느냐는 질문을 하고 싶었는데, 목이 갈라진 데다가 기침이 나서 다 말할 수가 없었다.

결혼했다는 소식을 들은 기억이 났다. 사실 아무려면 어떠냐고 생각하긴 했다. 에리히가 결혼을 하든 말든.

아니, 상대가 아렌인이라는 것에 놀라긴 했다. 그 냉엄한 성품의 사촌이 연애를 해서 이미 아이까지 있다는 말에 어떻게 놀라지 않을 수 있겠는가. 하지만 그런 놀람은 모두 짧게 감정의 표면을 스쳐 갔을 뿐이다. 리누스에게는 상관없는 일이었다.

'내가, 왜 여기……?'

'바다에서 떠내려왔어요. 기억나지 않나요?'

'내버려 뒀으면 좋았을걸.'

'어째서 겨울 바다에 들어가 있었죠? 어디서 빠진 거예요?'

'네가 무슨 상관이지?'

'루덴도르프에는 전하의 호위도, 시종도 없었어요. 에른스트 공작령에서도 바다 쪽을 뒤지는 것 같지는 않고요.'

여자가 말했다.

'수하 하나 거느리지 않은 황자를 이쪽이 보호하게 된 경위를 설명하기 난처해서요.'

'사람이 바다에 몸을 던졌을 때 무엇을 하려고 했는지 짐작 가는 게 없나?'

'…….'

'내버려 두지 않은 것만으로도 민폐인데, 정말 짜증 나게 하는군. 꺼져.'

그 순간 여자의 말투가 돌변했다.

'야.'

평생 처음 듣는 무도한 소리였다.

'나, 네 사촌 형수야. 그리고 빅토리아 대공 전하도 나한테 너

처럼 무례하게 굴지 않아. 나이도 어린 것이 싸가지 없이.'

리누스는 그때야 그녀의 붉게 빛나는 머리칼 끝이 아니라 얼굴을 쳐다보았다.

선명하게 짙은 속눈썹 안에서 금편처럼 불똥이 튀었다. 그제야 그는 상대가 꽃무릇이 아니라 불꽃같은 여자라는 것을 깨달았다.

'너 살리려고 저 겨울 바다에 뛰어든 사람이 아홉이나 돼. 그중 하나는 앓아누웠고, 네 명은 지금도 콜록거려. 클라우제너 보안부가 할 짓이 없어서 온 도시를 헤집으며 네 행적을 추적하고 있는 줄 알아?'

'살려 달라고 부탁한 적 없어.'

'두 팔 휘저으며 발버둥 치고 있었던 주제에.'

'도로 바다에 던지든가. 아니, 그럴 필요도 없군. 내 발로 가지.'

리누스는 비척거리면서 침대에서 내려가려 했지만, 막시밀리안이 아니라 클레어가 가볍게 한 손으로 떠미는 것조차 이기지 못하고 다시 침대에 쓰러졌다.

무슨 진흙탕에 빠진 사람처럼 허우적거리는 리누스를 보고 클레어가 빈정거렸다.

'여자 하나 밀어내고 일어날 힘도 없는 주제에.'

'너도 어차피 내가 여기서 죽어 버리면 곤란해서 이러는 거 아닌가.'

'알면 나을 생각이나 해. 막시밀리안 경에게 협조하고.'

클레어는 그를 쏘아보며 말했다.

'네 목숨 네 거라지만, 내 집에서는 안 돼. 네 목숨 구한 사람들이 있는 곳에서도 안 되고.'

리누스는 기묘한 감상에 휩싸인 채 그녀를 바라보았다.

실은 이것이 처음이 아니었다. 그는 정말 모든 일에 진저리가 나 있었고, 누구도 슬퍼하지 않을 목숨 하나쯤 어머니에게 고통을 줄 수 있다면 얼마든지 쓸 수 있었기 때문이다.

그럴 때마다 죽어 나가는 것은 그가 아니라 다른 자들이었다. 어머니가 그에게 붙인 자들은 이 머리 위에 환상처럼 얹힌 황위 계승권을 지키기 위해서라면 무슨 짓이라도 할 것 같았다.

그것을 말하지 않는 사람은 처음이었다. 그녀는 그것 때문에 너를 죽이겠다고도, 그것 때문에 살아야 한다고도 하지 않았다. 그리고 내 집에서 죽어 나가는 게 곤란해서라고도 말하지 않았다. 그것도 있을 테지만, 가장 중요한 이유는 아닌 것 같았다.

그래서 그는 테라스 밖으로 몸을 던질 수 있었음에도 아직 여기에 가만히 머물러 있었다.

자신을 살려 둔 이유가 궁금해서.

'내가 죽어 버리면, 에리히의 계승권이 올라갈 텐데.'

자신이 죽고 나면, 황실의 직계가 모두 사라진다. 그러면 계승법상 애매한 부분은 모두 없어지는 셈이다.

확고한 순서는 빅토리아 대공과 맨프레드 대공이며, 그다음이 에리히 클라우제너다.

맨프레드 대공의 딸 베티나는 로멜 귀족 간의 귀천상혼으로 인해 계승권을 상실했다. 즉, 설령 차기 황제가 맨프레드 대공이 된다 해도 그다음 순위는 에리히라는 얘기였다.

그리고 아렌인 배우자 소생이어야 한다는 원칙을 우선한다면, 에리히보다 에리히의 아들이 더 높은 순위일 수도 있었다.

그 여자는 황후 자리가 욕심나지 않는 걸까? 황태후 자리는?

크게 수고가 들지도 않을 것이다. 그냥 막시밀리안을 시켜 자신을 다시 바다에 던져 버리면, 이번에야말로 확실히 저 심해로 가라앉을 텐데.

정말로 그냥 사람 죽는 걸 보는 게 싫을 뿐인가.

'심약하게.'

불꽃이라기엔 시시했다. 그래서 그는 여자의 이름을 마음속에서 다시 꽃무릇으로 고쳤다.

사실 지금으로서는 죽으러 나가려고 해도 그럴 수가 없었다. 방 안과 밖에 각각 호위가 둘씩 배치된 데다가 그는 오래

걷지도 못했다.

"쿨룩. 쿨룩쿨룩!"

리누스는 두르고 있던 모포로 입을 가리고 몇 번이나 격렬하게 기침했다. 지칠 정도로 끔찍한 기침 끝에 보니 핏방울이 몇 개 모포에 번져 있었다.

따뜻한 물을 가져다주러 왔던 하녀가 겁먹은 얼굴로 물러섰다. 그는 킬킬 웃었다.

그것참, 그냥 기침인데 잘 안 떨어진다.

"여자가 돌아왔나?"

"네?"

그의 질문에 하녀는 멍청한 반응을 되돌렸다. 공작 부인을 그렇게 불렀으리라고는 상상도 하지 못했기 때문이다.

리누스는 직접 확인하러 가기로 했다. 딱히 그녀를 만나야겠다고 생각한 것은 아니다. 그냥 확인하고 싶었다.

'확인? 무엇을?'

그 자문은 불안정했으며, 너무 빠르게 의식 표면을 스치고 지나가서 미처 제대로 의식할 수 없었다.

방을 나서려 하자 호위 중 하나가 부드럽게 문 앞을 막아섰다.

"비켜라."

"편찮으시니 외출하지 마시라는 공작 부인의 말씀이 있었습니다."

"복도까지만 나갈 거다."

호위들은 자기들끼리 시선을 교환했다. 그리고 그 정도는 괜찮으리라고 판단했다. 3층 자체에도 사람의 출입이 금지되어 있었기 때문이다.

리누스는 천천히 3층으로 나섰다. 그리고 복도 창으로 드는 햇살을 바라보고, 천천히 그쪽으로 다가섰다. 복도 창문이 정원 쪽으로 나 있어, 아이의 목소리가 더 선명하게 들렸다.

웃음소리가 분수처럼 솟아올랐다. 그는 호기심을 느끼며 살짝 창문을 밀어 열었다. 그리고 거기서 장난감 칼을 들고 있는 에리히 클라우제너를 발견했다.

"피터 팬, 오늘이야말로 나의 승리다!"

엘리엇이 장난감 칼을 의기양양하게 겨누고 소리쳤다. 그에 맞서 두 손으로 장난감 칼을 쥔 에리히는 평소와 똑같이 정제된 무표정이었다. 심지어 자세가 곧바른 데다가 있어 보여서, 클레어는 그가 고전 검술 같은 것도 배웠는지 궁금해졌다.

'와, 저게 피터 팬 역이라고?'

이야기의 원안을 모르는 에리히는 그냥 악역이려니 하는 모양이지만, 클레어는 너무 어이가 없어서 입을 떡 벌릴 수밖에 없었다. 차라리 역할을 바꾸면 그럴듯하겠는데.

'아니, 잘 놀아 주니까 좋긴 한데.'

다섯 살도 되지 않은 아이 상대로 저렇게 진지한 얼굴을 할 일인가? 그러니까 엘리엇이 그를 그렇게 좋아하고, 따르는 것이긴 했다.

지금도 그랬다. 흥분하여 잔뜩 붉어진 얼굴로 엘리엇이 '에잇!' 하고 달려들었다. 아무렇게나 휘젓는 장난감 칼을 에리히가 그럴듯하게 보이게끔 걷어 냈다. 클레어는 그제야 그의 입꼬리가 보일락 말락 하게 올라가 있는 것을 발견했다.

"저렇게 자상한 분이신 줄 상상도 못 했어요."

보모 제니가 경탄하듯이 말했다. 마사는 고개를 저었다가, 어깨를 으쓱거렸다.

"나는 처음부터 알고 있었지. 아내가 예쁘면, 처가의 울타리까지 예쁘다잖아? 게다가 우리 도련님이 오죽 귀여워야지."

"그건 그래요."

제니가 맞장구쳤다. 적당히 거리를 두고 정원을 지키고 있는 호위들도, 대화에 끼어들지는 못했으나 크게 다를 바 없는 감상이리라.

'어쩌면 에리히는, 엘리엇을 놀리고 있는 걸지도 몰라.'

클레어는 그런 의심을 품지 않을 수 없었다. 어쨌든 아이는 기뻐했다.

"이얍! 에잇!"

톡.

에리히는 엘리엇의 장난감 칼이 몸에 닿기 전에 칼끝으로 쓱 밀어냈다. 그러면서 칼이 사람 몸에 직접 닿게 하면 안 된다고 가르쳐야 할지 어떨지 생각했다.

'아직 이른가.'

펜싱에도 재능이 있는 것 같다. 그런 터무니없는 생각을 하며 또 한 번 칼을 밀어냈는데, 엘리엇이 바닥을 굴렀다가 발딱 일어나며 선언했다.

"웬디를 돌려받겠다!"

"그건 곤란하군."

에리히는 희미하게 허물어지려는 입가를 누르고 무뚝뚝하게 대꾸했다. 딱히 역할극으로 대답해 준 건 아니었는데, 엘리엇이 환호라도 하듯이 신나서 붕붕 칼을 휘둘렀다.

클레어는 의문을 품지 않을 수 없었다. 대체 엘리엇의 조그만 머릿속에서 ≪피터 팬≫은 무슨 이야기로 재구성되어 있는 걸까.

'그렇게 이상하게 이야기해 준 것 같지 않은데.'

갈고리 의수에 꽂힌 것 같긴 했다. 바다를 본 적 없을 때부터 해적 이야기를 그렇게 좋아했던 걸 보면.

어제도, 루덴도르프 후작저에서 본 뱃사람들에 대해서 허풍과 상상력을 섞어 거대한 이야기를 만들어 에리히에게 잔뜩 자랑하더니, 오늘도 지치지 않고 후크 선장 놀이였다.

'그나저나 정말 잘 놀아 주네.'

클레어는 눈썹 하나 까닥하지 않고 진지하게 엘리엇을 상대해 주고 있는 에리히에게 감탄했다. 자신이었다면 벌써 열 번은 웃었다. 아니면 지쳐서 뻗었거나.

3층 창문이 열리는 것이 시야에 들어온 것은 그때였다. 유리창의 반사광이 눈을 찔렀다. 클레어는 몸을 일으켰다.

"엘리엇, 이제 간식 시간이다."

"간식!"

엘리엇이 순식간에 안색을 바꾸고 장난감 칼을 내던졌다. 그렇게 놀았으니 배고프기도 할 것이다. 뭐 좀 좋은 걸 먹여야 할 텐데 싶어서, 클레어는 뒤늦게 염려되었다.

놀이를 멈추게 할 요량으로 간식 얘기를 꺼냈는데, 이렇게까지 반색하니 간식 메뉴에 실망할까 봐 걱정되었다. 평소처럼 조그만 샌드위치 정도로는 만족 못 하는 게 아닐까.

그녀의 걱정을 알아챈 마사가 생글거리고 웃었다.

"주방에서 도련님 간식 만든다고 해산물을 따로 들였대요. 바닷가니까 신선한 게 준비되어 있지요."

"아, 잘됐네."

"난 럼으로!"

그게 뭔지도 모르면서, 엘리엇이 팔을 번쩍 들고 15년 하고도 몇 개월 더 이른 소리를 했다. 마사는 태연하게 '우유에 체리 시럽을 넣어 드릴게요.'라고 말하면서 엘리엇을 보듬어 안았다.

에리히는 처음에는 자기가 엘리엇을 안고 갈 작정이었지만, 클레어가 움직이지 않는 것을 보고는 그쪽으로 걸음을 옮겼다.

"무슨 일 있나?"

"리누스 황자가 깨어난 것 같아요."

"후."

에리히가 약간 신경질적인 한숨을 내쉬었다. 단란한 시간을 방해받은 것이 짜증스러웠으나, 실은 이 때문에 다급히 달려왔다.

상대는 리누스다. 황후가 아렌을 대상으로 저지르고 있는 짓을 생각하면, 정상적으로 절차를 밟아 방문했어도 클레어 혼자 만나게 하기 껄끄러웠다.

그런데 심지어 바다에서 익사 위험에 처해 있던 것을 건졌다. 뱃놀이 중에 황자가 실종되었다는 소식이 있었던 것도 아니다. 지금도 에른스트 공작가에서 사람을 은밀히 풀어 황자를 찾고 있었다. 자칫하면 이쪽에서 납치했다거나 살해를 시도했다는 오해를 살 수도 있었다.

'황후도, 에른스트도, 나와 전면전을 할 생각은 없겠지.'

다만, 클레어를 건드리는 게 자신과 전면전을 벌이겠다고 선포하는 것과 같은 일이라는 걸 이해하고 있을지는 알 수 없었다. 자신을 직접 공격할 수는 없으니, 클레어를 공격한다면 타깃은 그녀가 아렌 귀족이라는 사실이 될 것이다.

어쨌든 자신이 온 이상, 바다에 빠진 애를 구해서 돌보다가 내보냈다고 해도 누가 따지거나 의심할 사람은 없었다.

한숨이 나왔다. 신혼여행 중에 이 무슨 난리란 말인가.

그는 걱정 가득한 클레어의 얼굴을 보고 말했다.

"염려 마. 잘 이야기하고 올 테니."

"같이 가요."

"굳이 그럴 필요 없어. 다 낫지도 않았다며. 회복될 때까지 머물게 해 주든, 에른스트로 연락을 넣든, 본인 뜻대로 하는 수밖에 없으니까, 지금은."

실종시킬 것이 아니라면 말이다. 클레어가 한숨을 내쉬었다.

그럴 수 없다고 의견 일치를 보고서도, 내내 그런 얼굴이었다.

'솔직히 나쁜 생각이 들었어요.'
'나한테 참회하지 않아도 돼. 원인을 제거하면 결과도 사라지리라고 생각하는 건 자연스러운 일이니까.'

에리히는 침대에서 그녀를 끌어안고 누운 채 그렇게 말했다.

'하지만 넌 그럴 수 있는 사람이 아니지.'
'아니, 꼭 필요하다면 나도, 그래도……. 아니. 영원히 가둬 둘 수는 없겠죠.'

클레어는 긴 한숨을 내쉬며 말했다.

'잠깐 정도는 억지로 잡아 둔다 하더라도……. 입을 막을 수는 없으니까. 리누스 황자는 성인이고, 자기가 겪은 일을 스스로 증언할 수 있으니까.'

에리히는 내심 그 말에 동의하지 않았다.
리누스를 완전히 실종 상태로 만드는 일은 크게 어렵지 않았다. 어차피 아무도 모르는 채로 손에 굴러들어 온 상황이다. 꼭 죽여야만 하는 것도 아니다. 이대로 어딘가 적당한 곳에 보내어 유폐하면 된다. 황후 문제가 해결될 때까지만이라도 괜찮다.

클레어는 리누스의 입을 막을 수 없다고 했지만, 사실 사람의 입을 막는 수단은 여럿 있다. 황후가 저지른 일을 일부 그 아들에게 돌려주기만 해도 리누스는 폐인이 될 것이다.

그런데도 입 밖에 내어 말하지 않은 것은, 클레어가 그 사실을 몰라서 변명하듯 말을 늘어놓고 있는 게 아니라는 것을 알고 있었기 때문이다. 그건 그녀가 용납할 수 있는 범위 밖의 일인 것이다.

'복잡하게 생각할 것 없어. 애초부터 계산에 없던 일이고, 지금은 돌려보낼 수밖에 없어.'

'하지만……'

'전쟁을 해서 황위를 차지하는 게 목적이라면, 여기서 리누스를 실종시키고 맨프레드 숙부님과 협상하는 게 최선이겠지. 하지만 우리는 그걸 원하는 게 아니잖아.'

'그렇죠……'

'너와 엘리엇을 안전하게 지키는 건 내 역할이야. 그리고 아편의 확산을 막는 일은 누구 하나를 암살한다고 해결될 일이 아니지.'

그제야 클레어는 고개를 끄덕였다. 에리히는 그녀의 머리를 끌어안아 주었다.

이번에도 그는 클레어의 뺨을 가볍게 어루만져 눈가에서 힘을 풀게 했다.

"그냥 있어. 내가 만나고 올 테니. 리누스와는 그렇게 먼 사이도 아니고."

클레어가 고개를 끄덕였다. 에리히는 혼자 저택 쪽으로 걸음을 옮겼다.

모든 사람이 아이를 중심으로 움직이는 탓에, 1층도 2층도 아기자기하면서 다소 소란스러운 분위기였다. 그러나 3층부터는 공기가 달랐다. 막시밀리안이 3층 계단 아래서 대기하고 있다가 말했다.

"침실에 계십니다."

에리히의 걸음을 방해하지 않도록 호위들이 앞서서 문을 열었다. 리누스는 침실에 딸린 작은 거실 소파에 모포를 뒤집어쓴 채 앉아 있었다.

예의라고는 찾아볼 수도 없는 몸가짐이었다. 에리히는 눈살을 찌푸리며 문가에 서서 그를 바라보았다.

"리누스."

"이게 누구신가. 클라우제너 공작님. 여전히 제국에서 가장 고귀한 용모를 하시고."

리누스가 킥 웃었다. 그러다가 연달아 기침을 터뜨렸다.

"왜? 앉지 않고?"

"네 기침 세례를 정면으로 맞고 싶진 않군. 아이에게 감기가 옮으면 곤란해."

리누스의 눈이 커졌다. 에리히는 불쾌감을 숨기지 않고 눈을 가늘게 떴다.

"좀 변했구나, 리누스. 날 조롱할 정도로 용감하게 성장할 줄은 몰랐는데."

"너무 충격적이라서 말이야. 에리히 클라우제너가 어린애랑 놀아 주기 위해서 장난감 칼을 휘두르다. 수도에서라면 제법 훌륭한 헤드라인이 될 수 있을 것 같은데."

"아이를 돌보는 일에 왜 수치심을 느껴야 하지?"

에리히가 태연하게 대꾸했다. 그게 진심이라는 것은 의심의 여지가 없었다. 아니, 돌이켜 생각해 보면 그는 원래 치욕이나 자괴를 모르는 것 같은 사람이었다.

부족한 게 없는 사람은 자신을 꾸미지 않는 법이다. 에리히의 행동에는 늘 여유가 있었고, 한번 결정한 일에 대해서는 후회하지 않았다. 마치 자신의 판단이 언제나 완벽하다는 것을 알고 있기라도 한 듯한 태도였다.

그 오만함이야말로 리누스가 어릴 때부터 동경하던 것이며, 어머니가 그에게 요구해 온 것이기도 했다.

품위, 우아, 엄격, 냉철. 절도 있는 동작과 정제된 표정. 그 밖에 어머니가 자신에게 요구하는, 자신은 하나도 갖추지 못했으나 에리히는 소년 시절부터 갖고 있었던 모든 것.

그러니, 한때는 이 아홉 살 위의 사촌 형을 동경했다. 자신도 아홉 살을 더 먹으면 그렇게 될 수 있을 거라고 믿었던 때도 있었다.

그는 심지어 에리히의 용모마저 부러워했다. 황자인 자신보다도 더 선대 황제를 닮았기 때문이다. 제러드와 에리히가 함께 있는 것을 볼 때마다, 자신도 그렇게 생겼다면 그들과 진정한 형제가 될 수 있을지도 모른다고 생각했다.

그리고 타고난 성정이든 혈통이든, 그 얼굴까지도 원래부터 자신의 것일 수 없다는 것을 깨달은 지금, 그는 에리히를 증오했다.

죽은 황태자도.

자신은 그저 숨 쉬고 있는 것만으로도 이토록 고통스러운데, 어째서 그는 아무렇지도 않은 건가. 혈관에 흐르는 고귀한 피의 농도가 짙은 것이 고통의 원인이라면, 그들의 피야말로 자신의 것보다 고귀할 터인데.

"그래. 그러시군."

리누스는 오히려 속 시원한 기분을 느끼며 말했다. 이제 그는 소년 시절처럼 불가능한 우애 따위를 갈구할 생각이 없었고, 그렇다면 에리히 클라우제너는 아무것도 아니었다.

아니, 본디부터 그랬다. 에리히는 제러드의 사촌이지, 그의 사촌이 아니다.

에리히가 그의 안에 들끓는 분노를 눈치채지 못한 듯 가볍게 한숨을 내쉬며 말했다.

"내 아이를 어떻게 돌볼지는 나와 내 아내가 결정할 일이야. 그보다 리누스. 넌 수도로 돌아가는 길에 도망친 것 같더군."

"……."

"너 때문에 에른스트 쪽 사정을 좀 알아봤다. 호위와 시녀가 처형됐어."

리누스는 침묵했다.

"에른스트 공작도 다급할 테지. 황후 폐하께 추궁당하기 전에 널 찾아야 할 테니까."

이건 클레어가 괴로워할 것 같아 그녀에게는 일부러 말하지 않은 부분이었다.

그의 정보팀은 에리히가 루덴도르프 역에 내리기도 전에 에른스트의 동향 파악을 끝냈다. 리누스가 이곳에 있다는 걸 알고 있으니, 그의 행적을 역추적하는 것은 쉬운 일이었다. 에른스트의 움직임을 알아내는 것은 더 쉬웠다. 그들은 리누스의 행적을 시간순으로 따라가며 그를 찾고 있었으니까.

그 결과, 수도까지 리누스를 수행하기로 했던 호위와 시녀가 모두 책임을 지고 죽었다는 것을 알았다. 물론, 시녀까지 죽였는데 하인과 마부가 무사할 리 없었다.

책임자 처벌 다음에는 수색이다. 리누스가 들른 식당과 숙박한 여관의 주인까지 끌려갔다. 정보다운 정보가 나올 때까지는 죽지 않을 테지만 말이다.

"에른스트에서는 지금쯤 네가 바다에 뛰어들었다는 것도 알 거다."

"그래서?"

"원한다면, 행적을 감춰 주지."

리누스가 놀란 얼굴을 했다. 에리히는 무표정하게 그를 바라보았다.

"네가 뛰어든 곳까지는 추적할 수 있지만, 여기까지 떠내려왔다는 걸 아는 사람은 지금 내 아내와 호위팀밖에 없어. 죽고 싶어서 바다에 뛰어든 게 아니라 황궁에서 벗어나고 싶어서 그런 것이라면, 지금이 절호의 기회라고 할 수 있지."

"에리히."

"어딘가 원하는 곳으로 떠나도 되고, 아니면 외진 별장 같은 곳에서 휴양을 하는 것도 좋겠군. 금전도, 생활도 지원해 줄 테니 달리 신경 쓸 일은 없을 거다."

리누스는 소파에 파묻힌 채 충혈된 눈으로 에리히를 노려보았다.

"목적이 뭐야?"

"널 상대로 목적 따윈 없어. 호의로 해 주는 말이다. 죽이지 않고 제거하고 싶다면, 이런 제안을 하는 게 아니라 전두엽 시술을 한 다음 어디 시골에라도 처박았겠지."

에리히가 나직하게 말했다.

그는 제러드의 장례식 날에 구토하느라 장례식장에는 들어오지도 못했던 섬약한 열다섯 살의 소년을 기억하고 있었다. 늘 용기 없는 표정으로 멀리서 뱅뱅 맴돌던 여위고 창백한 얼굴도.

그때의 인상이 남아 있는 이상 그는 아마 클레어가 아니었어도 리누스를 해치는 걸 망설였을 것이다. 필요할 때 잔인해질 수 있다는 것과 기꺼이 저지르는 것 사이에는 큰 차이가 있다.

하지만 리누스는 이제 그때의 그 소년이 아니었다. 에리히의 말을 호의로 받아들이지 못하고, 오히려 적대적인 감정을 노골적으로 내보이며 사납게 말했다.

"내가 그걸 원하지 않는다면?"

"황후궁에 연락해야지."

"……."

"달아날 게 아니라면 돌아갈 수밖에 없지 않나."

"지금까지 날 가둬 두고도 아무 일 없으리라고 믿는 건가?"

"가둔 것이 아니라 네가 폐렴 때문에 움직일 수 없었던 거다."

에리히의 말은, 엄밀하게는, 그렇게 주장할 것이라는 의미였다.

"정말로 폐렴 치료 때문에 움직이지 못하게 한 거라면, 적어도 소식은 넣었어야지."

"서로 뻔히 아는 사실을 번거롭게 설명하게 만들지 마라, 리누스. 나는 너와 협상을 하려는 게 아니야."

익사할 뻔한 리누스를 구해서 보호했다. 다소간의 절차적인 문제가 있었고, 어쩌면 리누스가 바다에 빠진 이유에 대한 것부터 음모와 조작이 들어갈 수도 있다.

그러나 결국 황후도, 에른스트 공작도, 공개적으로 에리히를 적대하지는 못할 것이다. 고작해야 연락이 며칠 늦어졌다는 것만으로 클라우제너와 원한을 맺을 수는 없으니까.

리누스가 어금니를 물고 대꾸했다.

"진짜로 날 구한 당사자도 아닌 주제에."

"널 구하라고 명령한 것이 나든 내 아내든, 그게 무슨 상관이지? 우리 둘 다 클라우제너이고, 둘 중 누가 말해도 차이는 없어."

"……."

"물리적으로 물에서 건져 낸 사람 자체가 중요하다고 생각한다면, 따로 보답할 수 있도록 불러 주지."

리누스는 잠시 침묵했다가 말했다.

"역시 변했어."

"그럴 수도 있지."

에리히는 담연하게 대꾸했다. 하지만 자신의 어디가 어떤 방식으로 변했는지 리누스는 진짜로는 이해하지 못할 것이다. 리누스만이 아니라 세상의 그 누구도.

아들과 놀기 위해 장난감 칼을 만지고, 뺨에 뽀뽀를 받을 때마다 다정한 마음이 드는 게 뭐가 대단한 변화란 말인가. 그런 건 그냥 자연스럽고 당연한 일이다. 본질적인 변화는 그런 곳에 있지 않다.

그는 굳이 그런 이야기를 입 밖에 낼 생각이 없었다. 그럴 필요도 없고.

"생각할 시간이 필요하다면 그렇게 해. 폐렴이 나을 때까지는 어차피 움직일 수 없을 테니."

"……."

리누스는 대꾸하지 않았다. 에리히는 그를 놓아두고 밖으로 나왔다.

'변한 건 겉모양뿐이었군.'

예민하고 회피적인 성정은 그대로인 모양이다. 리누스에게는 군주가 될 자질이 없다.

나약한 것은 죄가 아니다. 그러나 그 나약함으로 인해 혈관에 흐르는 고귀한 피가 요구하는 책무를 다하지 못하는 것은 죄다.

그러니 리누스는 지금 도망쳐야 할 것이다. 황후가 그의 머리 위에 관을 올려놓고 나면, 그에 대한 책임을 져야 할 테니 말이다.

엘리엇은 간식 상이 치워지고 나서 몇 분 되지도 않아 곯아떨어졌다. 신나게 놀고 배불리 먹었으니 졸리지 않고 배기겠는가.

"저녁까지 푹 자겠지?"

클레어는 엘리엇을 안아 아이 방으로 옮기면서 희망 섞인 추측을 했다. 제니가 생글거리며 대답했다.

"제 생각엔 저녁 식사 시간엔 깨워 드려야 할 거 같아요. 밤에 일어나시면 안 되니까."

"음. 그러면 안 되지."

엘리엇은 요 몇 달 사이 훌쩍 무거워진 느낌이었다. 클레어는 침대에 아이를 눕혀 놓고 쭉, 기지개를 켰다. 딱히 몸이 피곤할 일은 없었으나 리누스 문제로 심력을 소모한 탓인지 몹시 피곤했다.

"나도 침실에서 좀 쉬어야겠어. 에리히가 내려오면 침실로 오라고 전해 줄래?"

"네, 마님."

하녀가 공손히 대답했다. 클레어는 2층에 있는 침실에서 잠깐 눈을 붙일 작정이었다. 에리히가 오면? 바디필로우 삼아, 탄탄한 복근에 다리를 얹어 놓고 자면 될 일이다.

그러나 본디 바쁜 사람의 낮잠 계획은 좀처럼 성사되지 않는 법이었다. 클레어가 머리를 풀고 겉드레스를 벗은 시점에서 가정부가 문을 두드렸다.

"공작 부인, 손님이 오셨습니다."

"누군데?"

"빅토리아 대공 전하와 루덴도르프 후작가의 헤르만 경, 그리고 블룸 남작가의 요안나 양입니다."

"하아아……."

헤르만 하나라면 무시할 수 있지만, 요안나를 무시하는 건 꺼려졌고, 빅토리아 대공을 무시하는 건 있을 수 없는 일이었다.

올 거면 옷을 벗기 전에 오지. 피눈물이 났다.

요안나는 바짝 긴장한 채 응접실에 앉아 있었다. 빅토리아 대공은 아이 방으로 초대를 받아 올라갔고, 응접실에 남은 것은 그녀와 헤르만뿐이었다. 공작 부인은 아마 빅토리아 대공에게 먼저 가서 이야기를 나눈 뒤에, 여유가 생기면 응접실로 올 것이다.

얼마나 기다려야 할까? 세 시간? 네 시간? 갑작스러운 방문이었으니 오래 기다릴 각오는 하고 있었다. 사실 만나 주기만 해도 감지덕지였다.

요안나의 진짜 고민은 얼마나가 아니라 어떻게 기다려야 할지였다. 앉아서? 아니면 무릎을 꿇고?

"그렇게 긴장하실 필요 없습니다, 블룸 영애. 공작 부인께서는 사람을 기다리게 하는 걸로 위세를 부리실 분이 아니니까요."

"네."

"빅토리아 대공 전하께서도 공작 부인을 오래 붙들어 두시진 않을 겁니다. 애초부터 공작 부인이 아니라 영식을 만나러 오신 터라서요."

"고맙습니다."

요안나의 인사에 헤르만은 멈칫했다.

"제가 지금 감사 인사를 들을 만한 말을 했던가요?"

"빅토리아 대공 전하께서 공작 영식을 만나러 오시는 건, 가까운 친척 간의 다정한 방문이라 혼자 몸 가볍게 오실 수도 있었는데, 공자께서 저를 끼워 주셨으니까요. 저 혼자 왔으면 아마 대문이 열리지 않았을 겁니다."

"감사 인사는 너그럽게 허락해 주신 대공 전하께 올리시요. 저도 사과하러 가라는 아버지의 말씀에 어쩌나 하다가, 대공 전하께서 이곳을 방문하신다는 말씀에 재빨리 수행하고 싶다고 청을 올린 것뿐이니까요."

말은 그렇게 했으나 헤르만의 미소는 짙었다. 일차적으로 빅토리아 대공을 에스코트하는 것 자체가 영예였고, 요안나를 끼워 줌으로써 자신의 영향력을 증명했으며, 블룸 남작가에 은혜를 입혔다. 조그만 루덴도르프 사교계라면 아마 하루 안에 전부 말이 퍼질 것이다. 그리고 조만간 수도에도.

블룸 남작가가 어떻게 되든, 헤르만에게는 손해될 게 없었다. 요안나도 그것을 알기에, 고개를 저으며 대답했다.

"외면하실 수도 있었는걸요. 실제로 후작님께서는 저희 어머니를 문전 박대 하셨답니다. 편지도 돌아왔어요."

"아, 저런……."

도움을 청하러 온 귀부인을 만나지도 않고 돌려보내는 것은 무례한 일이다. 게다가 비록 지금은 관계가 느슨해져 주종 계약이 해제되었지만, 블룸 남작가는 한때 루덴도르프의 가신이었던 가문이다. 적어도 편지에 답장하거나, 비서가 대신 맞이하게 했어야 했다.

요안나는 헤르만에게 살짝 고개를 숙였다.

"후작님께서 각별히 잘못하셨다는 의미로 드린 말씀은 아니니 오해하지 않으셨으면 좋겠습니다. 사실 블룸과 루덴도르프 사이에는 이미 아무런 의무도 남아 있지 않고, 저희 어머니가 어린 시절 동무였다는 이유로 후작 부인께 오랫동안 무례하게 굴기까지 했지요."

"영애."

"저도 후작 부인을 위해 해낸 일이 아무것도 없고요. 블룸이 어리석은 짓을 했으니, 블룸이 책임져야 마땅한 일입니다."

요안나는 단정하게 말했다.

제정신이 아닌 브루노를 빼고 온 가족이 바삐 움직이고 있었다. 어떻게든 멸문을 피하고 싶었던 것이다.

　하지만 응답이 돌아오는 곳은 아무 데도 없었다. 루덴도르프 후작저는 차갑게 문을 닫았고, 다른 곳도 다 마찬가지였다. 어머니는 누구에게라도 도움을 청해 보려 했다. 클라우제너를 섬기는 가신과 혼맥이 있거나 친분 있다는 집안부터, 언젠가 잘츠기터 사교계에서 훌륭한 평판을 받은 적이 있다는 숙녀까지. 그리고 사제와 관료에게도.

　그 정도 입장으로 공작 부부에게 직접 영향력을 미칠 수 있을 리가 없다. 알면서도 지푸라기라도 잡는 심정으로 그러는 것이다. 누구라도 좋은 말 한마디를 공작의 귀에 흘려 넣고, 사죄할 기회를 얻으려 했다.

　하지만 사교계의 그 누구도 블룸 일가를 상대하려 하지 않았다. 혼처 예정이었던 곳조차도 예외는 아니었다.

　'유감입니다, 블룸 남작 부인. 처지는 딱하게 되었지만, 우리도 입장이 난처해요. 그리고 솔직하게 말씀드리자면, 아이들 결혼도 취소했으면 해요.'

　'뭐, 라고요?'

　'정식으로 절차를 밟아 파혼서를 보내려고 했는데, 이렇게 찾아오기까지 하셨으니 어쩔 수가 없네요. 어차피 블룸 공자가 우리 마누엘라에게 정식으로 청혼을 한 것도 아니고, 둘 사이에 뭔가 정이 있었던 것도 아니라 그냥 부인과 제가 결정한 것이

니, 저희 선에서 파혼해도 문제없을 것 같군요.'

블룸 남작 부인은 갈 곳 없는 노처녀를 구제해 준 게 누구인데 그러느냐고 가슴을 쳤지만, 요안나는 마누엘라를 위해 천만다행이라고 생각했다.

사교계의 품위 있는 가문들만 그러는 게 아니었다. 법률 고문과 재산 관리인 역시 하루아침에 그만두었다.

'송구합니다만, 괴르델러 백작님은 제 은사의 선배이시기도 하고, 감히 그분과 법정에서 맞붙을 생각은 없습니다. 한다고 해도 승산이 없는 걸 빤히 알면서 남작님에게 당당하게 '최선을 다하겠다'고 말씀드릴 수도 없고요. 원하시면 다른 법률 사무소를 소개해 드리겠습니다.'

'죄송합니다. 남작님께서 절 믿고 재산 관리인의 직무를 맡겨 주셨지만, 저는 클라우제너 장학 재단의 후원으로 학교를 다닌 사람입니다. 책임이 있으니 인수인계까지는 최선을 다하겠습니다.'

둘 모두 가신도, 블룸 남작가의 후원을 받은 처지도 아닌 단순 고용인이었기에, 잡으려야 잡을 수가 없었다.

그들이 내렸으니, 침몰하는 배에서 탈출하듯 다른 고용인들이 따라서 그만두리라는 것은 불을 보듯 뻔했다. 아직 소송을 시작하기는커녕 괴르델러 백작이 내놓은 선택지에 대해 제대로 대화를 나눠 보지도 않았는데 말이다.

블룸 남작은 그걸 겪자마자 곧바로 에른스트 공작령으로 떠났다. 이 일을 해결하려면 적어도 클라우제너와 대화할 수 있을 정도의 힘을 가진 사람이 필요하다는 것을 깨달았기 때문이다. 물론 에른스트 공작이 남작을 만나 줄 리 없었다. 파티장에서 한 번 인사를 나눈 적밖에 없는 사이니까.

결국 할 일을 하러 온 사람은 요안나밖에 없었다.

클레어가 나온 것은 한 시간쯤 후의 일이다. 생각보다 빨랐다. 요안나는 황급히 몸을 일으켰다. 헤르만이 먼저 공손히 인사하고 클레어의 손등에 키스했다.

"안 만나 주실 걸 각오하고 있었는데, 이렇게 자태를 보여 주시니 제 가슴이 무척 설렙니다."

"아무한테나 그런 말 하다가 코뼈 부러져요, 헤르만 경. 모처럼 어머님께서 잘생긴 얼굴을 물려주셨는데, 소중하게 여기셔야죠."

전 같았으면 농담이라고 생각하고 실없는 소리를 한두 마디 던졌겠지만, 헤르만은 이번에는 머쓱하게 코만 어루만졌다. 코가 아니라 목이 더 무서웠지만.

"빅토리아 대공 전하께서 루덴도르프의 대접이 마음에 드셨던 모양이더군요. 티파티에서의 일은 제외하고요."

"다행입니다. 그러면 제가 이 말을 전달하는 것을 조금 너그럽게 봐주실 수 있을까요? 아버지께서는 공작 각하의 용서를 받을 수만 있다면, 무엇이라도 하겠다고 말씀하셨습니다."

"글쎄요. 설령 에리히에게 물질적인 사과를 받아들일 마음이 있다고 해도, 루덴도르프 가문한테 그럴 능력이 있을지 모르겠군요."

헤르만이 민망해하지도 않고 미소를 띠었다.

"공작 부인께 말씀 올려 보긴 했으니, 이걸로 제 역할은 다한 셈입니다."

"경이 할 일은 후작가 안에 더 있겠지요."

클레어는 그렇게 대화를 마무리 짓고 시선을 돌렸다. 그녀의 눈길을 받은 요안나가 무릎을 구부려 인사하는 대신, 바닥에 두 무릎을 모두 꿇었다.

"블룸 영애!"

클레어는 당황했다. 헤르만도 깜짝 놀라 요안나를 부축하려했다. 하지만 요안나는 헤르만의 손을 가볍고 단호하게 거절하고는 클레어 앞에 고개를 숙였다.

이런저런 복잡한 마음을 모조리 비웠다. 이렇게 해서 용서를 받아야겠다는 생각도 하지 않았다. 가족 중 아무도 온당한 행동을 하지 않으니, 자신이라도 해야 했다.

"브루노가 부인의 명예를 모욕하고, 차마 입에 담을 수 없는 말을 뱉은 것에 대해서 꼭 죄송하다는 말씀을 드리고 싶었습니다, 공작 부인."

그녀는 브루노가 예전부터 무슨 소리를 해 왔는지 알고 있었다. 그 말을 클레어가 들었든 듣지 못했든, 공작이 보복을 했든 아니든, 사과를 해야 했다. 클레어가 난처한 얼굴로 그녀를 쳐다보았다.

"이러지 마세요, 블룸 영애. 영애는 제게 사과할 입장이 아니라 오히려 못난 형제 때문에 입장이 난처해지기만 했을 텐데요."

"그렇게 말씀해 주셔서 감사합니다."

요안나의 가슴이 울렁거렸다. 그녀에게 브루노 때문에 힘들었겠다고 말해 준 사람은 클레어가 처음이었다.

부모님은 왜 브루노를 잘 보살피지 못했느냐고 그녀에게 화를 냈고, 브루노를 싫어하는 이들은 같은 집안 사람이라며 그녀도 기피했으니까. 어느 쪽이든 브루노가 그녀의 책임처럼 느껴진다는 점에서는 다를 바가 없었다.

"그렇지만 가장 큰 고통을 받은 분은 공작 부인이시니까요. 당연히 엎드려 빌어야 할 사람은 브루노고, 또 관리 책임은 저희 부모님께 있지만, 실은 브루노가 온전치 못해서요."

요안나가 조심스럽게 말했다.

"부모님은 인정하지 않으시지만, 전 그 애에게 병이 있다고 생각해요. 그런 상태인 줄 빤히 알면서 티타임에 데려갔고, 입을 막지 못했으니, 제게도 책임이 있습니다. 브루노와 부모님의 몫은 물론, 제 책임만큼도 사과드리고 싶습니다."

"블룸 영애 탓이 아니에요."

클레어는 그녀의 사정을 이해했다. 남동생의 행실에 책임이 있는 누나도 있을 테지만, 적어도 요안나는 그렇지 않았다. 부모가 옹호하는 미친 형제를, 그것도 가문의 후계자를 어떻게 말린단 말인가.

"장녀가 제일 낫군."

에리히의 목소리가 뒤에서 들려왔다.

"에리히!"

클레어는 깜짝 놀라 돌아보았다. 응접실 문간에 에리히가 팔짱을 낀 채 비스듬히 서 있었다.

문은 반쯤 열려 있었지만, 평소라면 노크를 했을 것이다. 방문객 중 숙녀가 있다면 그게 당연한 일이었다. 그러지 않은 것은, 상대가 블룸이었기 때문이다. 그는 블룸 가문의 딸을 숙녀로 여기지 않았다. 그리고 의외의 대화를 맞닥뜨린 것이다.

그가 문간에 있는 것을 진작 알고 있었던 헤르만이 뒤늦게 묵례했다. 무릎 꿇고 있던 요안나가 깜짝 놀라 고개를 들었다가, 아예 허리까지 숙여 깊이 절했다.

"놀랍군. 사죄를 하러 온다면, 당연히 남작 부부가 올 줄 알았는데."

"송구합니다."

"가문을 위하는 블룸 양의 용기도, 마음도 인정하겠네. 그러나 사죄도 자격 있는 사람의 몫이지."

요안나가 몸 둘 바를 모르고 고개를 더 깊이 숙였다. 그 바람에 요안나를 일으키려던 클레어의 시도는 완벽하게 무위로 돌아갔다. 그녀는 요안나의 팔을 잡은 채로 에리히를 돌아보았다.

"너무 냉정하게 말하지 말아요. 영애는 사과를 하러 온 거잖아요."

"그래. 그래서 기특하다고 하지 않았나. 다만 그게 '블룸 가문'의 사과가 될 수는 없다는 거지."

클레어는 잠깐 눈을 깜박거렸다. 에리히의 말에서 생각난 바가 있었기 때문이다. 그녀는 일어서서 에리히를 노려보았다.

"블룸 남작가에게 뭘 한 거예요?"

"적절한 후속 조치."

클레어는 놀라서 조금 입을 벌렸다가 다물었다. 그리고 이마를 한번 쓸어 올린 뒤 에리히 쪽으로 다가서며 허리에 손을 올렸다.

"뭐, 사과하러 오라고 편지를 보낸 건 아닐 테고."

그 자리에서 브루노를 죽여 버리려고 했던 것은 홧김이었다 치더라도, 명예에 손상을 입었다고 생각한 이상 그 후속 조치라는 게 온건한 것일 리 없었다. 이렇게까지 빠르게 움직였다면 더더욱.

그녀가 하고 싶은 말을 알아챈 듯 에리히가 먼저 대꾸했다.

"감정적으로 처리하지는 않았어."

"충분히 감정적이었을 것 같은데요? 나한테는 한마디도 안 했잖아요."

"괴르델러 경에게 당연히 해야 할 일을 하라고 지시하는데, 그것까지 너와 의논해야 하나?"

"에리히."

클레어는 한순간 감정이 치받는 것을 느꼈으나 애써 참았다. 대신 그녀는 침착한 어조를 유지하려고 애쓰며 말했다.

"내 일이에요."

"물론 네 일이지만, 클라우제너의 명예에 대한 일이기도 해."

"아니."

클레어는 또 한 번 한 박자 쉬었다.

"나한테 말 안 한 거, 내가 반대할 걸 아니까 그런 거잖아요. 설마 멸문시키겠다, 뭐 거기까지 가진 않았겠죠?"

"아, 공작 부인. 그런 게 아니에요."

요안나가 당황해서 끼어들려는데, 에리히가 그녀를 무시하고 클레어에게 말했다.

"네가 싫어하는 '옛 방식'대로 하지는 않았어."

"당연한 소리 말아요. 불쾌했던 건 사실이지만, 욕 좀 들었다고 남의 집을 풍비박산 낼 수는 없어요. 게다가 당신이 그 자리에서 바로 보복했잖아요."

"놈이 그 자리에서만 모욕적인 소리를 뱉은 게 아닌데, 그냥 방치하란 말인가? 추문의 근원이 되고 있는 게 분명한데?"

"나도 그냥 넘어갈 생각은 없어요. 위자료 청구나 좀……. 나, 저 얼굴 알아."

클레어가 에리히를 노려보았다.

"웃지 마요. 지금 일부러 나 화나게 하려고 했죠?"

"내가 지금 웃고 있나? 그럴 리가 없는데."

"그러면 그 얼굴 뭔데?"

"글쎄."

에리히가 팔짱을 풀고 클레어에게 한 걸음 다가왔다. 그리고 고개를 세운 채 허리만 구부려 거리를 좁혔다.

"키스하고 싶다고 생각하는 얼굴이 아니었을까? 지금 딱 그런 기분인데."

"남들 앞에서 도대체 무슨 소리예요?"

클레어는 버럭, 빨개진 얼굴로 소리쳤다. 손 닿는 거리였다면 팔뚝이나 등짝을 한 대 때려 줬을 것이다. 에리히가 굳이 평소보다 거리를 벌린 채 서 있는 것도 그 때문이리라.

그녀는 기가 막힌 기분으로 에리히를 쳐다보았다. 그의 입가가 허물어지면서 비로소 미소가 흘러내렸다.

'도대체, 언제부터 이렇게 뻔뻔해졌어?'

그리고 헤르만과 요안나가 눈 둘 곳 없어 어쩔 줄을 모르거나 말거나, 한 걸음 더 다가서서 클레어의 허리를 감아 안으려고 했다.

"안 돼요."

사실 그 정도 애정 표현은 클레어에게도 허용 범위였으나, 얄미웠으므로 그녀는 찰싹 에리히의 손등을 때려 치워 냈다.

"그래서, 어떻게 했는데요? 블룸 영애, 설마 이 사람이 지나친 일을 한 건 아니죠?"

"놈에게서 경의 칭호를 거둬들이도록 한 게 다야."

에리히가 웃음을 지우고 고개를 삐딱하게 기울였다.

"그거라면 너도 반대할 이유가 없을 텐데? 명예는커녕 예절도 모르고, 위아래도 없는 돼지 같은 놈 따위가 선조에게서 물려받은 핏줄을 후광처럼 입고 위세 부리는 건 네가 가장 싫어하는 일이잖나."

"싫어해요. 싫어하지만, 개인적인 감정 때문에 가문 하나를 뭉개는 것은 옳지 않아요."

"너와 상관없이 내 판단은 똑같았을 거야. 감정적인 문제도 아니고. 놈은 귀족이 될 자격이 없어. 그리고 그런 놈을 후계자로 결정한 블룸 남작가의 상태도 뻔해. 남겨 두는 것은 해악일 뿐이지."

가주가 직접 사죄하러 왔다면 또 모를까, 지금으로서는 관용을 보일 여지조차 없었다. 무엇이 잘못인지조차 이해하지 못하고 있을 가능성이 컸다. 기껏해야 아내가 모욕당한 일로 공작이 화가 나서 날뛰고 있다고 생각하겠지.

클레어는 떨떠름하게 입을 다물었다. 그녀가 껄끄럽게 생각하는 부분은, 에리히가 판결을 먼저 내리고 거기에 절차를 붙였다는 점이지, 그 판단이 틀렸다고 생각해서는 아니었다. 브루노 블룸 같은 놈에게 권력을 주어서는 안 된다. 설령 그것이 지방 남작가의 조그만 땅이라고 해도 마찬가지였다.

에리히의 시선이 요안나에게로 이동했다. 차갑고 새파란 눈동자가 직시하자 요안나는 다시 고개를 깊이 숙였다.

잠시 응접실 안에 침묵이 감돌았다. 에리히가 자신에게 발언할 기회를 준 것임을 깨달은 요안나가 떨리는 마음으로 입을 열었다.

"제가…… 제가 책임지고 후속 조치를 취하겠습니다."

이미 공작은 그녀에게 지참금으로 블룸 가문을 가져갈 수 있도록 허락했다. 그렇다면, 자신이 책임을 져야 한다. 질 수 있다.

아마도 그녀의 부모님은 가문을 딸의 지참금으로 삼으라는 공작의 의도를 곡해할 게 분명했다. 공작이 화풀이를 하고 있을 뿐이니, 우선 눈속임을 하면 된다고 생각하리라. 이미 그녀는 아버지가 방계 혈족 중 가장 늙고 병든 남자를 자신의 결혼 상대로 고려하고 있다는 사실을 알고 있었다. 일단 결혼을 시켜 지참금으로 가문을 딸려 보냈다가, 남편이 죽어 남동생에게 다시 맡겼다고 하면 될 게 아닌가.

하지만 그걸로는 해결되지 않는다. 공작이 요구하는 것은 블룸 남작가가 귀족답게 행동하는 것이다. 책임질 수 있는 사람이 사죄하고, 브루노를 제재해야 한다.

할 수 있다. 그녀는 이제 곧 서른이었다.

'믿을 만한 사람을 골라서, 부모님이 개입하기 전에 가문에 대한 권리를 정확히 분할하도록 계약서를 쓰고 결혼한 다음, 여주인으로서 책임을 지고.'

결심을 굳히고 고개를 들려는 찰나에 클레어가 말했다.

"블룸 영애가 가문을 계승하면 되겠군요."

"네?"

"그렇잖아요. 남작 부부에게도, 아들에게도 자격이 없다는 게 에리히의 판단인 셈인데, 딸은 그렇지 않죠."

요안나는 깜짝 놀랐다.

"아, 아뇨. 저는 후계자 교육을 받은 일도 없고, 외동딸도 아닙니다. 그런 일은…….”

“그게 무슨 상관이에요? 영애가 남동생보다 훨씬 나은 사람인 게 분명한데.”

클레어가 말했다. 요안나는 당황해서 이번에는 에리히 쪽을 쳐다보았다. 그는 화를 내지도, 비웃지도 않은 채 무덤덤한 얼굴을 하고 있었다. 진짜로 그게 별일 아니라는 듯이.

그녀는 숨을 들이마셨다. 여태까지 한 번도 생각해 본 적 없는 가능성에 호흡이 가빠졌다.

“제가, 제가 할 수 있을 거라고 생각하세요?”

“나도 여자지만, 남작이에요. 집안에서 반대가 있긴 했지만, 어떻게든 되긴 되더라고요.”

“하지만 저는 공작 부인과 달라요. 그냥 평범하고…….”

“심사숙고해 보세요. 영애가 결심한다면, 나도 도와줄게요.”

클레어가 대답했다.

두 숙녀는 해야 할 이야기가 더 있다며 자리를 옮겼다. 헤르만은 완전히 잊혔으나, 떨떠름한 기색을 내비칠 만큼 어리석지 않았다. 오히려 약간 즐겁기도 했다. 공작의 민낯을 볼 수 있는 기회는 흔치 않으니까. 그걸 약점으로 쥘 수 없다고 해도 말이다.

과히 내키지 않는 얼굴로 에리히가 물었다.

“경은 이모님을 기다릴 작정인가?”

"대공 전하께서는 아마 오늘 밤에 여기 머무르시지 않을까 싶습니다. 엘리엇 경을 워낙 그리워하셨거든요."

"흠."

"블룸 영애가 돌아오면 그녀를 바래다줄 작정입니다."

"그렇게 하게. 마차를 내주도록 하지."

"감사합니다."

에리히의 표정이 살짝 부드러워지는 것을 헤르만은 놓치지 않았다. 그는 웃음을 머금고 말했다.

"모든 일이 뜻대로 되셨습니까?"

그러자 에리히의 시선이 싸늘하게 그의 얼굴을 훑었다. 헤르만은 빙그레 웃었다.

"제가 눈치챘을 정도이니, 공작 부인께서도 이미 알고 계실 겁니다. 처음부터 블룸 영애에게 남작가를 계승시킬 생각이 아니셨습니까?"

그게 아니라면, 굳이 가문을 장녀의 지참금으로 삼으라는 미묘한 요구를 할 리가 없었다. 가문의 이름을 자연스럽게 소실시키기 위해서라고 생각할 수도 있지만, 그건 공작과 어울리는 방식이 아니다.

블룸 남작이 생각해 낸 꼼수를 클라우제너 공작과 괴르델러 백작이 떠올리지 못했을 리가 없다. 요안나는 결혼에 생각이 매몰되어 알아채지 못한 것 같지만 말이다.

그건 요안나의 잘못이 아니다. 혼기가 지난 숙녀는 무얼 해도 결혼 이야기를 듣게 마련이고, 그러다 보면 시야도, 생각도 편협해지기 쉽다.

에리히가 가문의 이름을 없애고자 했다면, 그런 선택지를 주지 않고 바로 작위를 박탈하고 가문 구성원 전원을 평민으로 만들었을 것이다. 이곳이 에른스트의 영향력 아래 있는 지역이라고는 해도, 편지 한 장으로 양해를 구하면 충분했다. 그렇기에 지배 가문이다.

그럼에도 불구하고 그는 가문의 권리를 장녀의 손에 맡기는 선택지를 제시했다. 그 자체가 시험으로 보였다.

'야망이 있다면 가문의 실권자가 되기 위해 찾아올 것이고, 현명하다면 자신이 어디까지 얻을 수 있을지 확인하기 위해 찾아왔겠지.'

헤르만 자신도 비슷한 입장이 아니었던가. 그는 야망을 가지고 찾아왔었다.

하지만 요안나 블룸은 둘 다 아니었다. 그녀는 클레어에게 사죄를 하러 왔다. 그건 그녀가 자기 이득보다 책임을 중시하는 사람이며, 상황을 객관적으로 볼 수 있는 눈을 가졌다는 의미기도 했다.

그만하면, 공작의 목적에 충실히 봉사할 수 있다. 능력까지는 아직 알 수 없지만, 적어도 인품과 책임감은 증명되었다.

"작위가 있는 가문을 가신으로 거둘 기회는 흔히 있는 게 아니니까요. 공작 부인께는, 아니지."

헤르만은 호칭을 고쳤다.

"델포드 남작님에게는 좋은 기회가 될 겁니다. 아무리 공작 각하시라도, 여남작을 남작님의 측근으로 만드는 건 그리 쉬운 일이…….”

“경이 나불대기 좋아하는 성미인 줄 내가 익히 짐작했지.”

에리히는 뻬딱한 태도로 그렇게만 말했다. 그러나 헤르만은 그의 위협을 충분히 알아들었다.

로저 카슨이었다면 몇 마디 더해서 공작의 무표정을 깨는 즐거움을 누렸겠지만, 헤르만은 인생의 재미보다 성공을 추구하는 사람이었으므로 얌전히 입을 다물었다.

블룸 남작이 에른스트 공작가로부터 접견을 거절당하고, 에른스트 사교계의 문이 꽉 닫혀서 도저히 열릴 가망이 없다는 것까지 확인하는 데는 사흘이 걸렸다.

이미 루덴도르프에서 한 차례 겪어 보았으므로, 그는 빠르게 체념했다. 에른스트 공작가에서 문을 닫았는데, 그 사교계 구성원들이 블룸 남작가를 도울 리 없다. 아니, 돕고 싶어도 그럴 능력이 없을 것이다.

‘쯧. 결국 요안나의 지참금이라는 형식을 빌리는 수밖에 없겠군.’

내키지는 않았으나 클라우제너 공작의 눈을 피하려면 어쩔 수 없었다.

요안나가 철이 없고 이기적이라서 가끔 제 남동생을 질투하거나 부모에게 반항하기도 하지만, 근본이 나쁜 아이는 아니다. 나이 서른이나 된 노처녀이니, 생각이 있으면 어차피 이보다 나은 혼처를 기대하고 있지는 않았으리라.

'가족과 함께 살 수 있으니, 저도 좋아하겠지.'

아내를 납득시키는 건 조금 더 힘든 일이겠지만 말이다.

오래 걸리지는 않을 것이다. 공작은 곧 다른 곳으로 떠날 테고, 이런 일에 오래 신경 쓸 리 없었다. 그는 그렇게 생각하면서 블룸 남작저 안으로 들어섰다. 그리고 고개를 갸웃했다.

집사가 마중을 나오지 않았다. 로비에 도열해서 그를 마중해야 할 급사와 접객 하녀들도 보이지 않았다.

"무슨 일 있나? 마님은 어디 계시느냐? 집사는?"

남작은 혼자서 꾸물거리며 나온 급사에게 물었다. 급사가 창백한 얼굴로 고개를 숙였다.

"만찬장에 모여 계십니다. 주인님을 기다리고 계셨습니다. 일가친척분들도 모이셨습니다."

"알았다."

남작은 불쾌한 기분으로 대꾸하고 그쪽으로 향했다. 이쪽에서 발로 뛸 땐 나 몰라라 손을 끊으려 하더니, 이제 와서 더럭 겁이라도 난 건가.

끼익.

오래된 만찬장의 문이 열면서 소리를 냈다. 긴장한 얼굴의 사람들이 일제히 그를 바라보았다. 긴 테이블에는 차 한 잔 나와 있지 않았다. 남작 부인이 파랗게 질린 얼굴로 돌아보았다.

"오셨어요, 아버지?"

요안나가 대표로 일어서서 인사했다. 남작은 눈을 가늘게 뜨고 불온한 분위기의 만찬장을 둘러보았다.

"이게 무슨 일이냐? 브루노는?"

"브루노는 병원으로 보냈어요. 니베르크에 있는 요양 병원이에요."

"네가 감히 내 허락도 없이 네 멋대로!"

블룸 남작이 노하여 고함을 질렀다. 요안나는 무표정하게 그를 바라보았다. 지금 자신이 믿음직한 모습을 보이지 않으면, 가신과 방계 혈족들의 마음이 흔들릴 것이다.

그리고 그 이상으로, 부친이 아랫사람에게 소리 지르는 것 밖에 할 줄 모르는 형편없는 사람이라는 것이 너무나 눈에 잘 들어왔다.

그녀는 담담하게 말을 이었다.

"알코올 중독자를 보살피는 일에 익숙한 곳이라고 해요. 아버지와 어머니가 부모로서 책임을 다하지 않으시니, 누나인 저라도 할 수밖에요."

"요안나! 아니, 여보! 이 애가 이러도록 가만히 내버려 뒀어?!"

블룸 남작은 이번에는 남작 부인을 향해 소리를 질렀다. 그러나 남작 부인은 창백해진 채 대답이 없었다. 이미 자신이 어떻게 할 수 있는 상황이 아니었기 때문이다.

브루노가 끌려간 것은 어제 오후의 일이었다.

'네놈들 따위가 감히! 천한 하인 놈들 따위가 내 명령을 거역해?'

'이거 놔라! 이거 놔!'

'네놈들, 내가 가만두지 않겠다!'

'악! 악! 이 개 같은 년!!'

브루노는 끌려가지 않기 위해 바닥에 드러누워 온갖 추악한 발버둥을 쳤다. 그러나 요안나의 명령을 들은 집사와 하인들은 그의 팔다리를 잡고 들어 올려 저택 밖으로 끌어냈다.

남작 부인은 그걸 막으려고 애썼다. 그러나 아무도 그녀의 말을 듣지 않았다. 하인들이 브루노를 마차 안에 던져 넣자, 요안나가 손수 밖에서 자물쇠를 채웠다. 마차 문을 긁으며 발광하는 소리가 들렸지만, 이제 요안나의 심장은 그런 일에 쿵쾅거리지 않았다.

'병원에 확실히 인도하세요. 브루노가 제멋대로 나온다면, 기부금을 도로 회수할 거라는 것도 확실히 해 두시고요.'

'알겠습니다, 요안나 양.'

일을 확실히 하기 위해 요안나는 브루노를 병원까지 호송하는 일을 가신에게 맡겼다. 이 일에 가장 적극적으로 호응해 준 사람이었다.

아마 브루노는 다시는 병원에서 나오지 못할 것이다. 공작 부인의 일도 일이었으나, 벌해야겠다고 마음먹고 죄를 따지기 시작하니 저지른 일이 너무 많았다. 브루노에게 폭행당한 가신의 자녀들이나 괴롭힘 당한 하녀도 한둘이 아니었으니까.

'너 미쳤니? 네가 뭔데 이렇게 겁도 없이 나대? 클라우제너 공작가에서 우리 가문을 네 지참금으로 주라고 했다는 걸 믿고 이러는 거니?'

블룸 남작 부인은 미친 사람처럼 발작하며 소리를 질렀다.

'공작이 진짜로 네 뒷배라도 되어 준 것 같아서 그래? 네가 어떻게 브루노한테 이러니? 우리 집안 후계자에게! 우리가 널 어떻게 키웠는데!'

요안나는 그녀에게 굳이 대꾸하지 않았다. 한마디 한마디 들을 때마다 가슴을 긴 칼로 저미는 듯 고통이 치솟았지만, 시선도 주지 않았다.

클레어가 미리 충고했었다.

'영애도 잘 알고 있을 거라고 생각하지만, 그런 사람은 절대로 설득되지 않아요. 애초부터 이성적으로 판단했다면, 남동생 편을 들진 않았겠죠.'

'네……'

'어머니 말을 무시하는 게 힘들 테니, 그냥 듣지 말고 대답도 하지 마세요. 중요하고 확실한 건, 가문의 권리와 그걸 뒷받침할 수 있는 실질적인 힘이지요. 영애가 설득할 상대는 부모님이 아니라 가신들이고요.'

아무도 따르게 할 수 없다면, 주인이 될 수 없다. 고용인이 돈을 따르지 않고, 가신이 주종 계약을 포기하고, 방계가 본가를 무시한다면, 귀족원 명부에 가주로 등록되어 있는 이름이 무슨 소용 있겠는가.

요안나가 침묵하자 블룸 남작 부인은 그녀의 머리채를 잡을 기세로 달려들었으나, 집사가 가로막았다.

모두가 가문을 살릴 방법을 알고 있었다. 다만, 앞에 나섰을 때 새로운 주인이 될 자격을 가진 자가 없었을 뿐이다. 요안나는 그 사실을 깨달았다. 그리고 다들 자신을 기다렸다는 것도.

그러니, 망설임은 전혀 없었다.

"아버지."

요안나는 침착하게 블룸 남작을 불렀다. 블룸 남작은 제 딸이 그렇게 당당하고 침착한 얼굴을 할 수 있다는 것을 처음 알았다. 만만한 딸이 아니라, 낯선 귀족이 그 앞에 서 있는 것 같았다.

"인장 반지를 내놓으세요."

요안나가 말했다. 블룸 남작은 기가 막혀서 대꾸도 제대로 하지 못했다.

"뭐, 라고?"

"인장 반지를 내놓으세요. 이 이상 아버지에게 블룸 남작가를 맡길 수 없다는 것이 저와 이 자리에 있는 모두의 결정입니다."

"감히, 너희가, 감히! 이런 하극상을!"

남작의 얼굴이 분노로 시뻘겋게 물드는 것을 보면서도 요안나는 전혀 두렵지 않았다. 미움받는 것도 걱정되지 않았다.

이 사람은 형편없는 사람이다. 그리고 남작이라는 권위를 가지고 소리 지르는 것 말고는 아무 힘도 없다. 그 권위를 쥐여 준 사회가 등을 돌리자 눈앞에 남은 것은 시시비비를 가릴 줄 모르는 못난 사람에 불과했다.

"아버지는 더 이상 다른 사람들을 따르게 할 수 없고, 이대로 있으면 블룸 남작가는 멸문할 뿐이에요."

요안나는 침착하게 말을 이었다.

"아버지와 어머니, 브루노, 저, 이렇게 네 사람은 작위와 가문을 잃어도 그럭저럭 생활을 유지할 수 있겠죠. 가문의 귀속 재산 이외에도 재산이 있고, 수도에도 저택이 있으니까. 하지만, 우리 가문의 테두리 안에서 살아가던 사람들은 어떻게 되겠어요? 그걸 생각해 본 적은 있으세요?"

"너 지금 농노 따위를 걱정해서 이러는 거냐?"

"이제 농노는 없어요, 아버지. 저는 농노가 아니라 우리 가문에서 오랫동안 일해 온 사람들, 우리 가문의 땅을 고향으로 삼고 살아온 사람들을 말하는 거예요."

블룸 남작가가 비록 델포드나 크로지크, 하다못해 루덴도르프처럼 적극적으로 사업을 일으켜 흥성하지는 못했지만, 장원과 작은 사업들이 몇 가지 있었다. 작위가 박탈되면 그것이 모두 공중분해 된다. 땅에는 새로운 주인이 생기겠지만, 지금처럼 사람이 넘쳐나는 세상에, 영지민을 그대로 소작시키거나 일꾼으로 고용할 가능성은 희박했다.

"아버지가 어리석은 후계자를 선택했다는 이유만으로 남작가의 모든 사람을 무너뜨릴 수는 없어요."

"하, 네가 그 작은 동정심 때문에 멍청한 짓을 할 줄 내가 이미 알고 있었지."

"이미 가문은 무너지기 직전이에요."

"누구 마음대로 가문이 무너진다는 거야? 클라우제너 공작이 네게 가문을 지참금으로 가져가라고 했다고, 그게 무슨 네게 주는 선물이라도 되는 줄 아느냐? 그거 우리 가문의 대를 끊으라는 말이다!"

"아주 자비로운 말씀이셨죠. 지금 당장 저희 가문을 끝장낼 수 있으실 텐데도 그러지 않고, 가문 구성원들이 생활의 기반을 무너뜨리지 않은 채 차근차근 정리할 시간을 주신 거니까요. 부모님 두 분의 권위도 어느 정도 유지한 채로요."

"뭐! 너 감히 지금 이 아비가 아니라 공작 편을 드는 것이냐? 오호라, 보아하니 공작의 잘난 얼굴에 홀려서 제정신이 아닌 게로군."

"아버지야말로 미치셨어요? 지금 그 말씀, 저만 욕한 게 아니라 공작 각하까지 모욕한 거예요."

요안나는 황당함을 감추지 못하고 말했다.

"아버지는 정말 명예를 모르는 분이었군요. 이런 분이신 줄 몰랐는데……. 아버지가 이런 분이니, 브루노도 그런 애로 자란 거군요."

"요안나!"

블룸 남작 부인까지 분노를 참지 못하고 소리를 질렀다. 두통이 일어서 요안나는 한숨을 내쉬었다. 하지만 다른 가신들이 있는 앞에서 머리를 싸맬 수는 없었다.

상대할 필요 없다는 클레어의 말을 그녀는 다시 되새겼다. 중요한 것은 가문을 다스리는 일이지, 가족이 아니다. 블룸 남작이 자신에게 차가웠기에 지금 물러나라고 요구하는 것이 아니다.

"페터 경, 플로린 씨, 인장 반지를 가져와요."

요안나의 명령에 젊은 가신 두 명이 앞으로 나섰다. 블룸 남작은 그들이 뭘 하려는지를 깨닫고 황급히 물러섰다.

"그만둬라, 무엄한 것들!"

하지만 소용없었다. 남작은 재빨리 돌아서서 달아나려고 했지만, 문이 열리지 않았다.

철컥! 철컥!

만찬장 문에는 잠금장치가 없는데, 아무리 당겨도 문이 열리지 않았다. 밖에서 빗장을 지른 것 같았다. 남작은 새파랗게 질려서 다시 뒤를 돌아보았다. 요안나가 말했다.

"제가 두 분을 존중할 수 있도록 해 주세요."

젊은 플로린이 남작의 팔을 움켜쥐었다. 그는 가신이긴 했으나 주군에 대한 충성심 따위, 없어진 지 오래였다. 블룸 남작도, 후계자도, 존경할 만한 구석이라고는 조금도 없었으니까. 다만, 지금까지 일가가 살아온 땅이기에 애정을 가지고 있을 뿐이다.

그가 남작을 존중하지 않고, 남작에게 처벌할 힘이 없다면, 남작이 가진 권위 따위는 아무것도 아니다. 피 자체에는 아무런 힘도 깃들어 있지 않았다. 플로린은 그 사실을 기묘한 쾌감과 함께 깨달으며, 남작의 손을 잡아 비틀었다.

"이, 이, 괘씸한 놈! 무엄한 것! 살려 두지 않겠다!"

남작은 발광했으나 플로린은 손쉽게 살찐 손가락에서 인장 반지를 빼냈다. 그것을 페터가 요안나에게 공손히 바쳤다. 요안나는 인장 반지를 받았다가, 안쪽에 축축한 땀이 묻어 있는 것을 깨닫고는 손수건을 꺼내 반지를 닦았다.

블룸 남작에게 그만두겠다고 말했던 법률 고문이 준비된 서류를 내놓았다. 남작은 플로린의 손에 질질 끌려 그 앞에 앉혀졌다.

"안 해! 이건 패륜이다! 하극상이야! 신께서 내게 주신 지엄한 권리를 이렇게 강도질할 수 있을 것 같으냐!"

그는 발광하며 펜을 집어 던졌다. 플로린이 그의 어깨와 가슴을 눌러 고정시키자, 다른 가신이 남작의 손에 다시 펜을 쥐여 주었다.

"천벌을 받을 것들! 이건 반역이다! 귀족원에서 이걸 두고 볼 것 같으냐!"

"서명하세요, 아버지. 브루노는 죽을 때까지 요양 병원에서 보살핌을 받을 테고, 두 분도 제가 편안한 은퇴 생활을 할 수 있도록 모시겠어요."

남작 부인이 흠칫 당황하며 요안나를 바라보았다. 요안나는 그녀가 궁금해할 만한 것을 일러 주었다.

"서명하지 않으신다면, 두 분을 유폐할 거예요. 아니, 그럴 기회라도 있길 빌고 있어요. 클라우제너 공작 각하께서는 자격 없는 귀족에게 거침없이 칼을 휘두르실 테니."

백 개 가까운 눈동자가 남작의 몸에 박혔다. 그는 그 모두가 요안나에게 가주의 자리를 넘겨주라고 요구하고 있는 것을 깨달았다.

블룸 남작이 침을 꿀꺽 삼켰다. 가주의 권위는 이미 아무 힘도 없었다.

떨리는 손에 법률 고문이 다시 펜을 쥐여 주었다. 남작은 문서 윗부분만 훑어보았다. 요안나에게 모든 권리를 생전 상속한다는 내용이었다. 어쩔 수 없이 그는 거기에 서명했다.

법률 고문은 이번에는 요안나에게 잉크 패드를 내밀었다. 그녀는 남작의 인장 반지를 든 채 잠시 머뭇거리다가, 그것을 서류에 눌러 찍었다.

"이것으로 서류는 완비되었습니다. 빠른 시일 안에 귀족원으로 보내어 승인받도록 하겠습니다."

"하, 그게 그렇게 쉽게 될 것 같으냐?"

남작이 증오에 찬 눈으로 요안나를 바라보았다.

"멀쩡한 후계자가 있는 가문에서, 아무런 이유도 없이 계집 년에게 작위를 물려주었다는 걸 귀족원이 믿을 것 같아?"

"제 생각에는, 클라우제너의 노화를 사서 가문이 망하는 것 보다 인연을 맺을 기회를 붙잡았다고 생각할 것 같은데요. 아 버지."

요안나는 그렇게 대답하고, 인장 반지를 쥐고 돌아섰다. 가 신들이 모두 그녀를 뒤따랐다.

클레어가 욕실에서 나왔을 때, 에리히는 가스등을 켜 놓고 서류를 보고 있었다. 추운 날씨였지만, 가스등 냄새가 침실에 나는 것 같아 클레어는 커튼을 걷고 창문을 열었다. 찬 바람이 훅 들어왔다.

"블룸 남작가에서 온 연락인가요?"

"그래. 네가 신경 쓰고 있는 일이니, 시간에 상관없이 들이 라고 했지."

에리히는 그렇게 대답하면서 눈으로 쓰윽 문서를 훑었다. 별다른 내용은 없었다. 블룸 남작이 장녀에게 모든 권리를 상 속한다는 문서와 작위 계승에 관한 서류들, 이에 대해 방계 혈 족을 포함하여 가문 구성원 전원이 만장일치로 찬성한 연명 서

약이 있었다.

클레어는 에리히의 목을 감듯이 하고 기댄 채 뒤에서 그 서류를 같이 눈으로 훑었다.

"생각보다 더 수월했네요."

"어제 다녀왔잖아. 문제가 있을 것 같던가?"

"아뇨. 그래도 시간이 더 걸릴 줄 알았어요. 블룸 남작 부인의 친정 쪽은 여계 상속을 반대할지도 모른다고 생각했는데."

"이런 조건이 있더군."

에리히는 서류 한 장을 따로 빼어 클레어에게 넘겨주었다. 클레어는 몸을 일으켜서 그것을 읽어 보았다.

"성사됐군요."

"외가의 방계 쪽에서 남편을 고르기로 한 건 네 생각이 아니었던 건가?"

"아니에요. 난 그냥 결혼은 넓은 마음으로 상황을 열어 두라고 했어요. 정 곤란하면, 방계 혈족 중에서 양자를 들여도 되는 거고."

하지만, 요안나가 이렇게 결정했다면 그것도 괜찮다. 블룸 가문은 존속될 테고, 인척 관계도 선대와 똑같이 유지됨으로써 블룸 남작령은 안정된 상태가 될 것이다.

"보수적인 선택이지만, 이해는 해요. 요안나 양은 처음부터 가문을 지키기 위해 이런 결정을 한 거니까."

사실 상황은 우스울 정도로 쉬웠다.

만일에 블룸 남작이 요안나에게만 나쁜 부친이고, 가주로서의 역할을 다했다면 성사되지 않았으리라. 요안나가 오랫동안 계획을 세워 반역을 꾀하며 사람을 포섭한 것도 아니고, 지금도 대부분의 사람들은 여자가 가문을 상속한다는 것에 거부감을 갖고 있다.

그럼에도 불구하고, 클레어는 이 일이 시작된 첫날 블룸 남작가를 방문해 보고, 그게 문제가 되지 않으리라는 사실을 알았다. 블룸 남작에게는 신망이 전혀 없었다. 가문의 사업이 그럭저럭 굴러가는 것은 남작이 잘해서가 아니라, 오히려 아무것도 하지 않았기 때문이다.

운이 좋았다고 할 수도 있다. 마름과 재산 관리인도 정직한 사람이었다. 물론 남작 부부는 그렇게 생각하지 않았다. 그들은 가문이 똑똑한 아들에게 날개를 달아 주기에 모자라다며 안타까워했다.

남작 부부가 에른스트 사교계를 드나들며 윗선에 줄을 대기 위해 노력하고, 브루노가 술에 절어 행패를 부리는 동안 실제로 영지를 보살핀 것은 요안나였다.

누가 비 오기 전에 제방을 수리하고, 제설을 지휘하고, 목장 주변의 산을 정리했는가. 누가 가난한 친척에게 먹을 것과 옷가지를 나누어 주고, 의사를 보내 주었는가.

블룸 남작 부부는 몰랐으나 가신들은 알고 있었다. 요안나는 그게 잡다한 사무라고 말했지만, 사실은 그것이 영주의 가장 중요한 의무다. 블룸 남작가에서 영지와 유대 관계를 맺어 온 것은 오로지 요안나뿐이었던 것이다.

"지금까지 마음 써 온 만큼 정이 있겠죠. 안 그래도 불안한데, 자기가 여자라는 것 때문에 영지가 피해를 입을까 봐 걱정인 것 같아요."

"좋은 가주가 되겠군. 혈족을 보살피고, 가신과 영지민들을다스리는 게 가장 중요한 의무라는 것을 알고 있다면 됐지."

에리히가 그렇게 말하면서 읽고 있던 한 장짜리 보고서를클레어에게 휙 내밀었다. 그녀는 에리히의 어깨에서 팔을 떼고, 이번에는 그 앞의 테이블에 걸터앉았다. 에리히는 살짝 이맛살을 찌푸렸지만, 예의 없는 행동이라고 지적하지는 않았다.

건너편 의자보다 테이블이 물리적으로 가까운 게 당연했다.어차피 단둘이 있는 공간이다.

허공에 뜬 클레어의 보드라운 발이 달랑달랑 흔들리면서 에리히의 종아리에 닿았다가 떨어졌다. 그걸 의식하고 하는 일인지 아닌지, 클레어는 태연하게 보고서를 읽어 내리며 말했다.

"아, 용기가 모자란 것 같아서 좀 걱정했는데, 단호하게 잘 해냈군요. 인장 반지를 강탈하고 서명을 시키다니, 속 시원하네."

"끝까지 지켜보고 오지 그랬나?"

"거기까지 끼어들면, 너무 클라우제너가 개입하는 것 같잖아요."

클레어가 보고서를 내리고 몸을 구부려 에리히의 얼굴을 들여다보았다.

"사실 남작가 하나가 없어지느냐 마느냐 하는 그 자체보다,공작님이 화나서 뱉은 말 한마디에 가문 하나가 공중 분해되는 쪽이 훨씬 사회적으로 문제가 크죠."

"……."

"지금 삼킨 말 뭐예요?"

에리히가 희미하게 웃으며 그녀의 손을 들어 올려 손등에 키스했다.

"네가 그럴 때마다, 내가 무슨 짓까지 할 수 있는지 알려 주고 싶은 기분이 들곤 하지."

"무슨. 정정당당하고 착하게 살아오기라도 한 것처럼."

에리히는 대답하는 대신에 결혼반지 위에 키스했다. 클레어가 떨떠름하게 그를 쳐다보았다.

"그럴 거면 처음부터 좀 잘해 주든가."

"내가 못 한 게 뭐가 있어서?"

"뚫린 입으로 하는 말이죠, 그게 지금?"

클레어는 손가락으로 그의 입술을 꼬집었다. 그리고 그에게 손끝을 빨리고 후회했다. 에리히가 웃음을 머금었다. 피가 몰려 발갛게 된 입술에서 의식적으로 눈을 떼면서 클레어는 말했다.

"어쨌든 이왕 이렇게 됐으니까 요안나 양이 아주 잘 해냈으면 좋겠어요. 여자라서 가문을 다스리는 데 실패했다, 이런 말을 들으면 나도 열 받을 거 같으니까."

요안나에게 좀 더 충고할 만한 것이 없을까? 단순히 지키기만 하는 것으로는 모자라다. 에른스트 공업 도시와 가까우면서 루덴도르프 평야의 혜택을 받았다는 지리적 관계를 생각하면, 전통적인 산업을 유지하면서도 훨씬 대담한 시도를 할 수 있을 것 같은데 말이다.

에리히는 클레어의 머릿속에서 생각이 도로록 돌아가는 것을 깨달았다.

"또 뭔가 계획이 생긴 건가?"

"으음, 내가 블룸 남작가의 경영에 너무 개입하는 건 좀 그렇죠? 사실 잘 아는 분야도 아니고."

"크로지크는 거뒀잖나."

"그건 원래 하려고 했던 사업에 끼워 준 거고요. 동업과 간섭은 다르잖아요. 요한 경을 포섭할 필요가 있었다는 것과 별개로, 크로지크 백작가와는 이해관계가 일치했죠."

"이해관계라는 게 꼭 경제적 문제로만 겹치는 건 아니지."

클레어는 눈을 깜박거렸다. 에리히는 자신의 자제력을 믿는 대신 몸을 뒤로 젖혀 등받이에 기대어 거리를 벌렸다.

"여자라서 가문을 다스리는 데 실패했다는 말을 듣고 싶지 않다며. 그러면 네가 거둬서 가르치면 돼."

"시녀로 삼으라는 뜻인가요? 하지만 그러면 클라우제너의 후광을 입는 게 돼요. 그것도 요안나 양 입장에서 '실패하지 않는' 방법이긴 하겠지만, 결국 여자라서 공작 부인의 시녀 자리에 들어갔다는 게 되어 버리는데."

"그런 말이 나오지 않을 정도로 공적을 만들어야지. 그것도 할 수 없나?"

"아, 이거 내 자존심을 건드리시네."

"어차피 일을 믿고 맡길 사람 없어서 힘들다면서. 진짜 명예가 무엇인지 아는 사람을 만났는데, 이것저것 가리느라 놓칠 때인가?"

"음……. 하긴. 요안나 양이 날 도와준다고 하면 오히려 내가 고맙다고 해야죠."

"네가 몇 년이라도 더 먼저 작위를 계승했으니까, 선배로서 후배에게 가르쳐 준다고 생각하면 좋겠지."

에리히가 피식 웃었다. 클레어는 살짝 눈살을 찌푸렸다.

"그런데 당신, 요안나 양이 그렇게 마음에 들어요?"

"뭐?"

"진짜 명예가 무엇인지 안다니, 그거, 당신이 하는 칭찬 중에 최고 등급 아니에요?"

별달리 의식하고 있지 않았기에 에리히는 오히려 조금 놀랐다.

"그렇게 들리나?"

"아니, 당신이 여자를 그렇게 칭찬하는 거 진짜로 본 적이 없어서. 이렇게 권유하는 것도 그렇고."

"당연히 여자를 평가하진 않아. 이건 요안나 블룸이 남작이 될 자격이 있는가 아닌가 하는 이야기였어."

"음, 그랬죠."

클레어가 미묘한 얼굴로 그렇게 대꾸하고 테이블에서 내려섰다. 보드라운 발바닥이 실수로 에리히의 발가락을 밟았다.

슬리퍼 위로 밟혔으니 감촉을 모르는 게 당연한데, 에리히는 그녀의 무게와 촉감을 전부 느낄 수 있었다.

아까부터 참으며 아랫배 안쪽까지 눌러 넣어 놨던 초조감을 밟힌 것 같은 느낌이 들었다. 그는 더 참지 못하고 클레어의 허리를 끌어당겨 다시 자신의 앞 테이블에 앉혔다. 그리고 아까부터 신경 쓰이던 종아리와 발을 쓰다듬으며 제 의자 팔걸이에 올려놓았다.

클레어가 고개를 숙였다. 아직 다 마르지 않은 머리칼이 에리히의 어깨와 머리를 차갑게 만들었다. 촉촉한 피부에서는 꽃 향기와 섞인 비누 냄새가 났다.

"진짜로 없어요? 여자를 평가한 적?"

"능력 평가라면 하고 있지만, 눈에 차는 사람이 좀처럼 없군."

그녀의 머리칼 사이에 파묻힌 채 에리히가 대꾸했다.

하긴, 맞는 말이긴 했다. 클레어는 여태까지 자신이 물어보기 전에 그가 다른 여자에 대해서 말하는 걸 들어 본 적이 없다. 예쁘다, 아니다를 포함해서.

그걸 생각하니까 기분이 좋아졌다. 그의 얼굴을 두 손으로 감싸 끌로 깎아 놓은 것 같은 뺨을 뭉개자 기분이 조금 더 나아졌다.

그녀가 팔걸이에 얹혔던 발을 움직여 옆구리를 건드리자 에리히가 흠칫했다.

쿵.

그가 초조감을 참지 못하고 일어서는 바람에 의자가 뒤로 넘어졌다. 기분이 더욱 나아져서 클레어는 생긋 웃었다.

"질투 났으니까, 내 마음 풀어지게 칭찬이나 좀 해 봐요. 요안나 양한테 한 것보다 좀 더 갸륵하게."

"하."

에리히는 어처구니없는 웃음소리를 냈다.

"넌 내가 여태 본 것 중에 제일 이상한 여자야."

"그거, 칭찬이에요?"

"설마, 기품 넘치고 정숙하며 귀족적인 숙녀라는 평가를 들을 거라고 생각한 건 아니겠지."

그 말에 클레어는 솔직한 얼굴로 웃어 버리지 않을 수 없었다.

에리히는 좀 더 가볍게 말하고 싶었다. 그녀가 별종이라는 의미를 담아서. 하지만 목구멍에서 새어 나온 목소리는 깊게 잠겨 있었다.

"이 세상에 너 같은 여자는 하나뿐이야."

"좋아요. 그 말은 마음에 드네요."

클레어가 그의 다급한 상황을 아는지 모르는지, 비로소 만족한 듯 웃으면서 손가락을 까닥거렸다. 에리히는 그녀를 밀어 눕히고, 물통 없이 길을 헤매다가 샘을 만난 사람처럼 엎드려 그녀의 입술을 빨아 마셨다. 그리고 아까부터 자신을 미치게 하던 발을 만지려고 손을 뻗었을 때였다.

"아."

처리해야 할 서류가 생각났다.

에리히는 몸을 일으켰다. 클레어는 인상을 쓰려고 했지만, 그는 그녀의 다리 사이에서 한 걸음도 움직이지 않고, 대충 밀어 놓은 서류 사이에서 몇 장을 뒤져 냈다.

"뭐예요?"

"서명해야 해."

에리히는 클레어 위에 몸을 구부린 채 머리 위에서 대충 서명하고, 펜과 서류를 쭉 밀어 의자에 던져 놓았다. 그리고 다시 클레어의 몸을 제 몸으로 덮었다.

그의 머리칼 사이로 손가락이 들어왔다. 클레어의 입술이 부드럽게 움직여 뭔가를 속삭였지만, 들어 주지 못할 날도 있는 법이다.

경계해야 마땅할 사람

블룸 남작가의 소식이 퍼지는 데는 채 사흘도 필요하지 않았다. 이미 남작 부부가 도움을 구하기 위해 사방팔방 사정 이야기를 한 덕분이었다.

"남작 부부는 아예 남작령을 떠났다면서요. 하긴, 브루노 경이 저지른 짓이 어지간했어야지요."

공식적으로는 건강 문제로 은퇴하여 남방의 어떤 별장에서 휴양하기로 한 것으로 되어 있었다. 하지만 그 말을 믿을 어리석은 사람은 아무도 없었다.

그리고, 진짜 상황을 깨달은 사람도 많지 않았다.

"장녀에게 물려주게 하신 것만으로도 충분히 자비를 베푸신 것이지요."

"요안나 영애는 아직 결혼하지 않았지요? 부모가 지참금이 아까워서 이제까지 억지로 잡아 뒀다는 말이 있었는데, 이제는 단숨에 작위와 영지를 가진 상속녀가 되었군요."

아직 그녀가 외가와 교섭한 이야기까지는 알려지지 않았기에, 다음 사교 시즌 결혼 시장에 나올 이 대형 매물에 대해 모두가 눈에 불을 켰다. 작위 없는 청년들과 그 부모들은 모두 설레어 했다. 가문을 지참금으로 가진 상속녀가 루덴도르프에 나타난 게 얼마 만의 일인가.

"수도로 가지 않을까요? 그쪽에는 아카데미를 졸업한 인재도 많이 있을 터인데."

"아무래도 이곳보다는 수도에 신랑감이 많겠지. 요즘 같은 세상, 신분보다 재력과 능력이 있는 데릴사위를 얻는 것도 나쁘지 않을 테고."

"나이가 좀 많긴 하지만, 블룸 남작 영애 정도의 조건이라면 누구라도 기꺼이 샤프롱이 되어 줄 거예요."

그렇게 조심스럽게 말하는 사람이 있는 한편, 큰소리치는 사람도 있었다.

"아무리 그래도 동향 사람이 제일 나아. 사정 모르는 사람에게 어쩌다 상속녀가 되었는지 설명을 어떻게 해? 그거야말로 부끄러움도 모르는 일이지."

"수도에 사는 친척이 있는 것도 아니고, 블룸 남작 영애가 스스로 샤프롱을 찾는다는 것도 좀 그렇지 않나?"

"우리 지역에도 훌륭한 청년들이 많이 있지."

이런 사람들은 루덴도르프 후작 부인 곁으로 모여들었다. 요안나가 후작 부인을 모신 일이 있었기에, 그녀가 요안나의 보호자가 되리라고 믿은 것이다.

진짜 현명한 사람들은 그 두 가지 가능성에 모두 고개를 저었다.

"클라우제너 공작가에서 주선하겠지. 애당초 가문을 영애 몫의 지참금으로 하라고 요구한 것이 공작 각하이신데."

"샤프롱 역할을 하기에는 공작 부인께서 좀 젊으시다고요? 그게 무슨 상관인가요? 클라우제너 공작 부인이신데."

그러나 작위 계승 관련 서류가 이미 수도를 향해 가고 있으리라고 생각하는 이는 아무도 없었다.

클레어는 헤르만의 편지로 이 같은 사정을 전해 들었다.

'떡 줄 사람은 생각도 않는데, 김칫국부터 마시고 있네.'

아마 요안나는 사교계의 이런 설레발은 알지도 못할 것이다. 전임 남작의 꼬라지를 생각해 보면, 장부고 뭐고 제대로 된 게 하나도 없을 게 분명했다. 그동안 요안나가 영지를 보살펴 왔다고 해도, 대부분 그때그때 일이 생기면 처리한 것이다. 제대로 기록으로 남겨 놓지도 않았을 것이다. 그랬다면 딸이 하는 일의 비중이 크다는 것쯤은 알고 있었을 테니까.

부디 금고에만은 문제가 없길 빈다. 지금 블룸 남작가 상황에서 혹시 예산 구멍까지 있으면.

"음, 음……."

"뭐 좋은 일 있으세요?"

마사가 물었다. 클레어는 입을 다물고 슬그머니 시선을 들어 주위를 살폈다. 편지를 가져온 집사는 점잖게 모르는 척하고 있었다. 막시밀리안도.

클레어는 헛기침을 했다. 블룸 남작가에 어려운 점이 있으면 헤드헌팅이 더 쉽지 않겠느냐는 사악한 생각을 했다는 말은 차마 할 수 없었다. 어쨌든, 이쪽에서 도와줄 수 있는 일이 좀 있었으면 좋겠다고 생각한 것은 사실이었다.

'새 사업을 시작해야 할 필요성이 있다고 생각할 정도만 되면 딱 좋겠는데.'

요안나는 보수적이고 꼼꼼한 성품인 것 같고, 그런 사람에게 새로운 업종을 제시하는 건 쉽지 않은 일이다. 그러니까 더 꼬시고 싶은 것이기도 했고 말이다.

클레어 자신은 그렇게 꼼꼼한 성격이 아니었고, 남들의 생각과 너무 어긋나는 사고방식 때문에 어려움을 겪을 때가 있었으니까.

"그러고 보니, 오늘 공작님께서는 늦잠을 주무시나요?"

마사가 물었다. 보통 이 시간에는 클레어와 함께 나와 각자 편지를 읽곤 했는데 말이다. 클레어가 한숨을 내쉬었다. 막시밀리안이 대신 대답했다.

"일 때문에 아침 일찍 사무실로 나가셨습니다."

"사무실이요?"

"샀대. 역 앞에."

클레어는 어처구니없어서 웃음을 흘렸다. 합리적인 선택이긴 했다. 기차역 코앞의 건물은 알짜배기 재산이고, 이 집에 사람을 많이 오가게 하는 건 곤란한 사정이 있기도 했으니까.

알사탕 사듯 건물 세 채를 사서 주머니에 넣은 게 어이가 없었을 뿐이다. 두 채는 보안용이라고 했다. 이러다가 50년 후에는 오일 머니가 아니라 부동산 재벌이 될 것 같았다.

아니, 남편이 자신의 꿈을 이뤄 주고 있는 거긴 한데, 기분이 미묘한 이유가 뭘까.

마사는 물론 그녀와 전혀 다른 이유로 어두운 얼굴을 했다.

"신혼여행 중이신데."

"하하."

클레어는 웃어 버렸다.

"신혼은 무슨. 이제 포기했어요. 아무리 생각해도 지금까지 클라우제너에서 굴려지다 죽은 귀신이 에리히 어깨에 매달려 있는 게 틀림없어요."

자신은 마치 일 없는 사람인 양 클레어는 대꾸했다. 물론, 수도에서 지금쯤 로저가 비명을 지르며 허우적대고 있으리라는 사실을 잘 알고 있었다.

"한 달도 넘게 클라우제너를 팽개쳐 놓을 수는 없잖아. 솔직히 그런 남자는 더 싫고."

"각하께서 정말로 행운아이십니다. 클레어 님처럼 너그러운 분과 함께하시니까요."

막시밀리안이 미소를 지으며 말했다. 클레어는 두 팔을 들어 쭉 기지개를 켜며 말했다.

"여행도 충분히 즐기고 있으니 괜찮아요. 에리히가 노력하고 있는 것도 알고 있고."

휴양을 생각하면, 오히려 이게 나을 수도 있었다. 그때, 노크 소리가 나더니 3층 하녀가 얼굴을 내밀었다.

"마사, 잠깐 물러가 있어."

"아, 네."

마사는 슬그머니 눈치를 보며 조심조심 물러났다. 아마 3층 손님의 일일 것이다. 바다에서 구해 낸 그 3층 손님이 이제 예사 인물이 아니라는 것은 마사도 짐작하고 있었다.

그가 들어온 날 이후로 소식을 전혀 들은 것이 없었다. 회복했는지, 누구인지, 언제 돌아갈지에 대해서도.

고용인들은 마치 3층에 아무도 없는 것처럼 굴었다. 사실 마사가 클레어의 곁에 머무르는 시간이 길지 않았다면, 이 집에 아직까지 그 사람이 머물고 있다는 것을 눈치채지 못했을 것이다.

마사가 나가고 나자 하녀가 들어와 공손히 클레어에게 인사했다. 그녀는 하녀이지만, 동시에 보안팀 소속이기도 했다.

"무슨 일 있어?"

클레어는 걱정스러운 얼굴로 물었다. 하녀가 조심스럽게 말했다.

"오늘 아침에도 황자 전하께서 밥상을 물리셨습니다."

"하아."

클레어는 한숨을 내쉬었다. 이게 3일째였다. 아침을 안 먹는 게 아니라 그냥 먹는 게 없었다. 오히려 더 아파서 정신이 없을 때는 환자식을 먹여 주는 대로 먹었는데.

'밥을 먹어야 낫지.'

에리히는 내버려 두라고 했지만, 클레어는 그럴 수 없었다. 황자를 굶겼다는 소리를 들을 수는 없는 거 아닌가. 그리고 이 대로 놔뒀다가 다시 아프기라도 하면 어쩌란 말인가.

그녀는 자리에서 일어섰다.

리누스는 새벽부터 테라스 문을 열어 놓고 앉아 바다를 바라보고 있었다.

일출을 보았다. 며칠 내내 귀에 쟁쟁했던 아이의 목소리가 들리지 않는 고요하고 푸른 새벽 속에 백사장이 죽음 같은 빛깔을 머금어 타올랐다. 그는 붉은색에서 불길한 것을 연상했지만, 곧 바다는 다시 푸른색으로 변했다.

쏴 하는 소리와 함께 파도가 규칙적으로 밀려왔다. 그것을 보고만 있어도 시간이 잘도 지나가, 이대로 10년쯤 흘려보낼 수 있을 것 같았다.

이대로 테라스 밖으로 몸을 던지면 모래사장에 떨어질 것이다. 호위가 쫓아오기 전에 다시 바다에 빠질 수 있을까 아닐까를 가늠하고 있던 참이었다.

쾅.

노크도 없이 문이 열렸다. 문 앞에는 호위가 서 있었으므로, 이것은 들으라고 일부러 거칠게 연 것이다. 리누스는 천천히 시선을 돌렸다. 꽃무릇이 손뼉을 쳤다.

딱히 신사다운 예의를 지킬 생각은 없었으므로 그는 그냥 다시 바다 쪽을 향해 고개를 돌렸다.

"너 지금 시위하니?"

클레어가 날카로운 목소리로 물었다. 리누스는 나른한 목소리로 대꾸했다.

"내가 누구에게?"

"밥을 왜 안 먹어? 3일 동안 빵 몇 쪼가리랑 우유 먹은 게 다라면서."

"딱히."

일부러 안 먹는 것은 아니었다. 리누스는 원래 먹는 일에 관심이 없었다. 그리고 지금은 그냥 관심 없는 정도가 아니라 목구멍으로 잘 넘어가질 않았다.

이번에 아파서가 아니라, 그렇게 된 지 좀 되었다. 억지로 넘기면 구토감이 올라왔고, 안 먹어서 속이 허전한 게 먹은 뒤에 울렁거리는 것보다 컨디션이 나았다.

뭐, 먹든 말든 그의 식사를 신경 쓰는 사람은 없었다. 의사 밖엔.

의사의 얼굴이 일그러지는 것은 꽤 즐거웠다. 그런다고 특별히 건강이 나쁜 상태도 아니었다. 지금 아픈 것은 식사와는 관계없다.

그러나 클레어는 한숨을 내쉬더니 손을 내저었다. 집사가 트롤리를 밀고 들어와 방 안에 있는 테이블에 큼직한 도자기 보울과 워머를 두 개 내려놓았다.

리누스는 조금 황당한 기분으로 그 광경을 지켜보았다. 만찬장에서나 쓸 보울을 아침부터 가져온 것은 둘째 치고, 두 개나 뭘 어쩌려는 걸까. 클레어는 리누스가 쳐다보고만 있거나 말거나 테이블 한쪽에 앉았다. 집사가 그녀의 앞에 개인용 수프 보울을 두 개 놓고, 그 건너편 자리에도 두 개를 세팅했다.

"와서 한 입만 먹어. 맛없어도 먹는 시늉을 해."

"내가 왜?"

"그게 예의니까. 네가 안 먹어도, 나 혼자 먹을 거지만."

집사가 워머 위에 얹은 큼직한 도자기 보울의 뚜껑을 열었다. 소고기를 넣어 끓인 맑은 스튜였다. 아니, 수프라기에는 국물이 너무 많고 든 게 없었지만.

두 번째 보울에 들어 있는 것은 쌀알이 살아 있는 전복 크림 리소토였다. 아마 남부 아렌의 향토 음식인 모양이라고 리누스는 생각했다.

"내 흥미를 끌어 보려고 별짓을 다 하는군."

"난 원래 아침을 이렇게 먹어."

리누스는 그게 거짓말일 거라고 생각했지만, 클레어는 진심 중의 진심이었다.

환생하고 나서 곧바로 기억을 찾은 것도 아니고, 아렌인으로 살아온 시간도 길었다. 그래도 몸이 안 좋을 때는 따끈따끈하고 맑은 국물이 최고였다. 평민이나 먹는 것이라고 요리사가 당황하긴 했지만 말이다.

클레어는 손수 볼에 수프 국물을 한 국자 떠 담아 위장을 달랜 다음 리소토를 떴다.

남방에는 쌀 요리가 발달한 곳이 많았다. 로멜에서는 흔하지 않은 음식이지만, 바덴 성에서부터 데려온 요리사는 여주인 될 사람이 아렌인이라는 이야기를 들었을 때부터 남방의 요리들을 연습한 모양이었다. 말린 전복을 중심으로 여러 가지 조개류를 넣은 리소토는 풍미가 넘쳤다.

'호화롭네.'

클레어는 한 입 먹고 리누스를 잊어버릴 만큼 행복해졌다.

냉장고가 초기 단계인 지금, 수도에서 신선한 해산물을 먹는 것은 쉽지 않은 일이었다. 델포드에서는 말해 무엇하겠는가. 돈을 벌었어도 쉽게 먹지 못했다. 식사 한 끼에 쓸 수 있는 금액에 심리적 한계선도 있지만, 사실 큰맘 먹고 주문한다 해도 신선도가 성에 차지 않았다.

하지만 바다와 접해 있는 이곳 루덴도르프령은 해산물이 싼 데다가, 심지어 남편이 부자다. 전복 반 쌀 반인 전복죽이라니, 최고였다.

'다음에는 밥을 해 봐야겠다.'

화력 조절이 어려워서 좀처럼 냄비 밥에 도전하지 않지만, 일단 한번 요리사와 함께 시도해 보고, 성공하고 나면 그다음에는 부탁할 수 있을 게 아닌가.

에리히에게 국밥을 먹여 봐야지.

클레어가 개의치 않고 혼자서 식사에 탐닉하자 리누스는 어이없는 얼굴로 그녀를 쳐다보았다. 저 여자가 제 관심을 끌려고 하는 건지 아닌지 분간할 수가 없었다.

리누스는 천천히 일어나 클레어 건너편 자리에 앉았다.

"예의 지킬 생각이 들었어?"

"이렇게 해서까지 나한테 뭘 먹이려고 하는 게 어이없군."

"내가 뭘?"

클레어는 뒤늦게 좀 부끄러워졌다. 지금 설마 먹방이라도 실연한 걸로 받아들인 건가. 남이 맛있게 먹는 걸 보면 먹고 싶어지는 게 인지상정이긴 하지만, 그걸 노린 건 아니었다. 진짜로 그냥 요리가 훌륭했을 뿐이다.

"한 모금만 마셔 봐. 의외로 잘 받을지도 모르잖아."

"딱히 일부러 안 먹는 건 아니야. 그냥 식욕이 없을 뿐이지."

"그러면 더더욱 먹어 봐야지. 새로운 음식이면 혹시 먹을 만할지도 모르는데."

"……."

리누스가 침묵하든가 말든가, 클레어는 혼자서 리소토를 맛있게 비우고 수프 국물도 한 그릇 훌훌 들이켰다. 뭐가 들어갈 때까지는 몰랐지만, 배가 몹시 고팠다. 소모당하는 체력을 생각하면, 전복만이 아니라 삼시 세끼 장어를 고아 먹어야 할 판이었다.

어릴 때는 모르겠지만, 요즘은 운동하는 게 그리 눈에 띄지도 않는데, 에리히는 언제 운동해서 그 몸을 유지하는 건지. 역시 운동은 10년 전에 하는 게 진리인 건지 의문일 지경이었다.

클레어가 그릇을 비우는 걸 보면서 리누스는 숟가락을 딸각 딸각 건드렸다. 이게 자신의 관심을 끌려는 수작이라면, 굳이 거기 넘어가고 싶지 않았다.

하지만 이 여자에게 그럴 이유가 없다는 것은 알고 있었다. 그녀가 자신에게 바랄 만한 것은, 죽거나, 아니면 그러지 않거나, 둘 중 하나뿐이었으니까.

"먹기 싫어?"

"……"

"그래, 그럼 먹지 마. 죽어도 먹기 싫다는 사람한테 강요할 정도는 아니니까."

클레어가 산뜻하게 대답하고 제 몫의 그릇을 치우게 했다. 집사가 그녀의 앞에 따뜻한 물을 내려놓았다.

"그럴 거면, 뭐 하러 여기 와서 먹은 거지?"

"매일 혼자서 식탁에 앉는 게 얼마나 우울한 일인지 아니까. 하지만 내가 있어 봐야 별로 보탬은 안 되긴 하겠다."

리누스는 숟가락을 몇 번 더 딸각거렸다. 어쩐지 불편한 기분이 들어서 그는 발을 까닥거렸다. 클레어가 물었다.

"에리히라면 어떨까? 사촌이잖아."

"생각만 해도 소름 돋는군."

오찬이나 만찬도 아니고, 이유도 없이 에리히와 마주 앉아서 식사를 한다고? 리누스는 진심으로 불쾌한 얼굴을 했다. 그리고 동시에 궁금해지기도 했다.

"내가 그게 낫겠다고 하면, 에리히를 그 식탁에 앉힐 수는 있고?"

"밥 한 끼 먹고 오라고 말하는 게 뭐 어려워서. 아, 저녁은 곤란해. 무조건 가족이 함께 먹어야 해서."

"……."

리누스는 기이한 기분에 사로잡혔다. 불편감과 불쾌감, 이유는 모르겠으나 가슴 안쪽에서부터 시작된 들뜬 듯한 느낌이 뒤섞여 거북해졌다.

클레어에게서 시선을 돌려 눈을 내리깔자 맑은 국물이 담긴 수프 볼이 시선에 들어왔다.

"이렇게 하는 게 너한테 대체 무슨 이득이 있지?"

"이득 같은 건 없지. 너도 알겠지만. 나는 그냥 인간으로서 도리를 다하고 싶은 것뿐이야."

"손님을 배불리 먹여 보낸다는 전통적인 선행 말인가?"

"밥은 밥이야. 식탁에 앉는 일을 복잡하게 생각할 필요 없어."

클레어는 대수롭지 않게 말했고, 리누스는 역시 이상한 여자라고 생각했다.

"그리고 자존심 때문에 일부러 굶을 필요도 없어. 죽고 싶어도 배는 고플 수 있지. 아직 살아 있으니까."

그 말에 리누스는 자기가 반항심 때문에 먹지 않는 게 아니라는 사실을 증명하고 싶어졌다. 그래서 숟가락을 들어 조금 식은 국물을 한 입 떠 넣었다. 생각보다 목구멍으로 잘 넘어갔다. 아마 액체니까 그럴 것이다.

"짜군."

"까다롭네. 그냥 먹어. 어차피 먹지도 않을 사람한테 맞춰서 간을 할 수는 없잖아."

리누스는 불평하긴 했지만, 일단 위장이 풀어지자 생각보다 쑥쑥 넘어갔다. 그가 적은 양의 국물을 다 마시자마자 집사가 리소토를 담아 주었다. 작은 수프 볼이 금세 비었다.

입 안에 짜고 뜨거운 맛이 남았다.

클레어는 한숨을 삼키며 그 모습을 지켜보았다. 리누스 본인은 자각하고 있는지 어떤지 모르겠지만, 표정이 조금 풀어져 있었다. 원래 배가 고프면 사람은 더욱 예민해지는 법이다.

에리히는 그냥 내버려 두라고 말했지만, 그러기에는 리누스가 너무 어렸다. 스무 살이면 성인이고, 자기 일 자기가 책임져야 할 나이라고는 하지만, 그래도 바로 하루 사이에 탈피하듯 어른이 되는 것은 아니지 않은가.

갓 스물에 겨울 바다에 뛰어들었다. 그걸 생각하면, 불쌍한 마음이 들었다.

어쨌든 밥이라도 같이 먹으면 대화가 좀 될 거라고 생각했는데, 그 생각이 그리 틀리지 않은 모양이다.

"도망칠 생각은 이제 없지?"

"왜 그렇게 생각하지?"

"너, 화법이 에리히랑 비슷하네. 질문에는 그냥 대답 좀 해. 자꾸 탐색하는 것처럼 질문을 질문으로 맞받지 말고."

클레어의 대꾸에 리누스의 얼굴이 구겨졌다. 에리히를 닮았다는 말이 듣기 싫었고, 그를 떠올리는 것조차 불쾌감이 들었다. 그렇지만 닮았을 리 없다는 반박은 부질없었다. 이 여자는 아무것도 모른다.

"에리히가 신원을 숨긴 채 떠나게 해 주겠다는 제안을 했다고 들었어. 아직까지 결정하지 않았다는 건, 그럴 마음이 없다는 뜻이지?"

"네가 상관할 일 아니잖나."

"그렇다고 황궁으로 돌아가자니, 널 바다로 뛰어들게 만든 그 원인에게 지는 것 같은 기분이 들어서 그래?"

"너는 내가 죽는 게 낫지 않나?"

클레어가 눈을 동그랗게 떴다. 리누스는 그녀의 눈동자가 단순한 노란색이 아니라 좀 더 다양한 색채가 섞인 빛깔이라는 것을 깨달았다. 그녀가 어이없다는 듯이 웃어 버렸다.

"왜? 네가 죽으면 에리히의 황위 계승권이 올라가니까?"

"……."

비웃음을 당한 기분이라 리누스는 불쾌하여 입을 다물었다.

"그런 생각은 없어. 우리는 지금도 부족한 게 아무것도 없으니까."

"……확신이, 대단하군. 살다 보면 탐날지도 모르는데."

"나는 돈을 좋아하거든. 제국 제일의 부자 공작님을 남편으로 두고 뭘 더 탐내겠어."

클레어가 빙긋 웃었다.

"그리고 네가 죽는다고 해서 뭐가 변할 것 같지도 않고."

"……."

"그럼, 더 방해 안 하고 이만 가 볼게. 혹시 밥 같이 먹어 줄 사람이 필요하면, 호위한테 얘기해. 말을 전해 줄 거야."

그리고 그녀는 먼저 자리를 떠났다.

리누스는 멀거니 그 자리에 더 오래 앉아 있었다. 따뜻한 것을 먹은 탓인지, 손가락 끝이 오랜만에 따뜻했다.

오후에는 방문객이 있었다. 요안나였다. 클레어는 환하게 웃으며 그녀를 맞이했다.

"어서 와요, 요안나 양. 아니, 이제 블룸 남작님이죠?"

"아직 승인되려면 멀었습니다. 그리고 부디 요안나라고 불러 주세요."

"레이디 요안나."

대답한 것은 클레어가 아니라 엘리엇이었다. 몇 번 만나 낮을 익혔다고, 벌써 친한 느낌이 드는 모양이었다.

엘리엇이 점잔 뺀 모습으로 한쪽 손을 등 뒤로 돌리고, 다른 손으로 요안나의 손끝을 쥐었다. 정확히는 그러려고 했다. 엘리엇의 키로는 허리를 굽혀 요안나의 손등에 키스할 수 없었다.

요안나는 터지려는 웃음을 억지로 눌러 참으며, 자기 쪽에서 아예 바닥에 앉아 손의 높이를 낮추었다. 여러 가지 일이 무사히 정리되었음에도, 형식적인 미소 이외에는 도무지 지을 수 없을 만큼 근래 마음이 무거웠다. 그런데 지금 이 순간 가슴에는 웃음 외에 아무것도 없었다.

"오랜만이에요, 엘리엇 경. 절 기억하시나요?"

요안나가 호응해 주자 엘리엇이 신나서, 세상에서 제일 정중한 꼬마 신사가 되어 마주 인사했다.

"물론 기억하고 있습니다, 레이디 요안나. 어…… 어……."

물론 그 이상 말을 매끄럽게 잇진 못했다. 클레어는 이 작은 소꿉놀이가 이어지도록 대사를 대신 쳐 주려 했다.

"며칠 전에 엄마의 티타임에서 뵈었으니까요."

"며칠 전에! 엄마의 티타임에서…… 어……?"

엘리엇은 확 밝아진 얼굴로 그 말을 따라 했다가 눈살을 조금 찌푸렸다. 마음에 들지 않는 모양이었다.

"웅."

"왜?"

"아빠는 이렇게 말 안 해!"

"그야……."

에리히면 이것보다 네 가지쯤 예의가 모자라게 말하겠지. 예법이 완벽해도 언행이 거만할 수 있다는 것은 놀라운 일이다. 엘리엇은 착한 아이니까, 그를 좀 따라 한다고 존중을 모르는 어린 대귀족으로 자라지는 않을 테지만 말이다.

클레어는 웃으면서 엘리엇을 치맛자락에 싸안았다.

"요즘 에리히가 하는 거면 뭐든지 따라 하려고 해요."

"워낙 멋진 분이니, 엘리엇 경도 본받고 싶은 거겠지요. 따로 예법 교사를 둘 필요도 없으실 것 같은데요?"

"절도 있게 인사하는 법보다 사람을 존중하는 법을 먼저 배워야죠."

클레어는 지루해진 듯 품에서 빠져나가려고 버둥대는 엘리엇의 어깨를 껴안아 가두었지만, 오래 버티지 못했다.

"엄마, 나 모래!"

엘리엇이 두 팔을 휘저었다. 클레어는 그러라고 고개를 끄덕였다. 어차피 인사나 시키려고 데리고 나온 것이었다. 아이는 총알처럼 뛰쳐나가려다가 보모에게 붙들려 안겼다. 계단이 있으니 혼자 바닷가로 내려가면 안 된다고 했는데도 좀처럼 말을 듣지 않았다.

엘리엇이 나가자 응접실이 조용해졌다. 클레어는 요안나에게 자리를 권했다.

"편히 앉으세요. 엘리엇을 상대해 주어서 고마워요."

"별말씀을요. 엘리엇 경 덕분에 저야말로 오랜만에 웃었어요."

엘리엇 경이라고 말하는 요안나의 입가에 여전히 터질 것 같은 웃음이 걸려 있었다.

"그동안 많이 바빴지요?"

"네. 만나 봐야 할 친척도 모두 만났고, 가신들의 충성 서약도 끝마쳤어요. 솔직히 쉽진 않았지만요."

실무를 맡은 가신과 고용인들이 그대로 남았고, 또 요안나 자신도 오랫동안 영지 일에 관여했다지만, 가주로서 시작하는 것과는 또 달랐다. 각종 법적 문제를 정리하고, 장부와 업무에 체계를 새로 만들고, 엉망진창이었던 서재를 전부 뒤집어엎어야 했던 것이다.

"고생했어요. 이제 귀족원 명부를 바꿔 쓰는 일만 남았군요."

"공작 각하께서 증인으로 서명해 주셨으니 별문제 없이 처리될 거라고 생각합니다. 이제 연락을 기다리는 것만 남았어요. 오늘은 꼭, 감사를 드리고 싶었습니다."

"제가 뭘 했다고요. 아, 에리히가 증인으로 서명한 것도 굳이 고마워할 필요 없어요. 요안나 양에게 그럴 만한 자격이 있다고 생각하니까 한 거죠."

그러고 클레어는 흉을 보듯 소곤거렸다.

"올바른 귀족을 제자리에 앉히는 게 자기 의무라고 생각하거든요."

"공작 각하께서 그리 저를 높이 평가해 주셨다니, 그것도 감사할 따름입니다."

그게 에리히를 험담한 것이라는 사실 자체를 이해하지 못한 요안나의 대답에 클레어는 애매모호한 미소를 지을 수밖에 없었다.

뭐, 대체로는 이게 정상이었다. 클레어는 유능한 평민을 많이 알지만, 그중에서도 이런 말을 험담이나 농담으로 받아 주는 사람은 로저 정도밖에 없었다.

곧 다과가 나왔다. 클레어는 손수 요안나의 찻잔에 차를 따르며 말했다.

"혹시 소문 이야기는 들었어요?"

"무슨 소문 말씀이신가요? 요 며칠 너무 정신이 없어서 바깥 소식은 거의 모르지만……."

"요안나 양이 다음 사교 시즌의 가장 핫한 결혼 매물이라는 것 같더군요."

"실망할 사람이 많겠군요. 이미 정혼서를 주고받았거든요. 약혼은 상대가 아카데미를 졸업한 다음에 할 예정이라 아직 멀었지만, 가문 간의 결혼 계약서 조항이 이미 결정된 터라서요."

"정혼 상대가 아카데미에 다녀요?"

클레어는 깜짝 놀라 물었다.

"네. 저쪽에는 가까운 혈족 중에 미혼인 게 막내아들뿐이라고 하더라고요. 저도 시간을 두는 게 좋을 것 같아서 동의했어요. 새로운 사람을 받아들일 수 있는 형편이 아니라서요."

요안나가 변명하듯이 말했다.

"미리 여지는 두었어요. 그 애가 3년 후에 결혼을 거부한다면, 방계 혈족 중 한 명을 양자로 삼아 보내겠다더군요. 제 나이를 생각하면 빨리 후사를 가지는 게 맞겠지만, 그 전에 하고 싶은 일도 있었고요."

"아니, 저한테 그걸 변명할 필요는 없어요. 당연한 일이죠. 후계자 문제도 중요하지만, 그것보다는 요안나 양 자신이 해야 할 일이 더 중요하지요."

클레어의 말에 요안나는 조금 안심한 듯했다.

"3년 후라도 서른셋이에요. 요안나 양, 절대 많은 나이가 아니에요."

그러자 요안나가 미소를 지었다.

"그걸 진심으로 말씀해 주시는 건 공작 부인뿐일 거예요."

"말하는 사람이 많든 적든, 무조건 내 말이 옳아요."

"네. 어쨌든 제 일을 먼저 해 보고, 후계자는 그다음에 생각하려고 해요. 설령 시기를 놓친다 해도, 말씀하셨던 것처럼 자질 있는 양자를 들이면 될 일이니까요."

"그렇지요."

"그래서 제가 공작 부인께……. 아니, 델포드 남작님께 청하고 싶은 게 있습니다."

요안나가 자리에서 일어섰다. 그리고 천천히 클레어 앞에 한쪽 무릎을 꿇고, 줄곧 손안에 쥐고 있던 것을 두 손으로 받들어 올렸다.

⁂

에리히가 귀가했을 때, 엘리엇은 해변에 둥글게 친 바람막이 천막 안의 방석에서 양털 모포를 덮은 채 모래투성이 맨발로 잠들어 있었다. 클레어도 안락의자에 널브러져 있었다.

조그만 모닥불이 안을 따뜻하게 데웠다. 하지만 연기를 빼내기 위해 천막 한쪽을 열어 두었으므로, 충분히 따뜻하다고 할 수는 없었다.

"으음, 왔어요?"

클레어가 손을 뻗었다. 에리히는 고개를 숙여 차가워 보이는 그녀의 뺨을 손으로 감싸고 입술에 짧게 키스했다.

"낮잠 자기에 적절한 장소는 아닌 것 같은데."

"엘리엇이 모래성을 당신한테 보여 줘야 된다고 난리를 쳐서요. 그냥 두고 들어가면 무너질 거라고 생각한 것 같아요."

클레어가 그렇게 말하면서 천막 한쪽 구석을 가리켰다. 거기에는 작지만 훌륭한 모래성이 아직 허물어지지 않은 채 유지되고 있었다.

"네가 만들었나?"

"난 저런 손재주 없어요. 막시밀리안 경이 만들어 줬어요."

클레어가 하품을 하며 대답했다. 막시밀리안이 에리히에게 살짝 고개를 숙여 보였다.

"막시밀리안 경은 요리도 잘하죠? 손재주가 이렇게 좋으면."

"……별로 궁금하진 않군."

그러자 클레어가 웃었다.

"안에 들어가지도 않고 그대로 왔어요?"

에리히는 나갈 때 걸친 모닝코트와 케이프를 그대로 입고 있었다. 구김은 좀 갔지만, 여전히 말끔한 모양새였다.

"굳이 들어갔다가 다시 데리러 나올 필요 없다고 생각했지."

에리히가 케이프를 벗어 클레어의 몸을 감싸며 말했다. 그러다가 그는 그녀의 검지 중간에 금색으로 반짝이는 반지가 걸려 있는 것을 보았다.

"그게 뭐지?"

에리히가 눈살을 찌푸리고 물었다.

"청혼받았어요."

"……"

"무릎 꿇고 인장 반지 주면서 운명을 맡기겠다고 하면, 그게 청혼이지 뭐. 누구보다 낫던데."

에리히가 침묵했다. 그게 블룸 남작가의 인장 반지라는 것은 눈치챘으나, 그렇다고 듣기 좋은 소리는 아니었다. 그는 별일 아닌 것처럼 자연스럽게 클레어의 손가락에서 반지를 빼내 자기 주머니에 넣었다.

"내가 내일 비서에게 맡기도록 하겠어. 어차피 새로 만들어서 블룸 남작에게 줄 예정이지?"

"서임식 대신이니까요. 이리 줘요."

에리히는 대꾸하지 않았다. 대신 잠투정하는 엘리엇에게 다가가 아이를 안아 올렸다.

"해가 졌어. 이대로 있기는 너무 추우니, 들어가지."

"에리히, 내 기념비적인 첫 봉작을 무시하려는 거예요?"

"구습을 지키는 귀족이 되고 싶어 하는 줄 몰랐군."

에리히가 야유하듯 말했다. 이번에는 클레어가 입을 다물 차례였다. 물론, 형식을 필요로 하는 것이 클레어가 아니라 요안나 쪽이라는 것은 에리히도 잘 이해하고 있었다.

잠결에도 엘리엇이 웅얼거렸다.

"웅, 아빠. 내 모래성."

"내일 다시 만들어 주마."

"우우웅."

엘리엇은 알아들었는지 아닌지, 에리히의 품 안에서 몸을 뒤척거렸다.

"비가 올 것 같으니 천막을 거둬."

막시밀리안을 향해 그렇게 명령한 에리히가 한 팔로 엘리엇을 어깨에 기대게 한 뒤, 클레어에게 에스코트하듯 팔을 내밀었다. 클레어는 피식 웃고 그 팔에 손을 얹었다.

리누스는 테라스에서 그 광경을 내다보고 있었다.

기괴한 모습이라고 생각했다. 온종일 웃으며 뛰어다니는 아이도, 그걸 내버려 두는 붉은색의 여자도.

마치 평민이나 되는 것처럼 잠든 아이를 손수 보듬어 안아 옮기고, 에스코트해야 할 순간도 아닌데 아내와 팔짱을 끼고 걷는 에리히도.

리누스는 3층 끝줄에 앉은 관객이 된 기분이었다. 그리고 그 사실이 불쾌했다. 기침은 이미 멈추었는데, 불편감이 폐부를 쑤셨다. 오늘 온종일 하지를 가만두기 어렵게 만들었던 들뜬 감각은 이제 차디차게 식어 있었다.

그래서 그는 방문을 열었다.

마사는 눈을 도로로로 굴렸다.

손님이 오신다고 하더니, 갑자기 2황자가 시종 하나 없이 혼자 몸으로 나타났다. 물론 마사는 그 상대가 3층 손님임을 바로 알아챘다. 하녀들도 대부분 그럴 것이다.

지금까지 사람이 오가는 것을 금지했던 3층의 길이 열린 것도 그렇지만, 황자는 쉬이 잊힐 만한 외모도 아니었다. 맑은 은발에 붉은색 눈동자만 해도 흔하지 않은데, 이목구비는 섬세하고 키는 컸다. 너무 마른 탓인지, 아니면 얼굴에 그늘이 있는 탓인지, 어딘가 위태로워 보였다.

"와."

엘리엇이 눈을 반짝거렸다.

"토끼 같아."

"도련님!"

마사는 황급히 엘리엇의 입을 막았지만, 클레어가 킥 웃었다. 솔직히 그녀도 좀 그렇게 생각했기 때문이다. 달려가려는 엘리엇의 어깨를 마사가 눌렀다.

"도련님, 인사하셔야죠, 인사."

마사가 소곤소곤 말했다. 엘리엇이 '아!' 하고 깨달은 듯이 소리쳤다. 그리고 배꼽에 손을 올리고 인사했다.

"클, 클라우제너의 엘리엇 경입니다."

그러고는 의기양양한 얼굴로 리누스를 올려다보았다. 리누스가 '엘리엇 경'이라고 불러 주거나, 신사 대 신사로 인사해 주기를 기대하면서 말이다.

하지만 리누스는 헤르만이나 요안나처럼 유연하게 대응하지 못했다. 애초부터 이렇게 어린 아이 자체를 가까이에서 본 일이 없었던 데다가…….

"……."

멍하게 벌어진 입으로 어떤 이름을 뱉기 전에, 에리히가 싸늘한 말투로 막았다.

"내가 불쾌해질 말은 하지 마라, 리누스."

"하."

리누스가 얼어붙은 입술 사이로 헛웃음과 한숨이 뒤섞인 소리를 토해 냈다. 먼발치에서 며칠간 지켜보았지만, 역시 아이의 얼굴을 직접 보자 느낌이 달랐다.

생각보다 더 닮았고, 그리고 더 안 닮았다. 리누스는 에리히가 이 나이였을 때 이런 얼굴을 했을 리 없다고 확신했다.

그는 새파란 하늘이 어울리는 햇살 같은 소년을 하나 알고 있었다. 꼭 제가 머리 위에 얹은 하늘 같은 눈빛을 한. 이 아이는 그쪽을 더 닮았다. 색 자체는 같은 것일지 몰라도, 심해처럼 깊은 에리히의 눈동자와는 다르다.

아니, 어쩌면 그가 지난 5년 동안 줄곧 그 모습을 떠올리고 있기에 하는 생각일지도 모른다. 아이가 천진난만한 것은 어찌 보면 당연한 일이다.

"엘리엇."

에리히의 다정한 목소리가 그의 생각을 끊었다. 실망한 엘리엇이 클레어에게 달려가 등을 기대며 칭얼거렸다. 리누스는 또다시 불편한 기분이 되어 그 모습을 바라보았다.

에리히가 말했다.

"엘리엇, 앞으로 예의 없는 사람이 인사하지 않으면 그냥 무시해도 돼."

"웅……."

"그리고 인사하지 않은 사람과는 같이 놀지 마."

엘리엇이 정색하고 고개를 끄덕거렸다. 그 모습은 또 그것대로 똑 닮은 부자지간이라, 리누스는 복잡한 기분이 되었다. 클레어가 에리히에게 눈을 흘겼다.

"사심 가지고 말하지 말아요. 당신, 질투 나서 그러잖아."

"내 말이 옳아. 네 살짜리보다도 예의 없는 놈은 손님이라고 할 수 없지."

에리히의 말에 엘리엇이 고개를 갸웃거렸다.

"손님 아니야? 진짜 인사 안 해도 돼요?"

거기까지 오자, 리누스도 입을 다물고 있을 수 없었다.

"리누스다."

그는 어쩔 수 없이 껄끄러운 기분으로 말했다. 자기소개라기에는 너무 간략한 내용이고, 만나서 반갑다 같은 인사말도 덧붙어 있지 않아서 엘리엇이 고개를 갸웃했다.

"엘리엇, 리누스는 당숙이야."

"당숙?"

"풋."

별것도 아닌데 리누스는 문득 웃음이 터졌다. 클레어는 웃지 말라고 그를 쏘아보았다. 에리히는 입꼬리만 미미하게 끌어올린 채 잘 참고 있었다.

비웃음을 샀다고 생각한 엘리엇이 토라진 얼굴을 했다. 클레어는 엘리엇을 토닥거리며 말했다.

"그냥 아저씨라고 부르면 돼. 엄마의 사촌은 찰스 아저씨고, 아빠의 사촌은 리누스 아저씨고."

"아!"

거리감을 완벽히 이해했다고 생각한 엘리엇이 반짝, 환한 얼굴을 했다가 또다시 망설였다.

"근데에……."

"왜?"

"찰스 아저씨는 나 좋아하는데……. 내가 말해도 안 웃는데."

부끄럼을 타듯 엘리엇이 클레어의 손 뒤로 숨었다.

리누스는 굳이 그 말에 대꾸하지 않았다. 딱히 아이를 귀여워할 작정은 없었다. 그저 조금 궁금해졌을 뿐이다. 이 여자와 아이가 에리히 클라우제너를 어떻게 변질시켰는지. 그가 자신과 다른 게, 그 고귀함 외에 무엇인지.

이곳에서 제러드와 같은 눈동자를 마주칠 줄은 몰랐다. 결국 에리히가 거기에 넘어간 거라고 생각하면 좀 시시하게까지 느껴졌다.

당숙은 좀 웃겼지만.

"이제부터 친해지면 되지."

클레어가 그렇게 말하며 엘리엇의 손을 가볍게 잡아 흔들었다. 그리고 마사에게 다시 엘리엇을 맡겼다. 마사가 엘리엇을 끙차, 안아 올렸다.

"도련님은 이제 코오 주무실 시간이에요."

"웅……."

엘리엇은 조금 궁금증이 남은 얼굴로 리누스를 보았으나, 금세 미련을 떨쳤다.

톡.

살짝 거실 문이 닫히는 소리가 났다. 에리히가 비로소 한숨을 내쉬었다. 그리고 냉정한 목소리로 말했다.

"어른답게 굴어라, 리누스. 나는 사실 널 내쫓아도 돼."

"모후와 전쟁이라도 하고 싶은 모양이야?"

"황후 폐하가 그런 일로 나와 전쟁을 할 정도라면."

"에리히."

그가 리누스를 상처 입힐 만한 말을 할 것 같아 클레어가 끼어들어 막았다.

에리히가 그녀를 슬쩍 내려다보았다. 무덤덤한 얼굴을 보니, 보나 마나 자신은 사실 관계를 말하는 것뿐이라고 생각하고 있는 것 같았다.

클레어는 에리히의 손바닥 안쪽을 한 번 가볍게 간질여 경고를 주었다. 그리고 말했다.

"잘 결정했어. 어차피 당장 떠날 게 아니라면, 우리 입장에서도 널 더 숨겨 주기 난처해졌거든."

"숨겨 주기 난처해졌다는 게 무슨 뜻이지?"

"아우구스타 시녀장이 수도에서 기차를 탔다는 소식이 왔다."

에리히가 대신 대답했다. 그건 어제 오후에 클라우제너에 전신으로 도착해서, 전령이 다급히 들고 달려온 것이었다.

"행선지는 에른스트 공작가라고 하더군. 아마 네가 사라진

일 때문이겠지."

"젠장."

"미리 경고하는데, 행여 엘리엇 앞에서 그딴 말 쓰면 진짜로 쫓아낼 거다."

리누스가 어이없는 얼굴로 그를 쳐다보았다. 클레어가 고개를 절레절레 젓고는 실질적인 쪽으로 이야기를 돌렸다.

"에른스트와 루덴도르프는 가까운 데다가, 루덴도르프는 아우구스타 시녀장의 본가야. 당연히 여기에 들르겠지."

리누스의 얼굴에 금세 그늘이 졌다. 황후궁의 손아귀가 순식간에 조여 오는 것 같은 기분이 들었다. 그 얼굴을 보고 클레어는 작게 한숨을 내쉬었다.

"어쨌든 며칠 있어. 아우구스타 시녀장이 여기 온다고 해도 당장 널 찾아낸다는 보장도 없고. 그래도 되겠죠, 에리히?"

"그래."

에리히는 그리 내키는 기색은 아니었으나 긍정의 대답을 했다.

"엘리엇에게 나쁜 말과 버릇만 가르치지 않는다면."

그 조건에 클레어가 미소를 지었다. 리누스는 또다시 가슴 언저리에 불편감을 느끼며 그녀를 바라보았다.

그리고 그 시각에, 아우구스타는 이미 루덴도르프 후작가에 도착해 있었다. 마지막 기차를 타고 도착했기에, 마차가 루덴도르프 후작가에 닿았을 때는 이미 해가 진 뒤였다.

"아니, 누님! 연락도 없이 이렇게 갑자기 어쩐 일이십니까?"

집무실에 있던 루덴도르프 후작이 굴러떨어질 기세로 달려나왔다. 하인에게 짐 가방을 내리게 하고 있던 아우구스타가 그를 돌아보았다.

"오랜만이구나, 클로트비히. 요즘 이런저런 일이 많다고 들었는데."

"누님께서 급히 오실 만한 일은 없었습니다."

루덴도르프 후작은 식은땀을 흘리며 변명하듯 말했다.

몰락해 가던 가문을 살려 낸 것은 아우구스타이다. 나이 차도 꽤 있어, 어린 시절에 가정 교사 대신 후작을 교육한 것도 아우구스타였다. 황후의 시녀장이라서만이 아니라 그는 이 유능하고 엄격한 큰누이가 어려웠다.

아우구스타가 평연하게 말했다.

"호르스트에게 편지를 받았다."

"예?"

"클라우제너 공작 부부가 여기 머무르고 있다고 말이다."

"아, 예. 맞습니다. 신혼여행 중에 바다를 보고 싶다며 별장을 따로 사서 잠시 여기에 머무른다고 하더군요."

루덴도르프 후작은 겉으로는 평온하게 대답하면서, 속으로는 욕설을 퍼부었다.

'빌어먹을! 블룸 남작가 일 때문이구나! 호르스트 이놈은 왜 그런 사소한 일을 다 누이에게 전달하는 거지.'

가문의 체면이 클라우제너 앞에서 손상된 일이 문제인 거라고 루덴도르프 후작은 확신했다.

　아우구스타는 가문을 되살리기 위해 늘 노력하고 있었다. 그 때문에 결혼이라고 하는 여자의 행복조차 포기한 것이라고 후작은 생각하고 있었다.

　그러니 그 희생에 부응해야 한다. 불편하기도 하고, 부담스럽기도 했다.

　아우구스타는 루덴도르프 후작이 염려하는 문제 때문에 온 것이 아니었다. 물론 후작 부부의 처신 때문에 루덴도르프 가문이 수치를 입은 것에 대해서 노기를 느꼈다. 그러나 그녀는 동생에게 기대를 버린 지 오래되었다.

　지금 중요한 것은 그런 문제가 아니었다. 그 무엇도, 리누스 황자의 실종보다 중요하지 않았다. 그 냉정하고 감정 없는 황후조차도 이번 일에는 피로를 내비쳤다.

　'에른스트 공작 각하와 공작 부인께서는 최선을 다하고 계십니다.'

　보고자는 그렇게 말했고, 아우구스타도 동의했다. 에른스트 공작 부부가 그렇게 대단히 유능한 사람들은 아니지만, 그렇다고 자신의 남동생 부부처럼 쓸모없는 자들도 아니다.

　아우구스타와 황후가 보기에도 에른스트 공작가는 최선을

다했다. 그런데 리누스는 하늘로 솟았는지 땅으로 꺼졌는지 알 수가 없었다.

누군가가 구해 냈다면 틀림없이 인근 어딘가에서 발견되었을 것이다. 그러나 그런 소문도 없었다.

'바다에 몸을 던진 건 확실한 것 같으니, 이쯤 되면 죽어서 저 멀리 떠밀려 갔다고 봐야겠지.'

'아직 포기하시면 안 됩니다. 죽지 않고 숨어 계시거나, 어딘가에서 구조된 뒤에 이름과 행적을 숨기셨을 가능성도 있지 않습니까?'

'리누스가?'

황후가 헛웃음을 머금었다.

'그 애에게 그럴 정도의 능력과 배포가 있었다면, 내가 에른스트로 보냈을 리가 있느냐?'

'황후 폐하……'

'이제 와 하인리히더러 아이를 잘못 가르쳤다고 할 수도 없는 노릇이지. 그 애가 심약한 건 타고난 것이니.'

'이제 성인이 되셨으니, 전과는 다르실 겁니다.'

'그러길 바랐는데, 바다에 몸을 던졌다는 것을 보면 별달리 기대가 안 되는군.'

황후는 안경을 벗고 피로한 듯 얼굴을 손바닥으로 문지르며
한탄했다.

'정말이지, 자식 문제는 마음대로 안 되는군. 아이를 셋 정도
낳을 수 있었다면 좋았을 텐데.'

'그러실 수 없는 상황이었지 않습니까?'

'이제, 다른 수단을 강구할 때가 온 것 같구나.'

아우구스타가 호르스트로부터 편지를 받은 것은 그날 즈음
의 일이었다.

호르스트의 편지는 고자질에 가까웠다. 헤르만이 빅토리아
대공, 클라우제너 공작 부인과의 친분을 내세워 좋은 평가를
받고 있고, 부친은 광산 사업 때문에 그 둘과 친하게 지내려고
헤르만에게 힘을 실어 주고 있다는 이야기였다. 아우구스타는
거기에서 클라우제너의 이름을 보고 눈을 멈췄다.

리누스의 능력으로는 살아서 완벽하게 사라질 수 없다. 그
에게는 그럴 능력이 없었다. 그렇다고 도울 사람이 있는 것도
아니고, 가지고 나간 것도 없었다.

하지만 클라우제너가 개입했다면 얘기가 달랐다. 에른스트
에서 행방을 찾을 수 없는 것도 당연한 일이 된다. 그리고 그럴
만한 이유가 없지도 않았다.

레나테라는 시녀가 역설한 적도 있었다.

'지금까지 클라우제너 공작이 황제의 자리에 관심이 없다고 알려져 있지만, 아들 쪽은 또 다른 문제입니다. 끝까지 자기 자식으로 키우리라고는 생각되지 않습니다.'

'에리히는 제러드와 친한 사이였어.'

황후는 보고서에 시선을 준 채 무덤덤한 표정으로 그렇게 대꾸했다.

'단순히 양자로 키워 주는 것이 아니지 않습니까? 클라우제너 공작의 작위가 걸린 문제입니다.'

황후가 안경 너머로 레나테에게 슬쩍 시선을 주었다. 아우구스타는 그녀가 보고 있던 보고서가 아렌 공왕에 대한 것이라는 사실을 이미 알고 있었다. 무어 공작에 대한 새로운 보고가 들어오고 있다는 것도.

'클라우제너는 섣불리 건드릴 수 없어. 쳐 내야 할 건 그쪽이 아니지.'

황후가 보고서를 아우구스타에게 휙 넘겼다. 아우구스타도 보고서를 훑어 읽고 상황을 정리했다.

'공왕이 알현 시간을 부활시켰군요. 수도에 있는 아렌 귀족을

모두 접견했고, 그중 다수가 의사를 따로 불렀고……'

'수도에 없는 귀족에게 연잎 궐련을 끊으라는 편지를 보냈고, 영지 내에서도 금지하라는 권고를 하고 있다지.'

무어 공작은 거기에 더해서 아렌 귀족을 결집시키려는 듯한 움직임을 보이고 있다. 그건 아편 금지 때문이었지만, 황후는 단순히 그 문제라고 생각하지 않았다.

'만일 그 일에 클라우제너 공작 부인이 개입해 있다면, 빨리 처리해야 해. 준비는 다 되었나, 스테판?'

'위빙 상단에는 아직 공작 중입니다. 상단주와 변호사가 꽤 유능합니다. 장부에는 하나도 손대지 못했습니다.'

'시작한 지 얼마 안 되었으니 숙성까지 시간이 걸릴 거예요, 황후 폐하.'

시녀 레나테가 스테판을 역성들듯이 나서서 말했다. 황후는 예리한 눈으로 두 사람을 번갈아 보았으나 굳이 지적하지는 않았다.

'가볍게 함정을 판다고 걸려들지 않는 것은 확실하니, 이번 한 번에 끝내야 한다. 알고 있겠지, 스테판?'

'예. 염려 마십시오. 방아쇠를 당기라고 명령하시기 전에는 처리될 겁니다.'

'너의 카나리아를 위해서라도 제대로 하려무나.'

황후가 그렇게까지 직접적으로 말하는 것은 드문 일이었다.

그래서 아우구스타는 무거운 마음으로 기차에 몸을 실었다. 클레어 델포드를 한 번에 처리하지 못한 것은 자신의 책임이었다. 오히려 저쪽의 경계심만 높이는 꼴이 되었다.

카탸와 오페라 극장을 잃은 것은 꽤 타격이 컸다. 그쪽을 통해 약을 공급받고 있던 아렌 귀족들이 동요한 것이, 아렌 공왕이 움직이는 계기가 되었을지도 모른다.

리누스 문제는 더욱 컸다. 황후는 다른 수단을 강구할 때가 되었다고 했지만, 아우구스타는 그렇게 생각할 수 없었다. 황후가 직접 배에 품어 낳은 아들이었다. 비록 그녀에게 다른 것이 더욱 중요하다 하더라도, 그게 자식이 전혀 중요하지 않다는 뜻은 아니었다.

일단은 클라우제너 공작가부터 확인해 볼 일이었다.

"누님."

아우구스타는 지친 채로 본채에 아직 남아 있는 자기 방으로 향했다. 그 뒤를 루덴도르프 후작이 졸졸 따랐다. 그녀는 한숨을 내쉬었다.

"뭐가 그리 불안하니? 쓸모없는 일에 손을 대 놓고, 내가 잘한 일이라고 칭찬해서 안심이라도 시켜 주기를 바라는 거라면 그럴 일은 없다."

"쓸모없는 일이라니요."

"가게른 남작령의 광산 말이다."

"누님, 그 광산은 진짜입니다. 크로지크 백작가가 지분을 조금이라도 더 확보하려고 눈이 벌건 상태란 말입니다. 빼앗길 수는 없는 것 아닙니까?"

"그 광산보다 항구가 장기적으로 훨씬 나아. 그리고 항구보다도 황후 폐하의 신뢰가 훨씬 더 중하다. 항구 같은 큰 것을 맡기셨는데, 그 소임조차 다하지 않고 무얼 하고 있는 거니?"

아우구스타는 후작을 못마땅하게 쳐다보며 말했다.

"게다가 네 뒤를 호르스트가 물려받을 거라고 생각하면 더욱 그렇지. 가게른 남작령의 상속자 또한 호르스트 아니냐. 내버려 두었다가 호르스트가 상속받은 뒤에 개발해도 돼."

"그러니까 지금 받아 와도 된다고 생각합니다."

"지금 역량이 남아도는 것도 아니지 않니."

"요즘 같은 시대에 광산 하나 갖고 있지 못한 남자가 어떻게 제대로 행세할 수 있겠습니까?"

"네가 행세하는 것이 가문의 금고를 채우는 것보다 중요하단 말이니?"

"누님."

"행세는 돈이 있어야 하는 법이다. 광산을 가진 자가 행세하는 것은 광산을 가졌기 때문이 아니라, 광산에서 나오는 돈이 있기 때문이야."

아우구스타가 한숨을 내쉬었다.

"가게른의 그 작은 광산 밑으로 영지 전체를 뒤덮을 만한 광맥이 있을 수도 있다고 생각하니? 나는 우리 가문에 그런 행운이 있을 거라고 생각하지 않는다."

아우구스타는 냉정하게 말하고 자신의 방으로 들어섰다.

가구를 덮어 두었던 천을 하녀들이 서둘러 치우고 있었다. 연락 없이 온 탓에 청소가 제대로 되어 있지 않았지만, 지금은 혼자 쉬고 싶어서 아우구스타는 루덴도르프 후작의 코앞에서 문을 닫았다.

아이가 있는 집

어린아이가 살금살금 소파를 맴도는 발소리가 귀에 거슬렸다. 리누스는 반쯤 졸고 있었다. 완전히 잠 속으로 떨어지려 할 때마다 자박자박 카펫을 밟는 소리, 그러다가 한 번씩 서툴게 콩 소리를 내며 바닥을 세게 밟는 소리가 그의 의식을 파도 타게 만들었다.

"아저씨, 자요?"

리누스는 손을 내저으며 고개를 돌렸다.

코끝이 시리고, 벽난로에서 장작 타들어 가는 냄새가 나는데도 꿈에서는 봄바람이 불었다. 하지만 그 바람이 얼굴에 닿는 것은 아니다.

리누스는 꿈속에서 다섯 살이 되어 있었다. 아이가 내는 발소리는, 거기서는 그가 내는 것이었다.

그는 다섯 살 무렵까지도 또래 아이를 한 번도 가까이에서 본 일이 없었다. 황궁에서는 그가 가장 어린 나이였고, 그가 에른스트 공작가에 머무는 동안 소공작 내외의 자녀는 수도에 있었기 때문이다.

그를 기른 유모와 가정 교사는 황후의 측근이자 로멜인다운 로멜인이었기에, 아이를 놀게 하기 위해 또래 친구를 따로 데려와 붙인다거나 하는 생각을 조금도 하지 않았다. 사실 리누스만 그런 것은 아닐 것이다. 로멜의 고귀한 가문에서 태어난 아이들은 대개가 그랬다.

그래도 보통은 형제자매나 사촌이 있어, 또래와의 교류는 거기에서 이루어지게 마련이다. 그러나 리누스에게는 아무도 없었다. 제러드 로멜? 그는 형제라고 말할 수 없었다.

때때로 가까운 친척 모임이 열리긴 했다.

이날도 아마 그런 날이었을 것이다. 어린 리누스로서는 정확히 기억할 수 없지만. 빅토리아 대공이 조카들을 보고 싶다며 방문했으리라. 그가 제러드를 보게 되는 날은 대개가 그런 날이었으니까.

맨프레드 대공이 베티나 공녀를 데려왔고, 제러드를 방문 중이었던 에리히가 따라와 자연스럽게 아이들을 위한 작은 티파티가 열렸다.

리누스는 수풀에 숨어 있었다. 왜 그랬는지는 기억나지 않는다. 아마 가정 교사의 엄한 눈길을 피하고 싶었든지, 아니면 대화를 나눌 상대가 없어서였을지도 모른다.

제러드와 그때까지 얘기를 나눠 본 적도 아마 없었으리라.

그 이전의 기억은 없지만, 그가 숨어 있던 수풀을 젖히며 제러드가 이렇게 말했던 것을 기억하고 있기 때문이다.

'안녕, 리누스. 나는 제러드야. 네 형이야.'

자신이 뭐라고 말했는지는 기억나지 않았다. 그때 그는 남과 잘 이야기할 줄을 몰랐다. 낯선 이와 대화를 나눠 본 것 자체가 거의 없었고, 아이와는 더더욱 그랬으니까.

'내 이름, 들어 본 적 없어?'
'있어……. 형이야.'

그때 리누스가 다섯 살이었으니, 제러드는 열 살이었을 것이다. '형'이라는 단어의 의미는 알고 있었으나 그런 게 실제로 존재한다는 건 몰랐다. 자신에게 '형'이 있다는 것은 '황태자'가 있다는 사실보다도 비현실적이었다.

'리누스는 꼭 토끼같이 생겼네. 귀여워. 숨바꼭질하고 있었어?'
'숨바꼭질?'
'숨어 있었던 거 아니야? 아, 숨바꼭질한 적 없어? 진짜?'

활달한 소년은 깜짝 놀라 그렇게 말하고는, 티 테이블을 향해 소리쳤다.

'베티나! 우리 숨바꼭질하자! 에리히 형도 이리 좀 와 봐!'
'너희들끼리 해.'

이미 열네 살이었던 에리히는 귀찮아하는 얼굴로 그렇게 말했지만, 제러드가 재차 조르자 번거로워하면서도 일어서서 다가왔다.

'술래는 가위바위보로 정하는 거야. 리누스, 가위바위보 할 줄 알지?'

리누스가 지금 그때의 일을 전부 기억하고 있는 것은 아니다. 그는 그날의 놀이가 진짜로 성사되었는지 아닌지조차 확실히 기억하지 못했다.

다만, 그날의 기억을 후일에도 떠올리고, 또 울적한 날에는 그런 것을 떠올린 날의 기분을 또다시 곱씹어, 마침내는 그것이 어제 일인지, 몇 년 전의 일인지조차 모르게 되곤 했으니까.

제러드와 같이 논다는 게 말이 되지 않는다는 것을 리누스는 알고 있었다.

다섯 살이라는 나이는 정치적인 관계를 이해하기에는 너무 어렸지만, 리누스는 그때도 자신이 제러드와 결코 교차할 수 없는 사이라는 사실을 이해하고 있었다. 어쩌면 이해한다고 생각했다는 것도 뒤늦게 덧붙인 생각일지도 모른다.

그러나 그는 몰랐어도, 제러드는 알고 있었으리라. 황후가 그때라고 열 살의 황태자를 그냥 놓아두었을 리 없다.

그는 제러드를 싫어했다.

좋아해서는 안 되는 사람에게 아무렇지도 않게 손을 내미는 사람이 싫었다. 책임지지 못할 감정과 헤픈 웃음이 싫었고, 자신이 갖지 못한 모든 것을 가진 사람이 미웠다.

어머니가 그에게 무슨 짓을 했는지 알게 된 뒤로는 더더욱.

'배알도 없는 인간이.'

하지만 좋았든 싫었든, 자신이 가진 기억이 진짜인지 아닌지도 불분명하지만, 제러드 자체를 잊을 리는 없었다.

죽은 황태자를 영원히 잊지 못할 이는 황제만이 아니다. 리누스 자신만이 아니라, 아마 그를 아는 모든 사람이 그럴 것이다.

'리누스?'

"리누스 아저씨, 진짜 자요?"

그 순간 리누스의 의식이 훌쩍 수면 위로 끌려 올라왔다. 그리고 바로 눈앞에서 제러드의 푸른 눈동자와 정면으로 마주쳤다.

리누스는 깜짝 놀라 상대를 세차게 밀었다. 그러나 뒤로 넘어간 것은 제러드가 아니라 어린아이였다.

"으악!"

소파에서 밀쳐져 떨어진 엘리엇이 비명을 질렀다. 마사와 보모, 호위가 경악하여 동시에 달려왔다. 그리고 그보다 빨리 리누스가 다시 팔을 뻗어, 아이 머리가 땅바닥에 닿기 전에 낚아채는 것에 성공했다.

"악!"

힘으로 잡아당겨진 통증에 엘리엇이 비명을 질렀다. 리누스는 당황하여 아이 머리를 받쳤다.

"하."

리누스는 엘리엇을 안아 내려놓고, 기가 막힌 한숨을 내쉬었다.

"너 대체 여기서 뭘 하고 있는 거냐!"

"잘못했어요."

엘리엇이 울먹거리면서 말했다.

"아저씨가, 나쁜 꿈을 꾸고 있는 것 같아서……."

"뭐?"

"깨우려고 그랬어요."

"그걸 묻는 게 아니다. 아이 방에 있지 않고 왜 여기 있느냐고 묻는 거다!"

"여긴 거실인데요?"

엘리엇이 그렇게 되물었다. 이해할 수 없었다. 엘리엇은 여태까지 아플 때나 특별히 중요한 일이 있을 때 말고는 아이 방에만 있어야 한다는 말을 들어 본 일이 없었다.

리누스가 머리를 쓸어 넘기며 신경질적인 한숨을 내쉬었다. 엘리엇이 눈물이 그렁그렁한 눈으로 그를 올려다보았다.

"아저씨는 내가 싫어요?"

"뭐?"

"저번엔 내가 말했다고 웃고, 이번엔 화내고. 난 그냥 아저씨 깨워 주고 싶었는데."

엘리엇은 리누스가 궁금했다. 처음 만났을 때는 비웃음을 산 것 같아 서러웠지만, 엘리엇은 원래 오래 토라지는 성격이 아니다.

새로운 사람을 좋아했고, 사랑받는 것을 좋아했다. 생전 처음 보는 반짝거리는 은발이 너무 예뻐서 만져 보고 싶기도 했다. 리누스가 찰스 아저씨와 같은 입장이라면, 친해지면 당연히 자기를 귀여워해 줄 거라고 믿었다.

하지만 진짜로 싫은가 보다. 엘리엇은 시무룩하게 리누스의 무릎 언저리를 잡고 고개를 숙였다. 리누스는 입을 벌렸다. 내가 널 좋아할 리가 있느냐고 말해야 되는데, 그 말이 쉽게 입 밖으로 나오지 않았다.

그가 침묵하는 걸 어떻게 해석했는지, 엘리엇이 고개를 들었다. 금빛 속눈썹은 여전히 젖어 있었고, 여전히 시무룩했지만, 이 자리에서 울거나 할 것 같지는 않았다.

"이거, 아저씨 줄게요."

엘리엇이 주머니에서 초콜릿 하나를 꺼내서 리누스의 손에 쥐여 주었다.

"아빠 주려고 내가 엄청 아껴 놨던 건데. 그치만 아저씨는 아프니까."

엘리엇이 말했다. 리누스는 포장지 안에서 반쯤 녹은 그 초콜릿을 기묘한 얼굴로 내려다보았다. 그때 복도에서 부르는 목소리가 들려왔다.

"엘리엇, 어디 있니?"

"앗, 엄마다!"

엘리엇이 잽싸게 움직여 거실 문이 열리자마자 클레어의 무릎에 뛰어들었다.

"억!"

클레어가 신음하며 무릎을 꺾었다. 갈수록 받아 내기 어려웠다. 한창 자랄 나이이니 아마 그사이에 몸무게도 훌쩍 늘었을 테지만, 에리히가 놀아 주기 시작한 뒤로 전보다 더 활달해진 탓도 있을 것 같다.

아니, 몸으로 남한테 뛰어드는 버릇이 생긴 건 확실히 그 때문인 것 같았다.

'남한테 이러면 안 된다고 가르쳐야지.'

아니다. 자신의 다리도 아작 날 것 같으니, 에리히한테만 하라고 해야겠다.

에리히는? 오히려 기뻐할 텐데 상관없지 않을까?

그런 생각을 하며 고개를 들었다가 클레어는 리누스가 희한한 것이라도 보는 듯한 눈으로 자신을 쳐다보고 있는 것을 알았다.

"왜?"

"아니. 아무것도."

"안 그래도 부르러 가려고 했는데, 잘됐다. 간식 먹어."

"간식?"

"응."

대답하는 클레어의 뒤를 따라 하녀가 트롤리를 밀고 들어왔다. 간단히 차와 쿠키 정도가 아니라 본격적으로 커다란 보울과 쟁반이 가득했다. 리누스는 어이가 없어서 되물었다.

"그걸 여기서 먹을 작정인가?"

"식당은 어둡잖아. 여기가 바다가 제일 잘 보이는 곳이기도 하고."

리누스가 그게 무슨 의미가 있는지 이해할 수 없었다.

램프 냄새가 난다며 클레어가 창문을 조금 열었다. 엘리엇이 제 손으로 끌고 오기라도 하려는 듯 아이용 소파 쪽으로 달려가 힘껏 그것을 당겼다.

리누스는 문득 자신의 손에 아직도 반쯤 녹은 초콜릿이 남아 있는 것을 깨달았다. 그것을 테이블 위에 눈에 띄게 내려놓았다가는 아이를 울릴 것 같고, 진짜로 까서 입에 넣을 마음은 아예 없었다. 그는 그것을 소파 한쪽에 버리듯이 굴려 놓았다. 나중에 청소하는 하녀가 치울 것이다.

하녀가 테이블에 워머를 내려놓고 램프에 불을 붙였다. 그 위에 이미 데워 놓은 보울을 올리고, 길쭉한 쟁반을 차렸다. 여러 종류의 빵, 마른 과일과 치즈, 이 계절에는 흔하지 않은 채소에 이르기까지 풍성한 식탁이었다.

이 정도면 아무리 봐도 간식이 아니다. 역시 어이가 없었지만, 하녀들은 익숙해 보였다.

"지금 이게 간식인가?"

"딱 출출해질 시간인데?"

애프터눈 티타임 시간이긴 했다. 허기진다면, 간단히 샌드위치나 쿠키 한두 조각으로 충분하다. 마치 리누스의 생각을 읽기라도 한 양 클레어는 태연하게 말했다.

"애프터눈 티타임도 좋지만, 아이랑 환자가 있는데 그렇게 허술하게 넘어갈 수는 없지."

아이 간식이야말로 이렇게까지 할 일이 아니었다.

"그리고 난 따뜻한 게 좋아. 날도 춥고. 요즘 바닷바람이 세서 그런지 한기가 잘 들더라."

리누스는 엘리엇이 자기 손에 초콜릿을 쥐여 준 것을 누구에게 배웠는지 알 것 같았다.

"나, 마시멜로!"

"이게 더 맛있을걸?"

보올 뚜껑이 열렸다. 달달한 고구마 냄새와 치즈 냄새가 확 올라왔다. 클레어가 포크에 찍은 빵 조각을 보올에 담갔다 뺀 뒤 엘리엇의 손에 들려 주었다. 이번에도 리누스는 어이없는 얼굴이 되었다.

"왜?"

"이상한 걸 만들었군. 그것도 아렌식인가?"

"뭐가 이상해? 치즈 풍뒤에 고구마를 넣었을 뿐이잖아. 고탄수······. 아니, 정제된 곡류는 인간이 얻은 축복이야."

"이건 곡물이 아닌데."

"평생 소파에 드러누워 있겠다고 결정하기 전에, 우선 감자와 고구마를 먹어 보는 게 어떨까? 기분이 바뀔 수도 있어."

클레어는 그게 곡물이냐는 리누스의 비꼼을 아예 무시했다. 아무튼 중요한 건 탄수화물이라는 것이다.

"뜨거우니까 조심해, 엘리엇."

"응……. 후아!"

충분히 식혀서 줬는데도 엘리엇이 뜨거운 듯 입을 크게 벌리고 숨을 내쉬었다.

"나도, 나도!"

"뜨거워."

클레어는 이번에는 마른 무화과를 적셔서 엘리엇의 손에 들려 주었다. 그러자 엘리엇이 그것을 들고 의자에서 내려가 테이블을 빙 돌았다.

그때까지 리누스는 팔짱을 끼고 있었다. 달콤한 냄새가 코끝을 간질이고, 그럴 때마다 속에서 무언가가 꿈틀거렸으나, 그는 그것을 배고픔이라고 생각하지 않았다.

일어서지 않은 것은 오기 때문이었다. 도망치는 것처럼 보일까 봐.

별것도 아닌데, 이 여자에게 지는 게 싫었다. 클레어가 흘끔 그를 쳐다보았다. 그가 클레어를 노려보고 있는데, 눈앞에 불쑥 포크가 디밀어졌다.

"아저씨, 아픈 사람은 잘 먹어야 해요!"

리누스는 당황하여 고개를 홱 뒤로 젖혔다.

이걸 어쩌라는 건가 싶었다. 엘리엇이 아예 까치발을 들고 입 앞까지 포크를 내밀었다. 리누스는 아예 몸까지 뒤로 물렸다. 클레어가 웃는 낯으로 쳐다보고 있는 것을 깨닫고는 또다시 하지가 불편해졌다.

"……."

평소 같으면 치우라고 했을 텐데, 그 말이 선뜻 나오지 않았다. 그는 어쩔 수 없이 엘리엇에게서 빼앗듯이 그 포크를 낚아채고는 무화과 조각을 입에 넣었다.

보드라운 손가락이 그의 무릎을 두드렸다. 그리고 헤집어진 리누스의 기분을 알지도 못한 채 뜀뛰듯 테이블을 다시 빙 돌아 제 엄마 곁으로 돌아갔다. 리누스는 크림과 치즈와 고구마와 말린 무화과가 뒤섞인 단맛을 천천히 입 안에서 굴렸다.

클레어가 자신을 관찰하고 있는 시선이 느껴졌다. 당연한 일이다. 그는 황자였고, 그 어머니의 왕관이었다. 곁에 있는 모든 사람이 그를 깨지면 돌이킬 수 없는 보물처럼 소중히 취급했다.

혹은 약점이나 구멍이기도 했다. 공격할 수 있는지 가늠하고, 가치를 확인하며, 그를 잃었을 때 어머니가 받을 타격을 계산했다.

그것도 아니면, 그냥 견주었다. 그가 다섯 살 위의 형보다 얼마나 부족할지, 그의 배경은 그것을 보충할 수 있을지 어떨지. 그의 은발 머리 위는 과연 왕관에 어울리는 자리인지.

하지만 이 여자의 관찰하고 판단하려는 시선은 다른 사람의 것과 달랐다. 아예 관찰 자체를 하지 않는, 그가 무엇이든 상관없어하는 에리히나 진짜 어린 동생처럼 쳐다보는 속없는 제러드와도 달랐다. 짧은 적의와 호의에 가까운 동정, 그 밖에 리누스가 이해할 수 없는 복잡한 감정이 뒤섞인 시선이 뺨을 어루만졌다.

그는 이해할 수 없었다. 동정은 바다에서 건진 것 때문일 테고, 적의는 그녀가 황위 계승권자의 아내이기 때문일 수 있겠지만, 그 이외의 감정들은 불가해였다.

그리고, 그러면서 왜 자신에게 이렇게 잘해 주는 건지.

마음이 약해 도로 바다에 던질 수는 없었어도, 그냥 하녀에게 맡겨 두고 얼굴을 내밀지 않아도 되었다. 이렇게 먹을 것을 챙기고, 아이가 있는 식탁에 앉히며 편안하게 말을 거는 대신에.

그렇게 생각하자 또다시 속 어딘가를 들쑤신 듯 불편해졌다.

"아저씨, 그거 맛없어요?"

제가 건네준 것이 하필 맛없는 것이었을까 봐 엘리엇이 미안한 얼굴을 했다.

"그치만 그게 제일 달콤한데."

"그것 봐. 엄마가 빵이 제일 맛있댔지?"

클레어가 그렇게 말하면서 엘리엇의 손에 포크 두 개를 쥐여 주었다. 엘리엇이 신나서 다시 리누스에게 달려와 해맑은 얼굴로 다시 포크를 내밀었다.

리누스는 클레어에게 시선을 고정한 채 순순히 포크를 받아 들었다. 그리고 말했다.

"일부러 아이를 헤프게 키우는 건가?"

"뭐?"

"이렇게 아무한테나 웃고, 아무한테나 먹을 걸 건네고. 아까 보니 울기도 잘 우는 것 같더군."

리누스는 내뱉듯이 말했다.

"아니면, 그렇게 가르친 게 아니라, 원래 아렌인이라는 게 그런가?"

같은 얼굴이라도 이 아이가 에리히보다 제러드를 닮았다고 느껴지는 게 아마 그 이유 때문일 것이다. 그는 그게 신경 쓰이는 자신에게 짜증이 났다. 아이에게 쉽게 거절의 말을 뱉지 못하는 자신에게도.

그의 말에 클레어는 입을 벌렸다가 다물었다. 그리고 포크를 내려놓고 앞머리를 한 번 쓸어 올렸다.

'역시, 도로 바다에 던져?'

그러는 로멜인이야말로, 싹퉁머리 없이 말하는 법을 어린 시절부터 가르치느냐는 소리가 목구멍까지 차올랐다. 아까부터 계속 '아무리 황후가 한 짓이 있더라도 연좌제는 안 돼!'라는 측은지심과 '역사 발전에는 단두대가 필요하지!'라는 의식 사이에서 마음이 오락가락했는데, 이 순간 감성 모두가 힘을 합쳐 단두대의 손을 들었다.

'아픈 애야. 참아야지.'

클레어는 쏘아붙이고 싶은 마음을 이성으로 꾹꾹 억눌렀다. 자신이 스무 살짜리와 싸울 나이이던가. 게다가 며칠 전에 죽으려고 바다에 뛰어든 애다.

그녀는 후, 아, 후, 하고 몇 번 심호흡을 했다. 그리고 찌그러진 미간을 펴려고 애쓰며 침착하게 말했다.

"헤픈 게 아니라 감정에 솔직한 거야. 그리고 이 나이대 아이에게는 원래 잘 먹고, 잘 놀고, 잘 자는 게 제일 중요한 일이야."

"에리히가 그러라고 그냥 내버려 뒀다니, 놀랍군."

"에리히는 어린아이 상대로 헤프다는 말 같은 건 안 해. 아렌인의 피가 문제라는 생각도 하지 않고."

"……."

"대하는 게 서툰 것과 멸시하는 건 달라. 그리고 우리 아이 교육은 우리가 정할 일이야."

리누스는 그 대답에서 불쾌감을 느꼈지만, 그 이유가 이 여자가 자신에게 말대꾸했다는 것 때문은 아니었다.

'우리 아이'라는 그 단어가 거슬렸다. 자신과 에리히를 당연히 하나로 묶어 아이의 보호자로 지칭하는 그 단어가. 장난감 칼을 들고 있던 에리히가 생각났다. 그런 건 별게 아니라고 말했던 것도.

이 찜찜하고 불쾌한 기분의 시작은 분명히 그 어울리지 않는 짓거리 때문이었다. 그러나 이 순간 그는 자신이 에리히를 증오한다는 사실을 확고하게 깨달았다.

비슷한 것을 기대받았고, 아마도 거의 같은 교육을 받으며 성장했을 것이다. 그리고 같은 것을 잃었다. 그러나 여기 있는 자신은 죽음을 생각하는 껍데기 쓰레기이고, 그는 이런 여자와 아이를 얻어서 보다 더 완전해졌다.

어떻게 그게 가능한가. 그에게는 어머니가 없기 때문에? 아니면, 그는 정당하게 태어났으므로 본래부터 그럴 자격이 있었고, 자신에게는 없었다는 건가?

리누스는 웃었다. 오랜만에 뱃속 깊은 곳에서 뜨거운 것이 올라왔다.

갖고 싶다. 이 여자도, 이 아이도.

에리히가 가질 수 있다면, 자신이 갖지 못할 이유가 무엇인가.

증오와 욕망이 뒤섞인 채 순식간에 한쪽 방향으로 소용돌이치듯 움직였다. 리누스는 자신이 오랫동안 갈망한 것이 이것이었다는 사실을 갑작스럽게 깨달았다. 내내 몸을 괴롭히던 갈증과 열이 어디에서 오는 것인지도.

그는 입술을 비틀어 미소를 지었다.

"아저씨?"

그의 속내를 짐작하지도 못한 아이가 고개를 갸웃하며 이름을 불러 왔다. 리누스는 포크를 들고 엘리엇에게 처음으로 미소를 지어 보였다.

가장된 표정을 만드는 것은 그리 어려운 일도 아니었다. 애초부터 할 줄 몰라서 안 했던 게 아니었으니까. 엘리엇 상대로는 더욱 쉽게 나왔다.

"뭐가 맛있다고?"

엘리엇의 얼굴이 활짝 폈다.

"이거요!"

그는 기꺼이 엘리엇이 권하는 호박치즈 조각을 받아 입에 넣었다. 그 모습을 클레어는 다소 불편한 기분으로 바라보았다.

리누스는 그냥 대화를 포기한 것일 수도 있었다. 하지만 뭔가 사리에 맞지 않는 듯한 꺼림칙한 기분이 들었다. 집사가 거실 문을 두드린 것은 그때였다.

"마님, 손님이 오셨습니다."

"누구죠? 찾아올 사람이 없는데."

"루덴도르프 후작가의 레이디 아우구스타께서 방문하셨습니다."

클레어는 포크를 내려놓았다.

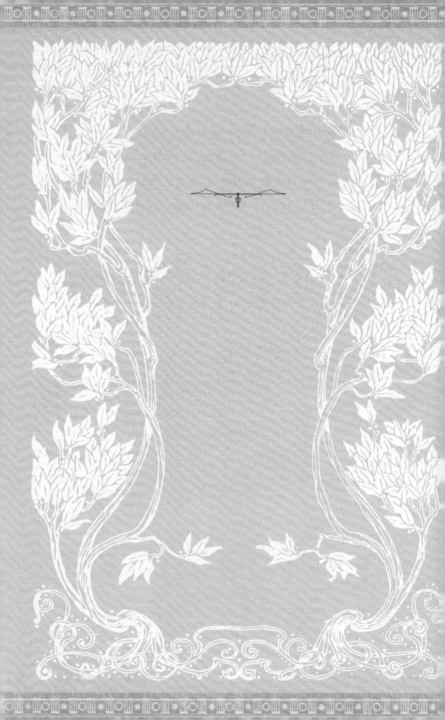

아우구스타

클레어는 먼저 거실에서 일어섰다. 리누스가 그녀를 올려다 보았다.

"만날 마음 있어?"

"……."

"그러면 괜찮아. 아직은, 더 쉬어도 돼."

클레어는 생각할 시간이 있다고 말하지는 않았다. 결국 리누스는 돌아가야 한다.

'어차피 여기까지 찾아왔다는 건 어느 정도는 리누스에 대한 정보를 알고 있다는 거겠지.'

루덴도르프에서 무슨 일이 벌어졌을 가능성은 배제한다. 아우구스타가 자기 집안의 일을 신경 쓸 만한 때도 아니고, 설령 뭔가가 벌어졌더라도 갑자기 자신을 찾아올 이유가 없다.

그렇다면 결국 용건은 리누스에 대한 일일 수밖에 없다. 이곳에 있다는 정보가 흘러 나가지 않았어도, 상황 그 자체가 정 봇값이 되었을 가능성이 있었다.

아우구스타의 사고 과정을 클레어도 거의 똑같이 밟았다. 에리히가 말한 것처럼, 그는 리누스를 완벽하게 실종시킬 수 있다. 반대로 말하자면, 그렇게 완벽하게 실종시킬 수 있는 것은 파도와 클라우제너뿐이다.

그러므로 파도에 휩쓸려 갔을 가능성을 제외한다면, 아우구스타는 당연히 이곳을 의심하고 있으리라.

'살아 있다고 믿고 최선을 다해 추적한다면, 당연히 이쪽을 조사하겠지.'

리누스가 그녀를 쳐다보았다. 클레어는 일어서면서 말했다.

"걱정 말고 빵이나 좀 더 먹어. 우리 집 손님인 이상은 내 보호 아래 있으니까 염려 말고."

리누스가 잠깐 침묵했다. 에리히라면 모를까, 이 여자가 자신을 제 보호 아래에 있다고 말하는 것이 우스웠다. 하지만 나쁘지 않은 기분이었으므로, 그는 붉은 눈을 휘며 그녀에게 웃어 보였다

"그래. 부디 잘 부탁하지."

역시 어린놈이 거만하다.

클레어는 그에게 눈을 흘기고, 밖으로 나오며 막시밀리안에게 엘리엇을 부탁했다.

하지만 그녀는 곧바로 응접실로 나가지는 않았다. 갑작스러

운 방문이다. 평소보다 천천히 얼굴을 씻고, 몸차림을 마치고 나가도 예의에 어긋나지는 않으리라.

클레어는 평소에는 사람을 기다리게 하는 것으로 기 싸움 같은 것을 하지 않는다. 지금까지는 할 만한 일이 없기도 했다. 그녀를 방문하는 사람은 대개 사업상의 거래처였고, 그게 아니라면 지연을 바탕으로 오랫동안 교류해 온 인근 영지의 영주 가문이었다. 부모님의 친지란 뜻이다.

애초에 델포드 인근에는 굳이 기세 싸움을 할 만한 사교계의 세력 자체가 없었다. 고만고만한 도토리들은 뭉쳐서 서로 정보도 나누고 친분도 과시해야 그나마 제자리를 지킬 수 있기 마련이다.

하지만 이번에는 그러지 않았다. 아우구스타를 만나 봐야 정보만 주게 될 뿐이다. 이쪽에서 특별히 캐내고 싶은 일도 없었다.

게다가 상대는 적이다. 카탸 슈나이더와 토마스 보르얀스의 조직을 사이에 두고 있었던 일만 말하는 것이 아니다.

'에리히가 먹은 '진정제'의 출처도 황후일 테지.'

무미, 무취인 데다가 적은 양으로 상대를 독살하거나 망가뜨리되, 청산가리나 비소 화합물처럼 잘 알려진 독은 아니다. 결과적으로 아편 오용으로 사망한 것처럼 보인다. 암살에는 절호의 수단이 아닌가.

'어쩌면, 귀족들 사이에서 따로 아편을 유행시킨 것도 그 때문일 가능성이 있어. 누구도 그 죽음이 암살이라고 생각하지

못하게끔.'

이미 에리히의 정보부가 지난 10년 동안 아편이나 정체불명의 심장 마비로 사망한 귀족의 목록을 만들고 있다.

'그러고 보니, 내가 기억하는 것만 해도 내각의 주요 인물 3명이 심장 마비로 급서했군. 하나는 아렌 출신이었고, 둘은 진보주의자야. 나이가 있으니 특별히 이상하다고 생각하지는 않았는데.'

'아편 중독자였어요?'

'아니라고 생각하지만, 사후에 그렇다는 사실이 밝혀졌어도 별달리 놀라는 사람은 없었을 거야.'

그런 케이스가 늘어나고, 실제로 그들이 황후의 일을 방해하고 있었다는 것까지 밝혀진다면 정황 증거라고 해도 좋을 것이다.

'나 의심하고 있는 게 하나 있는데요. 황제 폐하는…….'

'쉬.'

에리히는 낮은 소리로 그렇게 속삭이면서 클레어의 입술에 검지를 가져다 대었다.

'의혹은 의혹으로 남겨 둬. 아직은 뭐라고도 말할 단계가 아

니군.'

'당신은, 알고 있었어요?'

'고통이 너무 심하셨기 때문에 스스로 선택하신 결과일 가능성이 커. 아무도 충고하지 않았던 데도 이유가 있지.'

'그래도!'

'통치는 이미 내각의 몫이야. 황제 폐하께서 반드시 계셔야 할 필요는 없어. 편찮으신 분의 이름으로 황명이 나가거나 섭정을 세우는 것보다, 하원을 통해 힘을 투사하는 게 낫다는 것에도 이미 묵시적 합의가 이루어졌으니까.'

'묵시적 합의라고요?'

클레어는 그 말을 듣고 잠시 어지러워진 머릿속을 정리해야만 했다.

'결국 '당신들'만 진짜 정세를 알고 합의까지 마쳤다는 거네요?'

'정보를 숨긴 적은 없어. 황제 폐하께서 심병으로 칩거 중인 것을 모르는 사람은 아무도 없잖나.'

'폐하의 건강 상태나 내각의 통치가 옳다 그르다 하는 이야기를 하는 게 아니에요. 내가 위빙 상단의 주인이고, 저 촌구석 아렌 남작이라도 귀족인데, 그런 나조차도 모르게끔 통치 체제에 대한 합의가 이루어졌다는 게 문제라는 거라고요.'

'에른스트 출신의 섭정을 세우느냐 마느냐 하는 문제에 대해

서 투표라도 하라는 건가?'

에리히는 일고의 가치도 없다는 듯이 단호하게 대꾸했다.

'그것보다는 내각에 힘을 실어 주는 게 낫겠다는 것이 '내' 결정이었어. 그런 것까지 일일이 사정을 설명하고 설득해야 하나? 너도 위빙 상단의 문제를 결정할 때, 직공 하나하나의 의견까지 고려하지는 않을 텐데.'

'위빙 상단은 상단이에요. 당신은 지금 정치 이야기를 하는 거고요!'

'어차피 똑같은 결론이 날 거라면, 나머지 절차는 낭비지. 늘 말하지만, 네 의견은 탁상공론이야.'

'적어도 황제 폐하의 건강 상태에 대한 정보를 공개하고, 섭정을 세울지 말지에 대한 합의가 의회에서 이루어졌어야 했어요.'

'설령 그렇다고 해도 그 합의에 문제가 있다면 나는 기꺼이 개입했을 거야. 너는 절차적 정의만 지키면, 당시에 에른스트가 섭정직까지 맡아 권좌를 장악했어도 상관없다는 건가?'

'그건 결과론이에요.'

'예측할 수 있는 결과를 방치하는 것은 책임을 회피하는 것과 똑같지.'

할 수 있는 말이 없어서가 아니라 너무 가까운 현실이었기 때문에 클레어는 패배를 인정해야만 했다.

'아니, 현실적으로 맞는 거 아는데! 내 말이 급진적이라는 것도 아는데! 그냥 그걸 '내' 결정이라고 하니까 열 받는다고.'

클레어는 울분에 찬 기분으로 생각했다. 그렇다고 에리히가 자신의 말을 아예 이해 못 하는 사람도 아니지 않은가.

"어후. 원래 정치 이야기는 가족 간에도 하는 게 아니지."

남편이 당사자에, 아이가 위험한 이상 외면할 수도 없고 말이다.

"하아……."

클레어는 한숨을 내쉬며 아주 천천히 옷을 갈아입었다. 이왕 하는 거, 시간도 끌 겸, 얄미운 남편 애태우기도 할 겸, 이브닝드레스를 꺼내서 말이다.

아우구스타는 기다림을 괴로워하는 성격이 아니었다. 그런 걸로 자존심 싸움을 할 거라면 애초부터 시녀 일을 할 수 없다. 그러나 그녀는 시간을 쟀다.

자신은 황후의 시녀장이다. 너무 기다리게 하면 황후와 대립한다는 의사를 대놓고 표시하는 셈이 될 수도 있었다. 그러니 클라우제너 공작 부인이 과연 어디까지 할지 궁금했다.

동시에 아우구스타는 여전히 확신하지 못하고 있기도 했다. 클라우제너 공작 부인은 과연 아렌 공왕과 연계하고 있을까? 만일에 그녀가, 진짜로 단순히 아이와 자신을 보호하기 위해 클라우제너에 의탁하고 있는 것이라면 어떨까?

'아니, 그렇다 해도 마찬가지긴 하지. 위험 요소를 남길 수는

없으니까.'

그녀는 그런 생각을 하면서 석양이 질 때까지 기다렸다.

"공작 부인께서 너무하십니다."

아우구스타의 시녀가 조그만 소리로 불평했다. 아우구스타
는 찻잔을 들고 평화롭게 말했다.

"난 괜찮구나. 저 창으로 노을 지는 바다가 한눈에 보이지
않니?"

"아름답긴 하지만요."

아우구스타는 늘 바빴기 때문에 이렇게 한가하게 시간을 보
내는 일은 흔치 않았다. 나쁘지 않은 시간이었다.

응접실 문이 열린 것은 일몰도 끝나고 땅거미가 질 무렵이었
다. 하녀들이 응접실의 램프를 모두 켠 뒤에야 나타난 공작 부
인은 이브닝 파티에라도 나갈 사람처럼 한껏 치장하고 있었다.

그녀가 아우구스타를 보고 환한 미소를 지으며 말했다.

"이런, 제가 많이 늦었지요? 방문해 주신 것을 환영합니다,
레이디 아우구스타. 돌아가 버리셨을까 봐 걱정했는데."

클레어가 미소 지으며 왼손을 내밀었다. 아우구스타는 평온
한 표정을 무너뜨리지 않은 채 그 손을 바라보았다.

클레어의 왼손 약지에는 결혼반지가, 검지에는 클라우제너
공작의 인장 반지가 끼워져 있었다. 손등에 키스하라는 의미
였다.

아우구스타는 표정에 감정을 일절 드러내지 않은 채 가만히
그 손을 내려다보았다.

마르고트 에른스트가 황후의 자리에 오른 뒤에, 그 최측근인 아우구스타에게 이처럼 거만하게 손을 내민 사람은 없었다. 에른스트 공작 부인과 맨프레드 대공비도 그녀와 마주 고개를 숙였고, 빅토리아 대공도 그녀를 존중했다.

황후를 좋아하든 싫어하든 누구나 그녀가 특별한 경의를 받을 만한 사람이라는 것은 인정했다. 그리고 황후의 대리인 역할을 맡곤 하는 아우구스타 또한 그만큼 중요한 존재였다.

이런 요구를 받아 본 게 언제였더라. 이십 대 어린 나이일 때였을 것이다. 하지만 냉정하게 신분을 따져 본다면, 황후의 시녀장보다 클라우제너 공작 부인이 위에 있는 게 당연했다.

인장 반지를 끼고 그 사실을 주지시키는데, 무시할 수 있을 리 만무했다.

'후…….'

아우구스타는 내심으로 쓴웃음을 지었다. 이렇게 나올 줄은 몰랐다. 조사에 따르면 소탈한 성미로 보였는데. 하긴, 소탈하다는 것과 자신이 가진 힘을 모른다는 것이 같은 의미는 아니다.

그녀는 무릎을 구부리고 허리를 깊이 숙이면서 클레어의 반지 위에 가볍게 입술을 대었다 뗐다.

"오늘 파티나 만찬이 있으셨던 모양이로군요. 미처 알지 못하고 방문했습니다."

아우구스타는 온화한 얼굴로 말했다. 물론 그런 게 없다는 것은 서로가 알고 있었다.

"어머, 아니에요. 그냥 남편과 단둘이 저녁 식사를 하기로

해서요."

클레어가 생글생글 웃으면서 의식적으로 머리를 쓸어 귀 뒤로 넘겼다. 온 응접실이 환해지도록 램프를 켜 둔 탓에, 다이아몬드 귀걸이가 찰랑거리며 사방에 빛을 반사했다.

"신혼여행 중이라지만, 아무래도 아이가 있다 보니 둘만의 시간을 내기가 쉽지 않아요. 레이디 아우구스타께서도 이해해 주시리라 믿어요."

"그러셨군요. 두 분 금슬이 좋으시니 클라우제너를 위해서도 아주 좋은 일입니다. 황후 폐하께서도 기뻐하고 계십니다."

"정말요?"

클레어가 빙긋 웃으며 되물었다.

"저는 황후 폐하께서 축하의 말을 보내 주시지 않기에 결혼을 반대하시는 줄 알았답니다. 제국의 가장 고귀한 숙녀께서 일개 아렌 남작에 불과한 저를 곁에 앉히기 부끄럽다고 여기신다고 해도 이상한 일은 아니니까요."

"시녀가 선물과 축언을 전달했을 터인데, 황실의 마음이 충분히 전해지지 않았다니 안타깝습니다."

아우구스타가 짐짓 어두운 얼굴로 말했다.

"꼭 제대로 꾸짖겠습니다. 만일에 실수라도 있었다면, 제가 이 자리에서 대신 사죄드리겠습니다."

"아우구스타 님……!"

아우구스타가 고개를 숙이자, 손등에 키스할 때부터 울분을 참고 있었던 시녀가 욱한 듯 큰 소리를 냈다. 클레어는 상냥한 얼굴로 그녀를 바라보았다.

"아 참, 시녀도 소개해 주세요. 분명히 아주 귀한 가문의 따님이시겠지요?"

그제야 제 실수를 깨달은 시녀가 움찔했다. 시녀의 몸가짐은 주인의 품위와 연관되는 법이다. 주인이 공작 부인에게 무릎을 구부리고 경의를 표했는데, 감히 거기에 반발하다니, 있을 수 없는 일이다. 자신이 받는 대우가 주인의 것을 빌려 온 거라는 사실을 잊고 스스로 고귀하다고 생각하면 이 모양이 된다.

하지만 아우구스타는 별달리 동요하지 않았다. 그녀는 이제 와 사교계 평판 같은 것에 연연할 필요가 없었다. 그래서 덤덤한 얼굴로 클레어를 바라보고 말했다.

"시녀가 공작 부인께 감히 무례를 저질렀군요. 용서해 주십시오."

"용서라니요. 그런 말씀 마세요. 레이디 아우구스타를 사모하는 마음이 갸륵하지 않나요?"

아우구스타가 살짝 고개를 숙였다.

"그저 편지 심부름이나 하는 아이입니다."

"그것보다 중요한 일이 어디 있겠어요? 레이디 아우구스타의 편지라면 아무나 손댈 수 있는 게 아닐 텐데."

"제 편지가 뭐 중요한 게 있겠습니까? 제게 오는 편지라고는 기껏해야 시골 귀족에 불과한 동생이나 친척들이 하소연이나 일상 이야기를 보내는 것이 전부인데요."

"시골 귀족이라니요. 루덴도르프 후작가는 북방에서도 가장 강성한 역사를 가진 오래된 가문일 뿐만 아니라, 최근에는 황후 폐하의 신임을 얻어 나라의 큰 사업을 맡고 계시는데요."

"클라우제너의 입장에서는 자잘한 소식일 텐데, 잘 알고 계시는군요. 하긴, 크로지크 백작가를 통해서도 소식을 전해 듣고 계실 테니."

이번에는 클레어가 표정 관리를 해야 할 차례였다. 요한은 이미 의심을 사고 있는 모양이었다.

다이아몬드 사업의 규모가 급격히 커진 시점에서 오래가지 못할 거라고는 생각했다. 루이자가 있었다면 저쪽에서도 사람을 바꿀 수 없어 요한을 남겨 두었을 테지만 말이다.

'어차피 나도 어머님 때문에 포섭했던 거였고. 요한 경이 빠질 때도 됐지.'

크로지크 노백작에게 언질 하면, 알아서 잘할 것이다. 정보 조직에서 빠져나오는 일이지만, 요한의 역할이 그렇게 큰 기밀을 다루던 것은 아니니 별문제 없을 것이다. 백작가 안에서 요한의 입지도 이제 충분히 안정되었을 테고, 가문이 확장기이니 핑계 대기에도 어렵지 않으리라.

클레어는 그런 생각을 모두 일단 덮어 둔 채 능청스레 말했다.

"글쎄요. 또 좋은 사업 거리가 있다고 투자 제안을 가져오긴 했는데, 제 본업은 직물과 패션이라, 잘 알지 못하는 분야에 대해서는 함부로 말할 수 없어서 남편에게 넘겼답니다. 클라우제너의 재산 관리인이 알아서 하고 있지 않을까요?"

"그러셨군요."

아우구스타는 그 화제를 더 끌어 봐야 소용없다는 사실을 깨달았다. 클라우제너 공작을 방패로 삼으면, 그 무엇도 추궁할 수 없었다.

"그런데, 부인께서 이렇게 치장하고 기다리시는데, 신혼여행 중에 공작 각하께서 자리에 안 계시는군요. 무슨 바쁜 일이라도 있으신 모양입니다."

"너무하죠? 콜베르크 광산에서 사고가 터진 것 때문에 무슨 일이 있나 봐요. 아, 새 사무실을 구했다는 이야기는 들으셨겠죠?"

클레어가 흥을 보듯 소곤거렸다. 아우구스타는 눈을 가늘게 떴다. 공작이 루덴도르프 역 앞에 건물을 샀고, 거기를 중심으로 클라우제너 사람들이 움직이고 있다는 것은 알고 있었다.

그 일에 리누스가 관계없을 수 있을까? 클레어는 자신이 그 부분을 파악하고 있는지 아닌지 알기 위해 던진 말인가? 혹은, 자신은 모른다는 것을 드러내기 위해 한 말인가?

거기에 섣불리 반응할 수 없었기에 아우구스타는 모르는 체 대답했다.

"공작 각하께서 너무하셨군요. 일이 바쁘시면 잘츠기터나 클라우제너 본성에 머무르셔도 되었을 텐데, 굳이 루덴도르프 같은 시골로 오셔서 부인을 외롭게 만들다니요."

"무슨 말씀이세요. 이토록 아름다운 바다가 있는 훌륭한 곳인걸요."

다른 목적이 있는 게 아니냐는 뜻으로 했던 말이지만, 지금

창밖을 내다보면 클레어의 말에 공감하지 않을 수 없었다. 달이 내리쬐는 바다에서 은빛 물결이 찰랑거리고 있었다.

아우구스타는 무심결에 부드러운 미소를 지었다. 그녀는 고향을 사랑했다. 클레어가 말했다.

"하지만, 실은 제가 빅토리아 대공 전하의 용건을 따라온 것이었답니다. 덕분에 남편의 보좌관들이 고생하게 되었지요."

그 말에 감상적인 기분에서 벗어난 아우구스타는 흠칫 고개를 들고 클레어를 바라보았다. 빅토리아 대공이 루덴도르프 후작저를 방문하여 머무르고 있다는 이야기는 들었다. 그러나 헤르만의 청으로 묵고 있는 줄만 알았지, 용건이 따로 있다는 것은 몰랐다.

'클로트비히, 이 녀석이……!'

가게른 남작이나 크로지크 백작가와 무엇을 해도 괜찮다. 망해서 말아먹어도, 기껏해야 돈 문제다. 하지만 빅토리아 대공까지 끌어들여서 일을 벌이고 있다면 문제가 달랐다.

아니, 그런 생각을 할 때가 아니다. 우선 리누스부터 찾아야 한다.

밖이 시끄러워진 것은 그때였다. 실제로 소리가 난 것은 아니지만, 사람들이 서둘러 움직이는 기척이 느껴졌다.

"에리히가 돌아온 모양이에요."

공작이 걸음 하면, 실제로 보이는 사람의 몇 배나 되는 인원이 보이지 않는 곳에서 움직인다. 아우구스타는 그런 것에 익숙한 사람이었기에, 비서 하나가 다급한 걸음으로 들어와 클레어에게 작은 쪽지를 건네주는 것을 이상하게 여기지 않았다.

클레어는 태연하게 아우구스타의 눈앞에서 쪽지를 폈다. 그것은 에리히가 도착했다는 내용이 아니라, 헤르만이 보낸 것이었다.

『가게른 광산, 갱도 붕괴.』

드디어 시작되었다.

클레어는 미소 지은 채 태연하게 쪽지를 접어 주머니에 넣었다. 그리고 실제로 얼마 지나지 않아 응접실 문이 열렸다.

"이 시간에 손님이라고……?"

밤바람을 몰고 들어온 에리히가 집사에게 말하다 말고 멈칫했다. 집사는 마저 대답하는 대신 공손히 고개를 숙이고 문을 닫았다.

에리히가 평소보다 각별히 나직하고 억양 없는 목소리로 말했다.

"레이디 아우구스타, 오랜만이로군."

형식적인 인사말에, 태도에서 예의라고는 찾아볼 수 없었다. 잠깐 아우구스타 쪽으로 향했던 시선이 자석에 달라붙는 철 가루처럼 도로 클레어 쪽으로 이끌려 갔다.

"에리히."

클레어가 터지려는 웃음을 참기 위해 손등을 뺨에 댔다. 그리고 시선으로 살짝 아우구스타와 시녀 쪽을 가리켰다. 에리히의 눈이 그녀의 시선을 따라 아우구스타 쪽으로 옮겨 갔다. 짤막한 한숨과 좌절감이 그의 날숨에 섞여 나왔다.

이건 에리히가 실수한 것이었다. 하지만 클레어에게서 시선을 떼어 내고 동요를 숨기는 것에 평소보다 몇 배의 노력이 필요했다.

일부러 그런 것인지, 응접실에는 따뜻한 빛깔의 램프가 평소보다 많이, 훨씬 환하게 밝혀져 있었고, 그 빛을 받은 클레어의 뺨과 이마는 장밋빛이었다. 금빛과 검은빛이 섞인 드레스가 몸의 선을 따라 아래로 흘러 떨어지며 빛을 파도치게 했다.

에리히는 입 안이 바싹 마르는 기분에, 남들에게 들키지 않을 정도로 살짝 혀로 입천장을 쓸었다.

상대는 연로한 귀부인이고 황후의 시녀장이었다. 이런 사람에게 실례를 보상하려면 몇 배로 갚아야 한다. 그래도 에리히는 아내를 먼저 끌어안을 한 줌의 시간을 얻기 위해서 기꺼이 무엇이든 저지를 작정이었다. 지금 손님이 문제가 아니었다.

클레어가 그 순간 또다시 웃지 않았다면 말이다.

그녀의 웃음은 우아하고 의례적인 미소도, 호감을 사려고 애쓰는 영업용 미소도 아니었다. 호박색 눈동자에 금 조각 같은 장난기가 반짝반짝 감돌고 있었다. 그녀는 지금 자신에게 발휘할 수 있는 지배력이 얼마나 되는지 정확히 알고 있는 게 틀림없었다.

그래서 에리히는 얼굴을 굳혔다. 그리고 마치 동요한 적 따위는 없었다는 듯이 자존심을 세우고 오만한 얼굴로 말했다.

"늦은 시간이지만, 방문을 환영하네. 제대로 된 만찬은 아니지만 저녁을 들고 가게."

입장상 이 자리에서 손님을 초대하지 말라고 말릴 수도 없었으므로 클레어는 뭐라고 끼어들지 않았다. 그러나 어처구니가 없어서 입을 벌렸다.

'여기서 이렇게 나오겠다고?'

아니, 저 남자는 자기가 어떤 얼굴로 저를 쳐다봤는지 알고 나 저러는 건지 모르겠다. 생각해 보니, 아니까 더 그러는 것이 분명했다.

에리히가 클레어를 흘끗 쳐다보았다. 클레어는 그를 한 번 쏘아봐 준 다음, 고개를 빳빳이 들고 동의했다.

"그럼요. 안 그래도 레이디 아우구스타께 저녁 식사 함께하자고 청할 작정이었어요."

처음에 했던 말을 뒤집은 셈이지만, 에리히의 얼굴을 일그러뜨리기 위해서라면 무엇인들 못 하겠는가. 실제로도 그의 눈썹이 꿈틀거렸다.

그러나 몸가짐은 평소보다 더욱 엄숙했고, 표정은 완벽하게 무표정을 유지하고 있었으며, 냉랭한 공기마저 감돌고 있었다.

아우구스타의 시녀가 어쩔 줄을 모르고 눈을 굴렸다. 이거 아무리 생각해도 자기들이 낄 자리가 아닌 것 같은데 말이다. 아니, 낄 자리가 아닌 것을 넘어서서 그냥 이용당하고 있는 게 분명했다.

아우구스타가 쓴웃음을 지었다. 그녀는 그렇게까지 눈치 없는 사람이 아니었다. 여러 가지로 떠볼 생각이었지만 이런 일에 끼고 싶은 생각은 정말 눈곱만큼도 없었다. 그녀는 평온을 지킨 채 말했다.

"아닙니다, 공작 각하. 제가 미리 약속도 잡지 않고, 두 분이 제 고향을 방문하셨다는 기쁨에 멋대로 찾아뵙고 말았습니다. 하지만 모처럼 두 분만의 시간을 마련하셨다고 들었는데, 그렇게까지 방해할 수는 없지요. 이만 물러가겠습니다."

"시녀장이 이 먼 길까지 와서 방문했는데, 이대로 돌려보낼 수 있겠는가? 사람 하나가 늘어난다고 해서 우리 집 요리사가 어려움을 겪지는 않을걸세."

"나이 든 사람이라고 그렇게 눈치가 없지는 않습니다, 공작 각하."

아우구스타가 빙그레 미소를 지었다.

"그리고 저녁을 들고 오겠다고 말한 것도 아니라서, 동생 부부가 저녁을 준비해 놓고 절 기다리고 있을 거랍니다. 오랜만의 가족 만찬이지요."

"그렇군."

에리히가 딱딱하게 대답했다. 오랜만에 고향 집에 돌아와서 동생 부부와 저녁을 함께한다는데 더 권할 수는 없었다. 사실 진짜로 잘 생각도 없었고 말이다.

"저는 이만 물러가 보겠습니다, 공작 부인. 갑작스러운 방문이었는데도 환대해 주셔서 감사합니다."

"여기 계시는 동안에 또 기회가 있겠지요. 언제든지 방문해 주세요."

클레어는 마주 미소를 지은 채로 그렇게 말했다. 아우구스타가 다시 무릎을 구부려 그녀에게 공손히 절하고 물러갔다. 시녀는 당황을 아직 다 숨기지 못한 얼굴이었지만, 아우구스타를 따라 절을 하고 응접실 밖으로 나갔다.

응접실 문은 잠시 동안 열려 있었다. 에리히는 집사를 불러 아우구스타의 마차가 떠나는 길을 확인하라고 일렀다. 집사가 나가면서 응접실 문을 닫았다.

"리누스는?"

"아직 만나고 싶지 않다나 봐요."

에리히는 눈살을 찌푸렸다. 리누스는 결국 돌아가야 한다. 그에게는 리누스가 이 집에 머물러 있는 것이 어리광으로밖에 느껴지지 않았다. 스무 살이나 되어 할 일이 아니었다.

"그냥 좀 봐줘요. 아직 어리잖아요. 죽을 작정까지 했던 애인데요."

"스무 살은 어린애가 아닐뿐더러, 리누스는 자기 일만 생각해도 되는 신분이 아니야."

죽고 싶어 했던 것은 이해할 수 있다. 도망칠 거라면 도와주겠다고 했다. 그러나 리누스는 그 둘 모두 선택하지 않고, 그렇다고 제자리로 돌아가지도 않은 채 도피만 하고 있다.

클레어가 말했다.

"마부와 하인들에게는 각자 보안 요원을 하나씩 붙여 뒀어요. 조금 더 쉽게 내버려 두자고요. 레이디 아우구스타는 이제부터 이쪽 일에 관심 가질 여유도 없어질걸요?"

클레어는 아까 받은 헤르만의 쪽지를 꺼내어 흔들어 보였다. 끼고 있는 팔찌가 가느다란 손목에서 나비처럼 흔들렸다. 에리히는 얼굴을 찡그렸다. 그러나 굴복하지 않을 수가 없었다.

그는 클레어의 손을 쥐어 자기 쪽으로 끌어당기며 쪽지를 빼앗아 벽난로에 던졌다. 손바닥에 입술을 누르지 않은 것이 최후의 자존심이었다.

"넌 일밖에 관심이 없는 것 같군."

"어이없어, 진짜. 이럴 거면서 저녁 식사에 다른 사람 초대하려고 했어요?"

"네가 이렇게 입고 있으니."

에리히가 열 오른 숨을 내쉬면서 평소보다 깊이 파인 네크라인 위로 드러난 곡선을 손가락으로 천천히 더듬었다.

"나는 만찬이라도 준비되어 있는 줄 알았지."

"당신이랑 데이트 좀 해 보려고 입었다는 생각은 안 해요?"

"어제 우리가 싸웠던 것 같은데."

"답이 없는 의견 차이가 하루 이틀이었어요? 새삼스럽게."

"그러면, 이건 2차전 준비인가?"

에리히가 그녀의 귀걸이를 살며시 건드리며 낮게 갈라진 목소리로 물었다. 내려다보는 파란 눈동자가 차가운 물색이라기보다는 타오르는 불색처럼 끓고 있었다. 이번에는 클레어가 입이 마르는 것을 느낄 차례였다.

사실 그녀라고 언제나 태연한 것은 아니었다. 이 근사한 남자의 꽉 쥔 듯한 허리를 감아 안으면서도 아무렇지도 않다는 듯한 얼굴을 하는 것에는 상당한 인내심과 연기력이 요구되었다.

"우리 사이는 냉전으로 내버려 두죠. 당신 말대로 만찬을 준비시킬게요."

"뭐?"

"리누스와 막시밀리안 경만 불러와도 초대 손님으로는 충분하잖아요. 안 그래요?"

에리히가 두 손으로 그녀의 뺨과 이마를 쓸면서 한숨을 내쉬었다.

"넌 정말로 날 휘두르지 못해서 안달이 난 모양이군."

"실패인지 성공인지 알려 줘요."

클레어가 말을 마치기 전에 에리히의 엄지가 그녀의 아랫입술을 쓸었다. 손끝에 연분홍색이 묻어났다. 그래서 그는 하는수 없이, 키스하는 대신에 손가락을 아래로 내려 목덜미와 쇄골에 보드라운 핑크색으로 제 손자국을 묻히는 것에 만족했다.

"만찬을 하는 것도 나쁘지 않지. 일단 옷을 한 번 벗은 뒤에."

"싫어요. 이 정도 애써서 꾸몄는데, 한 시간도 안 돼서 전부 엉망으로 만들라고요?"

"어차피 결과적으로 그렇게 될 건데."

"어차피 배고파질 건데, 끼니마다 밥은 왜 드세요, 공작님?"

공작님이라는 호칭에 에리히의 얼굴이 또다시 찡그러졌다.

"그러면 만찬 대신 바다로 나가는 건 어떨까요? 겨울 바다를 보면서 저녁 식사를 하는 것도 나쁘지 않을 것 같은데."

"날이 추워. 이대로 나가면 1분도 못 되어서 얼어 죽는다고 할걸. 그냥 1층 테라스로 하지. 유리문을 닫아 놓으면 되니까."

에리히가 그녀의 드러난 팔을 어루만지면서 말했다.

"그것도 나쁘지 않죠. 준비하는 데 시간이 좀 걸릴 거예요."

"그 시간 동안 할 일이 없는 것도 아닌데, 상관없지 않나."

그는 그렇게 말하고 기어이 클레어의 입술에 제 입술을 내리누르고야 말았다.

"주인님께서 길이 어두우니 등불을 많이 보내라 하셨습니다."

젊은 부집사가 손수 가스 랜턴을 손에 들고 마차 앞에 나와 있었다. 뒤따르는 하인들도 길이 온통 밝아지도록 가스등을 들고 있었다.

"각하의 마음 씀씀이에 감사드린다는 말씀을 전해 주게."

아우구스타는 그렇게 말하고 부축을 받아 마차에 올랐다. 뒤따라 올라탄 시녀가 문을 닫았다. 클라우제너의 하인들이 마차 앞뒤에서 환한 등불을 들고 인도했다.

"저희에게 뭔가 숨기고 싶은 게 있는 걸까요?"

"무엇이 됐든, 숨길 것이 있겠지. 아이 문제만 해도 그렇고."

오늘의 방문은 여러모로 예상외의 부분이 많았다.

"아무래도 공작이 진심처럼 보이지 않더냐?"

"워낙 유명한 연애결혼이었으니까요. 신문에서 하도 떠들어 대기에 오히려 반쯤 깎아 들었는데, 진짜처럼 보이더라고요."

시녀가 질투심을 숨기지 못한 채 말했다. 아우구스타는 연한 미소를 지은 채 뾰로통한 시녀의 태도를 지켜보기만 했다.

클레어에게 말한 것은 사실이었다. 본래도 특별히 중요한 일을 맡기거나 하는 아이는 아니었다. 제 감정에 솔직하고, 사교계에서 발이 넓으면서 귀도 얇은 편이라, 젊은 숙녀들의 여론을 알기 쉬워서 데리고 있는 것이니 말이다.

"그러게 말이다. 클라우제너 공작 같은 사람이 진심을 드러내는 일은 흔치 않을 텐데도."

이것은 꽤 놀라운 일이었다. 그리고 아주 중요한 일이기도 했다.

그동안 황후는 판단을 잘못하고 있었다. 처음에는 책임감이거나 아렌 세력을 포섭하기 위한 수단이리라고 생각했다. 그리고 아이가 제러드 황태자의 아들이리라고 추론한 후에는, 아이를 보호하기 위한 동맹이라고 확신했다.

'신뢰 관계가 없는 것은 아니겠지. 호감도 있을 테고. 하지만 줄곧 이상하다고 생각하긴 했어. 에리히는 그렇게 어리석은 사람이 아니니까.'

하지만 이번에 아우구스타의 눈에 비친 모습은 달랐다. 에리히 클라우제너는 사랑에 빠졌다. 적어도 열정에 사로잡힌 것은 분명해 보였다. 젊은 남자에게는 흔한 일이었다.

황후도, 아우구스타도 호감이나 끌림, 설렘 같은 것들을 모르지 않았다. 다만, 그런 것을 이유로 사람을 선택하지 않았다. 그보다 훨씬 중요한 것이 있었기 때문에 뒤로 미뤘다. 그리고 이 나이가 되어 보면, 그런 감정들은 모두 인생을 걸기에는 지나치게 일시적인 것이다.

하지만 에리히는 아직 서른도 채 되지 않았다. 위엄과 침착성을 겸비하고 있기에 자신들이 착각하고 있었는지도 모른다.

'아니면, 공작이기 때문이겠지.'

그는 하나를 손에 쥐기 위해 다른 하나를 포기할 필요가 없는 사람이다.

하긴, 그가 열정의 상대를 손에 넣기 위해 무엇을 놓을 필요가 있겠는가. 상대를 잡아 제 옆자리까지 끌어올리면 그만인 것을.

아우구스타는 그것에 질투하기에도 이미 나이가 들었다. 앞에 있는 시녀는 끌어올려진 사람에게 질투심을 숨기지 못했지만 말이다.

"생각해 보면, 클라우제너 공작가에 좀 그런 기질이 있는 것 같아요."

"기질?"

"선대 공작 각하께서도 재혼 후에 대부인 한 분만 바라보셨다고 들었어요."

이미 쫓겨난 사람에 대한 이야기였으므로 시녀가 목소리를 낮추어 소곤소곤 말했다.

"정부도 따로 두지 않았고요. 물론 대부인은 후작 영애였으니, 지금의 공작 부인보다 훨씬 나은 가문 출신이었다고는 하지만, 그래도 격차가 적지 않은 결혼이었잖아요."

"듣고 보니 그렇긴 하구나."

아우구스타는 대수롭지 않게 흘려 넘겼다. 그것도 황녀 소생의 우수한 장남과 안정된 후계 구도, 더 널리 보아 황위 계승권까지 얽힌 복잡한 정치적 상황에서 결정된 일이었으나, 이 시녀는 거기까지는 파악하지 못하는 모양이었다.

시녀는 마치 공작의 감정이 클레어 델포드가 아니라 다른 곳에서 시작된 것처럼 생각되었는지, 고개를 끄덕이며 혼자 납득했다.

아우구스타는 그런 것보다 중요한 문제를 생각하고 있었다.

에리히가 만일에 아내에게 푹 빠져 있는 거라면 황후의 정치적 결단은 처음부터 재검토되어야 한다. 그러니까 공작 부인을 아렌인이라는 범주로 몰아 클라우제너에서 분리한 다음 아렌 공왕과 함께 공격한다는 방침 말이다.

이것이면 오늘의 수확으로는 충분하다. 리누스에 대해서는 제대로 떠보지 못했지만, 그 이상으로 중요한 것을 알았다. 공작에 대한 판단이 바뀌었으니, 이제 루덴도르프와 그 인근에 대규모로 풀린 클라우제너 요원들의 움직임에 대해서도 달리 해석해야 한다.

그녀가 그렇게 생각했을 때였다. 마차가 멈췄다.

"무슨 일이냐?"

"죄송합니다, 레이디 아우구스타. 만나 뵙겠다는 분이 계십니다."

마부가 마차 문을 두드리고 그렇게 말했다. 밖에서 다소간 소란이 있다가, 문이 벌컥 열렸다.

"꺅!"

시녀가 깜짝 놀라 비명을 질렀다. 아우구스타조차도 숨을 들이켜며 마차 안에서 엉거주춤 몸을 일으켰다.

마치 아무 일도 없었다는 듯 리누스가 태연자약하게 마차 안으로 발을 뻗었다. 시녀가 황급히 물러나려다가 비좁은 마차 안에서 어쩔 줄을 모르고 아우구스타의 옆자리로 옮겨 왔다.

"내가 시녀장을 배웅하도록 하지. 물러가도록."

리누스가 상황을 정리했다. 황자의 말을 거역할 수 없는 하인들이 물러나며 마차 문을 닫았다. 곧 마차가 도르륵 구르기 시작했다. 아우구스타는 가슴을 눌렀다.

심장이 쿵쿵 뛰었다.

리누스가 살아 있다. 그보다 중요한 것은 없었다.

"무사, 하셨군요. 전하."

최후의 희망을 찾아 여기까지 오긴 했으나, 실은 이미 죽었을 가능성이 높다고 생각했다.

그가 자살 시도를 한 것은 이것이 처음이 아니다. 처음 몇 번은 진짜로 죽을 작정은 아니었던 것 같았지만, 이번에는 진짜처럼 보였다. 신께 감사드릴 만한 일이다.

하지만 아우구스타가 떨리는 목소리로 말하는 심경은 아랑

곳하지 않고 리누스가 냉소적으로 내뱉었다.

"날 알아보기는 하는군. 어머니의 계획에 이름으로만 올라가 있어서, '나' 자체는 잊어버렸을지도 모른다고 생각했는데."

"그리 생각하시고 소식을 주지 않으신 겁니까?"

"……."

"그렇지 않습니다. 황후 폐하께서 정말로 많이 걱정하셨습니다."

"입에 발린 소리 할 필요 없어. 어머니가 어떤 분이신지 내가 모르던가?"

리누스가 얼어붙은 목소리로 말했다.

"리누스 전하."

"그리고 자네가 어떤 사람인지도 알지."

"전하……."

"어차피 결론은 뻔하게 날 게 아닌가. 내가 실수로 바다에 미끄러져 빠진 것을 클레어가 구해 주었어. 그동안 폐렴으로 움직이지 못해서 소식을 보내지 못했지. 그렇게 알고 있으면 돼."

아우구스타는 클레어라는 사람이 누구인지 잠시 알아듣지 못했다. 공작 부인의 이름을 몰라서가 아니라, 황자가 그녀를 이름으로 부를 거라고는 단 한 번도 생각해 본 적이 없기 때문이다.

그녀는 놀란 얼굴로 리누스를 쳐다보았다. 리누스는 불쾌한 얼굴을 숨기지 않고 차갑게 말했다.

"문제 있나?"

"그게 황자 전하의 뜻입니까? 아니면, 진짜로 우연입니까?"

"내 뜻이든 아니든 그게 중요한가? 사건의 진상을 결정하는 건 에리히고, 자네나 어머니나 그것을 받아들일 텐데."

"설령 그렇다 하더라도 그것은 황후 폐하께서 결정하실 일입니다. 진실은 진실대로 알아 둬야 할 필요가 있지요."

"유감스럽게도 그게 사실의 전부야. 나 같은 자는 죽음조차도 원치 않는 모양이지."

아우구스타는 리누스의 얼굴에 걸린 삐뚜름한 미소를 가만히 바라보았다. 그리고 조심스럽게 말했다.

"그 무엇도, 황자 전하께서 무사하시다는 것보다 중요한 일은 없습니다."

"……"

리누스가 잠시 침묵하더니, 눈을 내리깔고 느릿한 어조로 말했다.

"나는 자네가 정말 놀라워."

"……"

"자네야말로 가장 생각이 많을 만한 입장이 아닌가? 나의 '자격'에 대해서."

아우구스타는 표정을 전혀 바꾸지 않은 채 곁눈질로 곁에 앉은 시녀를 살폈다. 그들의 대화를 전혀 이해하지 못하는 시녀는 고개만 갸웃하고 있다가, 아우구스타의 시선을 느끼고 재빨리 고개를 숙였다.

그녀의 생각에 여기에서 할 수 있는 유일한 대답은 '감히 전하의 자격을 논할 수 없다.'라는 것이다. 그는 황제의 유일한 아들이며 차기 황제. 자격을 논하는 것은 반역이다.

하지만 아우구스타는 그렇게 대답하지 않았다. 그것은 바른 답도, 리누스가 요구하는 답도 아니다.

리누스는 황후가 자식에게 기대하는 바를 충족시키지 못했으나, 어리석지는 않았다. 다감한 소년은 감수성 예민한 청년으로 자랐다. 그는 모든 것을 부정형으로 말하지만, 실은 타인의 감정에 병적으로 민감했다. 그러니 아우구스타가 거짓으로 말해도 쉽사리 꿰뚫어 볼 것이다.

그렇기에 그녀는 진심으로 말했다.

"전하께서는 마르고트 님의 아드님이십니다. 그것이면 제국의 지존이 되시기에 넘칩니다."

리누스가 헛웃음을 웃었다.

"그렇군."

또다시 마차 안에 침묵이 감돌았다. 아우구스타는 그가 오해하고 있으리라는 사실을 깨달았다. 하지만 설명한다고 해도 리누스는 이해하지 못할 것이다. 그는 제 어머니를 한 번도 제대로 본 적이 없을 터이니.

리누스가 툭 내뱉듯 말했다.

"열차를 수배해."

"돌아가시겠습니까?"

"죽어서 도망칠 게 아니라면 결국 언젠가는 그렇게 해야만 하겠지. 어머니에게 하고 싶은 말도 있고."

아우구스타는 고개를 숙이고 답했다.

"내일 아침 가장 빠른 열차를 타시게 될 겁니다. 오늘 밤 숙박은 역 앞 호텔에서 하시지요."

"루덴도르프로 날 데려가고 싶지는 않은 모양이지?"

"모시는 건 어렵지 않은 일입니다만, 아마 번거로우실 겁니다. 별관에 빅토리아 대공 전하께서 계시니까요."

루덴도르프 따위는 별것 아니었으나, 빅토리아 대공은 무시할 수 없었다.

리누스는 빅토리아 대공이 자신을 반가워하리라는 것을 알고 있었다. 그건 결코 기쁜 일이 아니었다. 사실 그녀는 그의 마음속에 가장 껄끄럽게 남아 있는 가시 중 하나라고 해도 과언이 아니다.

"호텔이 낫겠군."

"클라우제너 공작 내외에게는 따로 인사하시지 않아도 되겠습니까?"

리누스는 이번에도 잠시 입을 다물었다. 여자와 아이를 떠올렸기 때문이다.

그러나 그만두었다. 다정한 얼굴로 하는 작별 인사에 무슨 가치가 있겠는가. 그는 그 여자가 키스를 거절한 죽음처럼 웃으며 잘 가라고 말하는 것을 듣고 싶지 않았다.

"에리히는 그런 일에 관심 없겠지. 나중에 소식이나 보내 줘."

"예, 전하."

아우구스타가 공손히 말했다.

리누스는 창밖으로 시선을 던진 채, 아우구스타가 마부석으로 통하는 문을 열고 행선지를 변경하는 소리를 한 귀로 흘렸다.

다시 만나는 날에는, 모든 것이 변해 있을 터이다. 리누스는 그렇게 생각했다.

가게른 광산

행선지를 바꾸고 여러 가지 일을 수배한 아우구스타가 루덴도르프 후작저로 돌아온 것은 늦은 밤이었다. 아침 일찍 리누스를 수행할 작정이었으나, 그는 동행을 거절했다.

'가지 않을 생각이었으면 애초에 자네를 따라오지 않았어. 귀찮게 굴지 마.'

그 말이 옳기도 했고, 자신이 이틀 만에 수도로 돌아간다는 사실이 오히려 리누스의 움직임을 떠들썩하게 드러내리라는 것도 우려되었다.

그가 행방불명되었었다는 사실은 가능한 한 아는 사람이 적어야 한다. 하지만 자신이 직접 데리러 왔다는 것만으로도 문제가 있었다는 사실을 짐작하는 사람이 많을 것이다.

그래서 아우구스타는 며칠 더 이곳에 머무르기로 했다. 마치 별일 없이 친정에 다니러 온 사람처럼 말이다.

이미 늦은 시간이라 조용할 줄 알았는데, 정문 앞에 마차와 말이 여러 대 나와 있었다. 하인들이 소란을 피웠다.

"이게 다 무슨 일이냐?"

아우구스타는 마차에서 내리면서 큰 소리로 물었다. 하인들이 몸 둘 바를 몰라 했다. 아우구스타는 치맛자락을 끌어당기며, 에스코트를 기다리지 않고 빠른 걸음으로 저택 안으로 들어섰다.

로비에 있던 헤르만이 그녀를 보고 정중하게 고개를 숙였다.

"안녕히 다녀오셨습니까, 고모님?"

"소란하구나. 무슨 일이라도 생겼느냐?"

"저는 잘 모르겠습니다."

헤르만의 모양 좋은 입술에는 미소가 걸려 있었다. 하긴, 알아도 모르는 척할 것이다. 아우구스타의 앞에서 가문의 사업에 관심을 갖고 있다는 티를 내 봤자 좋을 게 없으니까.

간단히 외출 차림을 갖춘 루덴도르프 후작이 안쪽에서 나오다가 그녀를 보고 크게 당황했다.

"누님."

"무슨 일이니, 이 시간에?"

루덴도르프 후작의 눈이 허공에서 몇 번 흔들리다가 아우구스타를 피했다. 아우구스타는 작지 않은 일이 생겼다는 것을 깨달았다. 그러나 루덴도르프 후작은 그녀에게 솔직하게 말하는 대신 고집스러운 목소리로 대답했다.

"항구 일은 아니니 염려 마십시오. 작은 사업장에서 사고가 있었다고 합니다."

"······."

무엇인지 몰라도 그렇게 사소한 일이라면 이 시간에 후작 자신이 서둘러 나갈 리 없다.

'물어봐도 대답하지 않겠지.'

어린 나이도 아니고, 순순히 말을 들을 나이도 아니다. 추궁해서 실토하게 할 수는 있겠지만, 공개적인 장소에서 가주의 권위를 짓뭉개기는 꺼려졌다.

자신이 영원히 뒤를 봐줄 수는 없는 노릇이다.

아우구스타가 말을 꺼내기 전에 루덴도르프 후작이 먼저 변명하듯 말했다.

"어쨌든 누님까지 신경 쓰실 만한 일은 아닙니다. 저는 좀 그쪽에 나가 봐야겠으니 누님께서는 편안히 쉬십시오."

그러고 나서 그는 달아나기라도 하듯이 얼른 저택 밖으로 나갔다.

아우구스타는 찜찜한 기분인 채 잠시 그 자리에 서 있었다. 헤르만이 현관까지 후작을 배웅하고 아우구스타 쪽으로 돌아왔다. 우아하고 엷은 미소를 입술에 건 채였다.

"급한 일이 생겼다는데, 너는 가지 않는 모양이구나."

"제가 나설 일이 아니니까요."

"호르스트는?"

"가게른 남작령에서 돌아오지 않았습니다."

작은 사고라는 것이 가게른 남작령의 광산 문제라는 것이 분명해졌다. 아우구스타는 혀를 찼다.

"그렇구나. 오늘 돌아올 예정이라고 들었는데."

"아쉬운 일이 되었지요. 고모님께서도 오셨고, 오늘 호르스트도 귀가할 예정이라 후작 부인께서 만찬을 준비하셨는데."

헤르만이 빙그레 웃으며 말했다. 하긴, 당연한 일이다. 헤르만은 가문의 사업에서 거의 배제되어 있었다. 기껏해야 후작의 심부름을 하는 정도이고 책임 있는 일을 맡지 않았으니, 실패해도 손해 볼 일이 없었다.

경쟁자가 실패하여 입지가 약화되는 것이 본인에게 이득이 될 수 있다는 것을 생각하면, 오히려 잘된 일이라고 생각할 수도 있었다.

하지만 헤르만의 태도에서는 특별한 기쁨도, 당혹도 찾아볼 수 없었다. 아우구스타가 호르스트를 밀어준 것이 그가 후계자 자리를 상실한 가장 큰 이유인데도, 그녀에게 적의는커녕 떨떠름한 기색조차 내비치지 않는다.

세련된 태도와 즐거운 웃음은 세상사의 복잡함에서 완전히 떠난 듯이 보이기도 했다. 결혼 시장에 나선 영애들 중에서도 잘 다듬어진 숙녀들이나 겨우 보일 줄 아는 태도였다.

'아깝구나.'

아우구스타는 호르스트의 안절부절못하던 편지 내용을 떠올렸다.

생모가 안주인으로서 살아 있고, 황후의 시녀장인 자신이 고모로서 밀어주었다. 루덴도르프 사교계는 에른스트의 영향을 받아 다분히 아렌인을 배척했다. 루덴도르프 후작과 전처, 곧 헤르만의 생모는 사이가 썩 좋지도 않았다.

그런데도 호르스트는 후계자로서 자리를 잡고 가신들을 휘어잡기는커녕 지금까지도 징징거리는 것밖에 할 줄 모른다. 그에 비해 헤르만은 얼마나 우아하고 침착하며 귀족적인 태도를 유지하고 있는가.

빅토리아 대공의 호의를 사는 데 성공한 것도 그랬다. 클라우제너 공작 부부와 친분을 쌓은 것도 마찬가지다. 헤르만은 제 위치를 제대로 자각하고 있다. 그리고 손에 쥔 것이 아무것도 없는 귀족이 얻을 수 있는 가장 큰 힘이 무엇인지 확실히 알고 있는 듯했다. 사내이고 장남이라면, 이 정도로 자신을 숨기기 쉽지 않은 법이다.

하지만 어쩔 수 없었다. 다시 후계자를 바꿀 수는 없다. 비록 장남이 아까울지라도, 황후를 섬기는 아우구스타의 가문에서 아렌 귀족 소생의 아들을 후계자로 삼는 일은 있을 수가 없다. 루덴도르프의 상속 문제는 그 자체가 로멜인에게 보여 주는 프로파간다였으며, 충성심의 증명이기도 했다.

아우구스타의 복잡한 마음을 아는지 모르는지, 헤르만이 에스코트하려는 듯이 손을 내밀었다.

"가시지요, 고모님. 비록 아버지도, 호르스트도 없지만, 만찬 자리에는 빅토리아 대공 전하께서도 함께하실 예정이니, 시시하지는 않을 겁니다."

"지금 처음 들었구나. 자칫하면 이런 중요한 저녁을 놓칠 뻔하지 않았니."

"클라우제너 공작가의 별장에서 만찬을 드셨어도, 그만큼 중요한 일이셨을 테니까요."

헤르만이 눈가에 주름이 생기도록 눈웃음을 머금고 말했다. 아우구스타는 이채를 띠고 그를 올려다보았다.

"그래, 그것도 그렇지."

공작은 이 아이를 어떻게 생각하고 있을까.

의외로 클라우제너와의 연계는 별로 걱정하지 않아도 될지도 모른다. 확실히 공작에게 견제당하고 있을 것 같다. 그런 생각을 하며 그녀는 헤르만의 손을 잡고 계단을 올랐다.

가게른 남작령의 광산은 예사롭지 않은 사태에 빠져 있었다. 호르스트는 다섯 시간 전부터 망연한 채 광산 앞 막사에 머물러 있었다.

이제 겨우 첫 번째 갱도를 파 들어가 광맥에 대한 확신을 얻은 참이었다. 갱도 레일을 설비하기 위해 장비도 들였다. 그 시점에서 지반이 붕괴하여 무너진 것이다. 거의 입구까지 와르르 쏟아져 처음부터 다시 시작해야 할 판이었다. 설비가 모조리 땅에 묻힌 것은 물론이다.

"이게 대체 어찌 된 일이냐!"

호르스트는 언성을 높였다. 따로 초빙해 온 기술자는 눈만

피하고, 광부 대표는 뻔뻔스럽게 말했다.

"저희는 시키는 대로 팠을 뿐입니다. 항상 하던 대로요."

"콜베르크보다 지반이 약하니 조심해서 하라고 하지 않았나? 자네들이 경력 있는 광부라고 해서 특별히 이 일을 맡긴 건데!"

"달에 고작 2천 골드를 주시면서, 싼 맛에 부리는 광부에게 무슨 광산 기술자 노릇이라도 하길 바라신 겁니까?"

광부 대표가 뻔뻔스럽게 대들었다.

"안 그래도 저도 이미 한번 말씀드렸습니다. 작은 굴을 먼저 파서 확인한 다음, 조금씩 삽으로 넓히는 게 좋겠다고요. 시일이 급하다며 폭약을 이용하여 빨리 뚫기를 원하신 건 경이 아니십니까?"

호르스트의 안색이 창백해졌다. 그가 그렇게 지시한 것은 사실이었다. 삽과 곡괭이로 파야 한다는 말을 누가 진짜로 믿겠는가. 수당을 더 받아 내려는 수작으로 생각했다.

애초부터 인당 2천 골드라는 저가를 부른 것부터 이런 식으로 수익을 채우려는 수작이라고 확신했고, 지금도 이 작자는 그러고도 남을 놈이라고 생각한다.

"그나마 다친 사람이 없는 게 다행 아닙니까? 다치거나 죽었을 경우 보상금을 적지 않게 책정했는데, 그거라도 아끼셨으니."

아렌의 광부 계주라는 작자가 당당하다 못해 뻔뻔하게 말했다. 그자의 이름은 자콥이었다.

에리히는 평소보다 느지막이 눈을 떴다. 커튼은 내려져 있었지만 이미 창밖이 밝았다. 겨울이라 해가 짧은 시기이니, 아마 평소 일어나는 시간보다 두어 시간은 더 잔 듯싶었다.

"음."

그는 추위도 더위도 타지 않았으므로 딱히 선호하는 계절이 없었다. 여러모로 겨울이 낫다고 생각하게 된 것은 최근이다.

클레어가 추운지 품에 꼭 달라붙어 있다가 그가 움직이려 하자 목덜미에 뺨을 비볐다. 에리히는 일어나는 것을 포기하고 잠시 그대로 있다가, 손을 애써 뻗어 회중시계를 집어 들었다. 희미하게 빛이 드는 덕분에 시계 판을 읽는 데는 지장이 없었다. 아침 식사 시간이 훌쩍 넘었다.

"클레어."

"……더 잘래."

잠꼬대인지 한숨인지 분간이 안 가는 소리로 클레어가 중얼거렸다. 에리히는 몸을 옆으로 돌려 고개를 들고 잠든 아내의 얼굴을 들여다보았다.

시간을 통째로 잘라 놓은 것 같은 착각을 느끼며, 그는 헝클어진 클레어의 머리칼을 손빗으로 쓸어 넘겼다.

5년 전과 달리 그 손길에 조심성은 별로 없었다. 잠에서 깨면 일어나라고 할 작정이었다. 하지만 그녀는 도로 잠든 듯 반응이 없었다.

'피곤할 만했지.'

꼭 어제의 일만이 아니라 요즘 내내 그렇다. 콜베르크 광산 사건 이래 계속해서 신경 쓰고 있다는 것을 알고 있다.

괜찮다고 말해도 좀처럼 통하지 않았다. 그가 과한 행동을 할까 봐 염려하는 것만이 아니라, 그녀 자신이 하는 일도 스스로 정해 놓은 선을 넘지나 않을까 걱정하는 것 같았다. 겉으로는 태연한 체하고 있지만, 때때로 마음을 갉아먹히는 듯이 피곤한 한숨을 내쉬었다.

방침이 결정되었으면 나머지는 자신에게 맡기고 잊어버리라고 했는데도, 클레어는 그러지 못했다. 뻔뻔한 속물처럼 굴면서도 종종 현실과 마찰을 일으키며 고통스러워한다는 것을 에리히는 잘 알고 있었다.

'이상한 여자야, 진짜로.'

이러니까, 보호가 필요한 사람이 아닌데도 마음이 쓰이는 것이다.

에리히는 자세를 바꾸어 클레어를 덮어 안듯이 뒤에서부터 끌어안고 목덜미에 입술을 눌렀다. 다시 잠들 생각은 전혀 없었으나, 이렇게 긴 시간 한가하게 보낼 수 있는 기회는 흔치 않았다. 엘리엇도 마사가 아침을 먹이고 보살피고 있을 것이다. 이미 늦어 버렸다고 생각하니 마음이 차라리 더 편했다.

한참 그대로 달콤한 시간을 맛보고 있는데, 망설이는 듯한 노크 소리가 들렸다.

똑. 똑똑.

결국 일어나야 한다. 에리히는 한숨을 내쉬었다. 이게 신혼여행이냐는 클레어의 한탄에 십분 공감하지 않을 수 없었다.

그는 춥지 않도록 이불로 클레어의 몸을 꼼꼼히 감싸고, 조심스럽게 침대에서 내려섰다. 문을 열자 집사가 가운을 들고 대기하고 있었다. 에리히는 입혀 주는 대로 가운을 걸치며 제일 먼저 물었다.

"엘리엇은?"

"도련님께서는 아침 일찍 일어나셨습니다. 조금 토라지신 것 같습니다."

"그렇군."

그러나 매일 데리고 잘 수는 없었다.

그는 그다음에야 보좌관 쪽으로 시선을 던졌다. 집사와 함께 대기 중이던 보좌관이 조심스럽게 앞으로 나섰다.

"가게른 광산 쪽에서 연락이 왔습니다. 갱도가 붕괴했다고 합니다."

"그렇군."

에리히 쪽의 정보망이 클레어보다 한발 늦었다. 클레어의 소식은 헤르만으로부터 전해 듣는 것이지만, 에리히는 그와 별개의 루트로 광부를 통해서 정보를 듣고 있기 때문이다. 보좌관이 보고를 계속했다.

"인적 피해는 없다고 합니다. 물적 피해는 아직 계산이 나오지는 않았지만, 레일과 갱차, 조명 설비는 확실하게 묻혔다고 합니다."

"좀 의외로군. 놈이 제대로 일할 거라고는 생각하지 않았는데."

가게른 광산에서 광부 대표를 맡고 있는 자콥은, 콜베르크 광산에서 아렌 출신 광부들을 노예로 부리고 있던 애런 자콥 그자다.

클레어는 자콥에게 저렴한 금액에 가게른 광산과 임시 계약을 맺을 것을 요구했다.

물론 그가 데려간 광부들은 이전의 계원이 아니다. 장부상의 이름을 각자 하나씩 나눠 가졌을 뿐, 대부분 콜베르크 광산의 광부들이었고, 상당수는 클라우제너에서 따로 파견한 보안요원과 경호요원들이었다. 그중에는 과실을 사죄한 발터 마이어까지 섞여 있었다.

'장비가 들어간 시점에서 갱도가 무너지도록 해. 사상자 없이 할 수 있다면 가장 좋고. 어차피 루덴도르프에서는 공기를 짧게 잡고 서두를 테지.'

그러니 빈틈은 얼마든지 있을 것이다.

'다친 사람 아무도 없이 갱도를 무너뜨리는 데 성공한다면, 보석금과 변호사비, 피해자들에게 지불해야 할 보상금과 위자료까지 대신 내주겠어. 확실히 알아 둬. 일의 성공 확률에 따라 지불하는 거야. 인명 피해가 난다면 그대로 구치소에 처박을

거야.'

자콥은 성공하면 아예 면죄해 달라며 생떼를 썼지만, 그것까지 허용할 리는 없다.

그리고 생각 이상으로 잘 해냈다. 어쨌든 그는 경력이 오래된 광부였고, 발터 마이어가 능숙한 광부들을 이끌고 그를 보조했다.

갱도를 파 들어가는 도중 지반이 약한 곳을 고르고, 지지대의 간격을 조절한 것에 대해서는 에리히가 받은 보고서에 다 들어 있었다. 그리고 마침내 클레어가 요구한 조건을 정확히 만족시킨 것이다.

"생각보다 쓸 만하군."

뻔뻔한 놈이니, 이미 저질러진 일이 제 탓 아니라고 뻗대는 건 더 잘할 것이다.

"3일이면 충분할 거야. 그다음 콜베르크 광산의 폭발 사고를 일으킨 범인으로 추포하도록 하지."

"미리 정보를 줘서 도주시킬까요?"

"그쪽이 자연스럽겠군. 일단 놓아줘. 진짜로 달아난다면 다시 잡아들이면 그만이니까. 수고했네. 다른 소식은?"

"관련해서 아직은 별 이야기 없습니다."

"그렇군. 자네는?"

에리히가 이번에는 막시밀리안 쪽으로 시선을 돌렸다. 그러자 막시밀리안이 가볍게 묵례한 후 말했다.

"리누스 전하께서는 어젯밤에 돌아오지 않으셨습니다. 역 앞 호텔에서 숙박하셨고, 오늘 아침 일찍 루덴도르프를 떠나신 것 같습니다. 레이디 아우구스타가 첫차의 객차 두 칸을 전세 냈습니다."

"그렇군."

어젯밤에 그가 아우구스타의 마차에 올라탔다는 소식은 이미 전해 들었다. 막을 일이 아니라서 그대로 두었다. 리누스를 억류하고 있는 게 아니었으니까.

'아우구스타와 이야기가 잘된 모양이지.'

리누스가 제정신을 차리고 중심을 잡지 못하면 황후에게 힘을 더해 줄 뿐이다. 그러나 죽일 게 아니라면 그것도 어쩔 수 없었다. 에리히는 귀찮은 놈이 꺼졌다고 생각했지만, 찜찜한 불안감과 약간의 죄책감을 동시에 느꼈다.

리누스는 그보다 아홉 살이 어리다.

황족으로서 성인 남자라면, 그와 대등한 위치였다. 일반적으로 보호해야 할 범위 밖의 존재였으며, 당연히 책임 밖의 일이다.

리누스가 제게 얽힌 수많은 목숨과 이해관계를 다스리지 못하는 것은 비난받아 마땅한 일이다. 스스로를 통제할 수 없는 것도 마찬가지였다.

그들은 경외받아야 하는 존재지 동정의 대상이 되어서는 안 된다. 동정의 대상이 되는 것은 어리석은 일이고, 수치스럽게 여겨야 마땅했다.

하지만 제러드라면 그렇게 말하지 않았을 것이다.

'황후께서 날 미워하신다고 해서, 내가 리누스를 미워할 필요
는 없으니까.'

'정치적으로 동행할 수 없다는 게 꼭 공존 불가능하다는 뜻은
아니잖아? 어쨌든 동생인걸.'

'통치는 이미 내각에 이양되고 있어. 골육상쟁을 해서까지 얻
을 게 있다고 나는 생각 안 해.'

그런 이야기를 했었던 적이 있다. 제러드는 지나치게 이상
주의적이었다.

지난 5년 동안, 마음 한구석에 밀어 두고 잊고 있었는데, 요
즘 들어 종종 그를 떠올리게 된다. 아마 엘리엇 탓이리라. 아이
가 생기고 나니 마음에 무른 부분이 생기는 것 같았다.

엘리엇이 그 나이가 되었을 때는 또 정치적 상황이 많이 바
뀔 것이다. 그러나 그 사랑스러운 아이를 싸움 한복판에 몰아
넣고 싶지는 않았다.

막시밀리안이 물었다.

"황자 전하의 행적을 찾고 있던 요원들은 어떻게 할까요? 다
른 것보다도, 오해를 사서 클레어 님이 하시는 일에 나쁜 영향
이 가지 않을까 하는 우려가 있습니다."

"그냥 내버려 둬. 실제로도 아무 연관 없는데, 미리 변명을
준비할 필요는 없지."

"예."

막시밀리안이 정중하게 대답하고 물러났다. 에리히는 그제야 욕실 쪽으로 들어갈 수 있었다.

면도를 하고 새 셔츠를 걸치자 집사가 달려와 그의 소매에 커프스링크를 달았다. 그러는 동안에도 오전의 보고는 계속되었다.

시끄러웠는지, 오래지 않아 침실 쪽에서 문이 열리며 클레어의 목소리가 들려왔다.

"에리히."

그녀는 종종 문밖에 에리히의 집사나 보좌관이 있을 수 있다는 사실을 잊는 것 같았다. 에리히는 그녀가 허술한 차림새로 나오기 전에 빠른 걸음으로 그쪽으로 가서 문을 가로막았다.

예상대로, 달랑 가운 하나만 걸친 클레어가 아직 잠에 취한 채 그의 허리를 끌어안고는 가슴팍에 얼굴을 묻었다.

"무슨 일 있어요?"

"클레어, 여기에는 응접실이 따로 없어."

에리히는 부드러운 목소리로 경고하면서 그녀의 몸을 밀고 다시 침실로 들어갔다.

설마 델포드에서도 손님이 왔을 때 침실의 차림새 그대로 맞이한 것은 아니겠지? 그는 새삼스럽게 그런 생각을 했다. 델포드 영주관의 크기는 몰랐으나 십중팔구 접견실이 따로 없었을 것이다. 클레어의 성격을 생각하면 손님맞이에 굳이 응접실을 고수할 것 같지도 않았다.

'한번 가 봐야겠군.'

이제 와서 본다고 해서 딱히 뭘 어떻게 할 수 있는 건 아니지만 말이다. 어쩌면 거실과 응접실 자체가 집에 하나밖에 없을지도 모르고. 그가 손만 뒤로 돌려 침실 문을 닫자 클레어가 의아하게 물었다.

"비서를 신경 쓰는 거예요?"

그럴 리가 없었다. 에리히는 집사를 비롯해 사용인을 거의 가구처럼 여겼으니까.

그 말에 처음으로 에리히는 자신이 신경 쓰고 있는 게 그거라는 사실을 깨달았다. 클레어가 슬립 위에 가운만 걸치고 있을 때는 더욱더 말이다. 막 깨어난 모습은 지나치게 사적이었다.

"이런 모습을 함부로 남에게 보이는 게 아니야."

"이런 모습이 어떤 모습인데요?"

"다듬어지지 않은 모습."

에리히는 대답하면서 그녀의 귀밑머리에 입을 맞추었다.

간지러운 듯이 클레어가 어깨를 움츠렸다. 에리히는 그녀의 가운 안쪽으로 손을 넣어 가볍게 미끄러뜨리고, 어깨에 입술을 눌렀다.

"내 생각엔 지금 당신이 날 더 다듬어지지 않은 모습으로 만들고 있는 것 같은데."

"그냥 키스야."

클레어가 입술을 삐죽였다. 불만을 말하기 전에 에리히는 그녀의 입술에도 가볍게 키스했다. 살짝 오므라지는 입술을 살짝 물어 벌리고 에리히는 조금 더 깊게 키스했다.

가볍게 휘청하는 등과 허리를 받쳐 주면서 그는 속삭이듯이 말했다.

"시끄러워서 깼나? 보고를 밖에서 받을 걸 그랬군."

"뭐 중요한 보고라도 있었어요?"

클레어가 아직도 잠이 안 깨는 듯 도로 에리히의 가슴팍에 얼굴을 묻고 나른한 목소리로 물었다.

"리누스가 루덴도르프를 떠났다는군."

"아……."

그 말에 그녀가 고개를 들었다.

"황궁으로 갔겠죠?"

"아우구스타와 만난 뒤이니, 그렇겠지."

클레어가 한숨을 내쉬고, 자신의 허리를 감은 에리히의 팔 위에 제 손을 내려놓았다.

"왜? 마음에 걸리나?"

"약간요. 만나고 싶지 않다고 했는데, 갔네요."

"생각하는 데 오래 걸린 거겠지."

"그러게요. 질풍노도의 시기라기엔 나이가 좀 많지만."

에리히는 그 말을 정확히 알아듣지는 못했지만, 뉘앙스로 대충 이해할 수 있었다.

"인사라도 하고 가지."

"어차피 수도에 가면 볼 텐데."

"그렇긴 하지만요. 귀찮다고 생각했던 게 좀 미안하네요. 레이디 아우구스타가 떠나자마자 이야기하러 갈 걸 그랬어요."

"넌 할 만큼 했어."

클레어가 눈을 감은 채로 중얼거렸다.

"당신도 불편한 마음 있는 주제에."

"나한테는 혈연이니까."

"하긴, 그런 것치고는 냉정했죠?"

클레어가 웃었다.

"현실적인 이유도 좀 있었고요. 엘리엇에게 정이 들면, 혹시, 만약의 경우에……."

"하늘이 무너질까 봐 걱정하는 것 같군. 그런 일은 생기지도 않을 테지만, 설령 우리가 다소 손해를 본다고 해도 그렇게 극단적인 일은 안 생겨."

에리히가 클레어의 턱을 잡아 가볍게 젖히고 그 눈동자를 들여다보았다.

"뭐, 그래요. 지금으로선 앞서 나간 걱정이죠. 어쨌든 리누스는 괜찮았으면 좋겠네요. 미래의 황제와 싸울 생각을 하면 끔찍하니까."

"리누스가 황후에게서 심적으로 독립하면 그러지 않을 수 있겠지."

"가망 있을 것 같아요?"

에리히는 긍정적인 대답을 할 수 없었다.

"글쎄. 사람의 기질이 그렇게 쉽게 변하는 것은 아니니까."

"그걸 생각하면 안된 일이긴 하죠. 세습은 이래서 안 된다니까요."

"자식을 선택할 수는 없겠지만, 잘 기르긴 해야지."

"틀렸어요. 이 경우에는 부모를 선택할 수 없는 게 문제잖아요."

에리히는 전 같으면, 가문과 선조의 명예를 이었으니 마땅히 그에 따르는 의무 또한 다해야 한다고 말했을 것이다. 하지만 엘리엇이 떠안은 위험성을 생각하면 그런 말은 가볍게 할 수 없었다.

"무슨 생각 해요?"

"아무것도 아니야."

그는 부친을 떠올렸으나, 지금 할 만한 이야기는 아니었다. 굳이 이제 와 입에 담기에는 구차한 옛일이기도 했다.

클레어가 그의 머릿속을 읽기라도 한 듯이 타이를 잡아당겼다.

"내 목을 조를 셈."

말이 끝나기도 전에 입술이 맞닿았다.

에리히는 저항할 생각도 없이 그대로 끌려갔다. 똑같은 키스인데도, 누가 먼저 시작했느냐에 따라 매번 전혀 다른 느낌이라는 것은 정말 놀라운 일이었다.

밖에서 보좌관이 기다리고 있으리라는 것도 잊고 그는 클레어의 매끈한 가운을 구겼다. 그러는 사이에 웨이스트코트 밖으로 풍성한 실크 타이가 비어져 나오고, 집사가 정성 들여 잡아놓은 모양새가 망가졌다. 매듭 사이로 들어온 손가락이 타이를 풀어낸 다음에야 그는 그 사실을 깨달았다.

에리히는 키스를 멈췄다. 그리고 웃음을 머금은 채 말했다.

"네가 망가뜨리고, 내가 고치는 건가?"

"유감이지만, 나는 이거 맬 줄 알거든요?"

클레어가 그렇게 말하고 벌어진 목깃 사이에 입술을 댔다.

"읏."

어젯밤에 났던 생채기 위를 다시 한번 깨물려 에리히는 짧막하게 신음했다. 아릿한 통증이 깊은 데까지 번졌다.

클레어가 만족스러운 얼굴로 그의 목깃을 다시 여미고 그 위에 타이를 둘렀다. 목을 스치는 손길에 애가 달아서 에리히는 중얼거리듯이 그녀를 불렀다.

"클레어."

그러나 세 번째 키스는 없었다. 클레어는 한 걸음 물러서서 마치 평가하는 듯한 시선으로 에리히를 살폈다. 허리 위까지만.

에리히는 어이없는 기분으로 한숨을 내쉬었다. 클레어가 다시 손을 뻗었다. 웨이스트코트의 단추를 풀고, 타이 매듭을 다듬어 곱게 편 다음 다시 단추를 잠그는 손에는 초조함이 전혀 담겨 있지 않았다.

"출근하는 남편 타이 좀 매 주는 게 어때서?"

에리히가 노려보든 말든 그녀는 웃는 낯으로 그렇게 말하고, 아예 그의 팔 안에서 벗어나 털썩 침대에 드러누우며 말했다.

"다녀와요. 나는 더 잘 거니까."

"하."

에리히는 손바닥으로 이마부터 머리칼까지 한꺼번에 쓸어 넘겼다. 농락당하는 기분이 절대 유쾌하지 않았다.

클레어가 이제 가 보라고 손을 까닥거렸다. 에리히는 그녀에게 한 소리 하려고 했지만, 마침 밖에서 조심스러운 노크 소리가 들려왔다.

"저녁에 보자고."

그는 선전 포고를 하고, 성큼성큼 밖으로 나갔다.

그 무렵, 가게른 광산.

루덴도르프 후작이 광산을 방문한 것은 처음이었다. 사업의 중요성과 별개로, 굳이 힘든 산길을 올라와 더러운 것을 얼굴과 몸에 묻힐 필요가 없었으니까.

실무는 아들들에게 맡기면 된다. 그가 할 일은 중요한 결정을 내리는 것이지, 광부들을 일일이 관리하고, 땅을 얼마나 파고 들어갔는지 확인하는 것은 그의 일이 아니다.

그러나 지금 그는 처음으로 그 생각을 후회했다.

"멍청한 것!"

후작이 편지를 반으로 찢어 호르스트의 얼굴에 집어 던졌다. 호르스트가 창백한 얼굴로 뒷걸음질 쳤다.

"아버지, 이러시면 안 됩니다."

그는 허리를 굽혀 편지를 주웠다. 그 편지는 크로지크 노백

작이 보낸 것으로, 광산에서 일어난 사고에 관한 경위를 묻는
내용이었다.

"어떻게 관리했기에 하루 만에 크로지크 백작가에서 알
게 해!"

"백작가에서 보낸 실무자가 한 사람 여기 머무르고 있습니
다. 아버지께서도 알고 계시잖습니까?"

동업자 쪽의 실무자가 와 있는 것은 당연한 일이고, 루덴도
르프 후작도 흔쾌히 동의한 사항이었다. 그런데도 후작은 그게
호르스트의 책임이라도 되는 양 노기를 뿌렸다.

루덴도르프 후작은 몇 번이나 숨을 헐떡거렸다.

쿵쿵.

그때 누가 사무실 문을 거칠게 두드렸다. 호르스트는 날카
롭게 소리쳤다.

"또 무슨 일이냐?"

"실례 좀 하겠습니다."

문을 열고 고개를 들이민 것은 광부 계주인 자콥이었다. 루
덴도르프 후작은 그를 쏘아보았다. 그러나 자콥은 목을 빳빳하
게 쳐들고 후작을 쳐다보았다.

"오늘 주급이 나오는 날인데, 소식이 없어서 여쭤보러 왔습
니다."

"뭐? 주급?"

루덴도르프 후작이 기가 찬다는 듯이 되물었다.

"지금 갱도를 무너뜨려 놓고, 돈을 달라고? 미쳤나?"

"일을 시키셨으면, 돈을 주셔야지. 광산에서 발파 사고가 있었다고 광부 돈을 떼먹는다? 말이 된다고 생각하십니까?"

"뻔뻔스러운 놈. 매타작을 하지 않는 것만으로도 감사한 줄 모르고!"

"어이구. 아드님이 아무 말씀도 하지 않으신 모양이네. 저는 거기서는 폭약을 쓰면 안 된다고 분명히 말렸습니다그려. 나만 말린 것도 아닐 텐데."

자콥은 느물거리며 말했다. 폭약을 쓰면 터지도록 일부러 지반 약한 곳을 골라 파고, 연쇄적으로 무너지도록 지지대 간격을 조절한 것은 자콥 일당이었다. 그러나 이 귀족 나리들이 뭘 알겠는가? 증거도 없는데.

"아니면, 우리를 무일푼으로 쫓아내 보십쇼. 그 어느 광부도 여기로 일하러 오지 않을 테니."

"지금 감히 나를 협박하는 것이냐?"

"삽질 좀 해 본 광부라면 누가 돈 떼먹는 곳에서 일을 한답니까? 우리도 콜베르크 광산이 휴업 중이니 여기까지 왔지. 우리끼리도 다아 소식이 돈다 이겁니다."

자콥은 후작이 노려보건 말건, 뻔뻔하고 태연한 얼굴로 입을 놀렸다. 그의 분노 따위가 무어 대단하냐는 듯이. 그리고 실제로도 루덴도르프 후작은 그를 물리적, 경제적으로 제재할 수 있는 방법이 없었다.

후작은 주먹으로 쾅, 책상을 내리쳤다. 그러거나 말거나 자콥이 말했다.

"지금도 밖에서는 열심히 파고 있는데, 급료를 못 주시겠다면 우리는 여기서 빠지겠습니다."

"아버지."

호르스트가 후작을 말리기 위해 간절히 그를 불렀다. 그리고 자콥에게 손을 내저었다.

"우선 물러가 있게. 돈을 떼먹으려는 게 아니니까. 지금은 중요한 대화 중이었어. 결정되면 알려 주겠네."

"뭐, 이삼 일은 저희도 기다려 드리긴 할 겁니다만. 잘 좀 부탁드립니다."

자콥은 크게 양보한다는 듯이 대답하고 사무실 밖으로 나갔다. 호르스트는 분노로 벌떡거리는 루덴도르프 후작에게 말했다.

"지금은 급료를 줘야 합니다, 아버지."

"넌 지금 저따위 놈이 감히 모욕적인 언사를 지껄이는 걸 보면서도 그래! 애초부터 저런 놈을 싸다고 골라 데려와!"

호르스트는 인건비를 아끼려던 건 아버지 아니었냐는 말을 삼키고 해야 할 말을 했다.

"하지만 지금은 급료를 주는 게 조금이라도 추가 자금을 덜 쓰는 방법입니다. 저 개자식에게 돈을 내주는 것은 저도 내키지 않습니다. 하지만 지금은 장비를 파내는 것이 제일 우선입니다."

"하."

"땅에 오래 묻혀 있을수록 기계류는 쓸 수 없는 물건이 될 겁니다. 설비를 전부 새로 장만할 수는 없습니다. 게다가 저자들을 모두 내보내고 새로 광부를 모집하려면, 시간도 시간이지만 인건비도 두 배 이상 듭니다. 아직 저렴한 값에 저들을 쓸 수 있는 동안에 최대한 빨리 장비라도 파내야 합니다. 게다가……."

호르스트는 주운 편지지를 후작에게 흔들어 보였다.

"크로지크 백작가는 이 기회를 놓치지 않을 겁니다."

루덴도르프 후작은 핏발 선 눈으로 호르스트를 바라보았다. 그의 입에서 탄식이 섞인 긴 한숨이 새어 나왔다.

사실 자금 사정은 호르스트가 알고 있는 것보다 더 빡빡했다. 후작은 투자금 일부를 이미 써 버렸기 때문이다. 그걸 생각하자 비로소 제정신이 돌아와, 그는 아들에게 물었다.

"투자를 더 받으면 어떠냐?"

"그러면 지분을 더 내놔야 합니다."

호르스트가 좋지 못한 안색으로 말했다.

"크로지크 노백작님이 그렇게 간단히 저희에게 유리한 계약을 해 주시진 않을 겁니다."

자칫하면 이쪽에서는 손해를 보면서 남 대신 광산 운영을 해 주는 꼴이 될 수도 있었다. 그 정도 되면, 아예 광산을 넘기는 것과 다를 바 없는 결과가 나올 것이다.

"그렇지."

루덴도르프 후작은 갑자기 침착성을 되찾고 대답했다. 크로지크에서 받은 투자금 문제를 따지기 시작하면 자기 잘못이 되리라는 것을 깨달았기 때문이다.

"알았다. 자금 문제는 내가 알아보마. 당분간은 비밀로 해라."

"예."

호르스트는 순순하게 대답했다. 하지만 루덴도르프 후작에게 딱히 대책이 있는 것은 아니었다.

가게른 남작가에는 아예 돈이 없었고, 인근의 소귀족들도 대동소이했다. 무능한 자에게는 돈이 없었고, 돈과 수완을 모두 갖춘 자는 크로지크 백작가만큼이나 지분을 요구했다.

현실적으로 이 시점에서 그가 택할 수 있는 수단은, 영지 안에 있는 상단이나 자산가에게 돈을 융통하는 것이리라.

그는 평민 따위를 상대로 고개를 숙이고 부탁하고 싶지 않았으므로 그걸 선택지에 올리지도 않았다. 사실 후작은 이미 그 품위 모르는 지독한 수전노 놈들에게 수치를 당한 적이 있었다.

그러니 남은 선택지는 클라우제너 공작뿐이었다.

공작은 아직 루덴도르프에 머물러 있었다. 블룸 가문에서 처참하게 망쳐 났던 티파티 이후로 후작은 클라우제너 공작 부부를 방문한 일이 없었다.

하지만 장남 헤르만이 몇 번 공작 부인을 방문했다고 들었다. 빅토리아 대공도 아직 후작저에 머물러 있었다. 이 정도면 관계가 깨진 것은 아니다. 게다가 클라우제너 공작은 루덴도르프 역 앞에 건물까지 샀다. 그것은 체류 기간이 길어질 거라는 의미였고, 루덴도르프 후작령에서 해야 할 일이 있다는 뜻이기도 했다.

후작은 그렇게 받아들였다. 아내와 함께 있기 위해서 일감을 모두 가지고 왔으리라는 생각은 하지 않았다. 자기중심적인 후작으로서는 상상도 할 수 없는 일이었다.

그는 누군가에게 간절한 마음을 품은 적도 없지만, 설령 함께 시간을 보내고 싶은 마음이 들더라도 상대를 자기가 있는 쪽으로 불렀으면 불렀지, 자신이 상대 쪽으로 가는 수고를 하지 않기 때문이다.

'여기 머물러 있다는 건, 이곳에 눈독을 들인 사업이 있다는 뜻이지.'

뭔진 몰라도, 후작령 안에서 하는 일이라면 자신의 도움이 필요할 것이다.

'블룸 남작가 때문에 관계가 잠깐 나빠지긴 했지만, 이제는 대화할 때가 되었지.'

공작이 투자자로 참여하기만 하면 아무 문제 없이 이 일이 수습될 것이다. 애초부터 가게른 남작에게 과도한 보상을 약속한 것이 자금이 빡빡해진 가장 큰 원인이었다. 그리고 그렇게까지 무리를 했던 것은, 공작을 투자자로 끌어들이기 위해서는 먼저 성과를 만들어 둬야 한다고 생각했기 때문이다.

생각했던 최상의 시나리오는 아니지만, 클라우제너 공작에게라면 양보하는 것도 그리 굴욕적인 일은 아니니까 말이다.

그런 생각으로 사무실을 방문한 루덴도르프 후작을 보고,

클라우제너 공작은 제일 먼저 이런 말을 했다.

"후작은 정말 날 놀라게 하는군. 배짱만큼 중요한 자질은 흔치 않지."

"하하."

"내 아내를 그따위로 모욕하도록 방치하고서 감히 내 앞에 얼굴을 들이밀다니. 정말 놀라워."

공작이 눈썹 하나 까닥하지 않고 싸늘하게 내뱉었다. 칭찬인 줄 알고 호탕하게 웃으려던 루덴도르프 후작의 얼굴이 딱딱하게 굳어졌다.

그는 한참 후에야 쥐어짜 내듯이 말할 수 있었다.

"공작 부인을 모욕한 건 저희 가문 사람이 저지른 일이 아닙니다. 블룸 남작가는 이미 충분한 처벌을 받았습니다."

그 처벌을 내린 것이 마치 자신이기라도 한 것 같은 말투였다. 사실 루덴도르프 후작의 마음속에서는 별다를 것도 없었다. 블룸 남작가에게 꾸짖는 말을 보낸 것은 사실이었으니까.

공작이 희미하게 웃었다. 그제야 그의 눈빛을 의식한 후작은 찔끔하며 뒤늦게 변명했다.

"장남이 방문하여 사죄를 드렸을 겁니다. 공작 부인께서도 너그럽게 용서하셨다고 들었습니다."

"헤르만 경이 방문했던 것은 알고 있네. 한데, 그는 루덴도르프 가문의 이름을 대신할 수 있는 사람인가?"

공작의 질문에 루덴도르프 후작은 등이 축축해지는 것을 느꼈다. 후계자 자리에서 밀려난 아들은 가문의 대표가 될 수 없다. 그제야 그는 제가 무엇을 해야 하는지 깨달았다.

"송구, 합니다. 클라우제너 공작 부인을 모욕할 뜻은 추호도 없었습니다."

억울한 마음이 들었다. 그러나 공작이 사죄를 요구한다면, 해야 했다. 공작 부인에 대한 모욕을 가문에 대한 모욕으로 여기고 분노하는 것은 충분히 그럴 수 있는 일이다.

게다가 블룸은 공작 앞에서도 추태를 보이지 않았던가. 그런 자를 사교계에 들여서는 안 된다는 것은 지극히 옳은 말이었다. 영지만이 아니라 사교계를 제대로 다스리지 못한 것 또한 대귀족답지 못한 일이다.

신뢰가 필요한 이때, 그 일을 들먹이면 할 수 있는 말이 없었다. 아내 때문에 일이 어려워진 데다가 수치를 입었다고 생각하자 분통이 터졌으나, 후작은 순순히 고개를 숙였다.

"루덴도르프의 영주로서, 또 티파티의 주최자로서, 추문을 퍼뜨리는 자를 제대로 단속하지 못한 점에 대해서 사죄를 드리겠습니다."

"사과받을 사람은 내가 아니라 내 아내야."

후작은 내심으로 자존심이 상하여 견딜 수가 없었으나, 결국 고개를 깊이 숙이고 말할 수밖에 없었다.

"허락하신다면 저와 아내가 공작 부인을 따로 찾아뵙고 용서를 청하겠습니다."

주변을 얼려 버릴 듯 차가웠던 공작의 분위기가 그제야 조금 가라앉았다.

후작으로서는 이해할 수 없는 일이었다. 그는 아내를 가문의 부속품으로 여겼지, 가문과 동일한 존재로 여기지 않았던 것이다. 공작이 한숨을 내쉬고 말했다.

"용건을 말하게."

"예?"

"갑작스럽게 나를 직접 찾아온 것은 특별한 용건이 있어서가 아닌가?"

"아, 예. 그렇습니다. 꼭 드리고 싶은 제안이 있습니다."

루덴도르프 후작은 침을 삼켰다. 그리고 준비한 말을 꺼냈다.

그가 열심히 가게른 광산에 대해 설명하는 동안 클라우제너 공작은 무료한 얼굴로 앉아 있었다. 그리고 적당한 곳에서 말을 잘랐다.

"유감스럽지만, 가게른의 역청탄광은 우리 쪽에서도 이미 파악하고 있었네. 굳이 투자할 만한 가치가 없다고 생각했기에 내버려 두었던 거야. 이제 와서 투자할 생각은 없네."

"이 광산은 진짜입니다. 이미 발견된 역청탄은 모두 상등품이고, 광맥에 대한 조사도 완료되었습니다. 가게른 남작과의 권리관계도 정리되었으니, 이제 그냥 파내기만 하면 됩니다!"

"수익성이 없다는 건 아니네만, 다른 영지에 있는 데다가 굳이 지분을 확보하고 싶을 만큼 대단한 사업도 아니라서."

공작은 권태로운 얼굴로 그렇게 말했다.

"개발 자금이 모자라서 그러는 거라면, 다른 것을 처분해 보면 어떤가?"

"저희 가문에, 바라시는 것이라도…… 있으십니까?"

"항구의 지분이라면, 후작이 원하는 만큼 인수하도록 하지."

루덴도르프 후작의 얼굴에서 핏기가 빠졌다. 그 항구는 후작의 것이 아니고 국책 사업으로 이루어지는 것이다.

루덴도르프 후작령에서 이루어지는 것이니 지분을 갖고 있기는 했다. 항구가 건설되는 땅은 모두 루덴도르프 가문의 것이다. 그러나 후작이 마음대로 할 수 없는 것이었다. 그것을 처분하려면 황후의 허락을 받아야 했다. 의회의 동의를 얻는 것은 그다음 문제다.

후작은 어지러운 기분으로 공작을 바라보았다.

"그건, 어렵습니다."

"그렇군. 아쉽게 되었네."

공작은 무덤덤한 얼굴로 그렇게 대답했다. 그가 후작령에서 '그나마' 탐내는 것은 그것뿐이다. 그 사실을 후작은 절실하게 깨달았다.

루덴도르프 후작은 숨을 들이마셨다. 갑자기 목이 조이는 기분이 들었다.

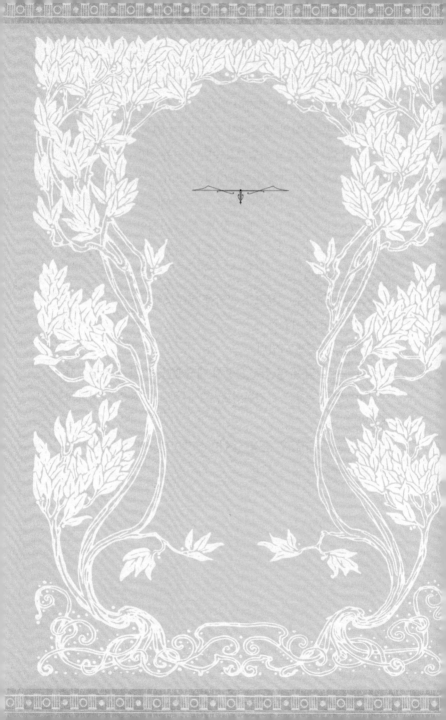

배를 타고 온 친구

루덴도르프 후작이 다녀간 이야기를 듣고 클레어가 제일 먼저 물은 것은 이것이었다.

"용돈으로 항구도 사려고요?"

"……."

에리히는 어이없어하는 얼굴로 클레어를 쳐다보았다.

"아니, '딱히 필요한가?' 싶어서요. 여기 항구는 클라우제너 쪽의 교통과는 직접적인 상관이 없으니까요. 그쪽에는 항구가 없고, 남방에서 올라오는 물류도 그냥 기차로 옮기는 게 빠를 거고."

"땅에 금화가 떨어져 있으면 안 주울 수가 없다고 했던 게 어디의 누군지."

"그건 나고요. 돈 때문에 일 늘리지 말라고 한 게 어디의 누구였나 싶어서."

"이건 돈 문제가 아니야. 여기는 에른스트에서 아주 가까워. 충분히 전략 목표가 될 수 있는 기간 시설이지."

"아."

클레어는 짧게 신음했다. 굳이 전쟁을 상정하지 않더라도, 그게 무의미한 일일 리 없었다.

"그런 쪽으로는 미처 생각 못 해 봤네요."

"뭐, 기회가 있는 것 같아서 말해 봤을 뿐이야. 후작이 그 정도로 바보는 아니었지만."

에리히가 찻잔을 들고 평연하게 말했다. 사실 반드시 확보해야 하는 건 아니었다. 그러다가 눈을 들었는데, 클레어의 얼굴이 불쑥 가까워져 있었다.

"왜?"

"그래서 당신이 그거 지분 인수한다고 지금 내주면, 내 계획은 망하는 건데?"

"네 사업은 네 것이고, 내 사업은 내 것이지. 고작해야 그 정도도 극복할 능력 없이 일을 시작한 건 아니길 바라, 클레어."

"당신이 댈 수 있는 돈이 웬만큼 통상적인 수준이어야 극복하죠."

말은 그렇게 했지만 호박색 눈동자가 생기 넘치게 반짝거리는 것으로 보아, 아마 진짜로 그런 일이 생기면 즐거워할 게 틀림없었다. 입으로는 무슨 소리를 하든 간에 말이다. 그걸 생각하면, 좀 더 마음먹고 응해 봐야 하나 싶기도 했다.

"아, 지금 뭔가 날 열받게 할 생각 했죠, 당신?"

"아무 말 안 했고, 아무 일도 안 했어. 네가 화가 나서 팔팔 뛰게 만드는 것도 좋지만, 지금은 아니지."

"언젠간 하겠다는 이야기네요?"

"경쟁자가 된다면, 안 할 것도 없으니까. 하지만 지금은 우리가 한편인 것 같군."

"당신의 지갑이 참 든든하네요."

에리히는 그 말을 들은 체 만 체 하고 차를 마셨다.

"그래서, 후작이 이제 어떻게 할 거라고 생각해요?"

"아우구스타 시녀장에게 매달리면, 여러모로 이쪽이 골치 아파질 거야. 애당초 네 계획에 시녀장이 여기까지 오는 건 없었지 않나."

"그렇긴 할 텐데, 아마 후작은 자존심 때문에 못 그럴걸요."

클레어가 어깨를 으쓱했다.

"헤르만 경에게서 다른 소식은 없나?"

"지금은 레이디 아우구스타가 있으니까, 동요하는 마음이 있더라도 섣불리 드러낼 수 없겠죠. 결정적인 실책을 저지르고 있는 게 차남이 아니라 가주 본인이기도 하고."

"그래도 다들 지켜보고 있겠지."

"좀 더 기다려 보자고요. 레이디 아우구스타가 떠나든, 광산에 더 큰 문제가 생기든, 뭔가 변화가 생기겠지요."

혹은, 손대서는 안 될 돈주머니를 열거나.

에리히가 '그렇군'이라고 대답하면서도 과히 내키지 않는 얼굴이어서 클레어는 고개를 갸웃거렸다.

"왜요? 뭐 마음에 안 드는 거 있어요? 여기가 지루해요?"

"아니. 방해꾼이 지긋지긋해."

에리히가 그렇게 말하고 테이블 위에 놓인 클레어의 손을 끌어당겼다.

입가보다 뺨에 먼저 그의 입술이 닿았다. 어리광을 부리는 것처럼 느껴지기도 했고, 그렇게 느끼는 자신이 어이없기도 해서 클레어는 조금 웃어 버렸다.

"수도로 돌아가면 여기보다 더할 텐데."

"내가 뭐라고 했나?"

"아무 말씀도 안 하셨죠."

클레어의 어조에는 놀림이 섞여 있었다.

뺨에 한 입맞춤을 기꺼이 키스로 돌려줄 작정으로 고개를 기울였는데, 어느 틈에 테이블 밑으로 기어들어 온 엘리엇이 에리히의 무릎을 쾅쾅 쳤다.

"나도! 나도!"

"엘리엇."

에리히가 약간 한숨을 내쉬며 아이를 테이블 밑에서 꺼내 허벅지에 앉혔다. 그러자 엘리엇이 볼을 내밀었다.

"나 참. 아기처럼 행동하지 않을 거라더니."

"아빠도 하니까 괜찮아!"

엘리엇이 명랑하게 소리쳤다. 클레어는 엘리엇의 두 뺨에 뽀뽀했다. 그러자 엘리엇이 그녀의 볼을 잡고 쪽, 코끝에 입 맞추었다.

에리히가 엘리엇을 자기 쪽으로 돌려 안으며 물었다.

"나는?"

"아빠도!"

엘리엇은 그의 뺨과 코에도 뽀뽀하고는, 무릎에서 훌쩍 뛰어 내려가 이번에는 놀아 주고 있던 요안나의 뺨에 뽀뽀하러 갔다. 클레어는 그 뒷모습을 보고 웃었다.

"리누스가 인사도 없이 가 버려서 상처받았을까 봐 걱정했는데, 그렇지 않더라고요."

"뭐라고 설명했어?"

"이모가 와서 데려갔다고요."

에리히가 피식 웃었다.

"비슷한 거긴 하군."

"그렇죠?"

클레어는 빙긋 웃었다.

막시밀리안이 한쪽 무릎을 꿇고 요안나의 손등에 키스했다. 다른 의도가 있는 것이 아니라 엘리엇에게 시범을 보여 주고 있는 것이다. 엘리엇이 어설프게 그것을 따라 했으나, 요안나가 바닥에 앉아 높이를 맞춰 주어도 일단 한쪽 무릎을 단정하게 꿇는 자세부터가 어려웠다.

클레어가 그것을 보며 웃었다.

"요즘 아주 신사 놀이에 흠뻑 빠졌어요. 요안나가 워낙 잘 받아 주기도 하고."

"가정 교사를 붙일 때가 된 것 같군."

"그러고 보니 당신의 가정 교사는 누구였어요? 아, 왜 웃고 그래요? 당신이 비록 여기에 들어 있는 건 단두대 생각이 나게 해도."

그녀는 에리히의 이마를 꾹 찔렀다.

"몸이 우아한 건 인정하고 있다고요."

"몸가짐이 훌륭하다고 하지 않나, 보통은?"

"그렇게 말하면 미묘한데요. 몸가짐이 훌륭하다기에는 솔직히……."

클레어가 고개를 절레절레 저었다. 에리히는 별달리 화내는 기색도 없이 말했다.

"네가 내 몸을 마음에 들어 하는 건 아주 잘 알고 있지. 굳이 변명하지 않아도 돼."

"그런 의미가 아니었다고요!"

피하려면 그럴 수 있었지만, 에리히는 기꺼이 자신의 손등이 빨개질 때까지 그녀가 때리도록 내버려 두었다.

"어릴 때 예법 교사는 알트마이어 가문의 노부인이셨는데, 요즘에도 아이를 맡아 가르치시는지는 모르겠군. 내가 그분의 보살핌을 받은 게 벌써 20년 전인데, 그때도 이미 연세가 상당하셨어."

"그러면 어려울지도 모르겠네요. 돌아가시진 않았죠?"

"매년 안부 편지를 한 번씩 드리긴 하는데, 대필 없이 답신하실 수 있을 정도로는 정정하시지."

"여기까지 온 김에 언제 한번 찾아뵈어요. 하지만 우리 입장을 생각해 보면, 쉽사리 아이를 맡아 달라고 말씀드리기는 어렵겠네요."

클레어는 짧게 한숨을 내쉬었다.

"알트마이어 가문은 여기에서 가깝지 않아."

"클라우제너의 가신 가문이 아니에요?"

"따지자면 어머니 쪽 사람이야. 엄밀히 따지자면, 알트마이어는 황실의 충신이지."

에리히가 말했다.

로멜 가문이 황실이 되면서 제국의 모든 귀족에게서 충성 맹세를 받았다. 그러나 제국이 세워지기 이전부터 수백 년 동안 유지되어 온 봉신 관계는 또 다른 법이다. 알트마이어는 그런 가문 중 하나였다. 클라우제너와 에른스트처럼 쟁쟁한 가문들이 황실 밑으로 들어오면서 이름은 빛을 잃었으나, 관계는 쉽게 사라지지 않는 법이다.

클레어는 약간 놀란 듯이 대답했다.

"처음 들었어요."

"역사 시간에 졸았나?"

"할 말 없어서 눈물 나네요. 싫어하는 과목이었다고요."

클레어는 한숨을 내쉬었다.

뭔가가 마음에 걸려서 그녀는 눈을 내리깐 채 생각에 잠겼다. 알트마이어라니……. 어쩐지 이름이 귀에 익었다. 사실, 클라우제너의 가신일 거라고 생각한 이유도 그 때문이었다.

에리히의 손끝이 클레어의 손등을 건드리고, 손가락과 손

톱을 매만지듯이 천천히 쓸어내렸다. 그가 나직한 목소리로
말했다.

"가정 교사는 이제부터 천천히 알아보면 될 테고, 그보다 나
는 보모가 걱정되는데."

"제니 말이에요?"

"그래. 마사는 가족이나 다름없다고 했으니 달리 말하지 않
겠지만, 제니는 그냥 델포드에서 고용한 게 아닌가?"

"그렇긴 해요."

"인품과 애정과 성실성을 모두 믿을 수 있다고 해도, 충성심
은 그것과는 또 다른 문제니까."

"으음."

"제니가 별도의 교육을 받지 않았다면, 엘리엇과 가장 가까
운 곳에 계속 두는 것은 그녀 자신을 위해서 좋지 않을 거야.
다른 하녀들도 마찬가지야."

클레어는 한숨을 내쉬었다. 제니는 평범하고 선량한 사람이
다. 엘리엇을 무척 사랑하긴 했지만, 위험이 있을지도 모르는
자리에 둘 수는 없었다. 솔직히 리누스의 상태를 보고 나니 더
걱정되는 게 사실이었다.

"가정 교사를 알아보는 김에 함께 생각해 볼게요. 레이디
아우구스타의 태도를 보니 아무래도 석연찮은 구석이 있기도
하고."

말하다 말고 문득 클레어는 알트마이어라는 이름을 어디서
들었는지 기억해 냈다.

"에리히, 알트마이어라면 혹시 5년 전에⋯⋯."

"맞아. 기억력이 좋군. 장남이 5년 전에 죽었지."

그것은 황태자가 시해된 날 실종되었다가, 사흘 뒤에 사망이 확인된 황태자의 호위대장 이름이었다.

『광부 급료 지불 완료.』

그렇게 적힌 쪽지가 전해졌을 때, 손님 대부분이 선주들로 이루어진 신사 클럽은 잠시간 조용해졌다.

"후작에게 그 돈이 대체 어디서 났을까?"

누군가가 중얼거리는 소리가 클럽 안을 관통했다. 안 그래도 불온한 분위기였던 클럽 안이 더더욱 불편한 침묵으로 물들었다.

선주들의 다수는 자산가 계급의 일원이다. 다소 기질적, 문화적 차이가 있다 하더라도, 도시 내에서 활동하는 상단이나 은행업자와 인연이 깊었다. 그러니 루덴도르프 후작이 어디에서도 돈을 빌리지 않았고, 새로운 투자자를 끌어들인 게 아니라는 것도 알고 있었다.

누군가가 희망적인 목소리를 냈다.

"혹시 클라우제너 공작이 투자한 것은 아닐까요? 며칠 전에 후작이 공작의 사무실로 찾아가지 않았습니까?"

"빌어먹을. 그 인물이 공작과 동업하게 됐는데 입 다물고 있을 사람인가? 벌써 온 세상에 소문내고 축하 파티라도 했을걸."

아무도 그 말을 부정하지 못했다. 선주 하나가 낮은 소리로 말했다.

"아직 섣불리 결론짓지 맙시다. 아우구스타 님에게 도움을 청했을 수도 있지 않겠습니까?"

"제발 그랬으면 좋겠지만, 잘도 그 작자가."

"입조심하시오."

"젠장."

그다음에는 또다시 욕설이었다. 모두가 비슷한 생각을 하고 있었다. 루덴도르프 후작이 광부들에게 내준 돈은 틀림없이 선주 연합의 상호 보험에서 나왔을 것이다.

은행업자들만큼은 아닐지 몰라도, 그들도 돈의 생리에 대해서 잘 알고 있었다. 제 주머니에 들어 있는 돈이 실은 남의 것이라는 사실을 제대로 이해하고 있는 사람은 드물다. 차용증을 쓰고 담보를 잡혀도 그러는데, 루덴도르프 후작 같은 자가 자기 금고에 들어 있는 돈을 제 것으로 생각하지 않았을 리 만무하다.

젊은 선주가 언성을 높였다.

"그러게 내가 뭐라고 했습니까? 후작에게 그 돈을 맡기면 안 된다고 했잖아요!"

"자네가 갔으면, 후작의 말을 거역할 수 있었을 것 같은가? 루덴도르프 항구가 지금 건설되는 중인데?"

항구 자체는 국책 사업이고, 운영에 중앙 관리가 파견되기는 할 것이다. 하지만 그 항구가 세워진 땅은 루덴도르프령이다. 후작이 찍어서 불이익을 주면, 선주 개개인이 어떻게 버티겠는가?

지금처럼 작은 항구라면 차라리 괜찮다. 그들도 연합하여 저항할 수 있다. 그러나 항구는 하루가 다르게 커지는 중이다. 그리고 증축 공사가 완료되면, 이곳을 거점으로 삼는 배의 수는 족히 지금의 네댓 배가 될 것이다. 루덴도르프 후작이 지금의 선주 연합원들을 모조리 내쳐도 아무 지장이 없다는 소리였다.

"미운털이 박히면 무슨 손해를 보게 될지 몰라. 후작이 무슨 치사한 짓거리를 해도 이상하지 않으니까."

"그래도……."

"그렇게 억울하면, 지금이라도 가서 말해 보게."

언성을 높였던 젊은 선주도 그럴 자신은 없는 모양이다.

"당분간이라고 생각했으니까 맡겼던 겁니다. 빅토리아 대공 전하의 상호 보험 확대가 체계를 잡기 전까지만요."

"어쩌겠는가. 루덴도르프만이 아니라 다른 곳에서도, 영주가 맡아 가지고 있는 관례가 적지 않게 있어."

"하. 그런 곳은 대부분 영주 본인도 선주 아닙니까? 솔직히 항구를 끼고 있는 영지에서 배 한 척 없는 루덴도르프 후작가가 웃긴 거죠."

"빅토리아 대공께 읍소라도 하러 가면 어떻겠습니까?"

"우리 따위가 어떻게 감히?"

그 말에 클럽 안에 침묵이 감돌았다.

그랬다. 제아무리 귀족의 권위가 땅에 떨어지고, 돈 많은 놈이 대접받는 세상이라지만, 황족을 마음대로 만날 수 있을 리만무했다. 자기 영지의 영주나 거래처 상단의 주인을 만나는 것과는 천지 차이가 나는 일이다.

"사고가 나지 않기를 빕시다. 결국 그건 보험금이니까, 사고가 나지 않으면 그만 아닙니까?"

"기다리면 언젠가 루덴도르프 후작이 제대로 채워 넣기라도 할 거란 말씀입니까?"

"가게른 광산이 진짜라고 들었습니다. 그사이에 아무런 사고가 나지 않는다면, 결국 채워 넣긴 채워 넣겠죠."

"그때 가면, 또 달리 돈 필요한 자리에 갖다 쓰지 않겠나."

"일이 크게 불거져서 아우구스타 님의 귀에까지 들어가면 어지간한 변명으로는 끝나지 않을 것을 후작도 알 거요."

희망적인 목소리들이 이리저리 오갔다.

"일단 우리의 염려를 전달해 두기라도 해야 합니다. 입 다물고 있으면, 후작은 그게 진짜로 써도 되는 돈인 줄 알고 채울 생각조차 안 할 테니까."

"그러고 보니, 장남인 헤르만 님이 최근 빅토리아 대공 전하를 측근에서 모시고 있다는 소문을 들었습니다."

"클라우제너 공작 부인과도 상당한 친분을 쌓았다는 이야기도 있었지. 헤르만 님이 잘생기긴 하셨어."

별것 아닌 농에 분위기가 약간 풀어졌다.

"그쪽을 통해서 이야기를 해 봅시다. 솔직히 헤르만 님이 이 문제를 해결할 수 있다고는 생각하지 않지만, 빅토리아 대공 전하께 말씀을 전할 순 있을 겁니다."

모두가 동의했다.

선주 연합원들에게 쪽지가 전해질 무렵, 헤르만도 비슷한 연락을 받았다. 수신인의 이름만 적힌 봉투에 들어 있던 편지지에는 삐뚤거리는 글씨로 '주급 지불됨. 다음 주 주급도 준비'라는 두 문장만 쓰여 있었다.

헤르만은 그 쪽지를 찢어 화로에 던지며 생각했다.

'푸흐스 경이 신중하긴 하지.'

푸흐스는 루덴도르프 지역에서 가장 오래된 기사 가문 중 하나다.

물론 오늘날에 와서 '기사'의 역할 같은 것은 없다. 그러나 루덴도르프에 남은 가신 중에 가장 오래되었고, 그만큼 존재감도 있는 가문이었다. 그는 호르스트를 가장 가까운 곳에서 보좌하는 사람이기도 했다. 지금도 가게른 광산에 함께 가 있었다.

그런 그가 돌아섰다는 것은, 곧 가신 대부분이 돌아설 마음이 있다는 것과 같은 이야기였다.

'아무리 고모님이 호르스트를 지지해 준다고 해도, 이렇게까지 계속해서 악재만 이어지는데 마음이 바뀌지 않을 리가 없지.'

하물며 헤르만은 장남이었다. 아렌인의 피가 섞인 헤르만보다 순혈 로멜 귀족인 호르스트가 낫다고 생각하는 자도 있긴 하다.

그러나 사실 그런 사고방식은 최근에 되살아난 것이지, 헤르만이 태어날 무렵에는 사라지는 추세였다.

가장 중요한 것은 결국 가문의 흥성이다. 가신들의 부귀영화 역시 거기에 달려 있다.

'이대로 두어도 공작 부인의 뜻대로 일이 굴러가긴 하겠지. 결국 어디에선가는 사고가 날 테니까.'

루덴도르프 후작의 머릿속에는, 선주 연합에서 상호 보험이라는 제도가 생겨날 정도로 사고가 잦고 피해가 크다는 사실이 들어 있지도 않을 게 분명했다.

하지만, 살짝 가속화시키는 것도 나쁘지 않을 것이다. 공작 부인의 지시만 기다리고 있으면 얼빠진 남자처럼 보이지 않겠는가.

헤르만이 화로의 재를 휘젓고, 새 편지지 묶음을 꺼냈을 때였다.

똑똑.

노크 소리가 났다.

"무슨 일이냐?"

심부름꾼인 어린 하인이 고개를 내밀었다.

"자작나무 별관에 손님이 오셨습니다. 대공 전하께서, 큰 도련님께서도 시간이 있으시면 차를 마시러 오라고 전하라 하셨습니다."

"그렇군. 고모님은?"

"자작나무 별관에서 담소 중이십니다. 마님과 작은 마님께서도 그쪽에 계십니다."

"알았다."

헤르만은 흔쾌히 일어섰다.

자작나무 별관에는 지금 루덴도르프 후작령에 있는 숙녀들 중 가장 고귀한 사람만 모여 있었다.

그 자리에 초대된 금발의 꼬마 신사는 오기 전에 열심히 연습했던 예법을 잊고 입을 벌린 채 젊은 루덴도르프 부인의 배를 열심히 바라보았다. 루덴도르프 후작가의 작은 마님, 곧, 호르스트의 아내 코넬리아는 임신 8개월이었다.

"엘리엇, 남을 그렇게 빤히 보면 안 돼."

"그치만, 그치만!"

엘리엇이 발을 동동 굴렀다. 코넬리아가 미소를 지었다.

"괜찮아요, 공작 부인. 엘리엇 님이 임산부를 처음 보시는 모양이지요?"

"그렇긴 한데……."

"진짜로 아가야가 거기 있어요?!"

클레어는 난처해했지만, 둑으로 막아 놓은 것이 터지기라도 한 듯 엘리엇이 큰 소리로 물었다. 눈에서 별이 쏟아질 지경이었다.

"네, 그렇답니다."

"우와, 우! 와!"

엘리엇이 거의 펄쩍 뛰어올랐다. 먼저 자리에 앉아 아우구스타와 함께 차를 마시고 있던 빅토리아 대공이 소리 내서 웃었다. 루덴도르프 후작 부인마저도 엘리엇을 바라보며 입술에서 미소를 지우지 못했다. 코넬리아가 다정하게 웃었다.

"아기 좋아하세요?"

"아기 너무 귀여워요."

엘리엇이 설레는 얼굴로 말했다.

"엘리엇 님은 동생이 생기면 아주 의젓한 형이 되어 주시겠어요."

"동생?"

엘리엇이 눈을 빛내며 클레어를 올려다보았다.

와장창!

찻잔을 떨어뜨린 루덴도르프 후작 부인이 몹시 당황하여 얼굴이 새빨개졌다. 이제야 겨우 티타임에서의 일을 만회하고 공작 부인과 친분을 쌓을 기회를 얻었다고 생각했는데, 또다시 이런 식으로 인상을 망치다니.

"아, 아닙니다. 죄송합니다, 공작 부인. 제가 실수로……."

"잔이 뜨거웠을 텐데. 데지는 않으셨어요?"

클레어는 친절하게 그녀를 살피며 속으로만 생각했다.

'에리히 고자설을 미시는 분이었나.'

그렇게 생각했으면, 아무리 아이 때문에 하는 말이라지만,

엘리엇의 동생이 생기면 운운하는 게 얼마나 조심스러운 일이 었겠는가.

뭐, 사실 루덴도르프 후작 부인의 태도는 그리 중요하지 않았다. 이 자리의 주인은 빅토리아 대공이고, 그녀는 예의상 초대했을 뿐이다.

하녀가 황급히 달려와 루덴도르프 후작 부인의 치맛자락을 닦고, 깨진 찻잔을 정리했다. 행여나 엘리엇이 다칠까 우려한 빅토리아 대공이 아이의 어깨를 붙들었다가, 아예 자기 무릎 위로 안아 올렸다.

"아, 저는 옷이 얼룩져서. 잠시만 실례할게요."

당황한 후작 부인이 살짝 고개를 숙여 인사하고 물러갔다.

"이모할머니, 나 저거."

테이블이 보이는 높이가 되자 엘리엇이 다과에 손을 뻗었다. 하지만 빅토리아 대공은 쿠키를 집어 주는 대신에 그것도 치워 가도록 명했다. 찻잔이 깨졌을 때 사금파리가 들어갔을까 봐 걱정됐기 때문이다.

"힝……."

"주방에 더 있을 거다. 이 별관 요리사가 쿠키를 아주 잘 굽기에, 오늘 너 주려고 많이 구우라고 했거든."

"진짜요?"

엘리엇이 빅토리아 대공을 돌아보며 방실방실 웃었다. 클레어가 염려스럽게 말했다.

"쿠키 먹느라 밥 안 먹으면 안 돼."

"이모할머니가 주는 건 먹어도 돼."

"언제 그런 규칙이 생겼지?"

"히히."

편들어 달라는 얼굴로 엘리엇이 아예 빅토리아 대공의 목에 매달렸다. 대공은 미소를 참지 못했지만, 클레어의 손을 들어 주었다.

"엄마 말씀 잘 들어야지. 밥을 잘 먹고 쑥쑥 커야 나중에 형이랑 오빠 노릇도 잘할 수 있지."

"우웅."

쿠키인가, 형 노릇인가. 선택하지 못하고 엘리엇이 엉덩이를 들썩였다. 그리고 괜히 코넬리아를 돌아보고 다시 반짝반짝 눈을 빛냈다. 코넬리아가 미소를 지었다.

"만져 보실래요?"

"진짜요?!"

"아, 그렇게까지 해 주지 않으셔도 괜찮아요. 저희 아이가 너무 무례를 저지르네요."

"아니에요. 좋아해 주시니 저도 기쁜걸요."

코넬리아가 상냥하게 웃었다. 클레어는 괜히 조금 찔리는 마음이 들었다. 헤르만이 루덴도르프 후작가를 상속하게 된다면, 그녀는 밀려날 것이다.

'순진한 사람이네.'

이 기회를 틈타 공작가의 장남에게 우리 아이의 형이 되어 달라고 말할 정도의 수완은 없는 모양이다.

엘리엇은 벌써 빅토리아 대공의 무릎에서 뛰어내려 다가가 있었다. 그리고 다가갈 때의 기세와 달리 머뭇머뭇, 조심스럽게 손을 내밀었다. 코넬리아가 엘리엇의 조그만 손을 당겨 자신의 배에 살짝 대 주었다.

"우와, 우와!"

엘리엇이 행여나 코넬리아의 배를 세게 밀지 않도록 제 딴엔 조심하면서, 발로만 바닥을 굴렀다. 물론 그런다고 진짜로 손을 가만히 둘 수 있었던 건 아니다.

코넬리아가 웃었고, 빅토리아 대공이 피식거리며 클레어를 바라보았다.

"동생 안 낳아 주면 큰일 나겠구나."

"그러게요. 이렇게 좋아할 줄 몰랐어요."

클레어는 평화롭게 말하며 아우구스타의 기색을 살폈다. 그녀는 포커페이스를 무너뜨리지 않았지만 그래도 얼굴에 흥미로워하는 기색이 어려 있었다.

"좋은 일이지요. 클라우제너에는 직계 자손이 적으니. 후계자 문제를 서두르셔야 할 텐데, 위의 아이가 동생을 질투하면 여러모로 힘들죠."

아우구스타의 시선이 클레어의 얼굴에 닿았다. 클레어는 그녀도 자신을 탐색하고 있다는 것을 알아챘다.

'말투가 묘하네.'

엘리엇을 에리히의 자식이라고 생각한다면, '후계자 문제를 서둘러야 한다.'라고 말하지는 않을 것이다. 그러나 아우구스타가 엘리엇의 출생을 의심한다고 확신할 수 있는 것도 아니다. 아동 사망률이 높은 탓에, 아이가 하나 있어도 만약을 대비해 하나 더 낳아야 한다고 생각하는 것은 일반적인 일이었다.

출생을 모호하게 하는 게 황후에게까지 통할 거라고는 생각지 않았다. 누가 낳았는지가 중요한 일도 아니었다. 제일 중요한 것은 아이의 친부를 숨기는 일이다.

'아니, 하지만 리누스를 실제로 만나 보고 나니, 에리히가 친부라고 해도 엘리엇을 제거하려고 했을 것 같더라.'

리누스는 스스로 권위를 만들 수 있는 사람이 아니다. 그러니 월계관을 갖다주면 그걸 움켜쥘 수는 있을까? 그러니 자신이 황후라 해도, 행여나 있을지 모르는 불안 요소는 전부 뿌리 뽑을 것이다.

뭐, 아렌 공왕과 교분을 갖기로 했을 때부터 이미 위험성은 각오했다. 클레어는 눈썹 하나 까닥하지 않고 찻잔을 들었다.

"급할 건 없다고 생각해요. 우리 부부 둘 다 젊고 건강하고, 할 일도 많으니까요."

"흠, 그것도 그렇지."

빅토리아 대공이 조금 서운한 목소리로 말했다.

"내 욕심으로, 저렇게 귀여운 아이가 하나 더 있으면 싶지 뭐냐. 황실에서 아기 목소리를 들어 본 게 너무 오랜만의 일이야. 베티나는 생각도 없는 것 같고."

"리누스 황자 전하께서도 이제 성인이 되셨으니, 곧 성혼하시겠지요."

클레어는 빅토리아 대공에게 대답하면서 아우구스타를 바라보았다. 아우구스타가 눈을 내리깔고 차를 한 모금 마셨다.

"사촌이라도 여럿 있으면 좋을 텐데 말입니다."

"에리히도 외동이고. 내가 프란츠 공에게, 이복동생이라도 만들어 주는 게 어떻겠느냐고 말한 적도 있는데, 고개만 저어서 말이야. 상속이든 가계도든, 그게 중하지 않다는 것은 아니지만, 아이가 외롭게 크는 건 너무 서러운 일이 아니겠니."

"아이는 신이 주시는 거니까요. 마음대로 되는 게 아니죠."

클레어가 그렇게 말하자, 아우구스타가 무해하고 다정한 웃음을 빙그레 머금었다.

"안타까운 일이지요. 클라우제너 공작님에게 형제가 없는 것도 그렇지만, 공작 부인께서도 자매를 잃으셨으니."

"……."

"이 나이가 되어 보니, 이종사촌들이야말로 아무런 거리낌 없이 다정하게 지낼 수 있는 사이더군요."

"아우구스타."

아우구스타가 떠보고자 한 것은 '엘리사가 낳은 아이'에 대한 말이었겠으나, 그것을 모르는 빅토리아 대공이 그녀를 제지했다. 신중한 아우구스타가 왜 남의 상처를 들쑤시려 하는지 알 수 없었다.

하지만 클레어는 평온하게 미소 지은 채 대답했다.

"안타까운 일이에요. 살아 있었다면, 분명히 엘리엇을 아주 많이, 진심으로 사랑해 주었을 텐데."

"클레어……."

빅토리아 대공이 연민에 찬 목소리로 그녀를 불렀다. 하나
뿐인 자매를 잃는 것은 인생의 가장 중요한 동반자 중 하나를
잃는 것과 비슷한 일이었으리라.

이번에는 아우구스타가 침묵할 차례였다. 그때 마지막 손님
이 왔다.

"헤르만!"

코넬리아가 반가운 목소리로 불렀다. 자작나무 별관을 통하
지 않고 오솔길을 통해 바로 후원으로 들어온 미청년의 손에는
노란 메리골드 다섯 다발이 들려 있었다.

"귀한 자리에 초대해 주셔서 감사합니다."

헤르만이 제일 먼저 빅토리아 대공에게 작은 꽃다발을 건넸
다. 그다음은 아우구스타와 코넬리아의 순서였다. 코넬리아가
꽃다발을 받으며 뺨을 붉혔다.

마지막으로 클레어에게 꽃다발을 건네면서 헤르만이 웃었다.

"부인을 뒷전으로 미루었다고 절 너무 책망하지 말아 주십
시오. 공작 각하께서 얼마나 강한 주먹을 갖고 계시는지 이제
는 알고 있으니까요."

클레어는 소리 내서 웃었다.

잠시 어색해졌던 분위기가 부드러워졌다. 빅토리아 대공이
흐뭇한 웃음을 머금고 헤르만을 바라보았다.

"여자들끼리 차를 마시고 있는데, 귀찮게 내가 괜히 부른 것
은 아니겠지?"

"그게 무슨 말씀이십니까? 불러 주셔서 영광입니다. 제가 할일 없는 사람이기도 하고요."

"젊은 남자가 그래서는 안 되지."

"이렇게 아름다운 숙녀분들과 함께 시간을 보낼 수 있는 운 좋은 사람도 흔치 않지요. 그리고 저처럼, 그걸 운 좋은 일이라고 여길 수 있는 사람도요."

헤르만의 대답에 빅토리아 대공이 미소를 지으며 클레어를 바라보았다.

"이게 아주 큰일 낼 남자야. 내가 이 나이가 아니었으면, 아주 시끄러워졌을걸."

"수도에서 댄스홀을 찾아다니며 춤만 췄을 것처럼 보이긴 하지요. 실제로는 어땠나요, 헤르만 경?"

"전 남자 친구가 훨씬 더 많습니다. 아, 크리켓 동료를 말하는 겁니다."

수상한 오해를 산 적이 있기라도 한지, 헤르만이 먼저 손사래를 치며 변명했다. 그리고 손에 남은 꽃다발 하나를 들어 보이며 말했다.

"그런데 후작 부인께서 안 계시는군요."

"옷에 얼룩이 져서 잠시 갈아입으러 가셨어요."

코넬리아가 말했다.

"그러면 이건 엘리엇 경에게."

헤르만이 우아한 동작으로 엘리엇에게 꽃다발을 내밀었다. 엘리엇은 눈을 똥그랗게 뜨고 두 손으로 메리골드 꽃다발을 받아 들었다. 그러더니 갑자기 확 밝아졌다.

"나도 이걸로 연습할래!"

이번에도 그 신사 놀이 이야기인 모양이었다.

자그락자그락!

자갈돌이 깔린 정원 길을 밟는 소리가 들려왔다. 누가 뛰어 오는 것 같았다.

빅토리아 대공과 아우구스타 모두 긴장한 얼굴을 했다. 그 러나 달려온 것은 두 사람 중 한 명의 보좌관이 아니라 루덴도 르프 후작저의 사람이었다.

"큰 도련님, 큰일이 생겼습니다."

"무슨 일인가?"

"항구에서 배가 부두를 들이받는 사고가 있었습니다. 침몰 이 진행 중인데, 후작님께서 어디 계신지 모르겠습니다!"

최근 루덴도르프 항구에서 접안 중 사고가 발생하는 것은 생각보다 꽤 자주 일어나는 일이었다.

일단, 오가는 배는 크게 늘어난 데 비해 입항과 출항을 유도 하는 도선사는 수가 모자랐다. 예전부터 일하던 자들도 종종 작은 사고를 일으켰다. 시설이 증축되면서 조류와 수심이 안정 되지 못하고 계속 바뀌었기 때문이다. 그리고 배의 종류도 다 르다.

루덴도르프 항구는 오래된 항구다. 주로 오가던 배는 적당한 규모의 상선이나 어선 정도였다. 전통적인 무역로에서 멀었기 때문에 큰 범선 같은 것이 들어온 적도 좀처럼 없었다.

그러던 것이, 지금은 항구 증축을 위해 물자를 날라 오는 거대한 증기 화물선이 다수 드나들게 되었다. 지금 주로 쓰고 있는 옛 부두로 감당할 수 있는 일이 아니었다.

증축으로 다소 큰 규모의 부두도 세우긴 했으나, 물동량의 양적 팽창을 따라잡지 못했다. 부두의 크기와 공사장을 제외한 공간이 대형 화물선에게는 빡빡했다는 뜻이다.

"언젠가 이럴 줄 알았지."

항구에서 일하는 자들이 천천히 기울어지는 배와 부서진 부두, 무너진 기중기의 모습을 보며 손가락질했다.

"도선사 그놈이 또 취해 있었다며?"

"그놈 쓰면 안 된다고 몇 번을 말했는지 몰라."

"그놈도 그놈이고, 항해사 놈도 항해사 놈이지만, 저거 먼저 하역해 놨던 짐이라도 빨리 부렸어야지."

"후작님이 창고 지어 준다, 지어 준다 하면서 버틴 게 벌써 1년 아닌가."

"큰일 났구만. 저거 바다에 다 가라앉으면, 건져서 써야 하나?"

항구의 일꾼들이 수군댔다.

이제 다 가라앉아 가는 배의 꽁지부리가 바다 위로 뾰족하게 솟아 있었다. 루덴도르프 후작은 그 모습을 바라보며 주먹을 쥔 채 부들부들 떨었다. 헤르만이 차분한 목소리로 말했다.

"선원 중 사망자는 두 명, 부상자 스물네 명입니다. 부두에서 하역 작업 중에 물에 빠졌던 자도 몇 명 있는데, 이쪽은 간단히 위로금 몇 푼 주고 돌려보냈습니다."

"배가 가라앉는데, 고작해야 선원 놈들 꺼내는 것 말고 아무것도 안 했단 말이냐!"

"아버지, 그만하십시오."

인내의 한계에 도달한 호르스트가 처음으로 헤르만의 역성을 들었다. 헤르만이 습관적으로 입꼬리를 끌어 올리던 것을 잊고 동생을 바라보았다. 호르스트는 한숨을 내쉬며 머리를 쓸어 넘겼다.

"물속에서 부서진 배를 어떻게 수리합니까? 할 수 있었다면 선원들이 이미."

퍽!

루덴도르프 후작이 던진 장갑이 호르스트의 이마를 때리고 떨어졌다. 물론 결투의 의미 같은 것은 아니다. 화가 나서 쥐고 있던 것을 집어 던졌을 뿐이다.

호르스트의 얼굴이 울분으로 벌겋게 물들었다.

"이 아비를 놔두고 지들끼리 쿵짝이 맞아 아주 잘하는 짓이다."

"제가 제때 대처하지 못했습니다. 죄송합니다."

헤르만이 말했다. 호르스트의 말마따나 대처할 방법도 없었고, 실은 헤르만에게는 그럴 권한도 없었다. 기껏해야 보트를 보내 선원들을 구해 오도록 명령한 게 전부였다.

항구 관리관이 핏기 하나 없는 얼굴로 말했다.

"지금은 대책을 생각해야 할 때입니다, 후작님."

"그건 자네가 해야지. 자네 책임 아닌가."

"일부 그렇습니다만……."

항구 관리관이 어찌할 바를 몰라 하며 어렵사리 말을 이었다.

"지금 제일 큰 문제는 저 배가 아닙니다, 후작님. 부두에 쌓여 있던 자재가 죄다 가라앉았습니다."

"응?"

"바다에 빠진 건 쓸 수 없습니다. 기중기도 부서졌고요. 게다가 이번에 온 배도 건설 자재를 싣고 있었습니다."

그가 하고자 하는 말 뜻을 깨달은 후작의 낯빛이 창백해졌다.

"항구 건설에 차질이 생길 겁니다."

안 그래도 공사 기간이 계속 길어지던 참이다. 황후가 기꺼워하지 않을 것이다.

"으, 으으음. 하지만 이런 대형 공사에 사고가 아예 없을 수는 없지. 기간이 좀 늘어나긴 하겠지만, 이 정도는 용납될 거다. 자재도 새로 구하면 돼."

"하긴, 돈만 있으면 될 일이긴 합니다. 바다에 빠진 걸 건져 내는 일도요. 일단 건지고 나면, 항구에는 못 써도 다른 곳에 팔아 치울 수는 있겠지요. 자금의 일부를 회수할 수 있을 겁니다."

"그래!"

책임질 일이 없는 헤르만의 덤덤한 말에 후작이 희망찬 목소리로 대답했다.

그러니 당장 쓸 돈만 있으면 된다.

돈만 있으면.

헤르만은 빙그레 웃었다.

그다음에 루덴도르프 후작이 만나야 했던 것은 빅토리아 대공이었다. 사고가 있은 날로부터 사흘째의 일이다.

그녀를 서재의 소파까지 에스코트하면서 후작은 최대한 인내했다. 나이가 들었어도, 영지를 직접 소유한 황족이라도, 여자라는 건 어쩔 수가 없는 법이다. 그러니 신사인 자신이 잘 설명하고 다독여 두어야 했다.

"걱정이 많으시리라고 생각합니다. 대공 전하에게까지 심려를 끼쳐 드리게 되다니, 죄송합니다."

"나라의 큰일을 맡아 책임지고 있으니 경도 걱정이 많겠지. 원래 기반 시설 공사라는 게 예정대로 이루어지는 일이 잘 없지 않은가."

"예. 정말로 말 안 듣는 놈 천지라."

빅토리아 대공의 입술이 미묘하게 삐뚤어졌다. 그러나 대놓고 후작을 꾸짖지는 않았다. 그럴 만한 사이가 아니었기 때문이다. 루덴도르프 후작은 중년이고, 일문의 가주다. 행동거지와 일 처리가 마음에 안 든다고 해도 자신이 직접 뭐라 할 상황은 아니었다.

그래서 그녀는 주름진 눈매로 후작을 바라보며 차분하게 말했다.

"항구에 하역하지 못한 배들의 손해가 막심하다고 들었네."

"아, 예. 항해사 놈이 제정신이 아니라, 차라리 부두에 정면으로 갔다 박을 것이지, 방향을 꺾는 바람에 지금 부두 절반이 사용 불가능한 상태가 되어서요."

"그 배를 인양하기 전까지는 다른 배가 항구까지 들어올 수도 없는 상태라고 들었네."

"예. 제가 선원은 아닙니다만, 제가 보기에도 물 밑에 가라앉은 배 때문에 다른 배가 들어올 상황이 아닙니다. 도선사 말로는 조류도 평소와 달라져서 여러 가지로 어렵다고 합니다."

"인양하는 데 오래 걸리나?"

"지금 나가지도, 들어가지도 못하는 상황이니까요. 전문 인력을 빌려 달라고 에른스트에 요청했습니다."

"그렇군."

빅토리아 대공이 대답했다.

"오늘까지 밖에서 들어오지 못한 배가 열 척이 넘는다고 들었네."

"아, 예."

"그중 어선이 여섯 척이야. 그제 들어온 어선의 생선은 이미 쓸 수 없게 되었을 거고, 오늘 항구에 도착한 건 가까운 다른 항구로 방향을 틀었다지만, 십중팔구 그쪽도 못 쓰게 되겠지."

"그럴 수도 있겠군요."

"어선단은 생선을 말리거나 절이는 저장 처리 시설과 인력을 함께 장만해 놓고, 순서대로 돌아가며 쓴다네. 알고 있는가?"

루덴도르프 후작은 모르는 이야기였으나, 아는 체 고개를 끄덕였다.

"다른 항구로 간다고 해도 그 시설이 운 좋게 비어 있을 가능성은 낮을 걸세."

"그렇겠지요."

"경은 내가 왜 이런 말을 하는지 이해가 안 되는가?"

"어선단처럼 자잘한 일까지 염려하시는 자애로운 마음 씀씀이를 충분히 이해하고 있습니다."

결국 빅토리아 대공이 헛웃음을 머금었다.

"그게 아니야. 자네가 맡아 가지고 있던 선주 연합의 보험금을 아직도 내놓지 않았다고 들었네."

"아. 그 천한 것들이 감히 대공 전하의 앞에 나섰습니까?"

"경은 그들이 기댈 곳이 없어서 나까지 찾아오게 한 것을 부끄러워해야 하네."

빅토리아 대공이 결국 대놓고 말했다.

"어선의 선원들은 어획량에 따라서 수익금을 분배받는데, 이번처럼 배가 텅 비어 버리면 한 푼도 받을 수 없어. 출항에 들었던 비용은 선주가 어떻게든 감당한다 하더라도, 이것은 보험에서 책임져 줘야 해."

"대공 전하."

"이럴 때 선원들의 생활을 제대로 보장해 주기 위해서, 항구를 가진 영주들끼리 협약을 맺어 보험 규모를 크게 늘리자고 한 것일세. 경은 내가 동정심 때문에 이러는 것처럼 보이는가?"

빅토리아 대공이 고개를 절레절레 저었다.

"요즘에는 안 그래도 배를 타려는 사람이 적어. 선원은 목숨을 걸고 일해야 하는 직업이고, 죽더라도 시체도 남기지 못하는 일이 부지기수라네."

"……."

"이런 보장이라도 있어야 운영이 가능해. 경은 항구에 관심이 없으니 모르겠지만."

"대공 전하, 지금 저를 비난하시는 것처럼 들립니다. 저는 그 돈을 주지 않겠다고 한 적이 없습니다."

후작이 강하게 말했다. 빅토리아 대공은 그 말을 태연하게 받았다.

"그러면 지금 당장의 상황이 여의치 않은 것이로군. 일단 선주들에게 보험료는 내가 내주도록 하겠네."

"대공 전하!"

"협약이 완성되지는 않았지만, 경은 이미 서명했으니 문제없겠지. 금고의 빈자리는 나중에 채워 주리라 믿네."

빅토리아 대공이 그렇게 말하고 자리에서 일어섰다. 루덴도르프 후작은 입술을 파들파들 떨었다.

항구는 서로 연결되어 있는 법이다. 사고 소식은 순식간에 퍼졌다. 루덴도르프에 기항하지 못한 배 대부분이 향한 비스마르항이라면 더 말할 것도 없었다.

비스마르 선주 연합의 일원인 윌리엄 쇼어가 옛 친구를 찾아 루덴도르프에 온 것은 그로부터 일주일 후의 일이다.

"클라우제너 공작 부인을 뵈려고 합니다."

집사는 볕에 탄 구릿빛 얼굴의 근육질 남자를 보고 당황했으나, 윌리엄의 차림새와 태도는 흠잡을 곳 없는 신사였으므로 일단 물었다.

"누구시라고 전할까요?"

"프레스콧 자작가의 '잠탱이 윌'이라고 말하면 아실 겁니다. 아카데미 시절에 밀러 교수님 밑에서 같이 수학했죠."

"아아, 그러셨군요."

집사가 부드러운 미소를 지으며 고개를 숙였다.

그때 하필 클레어는 외출 중이었다. 대신 요안나가 응접실로 나왔다.

"연락을 보냈으니 클레어 님께서도 곧 오실 거예요."

"약속도 없이 왔으니까 기다릴 작정은 하고 있었습니다."

윌리엄이 편안한 말투로 말했다. 요안나는 차를 따르다 말고 그를 의아하게 쳐다보았다. 상대가 자신을 일부러 기다리게 하지 않을 거라는 확신이 있는 말투였기 때문이다. 그것도 공작 부인을 상대로.

궁금하지 않을 수 없었다. 솔직히 윌리엄의 외모와 행동거지의 간극만으로도 흥미로운데, 클레어와 이만큼 친분이 있다는 것도 그랬다.

"클레어 님과 같은 지도 교수 밑에서 수학하셨다고요."

"예, 밀러 교수님이라는 분인데, 인기 없는 경제학자셨죠."

"클레어 님은 정말 대단하세요. 보통 여학생들은 교양 수업만 듣고 따로 지도 교수님을 두지 않는데."

"잡혀 왔다고 들었습니다."

"잡혀 와요?"

"클레어는 그때 이미 작위를 계승한 다음이었으니까요. 과제는 팽개치고 영지의 일을 처리하고 있었는데, 밀러 교수님이 그걸 보고 잡아다 차와 과자를 먹여 주저앉혔다고 하시더군요."

요안나가 풋, 웃어 버렸다.

"인재를 알아보는 안목이 있는 분이셨나 봐요."

"클레어는 겉으로는 별일 안 하고 있어도, 속내가 남들이랑 달라서 특이하니까요. 그러고 보니 공작님이랑 처음 마주쳤을 때도 볼만했습니다."

"오."

요안나는 무의식중에 감탄사를 뱉었다가, 얼굴이 빨개졌다.

"제가 너무 흥미로워한다고 이상하게 생각하지 말아 주세요."

"이상하게 생각하긴요. 이해합니다."

윌리엄이 킬킬 웃었다.

"밀러 교수님의 조교가 신입생들에게 '클라우제너 소공작님'을 소개했는데, 공작님이 '엄밀히 따져서 소공작이라는 작위는 없다'라고 하신 거죠."

"엄격한 분이니까요."

"그랬더니 클레어가 그 자리에서 '에리히 경'이라고 불렀지 뭡니까. 공작님 얼굴이 진짜 볼만했죠."

아마 본인이 생각하고 있던 적당한 호칭은 잘츠기터 백작 정도가 아니었을까 싶다고 윌리엄이 덧붙였다.

그때는 그도 식겁했지만, 지금 와서 생각하면 그건 일종의 전조였다. 클레어는 평소에는 남들 눈에 띄지 않으려고 노력하면서도, 흥분하면 살짝 돈 것 같은 행동을 할 때가 있다. 그걸 고려하면, 아마 그때도 기분이 제법 뒤숭숭했던 상황이었으리라.

"어떤 분위기였는지 알 것 같아요."

"요즘에도 그럽니까?"

"그때보단 훨씬 다정한 사이시겠지만, 가끔 번갈아 울분을 짓씹고들 계시죠."

요안나가 웃으면서 말하는데, 응접실 문이 벌컥 열렸다.

"윌 프레스콧!"

클레어가 환한 목소리로 옛 친구를 불렀다. 급히 왔는지, 겉옷도 벗지 않은 채였다. 옷자락에 묻은 겨울바람 냄새도 그대로였다.

"이게 대체 얼마 만이야? 5년 동안 소식 한 줄 없다가……."

그리고 응접실 안에 서 있는 남자를 보는 순간 입을 빼끔 벌렸다.

"누구시죠?"

얼굴은 그녀가 잘 알고 있는 윌리엄 프레스콧이 맞는데, 얼굴만 맞았다. 이목구비를 떼다가 다른 남자에게 붙여 놓은 것 같았다.

클레어가 어이없다는 얼굴로 윌리엄의 어깨 폭과 덩치를 눈으로 쟀다.

"내가 좀 변하긴 했지?"

"아니, 집을 나갔다더니 원양 어선에라도 탔어?"

클레어가 되물었다. 윌리엄이 낄낄거렸다.

"어."

"뭐?"

"원양 포경선만 열두 척 갖고 있는 어선단 주인이라고, 내가."

"아니. 그 게을러터진 잠탱이가?"

클레어는 진심으로 놀랐다. 윌리엄은 프레스콧 자작가의 오남이다. 프레스콧 자작가 자체도 그리 부유한 곳은 아니었고, 윌리엄에게까지 돌아올 몫은 더더욱 없었다. 그러니 그가 지금 가진 것은 모두 자기 손으로 이룬 것일 터였다.

능력은 차고 넘치겠으나, 차라리 어디 은행업이나 투자로 돈을 불렸다면 모를까, 포경선이라니.

"진짜 쉽지 않았지. 선원으로 밑바닥부터 굴렀는데, 그러고 나니 이렇게 되더라고. 아무래도 힘없이는 할 수 없는 일이라서."

"배를 직접 타는 거야?"

"항상 그러는 건 아니지만, 요즘에는 새로 시작한 일이 좀 있어서. 이번에도 8개월 만에 기항한 거야. 네 결혼 소식 듣고 어찌나 놀랐던지."

윌리엄이 어깨를 으쓱하고, 명함을 내밀었다. 클레어는 그것을 받아 보고 조금 놀랐다.

"윌리엄 쇼어…… 이름을 바꿨어?"

"프레스콧이라는 이름을 달고 있는 게 오히려 방해될 때가 많아서. 비밀은 꼭 지켜 줘. 공작님한테까지 지키라는 건 아니지만."

"알았어."

윌리엄의 가정 사정을 알고 있기에, 클레어는 순순히 고개를 끄덕였다. 아무튼 아들 많은 집의 상속 문제는 언제나 복잡한 법이다.

뒤늦게 생각난 듯이 클레어가 그에게 손을 내밀었다. 윌리엄이 그 손을 힘차게 잡고 흔들었다.

집사가 클레어의 모자와 겉옷을 받아 주었다. 그사이에 요안나가 그녀 몫의 차를 준비했다.

"바쁜데 온 거 아니야? 난 좀 기다려도 괜찮은데."

"그냥 포목상을 몇 사람 만났어. 생사도 모르던 친구가 얼굴을 내밀었는데, 그것보다 중요한 일은 아니지."

"네가 나더러 변했다고 할 처지는 아닌 것 같은데. 솔직히 돈 아쉬울 때마다 네 생각 나더라고. 이럴 줄 알았으면 8년 전에 얼굴에 철판 깔고 청혼을 했어야 했는데."

농담으로 하는 말인 줄 알기 때문에 클레어는 웃어넘겼다.

"안 그래도 왜 청혼 안 했나 했다. 작위 가진 여자랑 결혼해서 평생 놀고먹는 부군이 되고 싶다더니."

"와! 너, 지금 내 목숨을 위협한 거야."

클레어는 쓴웃음을 짓다가, 윌리엄의 시선이 미묘하게 불안한 느낌으로 자신의 기색을 살피는 것을 깨달았다.

"왜? 농담 좀 했다고 에리히가 진짜로 주먹이라도 휘두를까봐 걱정하는 거야, 설마?"

"음, 사실 놀랐거든. 진짜로."

윌리엄이 고개를 절레절레 저었다.

"이 정도 안 하고 버텼으면, 끝까지 거절할 줄 알았는데."

"뭐, 사정이 여러 가지로 있었어."

클레어는 모호하고 부드러운 말씨로 말하면서 찻잔을 들었다.

"아이가 있었다는 것에도 놀랐고. 결국 공작님이 자존심과의 싸움에서 승리해서 네 정부 노릇을 5년간 한 거 아니냐?"

"보통 반대로 말하지 않아?"

"나는 널 아니까. 한 사람은 결혼하고 싶어 하고, 다른 한 사람은 아니라면, 누가 누구에게 결혼 서약을 허락하지 않았을지는 분명하지."

"하하."

"그러니까 딱히 소문을 믿는 건 아니야."

윌리엄이 조금 낮아진 목소리로 말했다. 하지만 그 말을 굳이 꺼낸 것은, 그가 소문을 신경 쓰고 있다는 것과 같은 이야기였다.

클레어는 난처해졌다. 이건 어떻게 해야 할까? 거짓말로 제가 낳았다고 말해서 속일 수 있을까? 엘리엇이 에리히의 아들이라는 것만 중요하다고 생각하는 다른 사람들과 달리, 윌리엄은 그녀의 친구였다.

적어도 요안나 앞에서는 진실을 말할 수 없다. 그리고 이건 혼자 결정할 수 없는 일이다.

"네가 뭘 생각하든 간에 부당한 일은 없었어. 설령 부당해 보이는 일이 있었더라도, 결혼 계약서에 서명한 순간에 모두 합의된 일이야."

그녀가 겨우 대답을 짜냈을 때였다. 윌리엄의 시선이 가라앉았다.

"엘리사가 죽었다는 건⋯⋯, 사실이야?"

"응."

클레어가 한숨을 내쉬었다. 그리고 말하지 않을 수 없다는 것을 깨달았다. 윌리엄은 엘리사를 아는 사람이었다. 때때로 클레어의 집에 방문했고, 마음도 꽤 잘 맞았다.

"5년 전에?"

"대충 비슷해."

클레어는 불편한 기분으로 대답했다. 자신과 엘리사를 둘 다 알고, 또 똑똑한 윌리엄이라면, 그것만으로도 여러 가지를 짐작해 낼 것이다.

"내가 더 일찍 연락했으면 좋았을 텐데. 장례에도 참석하지 못하다니."

윌리엄이 안타까운 목소리로 말했다.

"엄마? 엄마 왔어?!"

복도에서 달려오는 아이 발소리가 들렸다. 클레어는 아이가 문을 벌컥 열고 뛰어들 거라고 생각했지만, 엘리엇은 그러지 않았다.

쿵.

문에 부딪히는 소리가 났다. 하지만 울음소리가 들려오지는 않았다.

잠시 후에, 보모가 문을 살짝 열었다.

"안녕하세요. 클라우제너의 엘리엇입니다."

엘리엇이 침착한 발걸음으로 들어와 신사답게 고개를 숙였다. 물론, 무릎은 제대로 펴지 못하고 배꼽 인사를 할 때처럼 몸과 함께 구부려졌다.

클레어는 미소를 머금었다. 복잡한 생각 어쩌고저쩌고도 엘리엇이 얼굴을 보이는 순간, 늘 그렇듯 모든 게 중요하지 않은 일이 되었다.

윌리엄이 갈색 눈을 부드럽게 휘고 일어서서 엘리엇에게 마주 인사했다.

"윌리엄입니다. 만나 뵙게 되어 영광입니다, 엘리엇 경."

"헤헤."

엘리엇이 고개를 들었다가 윌리엄을 보고 눈을 빛냈다.

"어? 후크 선장님?!"

윌리엄이 기묘한 얼굴로 아이를 바라보았다. 클레어는 그게 엘리엇이 에리히를 닮은 탓이라고 생각했지만, 그는 마음속으로 다른 생각을 하고 있었다.

'알트마이어의 말이 진짜겠어.'

혈육을 닮는다는 건 이상한 일이다. 아이의 얼굴이 꼭 에리히를 닮았는데도, 윌리엄은 거기에서 엘리사의 얼굴을 찾아낼 수 있었다.

평소라면, 에리히의 귀가는 꽤 시끄럽게 이루어진다. 엘리엇이 강아지처럼 반가워하며 정원까지 뛰어나오기 때문이다.

오늘은 그 환영 세리머니가 없어서 에리히는 의아해하며 물었다.

"손님이 있나?"

"예. 마님의 옛 친구분께서 방문하셨습니다."

"옛 친구?"

에리히는 방한용 외투만 벗고 바로 응접실로 향했다. 옛 친구가 북방에, 그것도 루덴도르프에 있을 것 같지 않은데 말이다. 집사가 응접실 문을 열었다.

"진짜루요! 그래서 그때 피터 팬이, 앗, 아빠다!"

낯선 남자 무릎 위에 올라앉아서 재잘대던 엘리엇이 폴짝 뛰어내려 도도도 에리히에게 달려왔다.

"아빠! 후크 선장님이 왔어요!"

"후크 선장?"

에리히는 엘리엇을 안아 올리며 되물었다. 그리고 남자를 쳐다보았다.

어딜 봐도 뱃사람이었다. 엘리엇이 후크 선장이라고 부르는 이유를 알겠다. 하지만 이게 클레어의 옛 친구라고?

상대가 누군지 알아보는 데는 시간이 걸렸다.

"자네 설마, 윌리엄인가?"

그는 눈을 의심하며 물었다. 클레어가 소파 팔걸이를 두드리며 웃었다. 윌리엄이 미소를 지었다.

"알아보시는군요. 워낙 오랜만에 뵈는 거라 잊어버리셨을지도 모른다고 생각했는데."

"그동안 몸이 아주…… 건강해졌군."

지인을 오랜만에 만나자마자 할 소리는 아니었지만, 너무 놀라워서 말하지 않을 수 없었다. 기억 속의 윌리엄 프레스콧은 약간 통통하고 어려 보이는, 말랑말랑한 인상의 소년이었는데, 지금 눈앞에 있는 것은 팔뚝 힘만으로 밧줄을 찢을 수 있을 것처럼 단련된 사나이였다. 윌리엄이 살짝 고개를 숙이며 대답했다.

"배를 탔습니다. 바다에서 몇 년 구르다 보니 몸도 튼튼해지고 얼굴도 이렇게 되더군요."

"그랬군. 무탈해서 다행이야."

에리히는 한 손에 엘리엇을 안은 채로 흔쾌히 손을 내밀어 상대를 환영했다. 세계관이 무너진 엘리엇이 당황해서 둘레둘레 눈을 굴렸다.

"왜?"

"피터 팬이랑 후크 선장은 사이가 나쁜데……."

여기에는 뭐라고 대답하는 게 정답인가. 에리히도 에리히대로 입을 다물었다. 눈을 굴리지는 않았지만 말이다. 클레어가 웃으면서 상황을 수습했다.

"오늘은 휴전이야."

"휴전?"

"싸우지 않고 참는 거. 엘리엇이 좋아하는 후크 선장님을 아빠가 쫓아내면 안 되니까."

에리히는 엘리엇 몰래 안도의 한숨을 내쉬었다. 엘리엇은 알쏭달쏭한 얼굴을 했지만, 두 사람 다 마냥 좋았기 때문에 이내 생글생글 다시 웃었다.

클레어가 말했다.

"월은 이름을 바꿨대요."

"그래? 가문의 사정 때문인가?"

에리히의 질문에 윌리엄이 모호한 웃음을 머금었다.

"그래도 클레어에게는 연락하고 지냈다면 좋았을 텐데. 몇 안 되는 친구가 아닌가."

"내가 친구 없는 사람인 것처럼 말하지 말아요. 당신하고는 다르니까."

클레어가 끼어들어 말했지만, 에리히는 눈을 가늘게 뜨고 그녀를 쳐다보기만 했다.

"아니, 내 말 맞잖아요."

"음, 내 생각에 이건 공작님 말씀이 옳아."

윌리엄이 싱글거리고 웃으며 말했다.

"공작님은 함부로 친구라는 단어를 쓸 수 없는 거고, 너는 매정해서 연락을 안 하는 거잖아."

"내가 언제."

"답장 기다리는 쪽만 애타지."

"이해해 주는 사람이 있으니 기쁘군."

클레어는 어처구니가 없어서 입을 벌리고 둘을 번갈아 쳐다보았다. 그리고 머리를 한번 쓸어 넘기고 허리에 손을 올렸다.

"아니, 소식 끊은 게 대체 어느 쪽인데?"

"윌리엄은 그렇다 치고, 내가 연락했으면 잘도 답장했겠어?"

에리히가 비꼬듯이 되물었다. 클레어는 말문이 막혔다.

"당신은 친구가 아니잖아요."

"그것도 기쁜 말이군."

에리히는 뻔뻔하게 대꾸하고 윌리엄을 향해 물었다.

"저녁은 들고 갈 거지? 시간이 있으면, 묵고 가게. 곧 해도 질 텐데."

"신혼을 방해하는 건 도리가 아니겠지만, 기꺼이 그러겠습니다, 공작님."

"옛날처럼 편하게 해."

"알겠습니다, 선배님."

윌리엄은 '어찌 감히'라고 말하는 대신 싱긋 웃으며 그렇게 대답했다.

엘리엇이 내려 달라고 팔다리를 버둥거렸다. 아직 환영 뽀뽀도 제대로 받지 못한 에리히는 의아한 기분으로 아이를 바닥에 내려놓았다.

아이는 곧장 윌리엄에게 달려가 매달렸다. 어른들이 인사를 하는 중이라 꾹 참았지만, 이제 인내심이 한계였던 것이다.

"선장님, 배 이야기 더 해 줘요. 그래서 갈고리 손을 단 그 항해사는 어떻게 됐어요?"

"아, 그 갈고리 손이 말이지."

윌리엄은 기꺼이 엘리엇을 다시 안아 자신의 무릎에 앉혔다. 그러면서 흘끔 에리히를 쳐다보았다.

에리히는 그의 입가에 웃음이 걸려 있는 것을 보고는 혀를 찼다. 그리고 옷을 갈아입기 위해 응접실을 나섰다.

'그놈의 후크 선장.'

아이가 다른 사람을 따르는 게 나쁜 건 아니지만. 세상 경험을 채워 줄 만한 사람은 언제든지 환영이고, 윌리엄은 믿을 만한 사람이지만.

응접실에서 뒤따라 나온 클레어가 빙글빙글 웃으면서 물었다.

"서운해요?"

"아니."

에리히는 일단 부정했다. 하지만 클레어가 그를 붙잡아 뺨을 끌어당기는 바람에 생각을 정지시키고 고개를 숙였다. 쪽 하고 짧은 입맞춤이 입술에 닿았다 떨어졌다.

"오늘은 엘리엇 몫을 내가 해 주지 뭐."

"네 몫은?"

그는 클레어의 허리를 감아 안으며 물었다. 클레어가 웃으면서 검지로 그의 아랫입술을 벌려 열고 천천히 키스했다.

5년 동안 윌리엄에게 늘어난 것은 근육만이 아니었다. 그는 시원스럽게, 공개적으로 말해 버렸다.

"결혼까지 5년 걸렸다고 말하면 안 되죠. 클레어가 도망간 게 8년 전인데."

"클레어 님이 도망가셨다고요?"

요안나가 흥미진진한 얼굴로 물었다. 윌리엄은 고개를 끄덕였다.

"졸업식 하고 그날 오후 기차 타고 델포드로 가 버렸답니다. 저한테도 인사 안 했어요."

"어머. 저녁에 무도회가 있었을 텐데."

"아무리 봐도 '수도의 결혼 시장에 나가지 않겠다'는 선언이죠, 그거. 그래서 저는 그때 선배님이 클레어를 쫓아가실 줄 알았습니다."

"내가 왜."

빙글빙글 웃는 윌리엄에게 에리히가 웃음기 하나 없는 얼굴로 대꾸했다. 나이프를 틀어쥘 기세였다.

"나한테서 도망친 여자한테."

"아, 이거 약간 웃기네. 내가 도망치긴 도망쳤지만, 당신한테서는 아니죠."

클레어도 발을 까닥거리며 부정했다. 그리고 생글거리고 웃으며 윌리엄에게 말했다.

"내가 그해 결혼 시장의 핵심 매물이었잖니. 은쟁반 밑판이 빠질 정도로 구혼장이 쌓였다고."

작위에 영지까지 가진 여자는 드물다. 졸업식 당일부터 각 가문의 차남이나 삼남, 혹은 신분 상승을 위해 작위라는 마지막 퍼즐 조각을 찾는 사람은 모조리 달려들었다. 물론 그 대부분은 얼굴조차 모르는 사람이었다.

결국 남부 아렌 사교계에서도, '우리 지역에서 남편감을 구하나 보다' 하고 밀어 넣는 어중이떠중이를 하나씩 치워야 했지만 말이다. 오죽하면 그냥 찰스와 결혼할까 5분 정도 고민해 보기도 했을 정도였다.

에리히가 말했다.

"어차피 전부 별 볼 일 없는 남자였겠지."

"그거 본인에 비해서 그렇단 뜻으로 말한 거죠?"

"……."

에리히는 당연하지 않냐는 얼굴로 대꾸도 하지 않았다.

"기가 막혀서 진짜. 그때 내가 결혼을 했어야 했는데. 아무리 그래도 겸손하고 선량하고 잘생긴 남자가 몇 명은 있었을 텐데."

"나도 없었다에 표를 주고 싶은데. 적어도 위아래로 서너 살 안의 귀족 남자 중에서 쓸 만한 사람은 아무도 없었을걸. 클라우제너 소공작님을 아는 사람이면 누가 감히 구혼장을 넣었겠어."

"자네 말이 이상하군. 그게 나와 무슨 상관인가?"

"그때 클럽에서 내기도 있었습니다."

"내기?"

"선배님이 과연 청혼을 할 것인가, 되도 않게 오빠 노릇을 하려고 할 것인가, 하는 이야기로요. 어느 쪽이든 구혼자를 전부 쓸어 낼 거라는 소리이긴 하지요."

에리히의 눈썹이 꿈틀거렸다.

"오빠 노릇?"

어이가 없어서 대답할 가치조차 느껴지지 않았다. 그는 단한 번도 그런 생각을 해 본 적이 없었기 때문이다.

요안나가 흥미로운 얼굴로 물었다.

"결국 각하께서는 클레어 님이 졸업하자마자 청혼할 계획은 있으셨다는 거네요?"

"없었네."

에리히가 쌀쌀맞은 목소리로 말했다. 본심이야 누가 알겠는가. 실제로 뭔가를 하기도 전에 클레어는 떠났었으니까.

클레어가 빙그레 웃었다.

"그렇지. 나한테 청혼할 마음이 진짜 있었으면 델포드에 있다고 해서 구혼장을 보내지 못할 이유가 어디 있었겠어?"

그녀의 시선이 에리히를 빤히 쳐다보았다. 할 말 있으면 해보라는 소리였다.

"……."

에리히가 입을 다물었다. 진퇴양난이었다.

거절당했다고 생각해서 구혼장을 보내지 않았다고 하면, 자신이 청혼할 마음이었다는 것을 인정하는 셈이 된다. 그러나 여기서까지 진지하게 청혼할 마음 따위는 없었다고 말하면, 저지른 짓이 있기 때문에 또다시 트집을 잡힐 게 뻔했다.

에리히는 전략을 수정해야 할 필요성을 느꼈다.

발화자의 신뢰를 없애 버리는 수단은 자기 자신에게도 유효한 법이다. 그는 남 일을 말하듯이 태연하게 입을 열었다.

"내가 거절당했다고 생각하고 좌절감이라도 느꼈나 보지."

그건 완전히 사실이었으나, 한쪽 눈썹을 슬쩍 치켜세운 얼굴은 빈정거리는 것으로밖에 보이지 않았다.

클레어가 입을 벌렸다. 무슨 말을 하려고 하는 건지, 아니면 어이없어하는 건지는 불분명했다. 어느 쪽이든 상관없었다. 그는 지긋이 클레어를 바라보았다.

"왜? 우리 사이에 아무것도 없었다는 표시를 한 건 너 아닌가?"

새파란 시선이 클레어에게 못 박히듯 파고들었다. 그 눈빛보다 더 에리히 자신의 말을 부정하는 것은 없었다.

촛불 심지에 불이 붙듯 몸 안 깊은 곳에서 작은 불꽃이 생겨나는 감각에 클레어는 마른침을 삼켰다. 놀릴 작정이었는데, 자신이 곤란해졌다.

실은 할 만한 말이 별로 남지 않았다. 사춘기 호르몬이 불러일으키는 일시적인 충동이었다거나, 그가 신분 차이를 넘어설 수 없는 사람이라는 말은 이제 무효해졌기 때문이다.

그의 시선이 자극하고 있는 것은 의식일 텐데, 촉각을 건드리기라도 한 것처럼 피부가 아렸다.

"아니면, 그 말 무르겠어?"

에리히의 목소리가 나긋해졌다. 클레어는 입술 안쪽을 혀로 한 번 훑고 빙긋 웃었다.

"있긴 뭐가 있어요? 징하게 싸운 것밖에 없는데."

그리고 시선을 나누기에는 이 자리에 너무 오래된 친구가 있었다.

"이젠 아닌 척도 안 하네. 하긴, 결혼까지 한 마당에 아닌 척하는 게 더 웃기긴 하겠다만."

윌리엄의 목소리가 긴장된 공기를 깼다.

"내가 뭘 아닌 척했다는 거야?"

"내가 4년 동안 이 꼴을 봤는데 오리발을 내미시겠다?"

요안나가 소리 내서 웃고, 막시밀리안마저 미소를 지었다. 클레어는 얼굴이 달아올랐으나 뻔뻔하고 당당하게 말했다.

"무슨 이야기인지 전혀 모르겠는걸? 난 딱히 숨기는 게 없어서."

"내가 눈꼴시어서 입을 열면 누구 이야기가 더 많을지, 잘 생각해 봐, 클레어."

윌리엄이 어깨를 으쓱했다.

"그거 아주 흥미롭군."

에리히가 침착한 얼굴로 끼어들었다.

"윌리엄, 혹시 증기선도 운영하고 있나?"

"있긴 합니다만, 전부는 아니고……."

갑작스러운 화제 전환에 윌리엄이 의아한 듯 대답하다가, 에리히의 의도를 깨달았다. 턱이 빠졌다. 이 시점에서 제국 최대 규모의 탄광주께서 증기선에 대해서 왜 물으시겠는가.

클레어가 깜짝 놀라 소리쳤다.

"아니, 잠깐 기다려 봐요. 지금 당신, 윌리엄을 매수하려고 그러는 거예요?"

"친구에게 다소간 편의를 봐주겠다는데, 뭔가 문제라도 있나?"

"아니, 근데, 순수하게 호의로 하는 말도 아니잖아요!"

윌리엄이 비록 말은 그렇게 했지만, 이 부부가 재미 삼아 하는 신경전에 진짜로 끼어들 생각은 아니었다. 하지만 이 순간, 그는 진심으로 클레어를 팔아먹을 것을 고려했다.

"무엇이 궁금하십니까, 선배님?"

"야, 윌, 너 입 다물어. 한마디라도 하면 가만히 있지 않을 테니까."

"뭐 찔리는 거라도 있나?"

에리히가 입꼬리를 끌어 올렸다.

"뭐가 문제지? 명령한 것도 아니고, 네가 싫어하는 권위로 강요한 것도 아닌데. 오히려 돈으로 매수하는 건 네가 제일 선호하는 방식이 아닌가."

"아니, 잠깐. 그걸 그런 일에 쓰지 말라고요!"

클레어가 언성을 높여 따졌다.

윌리엄은 그것 보라는 듯이 요안나와 막시밀리안을 향해 어깨를 으쓱해 보였다. 역시 낄 일도 아니었으나, 끼려고 한다고 되는 일도 아니었다.

✦

만찬이 끝난 뒤였다. 요안나가 먼저 물러가고, 막시밀리안도 모처럼 호위 자리에서 물러나 제 방으로 돌아갔다.

에리히는 윌리엄에게 거실로 가자고 권유했다.

"브랜디 한잔 정도는 더 할 수 있겠지?"

"기다려요. 나는 세수 좀 하고 싶은데."

"다녀와."

클레어는 수상한 눈초리로 에리히를 쳐다보았다.

"솔직히 나 없는 사이에 무슨 소리를 할지 모르겠어서 못 가겠어."

"이제 와서 새삼."

에리히가 팔을 내밀었다. 클레어는 거의 자동 반사처럼 거기에 팔짱을 끼었다. 세 사람은 식당에서 나와 거실로 자리를 옮겼다.

그러는 사이에 윌리엄의 얼굴이 차츰차츰 가라앉아, 에리히가 브랜디 병을 손수 챙겨 왔을 때는 만찬 중의 유쾌한 얼굴은 찾아볼 수 없을 지경이었다. 그것을 알아챈 클레어가 먼저 말했다.

"윌, 나는 네가 그 이야기를 그냥 덮었으면 좋겠어."

"……."

"어느 집이든 남에게 말할 수 없는 사정이 하나쯤 있는 법이 잖아. 우리는 잘 지내고 있어. 아무 문제도 없고, 가족으로서 아주 행복해."

윌리엄이 복잡한 얼굴로 클레어를 바라보고, 두 손바닥으로 얼굴을 한 번 쓸어내렸다.

"너 때문에 그러는 게 아니야."

"윌."

"나는 확인해야 해. 엘리엇이 누구의 아이인지."

"……."

클레어 대신, 에리히가 담연한 표정을 유지한 채 말했다.

"내 아이라고 확답하면, 날 경멸할 텐가?"

"아뇨. 아닙니다. 선배님이 아주 훌륭한 일을 하셨다고 생각합니다. 그리고 클레어와 아이를 보호하기 위해서 할 수 있는 최대한의 일을 하고 계신다는 것도 믿고 있고요."

"무슨 뜻으로 하는 말이야?"

클레어가 긴장한 얼굴로 그를 바라보았다.

엘리엇을 에리히의 자식이라고 생각하면, 훌륭한 일을 했다고 표현하는 것은 이상하다. 그렇다고 윌리엄이 진실을 알 리 없었다. 아이가 엘리사의 아이라는 것을 깨달았어도, 그 생부에 대해서는…….

윌리엄이 브랜디 잔을 훌쩍 비웠다. 그리고 속삭이듯이 낮은 목소리로 말했다.

"선배님, 만나셔야 할 사람이 있습니다."

"윌리엄."

"클레어도 함께. 하지만 공개적인 장소에서는 불가능합니다. 비스마르항까지 오실 수 있겠습니까?"

에리히가 잠시 생각한 끝에 말했다.

"아이가 해적 놀이를 무척 좋아하니…… 바다까지 온 김에 친구의 배에 태워 주는 것도 나쁘지 않겠군."

"이왕 항구로 갈 거라면, 수도로 돌아갈 때도 기차 말고 배를 타고 가도록 하죠."

클레어도 일부러 목소리를 높였다. 혹, 간자가 있을 때를 대비해서였다. 운 나쁘게도 루덴도르프항은 언제 열릴지 모르니, 비스마르항으로 가야 할 것이다.

윌리엄이 고개를 끄덕였다. 그리고 자리에서 일어섰다.

"저는 이만 자러 가겠습니다. 객실을 내주셔서 감사합니다."

"푹 쉬게."

에리히가 작별 인사를 건넸다. 윌리엄은 그와 다시 한번 악수를 하고, 클레어의 뺨에 키스를 한 뒤 거실에서 나갔다.

에리히가 나직한 목소리로 말했다.

"윌리엄은 확인하러 온 셈이군."

엘리엇을. 그리고 자신들이 변했는지, 그렇지 않은지.

클레어가 한숨을 내쉬고 빈 브랜디 잔을 내밀었다. 에리히는 그 잔을 받아 얼음을 채우고, 술을 따랐다. 그녀는 속이 타는 듯, 잔을 건네받자마자 훌쩍 마셨다.

"우리도 그걸 생각하지 않을 수가 없게 되었네요. 윌은 지금도 여전히 믿을 만한 사람일까요?"

"5년이 짧은 세월은 아니지."

5년 전에 그들은 고작해야 스물두 살이었다. 그 나이는 한 사람의 평생을 확신하기에는 너무 어리다. 사실 이제 변할 것이 없다고 생각한 클레어 자신마저도 이렇게 변해 버렸는데, 윌리엄이 그때와 같은 사람이라는 보장이 없었다.

"윌리엄이 사라졌던 게 정말 프레스콧 자작가 때문이었는지 의문이 드네요, 이제."

클레어는 조금 울적한 기분으로 말했다. 실은 계속 마음 한 구석으로 의심하고 있었다.

가족과 인연을 끊었어도 친구에게까지 그럴 필요는 없다. 오히려 도와 달라고 연락하는 쪽이 자연스럽지 않았을까. 이제 5년 전이라고 하면, 생각나는 일이라곤 한 가지밖에 없다.

에리히가 가볍게 그녀의 머리에 손을 얹었다.

"괜찮아. 우기는 데 이길 장사 없지. 엘리엇은 내 자식이야. 내가 그렇게 말하는 이상, 아무도 뭐라고 못 해."

"우기기 장사께서 말씀하시니 설득력이 넘치네요."

클레어는 잔을 내려놓고 그의 허리를 끌어안으며 배에 얼굴을 파묻었다.

"그래서, 진실은 어느 쪽인데요?"

"뭐가?"

"8년 전에 진짜로 나한테 청혼하려고 했어요?"

"다행히, 내게는 진실을 고발할 친구가 없군."

에리히가 미소를 지으며 그렇게 말하고, 클레어를 훌쩍 안아 올렸다.

《내 아이가 분명해》 4권에서 계속

외전1 봄비

봄비가 떨어질 때마다 포장되지 않은 도로에서 황토색 먼지가 가라앉았다. 뾰족뾰족 고개를 내민 새순들이 물기를 받고 연두색 냄새를 피워 올렸다.

어디엔가 다 핀 꽃나무가 있는지, 향기가 풀 냄새에 섞여 번지듯 공기 중에 머물러 있었다. 에리히는 걷다 말고 잠시 그 자리에 서서 손바닥을 하늘로 펼쳤다. 하늘에는 해가 떠 있었지만, 손바닥에 빗방울이 톡톡 떨어졌다. 그는 우산을 갖고 있지 않았다.

마차에서 막 내렸을 때는 이슬비라고 하기에도 애매할 정도로 빗방울이 가늘어서, 보좌관이 우산을 받치고 뒤따르려는 것을 거절했다. 혼자 걷고 싶은 마음도 있었고, 오늘은 가문의 문장이 박힌 마차를 타고 왔기에 공연히 시끄러워지는 것이 싫었다. 아첨꾼이든, 아니면 학생의 본분에 대해 자신이 말했던 것을 그대로 외워 반박하는 후배든.

특히나 후자 말이다.

"곤란하군."

그는 혼잣말로 중얼거리면서 걸음을 서둘렀다. 그러는 사이에 이슬비는 가랑비로 변해 있었다.

하지만 그는 서재 건물이 보이는 자리에서 잠깐 걸음을 멈추고 망설였다. 문 앞에 있는 조그마한 차양 밑에서 낯익은 적갈색이 흔들리는 것이 보였기 때문이다.

클레어 델포드.

그는 잠깐 불편하게 그 이름을 떠올렸다.

영민하고 아름다운 소녀를 마음에 들어 해야 마땅하건만 왜 이리 짜증이 나는지 모를 일이다. 걷는 동안 간신히 차분해졌던 머릿속 어딘가가 들쑤셔진 듯이 어지러워졌다.

돌아갈까. 비 때문에 코트가 젖겠지만, 그게 뭐 중요한 일은 아니다. 돌아서서 세 블록만 가면 마차가 대기하고 있다. 빌린 책은 나중에 돌려주러 와도 되고, 심부름꾼을 시켜도 된다.

어차피 중요한 용건이 있어서 온 것도 아니었다. 그가 밀러 교수의 연구실에 드나드는 것은 단순히 학업이나 학연 때문이 아니라, 밀러 교수에게 힘을 실어 준다는 의미가 더욱 컸다. 그것은 부친인 프란츠 클라우제너 공작의 뜻이기도 했고, 그 자신도 충분히 공감하고 있는 바였다.

그렇다 해도, 연구실에 다니는 것이 최근에 즐겁다는 사실을 부정할 생각까지는 없었다. 이 서재에 다니는 것도.

아니, 또 어찌 보면 즐겁기만 한 것은 아니었다. 신경질이 치솟거나 화나는 일도 너무 많아 그는 최근에 스스로를 몹시 불쾌하게 여겼다. 이렇게까지 자신의 감정을 통제할 수 없다는 사실을 인정하기 어려웠다.

머뭇거리는 사이에 하늘이 급속도로 어두워지면서 후두둑 빗발이 떨어지기 시작했다. 그는 단번에 계단을 뛰어 올라갔다.

"아."

차양 밑에 서 있던 소녀가 그를 보고 얼굴을 찌푸렸다. 그것이 짜증 나서 에리히는 마주 인상을 썼다.

"들어가지 않고 왜 여기 서 있지?"

"열쇠가 없어요."

클레어가 대답했다.

"윌이 와 있을 줄 알았는데, 와 보니 잠겨 있더라고요. 이럴 줄 알았으면, 열쇠를 미리 받아 뒀어야 했는데."

"……."

"각하는 열쇠 없어요?"

"없어."

벌써 몇 번이나 정정했는데도 클레어가 각하라고 불렀기에 에리히는 무뚝뚝하게 대꾸했다. 그러나 클레어는 그의 경고를 알아듣지 못했는지, 예쁜 입술을 삐죽대며 종알거렸다.

"하나 복사해 놓지."

"자기 열쇠를 가진 건 교수님의 조수뿐이야."

"나도 알아요. 어차피 공용 열쇠 하나로 이 사람 저 사람 돌려쓰는데 하나 더 만들면 어때서? 각하가 하나 갖고 있겠다고 하시면, 아무도 '감히' 반대하지 않을걸요?"

'감히'라는 단어에 강조가 들어 있었다. 물론 클레어가 이렇게 말할 때 그런 강조는 아첨이나 송구함의 표시가 아니라 빈정거림이다. 에리히는 확 짜증이 치솟아 그녀를 노려보았다. 그러나 내가 고작해야 그런 일로 특권을 휘두를 사람처럼 보이느냐는 말까지는 너무 구차해서 차마 입에 담을 수 없었다.

쏴아아.

만일에 장대처럼 순식간에 거세진 비가 의식을 흐트러뜨리지 않았다면, 그는 별 이유도 없이 화를 냈을 것이다.

클레어가 치맛자락을 끌어당겼지만, 발목이 보이는 승마용 드레스가 벌써 종아리까지 젖어 있었다. 에리히는 그녀를 끌어당겨 안쪽에 세우고 자신이 바깥쪽에 섰다. 이건 어디까지나 매너 차원의 일이다.

작년에는 키가 작은 편이라고 생각했는데, 성장기인 건지 올해는 제법 자라서 머리가 자신의 가슴까지 왔다.

차양 밖으로 나간 코트의 어깨 부분이 금세 젖어 안쪽까지 축축해졌지만 그는 개의치 않았다. 그것보다 높이 올려 묶은 클레어의 머리칼이 눈앞에서 흔들리는 것이 더 신경 쓰였다. 그는 그녀의 머리칼 뿌리 쪽이 벨벳 실 같은 붉은색이라는 사실을 알아 버렸다.

굳이 필요한 정보가 아니었다. 그는 시선을 떼려고 애를 쓰며 숨을 들이마셨지만, 현명한 선택이 아니었다. 걸어올 때부터 공기 중에 머물러 있던 달콤한 꽃향기가 비 냄새를 뚫고 문득 폐 속까지 들어왔다.

그가 침묵하는 것을 의아하게 여긴 듯 클레어가 고개를 갸웃거렸다.

"왜요?"

"왜냐니, 뭘?"

"말꼬리 잡지 마세요. 방금 나한테 뭐라고 한 소리 하려고 했었잖아요."

그랬다. 에리히는 그녀에게 빈정거리지 말라고 화를 내기 직전이었다는 사실을 기억해 냈다. 하지만 빗소리에 쓸려 간 듯 이미 그럴 마음은 사라져 버렸다.

그조차도 낯설었다. 그렇게 가라앉을 정도로 아무것도 아닌 일이라면 애초부터 화를 내지 않으면 되는 일이다. 그것을 깨닫자 자기 자신에게도, 클레어에게도 짜증이 났다.

별 이유도 없이 초조해진다. 그는 셔츠가 목을 지나치게 죄는 것 같은 착각을 느끼고 타이를 살짝 헐겁게 했지만, 별로 편해지지 않았다. 기분이 나빠진 채로 그는 팔짱을 끼었다.

"그나저나 넌 또 승마 수업을 빼먹은 모양이군."

"끝나고 왔을 수도 있죠."

"네가 행여나."

"남이사."

"커리큘럼에는 다 의미가 있는 거다."

"승마에 무슨 의미가 있어요? 운동이 되기는 하겠지만, 결국 어른 되고 나면 오히려 밖에서는 타지 말라고 하는걸."

그 말에는 에리히도 대꾸할 말이 별로 없었다. 귀족이라면 여성이든 남성이든 당연히 말 정도는 탈 줄 알아야 한다고 생각하지만, 실제로 말을 타고 다니는 귀부인은 극히 드물었다.

"넌 거의 대여 마차를 타고 다니지 않았나?"

"마차가 없으면 말을 타라고요? 이게 무슨 빵이 없으면 케이크를 먹으라는 것 같은 소리예요? 수도에서 마구간을 운용할 능력이 없으면, 마차만이 아니라 말도 못 타고 다녀요."

클레어가 황당하다는 얼굴로 그가 할 말을 앞질러서 반박했다. 에리히는 이번에는 타격감이 있을 거라고 확신하며 태연하게 대꾸했다.

"마구간을 운용할 능력이 없는 게 아니라, 말을 못 타서 안 타는 거겠지. 네 운동 신경을 생각하면."

"……."

"작년에 낙제해서 올해 다시 듣는 거라고 하지 않았나? 응? 속보도 제대로 못한다며."

"……그거 뭘이 말했어요?"

"네 입으로 말했었잖아. 말이 널 우습게 보는 것 같다고."

대체 얼마나 못하면 아카데미 마장의 승마용 말이 얕보겠냐고 비웃어 주었더랬다.

"아니, 참. 탈 기회가 별로 없어서 못 타는 거라고요."

클레어가 툴툴거렸다. 에리히는 무표정을 고수하는 것을 잊고 저도 모르게 빙긋 웃었다. 그러고 보니 자신의 마구간에 온

순한 승용마가 있었다. 굳이 호흡 맞추는 법을 배우지 않아도 속보 정도는 할 수 있을 거라는 생각을 하고 있는데, 클레어가 눈을 흘겼다. 그가 웃은 게 마음에 안 드는 모양이었다.

"근데 안 바빠요?"

"남이야 바쁘든 말든."

"특별한 일도 없는데 이런 데까지 오니까 궁금해서 그러죠. 공작가의 일은 안 하세요? 내년에 졸업이잖아요. 보통 후계자가 그 정도 되면 실무 수업을 하러 가야 되는 게 아닌가 싶은데."

"아버지께서 건재하신데 내가 굳이 일찍부터 실무를 하러 다닐 필요는 없지."

"흠."

"뭐가 흠이야? 실무를 하는 건 오히려 네 쪽이 아닌가?"

"델포드 남작령은 콩알만 해서 실무고 뭐고 없어요. 그냥 우리 식구 가계부 쓰는 거죠. 있는 거라고는 조그만 논밭뿐인 걸요."

"조그만 논밭밖에 없는 집의 가계부를 쓰는 걸 보고 밀러 교수님이 널 억지로 끌어들였다고?"

에리히는 코웃음을 쳤다.

"제대로 공부해. 귀족이 가진 재능을 썩히는 것도 의무를 방기하는 일이야."

"잔소리가 하고 싶으면 돈 주세요. 한 번에 1만 골드씩."

"클레어."

"거액의 장학금을 일시불로 쾌척한 다음, 아카데미 교수 자리나 내각의 각료 자리를 마련해 주셔도 괜찮고. 그 정도면 코피 터뜨려 가며 열심히 공부할게요."

"말도 안 되는 소리를."

"말이 안 되는 줄 알면, 남의 인생, 상관 말아 주실래요?"

클레어가 제 입술에 손가락을 가져다 대며 그를 올려다보았다. 입 닥치라는 소리를 하는 건데, 시선이 그 손과 입술에서 떨어지지 않았다. 에리히는 그 이유를 분노에서 찾았다. 속이 화르르 불타는 듯이 끓고, 발밑이 흔들거려서 그는 공연히 그 자리에서 몇 걸음 제자리걸음을 했다.

클레어가 하는 말이 무슨 뜻인지 그도 알고 있다. 여자가, 그것도 귀족가의 숙녀가 교수가 되거나 각료가 되는 일은 생기지 않을 것이다. 그녀가 남작위를 이을 수 있었던 것은, 상속에는 다른 무엇보다도 직계의 혈통이 가장 중요하기 때문이다.

그런데도 왜 이렇게 답답한지 모를 일이었다. 역시 능력 있는 사람이 자기 자신을 내던진 채 아무것도 하지 않아서일까? 아니면, 클레어가 말하는 방식이 유난히 자신의 신경을 건드려서일까?

잠시 차양 아래 적막함이 고여 들었다. 비는 멎을 기미가 없었다. 그나마 날이 풀려 따뜻한 것이 다행이었다.

에리히는 클레어가 제 손으로 몸을 감싸는 것을 힐끗 보았다. 입술은 여전히 보드라운 붉은색이었지만, 뺨이 파리한 것 같기도 했다.

"추워?"

"조금요."

"참아."

벗어 주고 싶어도, 코트는 이미 젖어 있었다. 처음에는 재킷을 줄까 했지만, 셔츠까지 축축한 것을 보니 아마 재킷도 별소용이 없는 상태일 것이다. 사실 약간 땀이 났기 때문에, 얇은 셔츠 바로 위에 입고 있던 것을 그녀에게 건네는 것도 꺼려졌고.

클레어가 어이없다는 듯이 그를 쳐다보았다.

"참고 있어요. 먼저 물어봐 놓고 그게 할 소리예요?"

"……."

"나 참."

클레어가 바깥쪽으로 시선을 던졌다가 에리히의 팔이 거의 다 밖으로 나가 있는 것을 알고는 놀랐다.

"좀 이쪽으로 와요. 다 젖었잖아요."

그녀가 치맛자락을 정돈하여 공간을 만들며 에리히를 끌어당겼다. 에리히는 움직이지 않고 버텼다. 차양 밑에 몸을 완전히 넣으려면 거의 어깨를 붙일 정도로 가까이 서야 한다. 그건 곤란했다.

"됐어. 나는 춥지도 않은데."

"그러다가 감기 걸려요."

"……."

"뭐 해요? 나랑은 붙어 서 있는 것도 싫어요?"

"그렇게 말하지 않았어."

에리히는 차가운 목소리로 대꾸했다. 차라리 에스코트를 했으면 했지, 이렇게 부적절한 거리에 서 있고 싶지 않았다. 차가운 습기 탓인지 옆에 선 사람의 온기가 유난히 신경 쓰였다.

오늘따라 세상의 모든 것이 다 향기를 풍겼고, 그건 옆에 서 있는 소녀조차도 예외가 아니었다. 습기 냄새에 가슴이 계속해서 울렁거리는 탓인지, 불쾌감이 없어졌어도 불편함은 그대로 남아 있었다. 주위가 습한 탓에 오히려 몸 안은 마르기라도 하는 것처럼 갈증이 났다.

"호화로운 마차 놔두고 뭐 하러 걸어왔어요? 좀 얻어 타고 갈 건데. 보좌관이랑 호위는 또 어디다 버리고."

클레어가 타박했다. 에리히는 세 블록 건너에 자신의 마차가 대기하고 있다는 사실을 떠올렸지만, 그걸 말하고 싶지는 않았다. 달려가면 5분이면 충분했고, 가서 보좌관을 시켜 다른 마차로 클레어를 데려다주게 하면 될 테지만…….

그가 불분명한 생각에 잠겨 있는 동안, 클레어가 혼잣말로 투덜거렸다.

"밀러 교수님도 정말 너무하시다니까. 원래 대학원생이 무급 노예의 다른 말이라지만, 학부생은 좀 봐줘도 되는 거 아닌가? 여기까지 오가게 해서 이렇게 빗속에 가둬 두다니."

"넌 대학원생이 아니고, 무급 노예라는 말도 틀렸어. 노예는 원래 급료를 받지 않아."

그는 반사적으로 대꾸했다.

"나도 알아요. 각하는 꼭 그렇게 트집을 잡아야 해요? 굳이 그렇게 설명하지 않아도 잘 알아들으면서 그래."

"그렇게 부르는 것 좀 그만해. 나는 각하가 아니라고 몇 번을 말해야 되나?"

"뭐라고 부르든 그게 뭐가 중요해요? 각하든, 소공작님이든, 백작님이든, 다 같은 말인데."

"같은 말이라니?"

"공작가의 후계자로서 범접할 수 없이 높은 분에게 존경을 표하고 있다는 뜻이죠."

"말도 안 되는 소리. 존경은 무슨. 너는 비꼬려고 그러는 거잖아."

"풍자당하는 건 높으신 분의 운명이니 참으세요."

"빈정거리지 마. 네 말마따나 태어났다는 것만으로 존경받는 건 부당하지만, 그것만으로 조롱당할 이유도 없어."

클레어가 입을 다물고 그를 올려다보았다. 눈동자 속에 고인 금편 같은 반짝임과 마주쳐 에리히는 저도 모르게 어금니를 물고 고개를 돌렸다. 자칫하면 손을 뻗을 뻔했기 때문에 그는 주머니에 손을 꽂았다.

"미안해요."

그녀가 부드러운 목소리로 사과했다.

"그러려던 건 아니었어요."

"아니."

에리히는 짧게 대답하며 빗줄기를 노려보았다. 감정의 요동을 다스리려고 했지만, 자제력은 좀처럼 말을 듣지 않았다.

클레어도 곧 시선을 돌려 나란히 바깥만 바라보았다. 비는 좀처럼 그칠 것 같지 않았다. 이런 날씨라면, 게으른 윌리엄 프레스콧은 결석 처리가 되더라도 절대 여기까지 나오지 않을 것이다. 하물며 학점과 관계없는 일이니까.

역시 마차까지 뛰어가야겠다고 에리히가 생각했을 때, 클레어가 호칭을 고쳐 다시 불렀다.

"백작님."

"왜? 또 내 신경을 건드리고 싶어? 방금 네가 이거나 그거나 다 똑같은 의미라고 하지 않았나?"

"예법대로 불러 드리겠다는 뜻인데요. 그러라고 했었잖아요. 아니면, 뭐라고 해요?"

"……그냥 이름 불러."

그는 그렇게 대답하고 나서야 자신이 이 문제를 꽤나 전부터 생각했다는 사실을 깨달았다.

사실 클레어의 말이 옳다. 작위명에는 결국 상하의 계급을 확인하게 하는 기능이 있다. 그건 그녀에게 어울리지 않는 일이고, 자신에게는 불쾌감을 불러일으켰다. 클레어는 말의 배경에 대해 의식하지 않고 말할 수 있는 사람이 아니었고, 자신은 아마도 그 부름에 내포된 의미를 이해하고 있기 때문이리라.

하지만 그의 큰 결정이 무색하게도, 클레어는 웃음 섞인 목소리로 말했다.

"그건 저한테 너무 가혹한데요."

"처음에는 대담하게 부르더니."

그는 눈썹을 치켜들고 그녀를 쳐다보았다.

"네가 겁이 나서 부르지 못하는 것은 아닐 테고, 남의 눈을 신경 쓰는 사람도 아닌 주제에."

"뭐, 비교적 그렇긴 한데."

클레어가 웬일로 수그러든 태도로 모호하게 중얼거렸다.

"우리가 서로 이름을 부를 만큼 친한 사이도 아니고."

"그건 나더러 널 델포드 남작이라고 불러 달라는 뜻인가?"

"아, 그건 진짜 좀 오그라드네요. 그런 건 아니고요, 너무 눈에 띄고 싶지 않아요. 안 그래도 여자가 연구생이라는 것만으로도 충분히 눈에 띄는데."

"네 말마따나 연구생으로 이미 눈에 띄고 있는 마당에, 밀러 교수님의 연구실에 드나들고 있는 나와 아는 사이라는 게 그렇게까지 이상한 일은 아닐 것 같군."

"그 말도 맞긴 한데요. 밀러 교수님한테는 원래 아무도 관심이 없으니까."

그 말은 부정할 수 없었기에 에리히는 약간 인상을 찡그렸다.

"솔직히 네가 이렇게 나를 태연자약하게 대하는 것부터가 평범한 일은 아니지."

"별로 태연하게 대하고 있지 못한데요. 남들이랑 의식하고 있는 부분이 다를 뿐이지요. 본인이 평범하다거나 존재감 없다고는 절대 생각 안 하실 텐데."

클레어가 웃음기 섞인 목소리로 말했다. 그래서 에리히는 그녀가 의식하고 있다는 부분이 무엇인지 궁금했지만, 부연 설명은 없었다. 적어도 작위가 아닌 것만은 확실했다.

"……나를 이렇게까지 짜증 내 하는 건 너밖에 없긴 하지."

"보통은 짜증 나도 말 못 하죠, 감히?"

'감히'라는 단어가 또 나왔다. 에리히는 또다시 눈썹을 치켜들었다.

"알았어요. 그러면…… 선배님."

클레어가 말했다.

"관계 면에서 볼 때, 이게 제일 중립적이죠."

"……그건 그렇군. 그걸로 됐어."

그는 살짝 눈살을 찌푸리긴 했으나 납득한 태도로 고개를 끄덕였다.

클레어가 미소를 머금었다. 고운 다홍색 입술이 호선을 그리는 것에 시선이 닿은 순간, 에리히는 결국 충동적으로 그녀에게 손을 뻗고 말았다.

툭.

들고 있던 가방이 바닥에 내던져졌다.

딱히 의식하고 한 일은 아니었다. 문과 그의 몸 사이에 갇힌 클레어가 놀란 얼굴로 그를 올려다보았다.

혀끝이 뻣뻣하게 마르는 느낌이 들었다. 부자연스럽다고 생각하면서도 얄미운 입술과 금편이 박힌 듯한 눈동자에서 시선이 좀처럼 떨어지지 않았다.

그는 자신에게 당황해서 손을 떼고 물러섰다. 그리고 클레어가 입을 열기 전에 할 수 있는 한 침착한 목소리로 말했다.

"마차를 불러오는 게 낫겠군. 여기 있어."

"……이 비를 맞고요?"

몸이 홧홧하게 더우니 비를 좀 맞는 게 오히려 나을 것 같았다. 그는 코트와 재킷을 한꺼번에 벗어 클레어의 머리 위로 던지고, 빗속으로 뛰쳐나갔다.

자리를 피하려는 게 아니다. 분명, 클레어가 추운 것처럼 떨고 있기 때문일 터였다.

그는 스스로에게 그렇게 말했다.